Ensemble face au mensonge

Un garde du corps pour fiancé

CINDI MYERS

Ensemble face au mensonge

Traduction française de
ANDRÉE JARDAT

BLACK ROSE

HARLEQUIN

Collection : BLACK ROSE

Titre original :
MOUNTAIN INVESTIGATION

HARPERCOLLINS FRANCE
83-85, boulevard Vincent-Auriol, 75646 PARIS CEDEX 13
Service Lectrices — Tél. : 01 45 82 47 47 - www.harlequin.fr
ISBN 978-2-2804-7104-6 — ISSN 1950-2753

Composé et édité par HarperCollins France.
Imprimé en mars 2022 par CPI Black Print (Barcelone)
en utilisant 100% d'électricité renouvelable.
Dépôt légal : avril 2022.

FSC
www.fsc.org
MIXTE
Papier issu de sources responsables
FSC® C159065

Pour limiter l'empreinte environnementale de ses livres, HarperCollins France s'engage à n'utiliser que du papier fabriqué à partir de bois provenant de forêts gérées durablement et de manière responsable.

1

L'agent Mark Hudson – Hud pour les intimes – aimait son travail. Un travail qui véhiculait des valeurs dans lesquelles il croyait profondément. Arrêter les méchants, protéger les gentils, prêcher la bonne parole, il avait vraiment cela à cœur. Parfois, des délinquants repentants changeaient le cours de leur vie et il aimait à croire qu'il n'était pas étranger à ce revirement.

Ce qui lui plaisait moins, en revanche, c'était d'avoir affaire à des types comme Dallas Wayne Braxton. Baraqué et belliqueux, celui-ci ne devait une certaine « vulnérabilité » qu'à son visage tuméfié et aux diverses fractures dont il souffrait. Allongé sur son lit d'hôpital, ses yeux noirs lançaient des éclairs mais il s'exprimait comme un enfant pleurnichard.

— Il a surgi de nulle part et il m'est tombé dessus comme un malade ! s'écria-t-il. Je vous le dis, c'est un fou furieux. Il faut que vous l'arrêtiez.

« Il » désignait Dane Trask, un ingénieur en environnement qui se cachait depuis six semaines au cœur du parc national de Gunnison après avoir envoyé son pick-up s'écraser au fond d'un canyon. Malgré la chasse à l'homme dont il faisait l'objet, Trask restait introuvable, passant sans cesse à travers les mailles de filets que lui tendaient toutes les forces de police du comté.

— Que faisiez-vous dans ce parc, monsieur Braxton ? s'enquit l'agent Beck.

— De la randonnée, répondit Braxton.

— Avec un Ruger semi-automatique planqué sous votre veste ?

C'étaient les gardes forestiers qui avaient répondu à l'appel au secours de Braxton et qui lui avaient pris son arme.

— On lit dans tous les journaux que Trask est dangereux, plaida Braxton. Il a déjà tué une randonneuse. J'ai bien le droit de me protéger, non ?

— Ce n'est pas Trask qui a tué cette jeune fille le mois dernier, contra Hudson. Nous savons qui était le meurtrier. En revanche, vous, vous êtes en infraction. Vous n'avez pas le droit de vous promener armé dans un parc national.

— Ma parole ! Vous me faites la leçon alors que cet homme a failli me tuer ?

Braxton essaya de se redresser mais il retomba lourdement sur ses oreillers avec un gémissement de douleur.

— Vous êtes de quel côté, dites-moi ?

— Redites-nous comment les choses se sont passées, demanda Beck en guise de réponse. Juste pour être sûrs qu'aucun détail ne nous a échappé.

Les deux officiers auraient juré que l'homme allait argumenter mais, contre toute attente, il s'exécuta de bonne grâce.

— Je vous l'ai dit, je me promenais tranquillement, pensant profiter de cette belle journée, quand ce fou m'a sauté dessus. Il m'a d'abord attrapé par le col et quand il m'a relâché, ça a été pour me tabasser. Il m'a cassé le nez, quatre côtes et le bras. Il voulait me tuer, c'est sûr.

— Pourtant, il ne l'a pas fait, fit remarquer Hudson. Pourquoi, à votre avis ?

— Qu'est-ce que j'en sais, moi ? Il a peut-être eu peur de quelque chose.

— Vous l'aviez menacé de votre arme ? s'enquit Beck à son tour.

— Pensez-vous ! Je n'ai pas eu le temps de le faire. Tout est allé si vite !

Hudson consulta ses notes.

— Le garde forestier affirme que votre arme se trouvait sur le sentier, là où a eu lieu l'agression.

— Elle a dû tomber quand ce dingue me frappait, répliqua Braxton, le regard fuyant.

Hudson pointa du menton son bras plâtré.

— Vous êtes droitier ?

— Comme la majorité des gens. Mais c'est quoi le rapport ?

— Je me disais que si Trask avait vraiment voulu vous tuer, la manière la plus simple aurait été de vous tirer dessus. Nous avons des raisons de penser qu'il est armé.

— C'est un fou, je vous dis.

— Peut-être, concéda Beck. Ou alors, c'est vous qui l'avez vu en premier. Vous avez sorti votre arme mais, plus rapide que vous, il vous a neutralisé en vous cassant le bras. Ensuite, il vous a violemment repoussé, et c'est en tombant que vous vous êtes cassé le nez et les côtes.

— Vous êtes en train de me traiter de menteur ?

Sous le coup de l'indignation, le visage de Braxton avait viré au cramoisi.

Hudson le regarda droit dans les yeux.

— Êtes-vous allé dans ce parc avec l'intention de capturer Dane Trask ? demanda-t-il.

— Et alors ? Si c'était le cas ? Vouloir empocher 25 000 dollars de récompense, ce n'est pas un crime, que je sache.

Hudson réprima le juron qui lui montait aux lèvres. Cette récompense, offerte par la TDC, ne leur avait apporté que des ennuis et entravait la bonne marche de l'enquête. Les affiches placardées partout en ville, de même que la publicité faite autour de cette récompense, avaient rameuté tous les chasseurs de primes que comptait l'État. Chacun voulait tenter sa chance et, pour cela, se donnait les moyens – légaux ou illégaux – d'y parvenir. Officiellement, la TDC faisait une affaire personnelle du cas Trask, offensée d'avoir été volée – affirmait-elle – par un de ses employés. Officieusement, on se demandait bien pourquoi une société qui faisait chaque année des milliards de bénéfices s'acharnait ainsi sur un homme qui leur aurait dérobé 50 000 dollars. Une goutte d'eau dans la mer pour la société en question…

— Nous n'avons aucun autre témoignage de gens attestant qu'ils auraient été attaqués par Dane Trask. Aussi, je vous pose de nouveau la question : que s'est-il véritablement passé sur ce sentier ?

— Il était fait comme un rat, répondit Braxton comme pour lui-même. J'étais à deux doigts de l'avoir. J'ai braqué mon arme sur lui et je l'ai sommé de se tenir tranquille.

— Comment savez-vous que c'était lui ?

— Parce que je le lui ai demandé, pardi ! Il correspondait à la photo des affiches, mais je voulais être bien sûr que c'était lui. Je ne suis pas idiot à ce point !

— Que vous a-t-il répondu ?

— Il m'a dit qu'il était bien Dane Trask mais qu'il fallait que je m'en aille. Comme si j'allais lui obéir ! Alors, je lui ai dit de ne pas faire d'histoires et de venir avec moi, mais c'est là qu'il m'a sauté dessus et m'a roué de coups. C'est un miracle que je sois toujours en vie !

Ce récit ne faisait que conforter Hudson dans l'idée que si Trask, ancien militaire de carrière, avait voulu éliminer Braxton, ce dernier serait mort à l'heure qu'il était.

— Avez-vous autre chose à nous signaler ? demanda-t-il.

— Quand vous lui aurez mis la main dessus, j'exigerai

que vous l'inculpiez pour agression et tentative de meurtre sur ma personne.

— Et vous, vous serez inculpé pour port d'arme non autorisé.

Les cris de rage de Braxton les poursuivirent jusque dans les couloirs. Une fois dehors, Hudson respira à fond l'odeur de l'asphalte chaud qui se mélangeait à celle des lilas en fleur. L'ambiance feutrée des hôpitaux le mettait toujours mal à l'aise.

— Si ça continue, un de ces types va y laisser sa peau, prédit Beck. Bon sang ! Qu'est-ce que Trask a derrière la tête, à jouer à cache-cache comme il le fait dans ce parc ?

Cette question, tous se la posaient depuis six semaines que Trask avait disparu. Pourquoi un homme comme lui, qui avait un bon boulot, jouissait d'une bonne réputation, aimait sa famille et ses amis, pourquoi cet homme avait-il tout abandonné pour se terrer en pleine nature, laissant de temps en temps derrière lui des indices accusant la TDC, la société qui l'employait, de tremper dans des affaires louches ? Sans compter que ce petit jeu du chat et de la souris n'amusait que lui.

Les mauvaises surprises pouvaient vous tomber dessus à n'importe quel moment. Mais quand elles se produisaient dès le lundi matin, à l'heure où vous démarrez votre journée de travail, cela n'augurait rien de bon pour la suite. C'est ce que se dit Audra quand elle vit débarquer dans son bureau Mme Patrick, une mère d'élève. Visage fermé, lèvres tellement pincées qu'il n'en restait qu'une ligne fine, sourcils froncés, tout indiquait chez elle une profonde contrariété, ou pire…

Ce n'est pas grave, se dit Audra tout en se préparant mentalement à la confrontation qui s'annonçait. En effet, à la place de cette maman, elle pourrait avoir la visite d'un policier, venu lui annoncer ce qu'elle redoutait depuis maintenant six semaines que son père avait disparu.

— Bonjour, madame Patrick, dit-elle d'un ton qu'elle s'appliqua à garder courtois. Que puis-je faire pour vous ?

— Que pouvez-vous faire pour ma petite fille, plutôt, corrigea sèchement Mme Patrick. Je l'ai inscrite dans cette école parce que mes amies ne tarissaient pas d'éloges sur vous. J'ai eu des doutes quand j'ai vu que vous étiez aussi jeune, mais je me suis dit que j'allais vous donner une chance de faire vos preuves. Il est évident que je n'aurais pas dû. Vous n'avez aucune expérience en ce qui concerne l'éducation des jeunes enfants.

— Madame Patrick, asseyez-vous, je vous en prie, et dites-moi ce qui ne va pas. Il est arrivé quelque chose à April ?

La petite fille, âgée de quatre ans, était dans la classe de Jana Keplar, une institutrice qu'Audra avait embauchée sur recommandation.

— April est victime de harcèlement !

Le mot avait jailli de sa bouche. Mme Patrick serra un peu plus les lèvres tandis que ses yeux s'embuaient de larmes difficilement contenues.

— Je sais bien qu'elle a un comportement étrange depuis quelque temps ; et je mettais cela sur le compte de la grippe qu'elle a attrapée pendant les vacances et dont elle peinait à se remettre. Mais quand je l'ai récupérée vendredi soir, elle s'est mise à pleurer sans pouvoir s'arrêter. Il m'a fallu deux jours pour lui faire dire ce qui n'allait pas.

— Madame Patrick, nous prenons les affaires de harcèlement très au sérieux. Si ce que vous dites est vrai, je me charge de punir personnellement le ou la coupable. Je vous écoute.

C'est ainsi qu'Audra apprit que Mia Ramsey, une petite

fille de la classe d'April, avait débuté ce qui, à ses yeux sans doute, n'était qu'un jeu. Puis, au fil des jours, le jeu avait viré au harcèlement moral et physique.

— April en a-t-elle parlé à Mme Keplar ? s'enquit Audra.

— Oui, mais Mme Keplar lui a reproché de moucharder et d'être trop sensible.

Audra se redressa dans son siège, bouillonnant d'une rage intérieure.

— Je parlerai à Mme Keplar, assura-t-elle. Et je parlerai également à Mia et à ses parents. Je suis bouleversée d'apprendre que votre fille est victime de ce genre de maltraitance dans mon école, mais je vais faire en sorte que cela ne se reproduise pas. Vous pouvez en être certaine.

Mme Patrick sembla se détendre un peu.

— Je l'espère. J'ai décidé de garder April à la maison aujourd'hui. Elle est avec ma voisine qui était sa baby-sitter avant que je décide d'inscrire ma fille dans votre école. Je pense que c'est bon pour elle d'être avec d'autres enfants mais dans de bonnes conditions ; pas pour y être maltraitée.

— Je vous promets que je ne laisserai pas passer cela, affirma Audra.

Elle escorta Mme Patrick jusqu'à la sortie et constata que ses mains tremblaient encore alors qu'elle regagnait son bureau. Elle voyait bien qui était April, fillette effacée et timide, plus petite et plus silencieuse que la plupart de ses camarades de classe. La cible parfaite pour de petits tyrans en herbe. Audra avait été une de ces enfants. Une petite fille qui ne s'intégrait jamais, qu'on insultait, qu'on raillait, qu'on bousculait. Elle avait dû livrer une bataille acharnée pour avoir la confiance en elle qu'elle avait aujourd'hui. Elle était un peu plus âgée qu'April quand cela lui était arrivé, mais les cicatrices étaient toujours là. La discussion qu'elle venait d'avoir avec Mme Patrick avait rouvert ces vieilles blessures et remettait en cause ses compétences. Elle n'était pas apte à diriger une école si elle ne voyait pas ce qui se passait sous son nez.

Elle inspira profondément, s'exhortant à faire taire ces pensées négatives qui la tourmentaient. Elle était à sa place, ici, comme directrice de cette école. Et en tant que telle, elle était à même de régler le problème.

D'une main ferme, elle prit son téléphone et appela son assistante.

— Brenda ? Allez chercher Mme Keplar dans sa classe, je vous prie. Dites-lui que je veux lui parler immédiatement. Vous surveillerez les enfants pendant qu'elle sera avec moi.

— Bien sûr, acquiesça Brenda d'un ton qui ne cachait rien de son étonnement.

Quelques minutes plus tard, Jana Keplar se présentait dans le bureau d'Audra. Grande, avec un visage taillé à la serpe et des cheveux bruns courts striés de gris, elle avait été embauchée pour remplacer une institutrice qui avait choisi de rester chez elle à la naissance de ses jumeaux. Audra avait été impressionnée par son professionnalisme et son enthousiasme, deux qualités qui la faisaient apprécier de tous – petits et grands.

— Cet entretien n'aurait pas pu attendre l'heure du déjeuner ? attaqua-t-elle avant qu'Audra n'ait eu le temps d'ouvrir la bouche. C'est très perturbant pour les enfants de me voir partir comme cela, en pleine leçon.

— Non, cela ne pouvait pas attendre, répliqua fermement Audra. Veuillez refermer la porte et vous asseoir, je vous prie.

Jana referma la porte mais resta debout.

— Y a-t-il un problème ?

— La maman d'April sort de mon bureau. Elle était bouleversée. Elle m'a appris que sa fille était harcelée par une élève de sa classe.

— April est beaucoup trop sensible. Si elle ne se mettait

pas à pleurnicher à chaque fois qu'un élève la regarde de travers, elle ne se ferait pas autant chahuter. Je lui ai conseillé de leur tenir tête ou, du moins, de les ignorer, mais elle ne m'écoute pas.

— S'il vous plaît, Jana, asseyez-vous.

Jana sembla hésiter mais le ton ferme d'Audra la persuada de s'exécuter. Elle finit par s'asseoir du bout des fesses sur la chaise que lui avait désignée Audra, le dos bien droit, les mains sur les genoux, dans une posture qui pouvait laisser penser qu'elle allait bondir de son siège à tout instant.

— Mme Patrick affirme que c'est Mia Ramsey, en particulier, qui s'en prend à April.

— Mia est une petite fille brillante et très sociable. Elle est très populaire auprès des autres enfants. April, qui est tout le contraire, doit être jalouse d'elle. Elle exagère les faits et s'offense là où il n'y a pas lieu de s'offenser.

— Mme Patrick m'a aussi rapporté que Mia maltraitait sa fille physiquement. Elle la pince et lui tire les cheveux dès qu'elles se trouvent à l'abri des regards. Ce genre de comportement ne peut pas être toléré. Il va à l'encontre des principes de cette école.

Si Jana se retint de lever les yeux au ciel, Audra comprit que c'était au prix d'un effort surhumain.

— J'ai questionné Mia plusieurs fois. Elle m'a juré n'avoir jamais touché April. D'ailleurs, je n'ai trouvé aucune marque sur cette enfant qui aurait pu prouver qu'elle avait été molestée.

— Peu importe qu'April porte ou non des marques sur le corps, trancha Audra. Nous ne pouvons prendre ces accusations à la légère. Je souhaite que règne dans cette école une politique de tolérance zéro pour tout ce qui touche au harcèlement.

— Je comprends. Mais il est tout aussi important de ne

pas accuser Mia d'être un tyran juste parce qu'une nigaude geignarde cherche à attirer l'attention sur elle.

Audra fut choquée par la rudesse de ce propos.

— Je vous prie de ne pas parler d'un de nos enfants en ces termes. Si vous persistez, je n'hésiterai pas à me séparer de vous.

Jana blêmit en même temps qu'elle baissait légèrement la tête.

— Je suis désolée, s'excusa-t-elle. Toute cette histoire m'a contrariée et je crois bien que j'ai manqué d'objectivité. Cela ne se reproduira plus.

— Je l'espère. Il serait peut-être utile que j'aille parler aux petites.

— Ce n'est pas la peine, rétorqua Jana en se levant précipitamment de sa chaise. Compte tenu de mon expérience, je crois savoir comment m'y prendre avec des enfants de quatre ans.

— Eh bien, prouvez-le-moi, rétorqua Audra d'un ton qu'elle s'efforça de garder calme.

Depuis le début, elle soupçonnait Jana – qui avait dirigé sa propre école dans le Kentucky avant que son mari ne soit muté dans le Colorado – de ne pas apprécier de travailler sous les ordres d'une personne beaucoup plus jeune qu'elle.

— Un conseil, quand même, ajouta-t-elle. Au lieu de demander à April d'ignorer Mia, dites plutôt à Mia d'ignorer April. Séparez-les pendant quelque temps. Et surveillez-les de près. Je ne veux plus avoir à subir de plaintes de parents mécontents.

Jana lui lança un regard noir.

— C'est tout ?

— Oui. C'est tout.

Jana sortit en faisant claquer la porte derrière elle. Audra soupira. Elle n'était pas sûre que son petit sermon allait porter ses fruits, mais elle ne connaissait pas très bien Jana. Elle savait seulement que l'école qu'elle avait dirigée dans le Kentucky avait très bonne réputation. Un des parents qu'Audra avait contactés afin de vérifier les références de Jana lui en avait parlé avec des trémolos dans la voix, soutenant que son petit garçon la réclamait encore.

Un coup frappé à la porte interrompit le fil de ses pensées.

— Entrez ! dit-elle.

Brenda passa la tête par l'entrebâillement de la porte.

— Tout va bien ? s'enquit-elle.

— Tout va bien. Les enfants ont été sages ?

— Des amours. Ils m'ont chanté la dernière comptine qu'ils ont apprise avec Jana. Et la petite Mia a tenu à me l'apprendre à son tour. Cette gosse est vraiment adorable.

Une gosse adorable qui pouvait se conduire comme une brute. Ou pas. Et si c'était Jana qui avait raison ? Si April souffrait d'une sensibilité exacerbée qui lui faisait tout exagérer ? Car il était vrai que, parfois, des enfants trop introvertis, habitués à être ignorés, faisaient tout pour qu'on les remarque. Audra elle-même avait agi ainsi.

Brenda, qui avait fini par entrer dans la pièce, fixa Audra d'un regard plein d'appréhension.

— Autre chose ? s'enquit Audra.

— Vous avez écouté les nouvelles ce matin ?

Une boule d'angoisse se forma dans sa gorge. Depuis que son père avait disparu, elle évitait de lire les journaux ou de suivre les infos à la télé.

— Non. Pourquoi ?

Brenda esquissa une moue grimaçante.

— Un homme s'est fait agresser dans le parc Gunnison. Il souffre de fractures multiples et de nombreuses contusions. Il soutient que votre père a voulu le tuer.

Audra se tint immobile, n'esquissant aucun geste qui trahirait le flot d'émotions qui la submergea à ce moment précis. Son père, l'homme qu'elle avait toujours considéré comme son héros, son modèle, cet homme qu'elle aimait plus que tout au monde se terrait en pleine nature comme un sauvage depuis six semaines. Comment avait-il pu en arriver là ?

— Je suis désolée, dit Brenda. Mais j'ai pensé qu'il valait mieux que vous le sachiez si jamais un parent – ou un enfant – venait à vous en parler.

— Vous avez bien fait, Brenda. Je vous remercie.

Elle s'attendait à la voir quitter la pièce, mais elle ne bougea pas.

— Il y a une autre raison qui m'a poussée à vous en parler.

— Oui ?

Quel malheur allait-elle encore lui annoncer ?

— Un policier attend dans le couloir. Il veut vous voir. Il ne l'a pas dit mais je suis certaine que c'est à cause de cette histoire.

Audra ferma les yeux.

Évidemment.

N'avait-elle pas pressenti que la semaine s'annonçait mal ?

2

Audra se souvenait de l'officier Mark Hudson comme d'un homme séduisant, au sourire irrésistible. Une masse épaisse de cheveux blonds comme les blés, des yeux d'un bleu azur qui vous transperçaient, bref, un physique renversant auquel, en d'autres circonstances, elle se serait bien laissé prendre. Pour l'heure, l'homme ne souriait pas et contrairement aux autres fois où il l'avait interrogée sur son père, il lui offrait un visage fermé. Debout derrière son bureau, les sourcils froncés, les yeux baissés sur elle, il ressemblait à un professeur sur le point de réprimander une élève prise en faute.

Elle s'empressa de chasser cette image qu'elle jugeait dégradante pour elle, se tint bien droite et parla la première d'une voix assurée.

— Selon les dernières nouvelles, mon père aurait agressé un homme dans le parc ? Les faits sont-ils avérés ?

Les lignes soucieuses qui barraient le front de l'agent Hudson se creusèrent un peu plus.

— Nous savons seulement qu'un homme a été attaqué sur un des sentiers du parc. Il affirme que son agresseur était votre père.

Elle serra les poings si fort que ses ongles lui entrèrent dans la chair.

— Ça ne peut pas être mon père. Un tel comportement ne lui ressemble pas.

— Ça ne lui ressemble pas parce que vous ne le connaissez pas sous cet angle.

Hudson plaça la chaise qui se trouvait devant le bureau à côté d'Audra et s'assit, faisant s'entrechoquer doucement les breloques qui étaient accrochées à sa ceinture. Elle perçut des effluves de son eau de toilette, mélange de senteurs boisées et d'agrumes, qui la troublèrent. Qu'elle soit chamboulée par la présence à ses côtés de cet homme qui traquait son père lui sembla soudain indécent.

Elle se força à le regarder dans les yeux.

— Pourquoi êtes-vous ici ?

— Nous devons retrouver votre père avant qu'il y ait d'autres blessés. Ou que quelqu'un ne le tue.

Elle sursauta violemment et eut soudain devant les yeux des images de son père pourchassé par un essaim de policiers ayant pour ordre de tirer à vue.

— Que voulez-vous dire ?

— Votre père est aux abois. S'obstiner à rester en cavale alors qu'il est recherché par toutes les forces de police de l'État est l'acte d'un homme désespéré. Cela pourrait le conduire à faire n'importe quoi pour ne pas être rattrapé.

— Expliquez-moi pourquoi il aurait agressé cet homme. Qu'avait-il à gagner ? Et d'abord, êtes-vous bien certain que c'était lui ? Je vous rappelle que tout le monde l'accusait d'avoir assassiné cette jeune randonneuse, Marsha Grandberry, et pour finir, ce n'était pas lui le coupable mais quelqu'un qui voulait lui faire porter le chapeau.

Le meurtrier, Tony Masterson, avait pris en otage Eve Shea, l'ex-petite amie de son père, pour tenter de faire sortir Dane de sa cachette. Masterson y avait laissé la vie. Depuis, on murmurait que c'était Dane qui l'avait tué pour sauver Eve. C'était possible. Son père était capable d'un tel geste. Mais agresser gratuitement un homme, cela, il ne le ferait jamais.

— La victime affirme qu'il s'agissait bien de Dane Trask.

— Donc, ils papotaient gentiment quand tout d'un coup mon père se serait jeté sur lui ?

— La victime était armée. Nous pensons que votre père s'est jeté sur lui pour le désarmer. Et s'il l'a blessé, c'était de la légitime défense. Il aurait pu le tuer facilement et pourtant il ne l'a pas fait.

Ces paroles suscitèrent en elle un soulagement si profond qu'elle en eut les larmes aux yeux.

— Pourquoi le pourchassez-vous de cette manière ? Comme s'il s'agissait d'une bête sauvage ? Pourquoi ne le laissez-vous pas tranquille ?

— Tant que nous ne l'aurons pas arrêté, il sera en danger. La récompense offerte par la TDC pour sa capture intéresse beaucoup de monde. Les gens sillonnent le parc juste dans l'espoir d'être celui ou celle qui décrochera le gros lot. En général, ils viennent armés, comme l'homme que votre père a neutralisé. Il est pourtant illégal de se promener dans le parc avec une arme, mais rien n'arrête ces chasseurs de primes amateurs.

— Dans ce cas, demandez à la TDC de retirer leur offre.

— Nous n'avons aucune autorité pour le faire. Elle n'enfreint aucune règle. Sans doute pense-t-elle même qu'elle nous aide.

— Je ne vois toujours pas pourquoi vous êtes ici. Non seulement vous perdez votre temps, mais vous me faites perdre le mien.

— Je voulais savoir si depuis la dernière fois où je vous ai interrogée, votre père n'a pas cherché à entrer en contact avec vous.

— La réponse est non. Je vous l'aurais dit.

— C'est curieux parce qu'il a contacté son ancienne

assistante administrative, Cara Mead, ainsi que son ex-petite amie, Eve Shea. Vous êtes sa fille. Il serait naturel qu'il se tourne également vers vous pour vous demander de l'aider.

— J'ignore pour quelle raison il n'a pas essayé de me joindre, mais il ne l'a pas fait.

Elle était blessée que son père se soit tourné vers d'autres qu'elle pour l'aider. Mais pour être honnête, elle en était soulagée. S'il l'avait appelée à l'aide, qu'aurait-elle pu faire ? Elle n'était ni flic ni avocate. Juste la directrice d'une école maternelle.

— Je comprends votre raisonnement, officier Hudson, mais je vous dis la vérité.

— Appelez-moi Hud, je vous en prie.

Elle détourna les yeux, ne sachant trop comment réagir à cette marque de familiarité qui était une main tendue vers une relation plus cordiale. Mais comment pouvaient-ils être amis alors qu'il traquait son père comme une bête ?

— Peut-être qu'il ne m'a pas contactée parce qu'il m'a toujours protégée et qu'il aurait eu l'impression d'inverser les rôles.

— Comment était-il avec vous ?

Elle haussa les épaules tant la réponse lui paraissait évidente.

— Comme un père avec sa fille. Il me donnait des conseils. Il m'avançait de l'argent quand je traversais des périodes difficiles.

Comme quand il a payé ma cure de désintoxication.

Mais cette information relevait de sa vie privée et ne serait d'aucune utilité dans l'enquête que menait l'agent Hudson.

— Vos parents ne se sont jamais mariés. C'est exact ?

C'était toujours la même chose avec les flics. Ils vous posaient les mêmes questions, encore et encore, dans l'espoir probable de vous voir vous recouper.

— Je crois que vous m'avez déjà posé la question, mais il semble que vous ayez oublié la réponse. Mes parents se sont connus à l'université. Un jour, mon père a demandé à ma mère de l'épouser mais elle a refusé. Elle m'a confié qu'elle l'avait fait parce qu'elle estimait qu'à l'époque, ils étaient trop jeunes. Et surtout parce qu'ils ne s'aimaient pas vraiment.

Par la suite, cela ne l'avait pas empêchée de se marier à deux reprises, avec deux hommes qu'elle n'aimait pas non plus.

— Votre père a-t-il toujours été présent dans votre vie ?

— Oui. Ma mère et lui se partageaient ma garde, mais il y a même eu une période, à l'adolescence, où je suis allée vivre chez lui. Mon beau-père et moi ne nous entendions pas très bien. Oui, mon père a toujours été là pour moi.

— Je suppose que vous souffrez du fait qu'il ne soit plus là.

Elle fixa sur lui un regard surpris.

— Évidemment. Quelle question ! C'est pourquoi, si je le pouvais, je ferais tout pour vous aider à le retrouver.

Hud hocha la tête, mais elle n'aurait su dire si c'était parce qu'il la croyait ou parce que cette réponse lui convenait.

— J'ai beaucoup réfléchi à tout ça, dit-il. Je pense que votre père avait tout planifié en amont. Il ne s'est pas enfui sur un coup de tête. Il a dû repérer des grottes ou d'autres lieux sûrs où pouvoir s'abriter et stocker de quoi manger et boire pendant un certain temps. Des gens ont prétendu l'avoir vu dans certains endroits du parc.

— Il adore ce parc.

— Il y allait souvent ?

— Il y allait parfois le week-end ou après son travail pour s'aérer un peu. Je dirais une fois par mois environ, mais ça pouvait être plus. Ce que je veux dire, c'est que nous avions chacun notre vie et que je n'étais pas au courant de tous ses faits et gestes.

— Parlez-moi de la dernière fois où vous l'avez vu.

— Cela aussi, je vous l'ai déjà dit. Vous n'avez pas gardé ma déposition ?

— Si, bien sûr. Mais il se pourrait que vous vous souveniez de détails qui vous auraient échappé la première fois. Ou que je n'ai pas prêté attention à un élément important.

— Très bien.

Elle fixa son bureau, tâchant de se remémorer avec précision ce jour, six semaines plus tôt.

— C'était la veille de mon départ pour Paris. Nous avons dîné ensemble.

— Vous partiez en vacances chez des amis. C'est bien ça ?

— Oui. Cela faisait deux ans que je planifiais ce voyage, alors j'étais terriblement excitée. C'est sans doute pour cela que je ne me rappelle pas grand-chose de cette soirée. Papa m'a paru avoir un comportement normal, mais si ça n'était pas le cas, il est fort possible que je ne l'aie pas remarqué.

— Vous vous souvenez de ce dont vous avez parlé ?

— Essentiellement de Paris. Papa connaissait cette ville. Il y était allé une fois quand il était dans l'armée. Il était basé en Allemagne et il avait profité d'une permission de plusieurs jours pour s'y rendre. Il m'a parlé des musées qu'il avait visités, m'a conseillé sur les endroits pittoresques à voir. Nous avons parlé des amis chez qui j'allais séjourner, Denise et Ritchie. Papa les avait rencontrés deux ou trois fois. Nous avons aussi évoqué la nouvelle école que la TDC construit près de son siège. C'est moi qui ai décroché le contrat et j'étais très enthousiaste à ce sujet.

— Votre père a-t-il participé à l'élaboration de ce projet ?

— Je crois que c'est lui qui a fait l'étude environnementale ; mais une fois le projet lancé, il n'a plus travaillé dessus. Ce n'était plus de son ressort.

— Cette nuit-là, au moment de vous quitter, il vous aurait recommandé d'être prudente.

— C'est exact. Mais sur le coup, cela ne m'a pas étonnée. C'est ce que disent tous les parents à leurs enfants, non ? Ce que j'ai trouvé bizarre, en revanche, c'est qu'il me l'a répété plusieurs fois. Il a vraiment insisté là-dessus. J'ai même plaisanté à ce sujet. Je lui ai demandé s'il avait le pressentiment que quelque chose de terrible allait se produire.

— Qu'a-t-il répondu ?

— Qu'il était sérieux. Qu'il fallait que je fasse attention à moi durant mon séjour à Paris mais aussi à mon retour.

— Autre chose ?

— Non.

Hudson afficha une déception profonde qui mit Audra mal à l'aise.

— Savez-vous si votre père avait un endroit préféré dans le parc ? Un endroit où il aimait camper ou faire de la randonnée.

— Non. Ce n'étaient pas des activités que nous partagions.

— Pourquoi ? Vous n'aimez pas ça ?

— Disons que je ne suis pas aussi passionnée que lui. Je trouve ça amusant une ou deux nuits, pas plus.

Elle s'arrêta de parler, rattrapée par la vague d'émotion que ces souvenirs avaient fait naître en elle.

— Je me demande s'il y prend toujours autant de plaisir, aujourd'hui, reprit-elle d'un ton qu'elle voulait plus léger.

— Votre père est un homme de défis. Il a été entraîné à survivre à des situations extrêmes quand il était dans l'armée. Ce sont des choses qui ne s'oublient pas.

— Vous avez peut-être raison.

Elle jeta un coup d'œil à l'horloge murale, surprise de voir qu'il était plus de 10 heures.

— Excusez-moi, mais il faut vraiment que je me remette au travail.

Hudson se leva aussitôt et replaça la chaise à sa place, devant le bureau.

— Merci pour votre aide, dit-il. Si quelque chose vous revient, appelez-moi. Vous avez toujours ma carte ?

— Oui.

Elle se rappelait très bien l'avoir rangée dans son portefeuille. Elle se leva à son tour.

— C'est l'heure de la récréation, expliqua-t-elle. J'ai l'habitude d'aller voir si tout se passe bien dans la cour.

— Cela fait partie de vos attributions ?

— Il est important que les élèves apprennent à me connaître, et c'est l'occasion pour moi de les voir interagir avec leurs enseignants. On ne peut pas vraiment diriger un établissement scolaire en restant assis toute la journée derrière un bureau.

— C'est votre père qui vous a appris ça ?

— Oui, répondit-elle avec un sourire attendri.

— Vous savez, contrairement à ce que vous pensez, nous ne le pourchassons pas comme un animal ni même comme un criminel. Nous cherchons juste à le retrouver pour pouvoir l'aider par la suite. Comme je vous l'ai déjà dit, rester caché comme il le fait est l'acte d'un homme désespéré.

— Pourquoi est-il aussi désespéré ?

— C'est ce que nous nous employons à découvrir.

Alors qu'il était en chemin vers le quartier général de la brigade des rangers, Hudson repensait sans cesse à Audra. Petite – un mètre cinquante-cinq environ –, pourvue d'attaches fines et délicates, auréolée d'une foison de boucles brunes indomptables, elle était le genre de femmes sur lequel on pouvait se méprendre à première vue.

Pourtant, de toutes les personnes reliées de près ou de

loin à Dane Trask, elle était celle que sa disparition semblait le plus affecter. Si Trask persistait à se terrer comme il le faisait, il se pourrait bien qu'elle ait du mal à s'en remettre.

C'est toujours plongé dans ses pensées qu'il quitta l'autoroute pour prendre la route qui longeait Black Canyon, situé dans la partie la plus septentrionale du parc Gunnison. Le gouffre plongeait à plus de neuf cents mètres jusqu'au ruban argenté de la rivière Gunnison. C'était là, dans ces paysages immenses, aussi grandioses que sauvages, que Dane Trask se cachait depuis six semaines. C'était là aussi qu'opéraient les membres de la brigade des rangers, une force d'intervention unique créée pour combattre les criminels.

Hudson ignorait si Trask avait commis des crimes, mais le retrouver relevait de sa juridiction.

Encore un virage et il se retrouva très vite devant le quartier général des rangers, un bâtiment blanc rectangulaire, situé juste à l'entrée principale du parc.

À peine était-il sorti de sa voiture qu'un homme l'interpella en courant vers lui.

— Officier Hudson !

Hudson se tourna vers l'homme, un grand type baraqué aux cheveux filasse qui lui arrivaient aux épaules.

— Bonjour. Je m'appelle Roy Holliday.

Hudson dédaigna la main qu'il lui tendait. La règle était que cet homme lui était inconnu et qu'il devait s'en méfier.

— Que puis-je faire pour vous, monsieur Holliday ?

— Je suis journaliste. Je travaille actuellement sur le cas Dane Trask. J'aimerais vous poser quelques questions.

— Malheureusement, je crains de ne pas pouvoir vous aider.

Sur ces mots, il lui tourna le dos et se dirigea vers la porte d'entrée. Tenace, Holliday lui emboîta le pas.

— Que pouvez-vous me dire de l'agression qu'a subie

Dallas Wayne Braxton ? insista Holliday. Il soutient que Trask l'a attaqué alors qu'il ne l'avait pas provoqué. Pourtant, j'ai entendu dire qu'on avait retrouvé son arme sur le sentier, à l'endroit même de l'agression. On peut en déduire que c'est Braxton qui a menacé Trask, et que Trask n'a fait que se défendre. Que pensez-vous de cette théorie ?

Hudson fut passablement irrité à l'idée que quelqu'un – un des gardiens du parc, peut-être ? – avait dû parler à ce fouineur.

— Sans commentaire.

— Et Audra Trask ?

Hudson s'arrêta net de marcher pour faire face à Holliday.

— Quoi, Audra Trask ?

— Elle est la plus proche parente de Trask. Elle doit forcément savoir quelque chose qu'elle ne veut pas dire. Vous l'avez questionnée ? Vous pensez qu'elle couvre son père ?

— Mlle Trask ne sait rien, répliqua-t-il d'un ton sec. Fichez-lui la paix.

Il se remit en marche, toujours talonné par Holliday.

— C'est mon boulot de parler aux gens.

— Peut-être, mais la frontière est mince entre leur parler et les harceler. Et si vous la franchissez, vous aurez à en répondre devant moi.

— Cela a l'air de vous tenir à cœur. Dois-je en déduire que Mlle Trask et vous entretenez une relation… personnelle ?

Hudson se maudit intérieurement d'avoir réagi de manière aussi impulsive. N'aurait-il pas pu fermer sa grande bouche, pour une fois ?

— J'aurais dit la même chose pour n'importe quel témoin, affirma-t-il.

— Donc, vous admettez qu'Audra Trask est témoin dans cette affaire ? Puis-je vous citer ? s'enquit le journaliste en sortant un stylo et un petit carnet de la poche de sa veste.

En guise de réponse, Hudson pénétra en silence dans le bâtiment et lui claqua la porte au nez.

— C'est à votre tour, je vois.

L'officier Carmen Redhorse accompagna ses paroles d'un sourire compatissant. D'origine amérindienne, elle avait intégré la brigade des rangers à sa création, deux ans plus tôt, mais elle était née et avait grandi dans la région.

— N'avons-nous pas quelqu'un chargé des relations avec la presse ? demanda Hudson.

L'adjointe au shérif, Faith Martin, leva les yeux de son écran.

— Je lui ai fait une déclaration officielle, ce matin. Je peux lui demander de partir, si vous voulez, ajouta-t-elle. Mais c'est délicat. Il se trouve sur un domaine public.

— Je ne me souviens pas de l'avoir déjà vu traîner dans le coin, dit Hudson. Pour quel canard travaille-t-il ?

— Il travaille en free-lance. C'est lui qui a révélé l'agression de Braxton, ce matin.

— Beck nous a rapporté que Braxton s'en était pris à Trask et que Trask n'avait fait que se défendre.

— C'est ce que je crois, oui. Braxton est un dur à cuire, qui pensait avoir le dessus parce qu'il avait une arme à la main. Malheureusement pour lui, il est tombé sur un os. Trask a dû lui casser le bras pour se débarrasser de lui et pouvoir prendre la fuite. S'il avait voulu le tuer, il l'aurait fait. Mais il se trouve qu'il ne l'a pas fait.

— Que dit sa fille ? s'enquit Redhorse.

— Elle s'inquiète pour son père mais elle ne sait rien.

— Rien qu'elle puisse nous dire, rétorqua Redhorse d'un ton sarcastique.

— Je pense vraiment qu'elle ne sait rien. Ce qui n'arrange pas notre affaire, j'en conviens.

— Trask semble en vouloir à son ancien employeur, appuya Martin. Les indices qu'il a laissés – les rapports falsifiés de la TDC et le communiqué de presse qu'il a envoyé à son ex-petite amie – ont tous les deux un rapport avec la mine contaminée Mary Lee. Mais cela ne justifie pas que cet homme fiche sa vie en l'air comme il le fait.

— On peut en dire autant de la TDC. Elle aussi semble en avoir après Trask. Elle l'accuse de détournement de fonds, tout de même, et va jusqu'à offrir une somme importante pour sa capture.

— Quoi qu'il en soit, il aurait été préférable que cette histoire se règle à l'amiable. C'est insensé de perdre autant de temps et d'énergie à courir après cet homme.

— Il doit y avoir quelque chose de plus important derrière tout ça, dit Redhorse. Trask a la réputation d'être un homme intelligent et réfléchi. Il ne serait pas en cavale depuis tout ce temps s'il n'avait pas une bonne raison.

— Peut-être, dit Martin.

Trask agissait-il ainsi délibérément ? Si même sa propre fille ne comprenait pas ce qui pouvait pousser son père à rester caché comme il le faisait, comment la police le pourrait-elle ?

3

Ce matin-là, Audra mit un point d'honneur à aller accueillir elle-même April Patrick et sa mère à la grille d'entrée.

— Bonjour, April, dit-elle en se baissant pour se mettre à la hauteur de la fillette. Tu nous as manqué hier. Je suis très contente que tu sois de retour.

April rougit jusqu'aux oreilles tout en fixant le bout de ses chaussures.

— J'ai parlé à la maîtresse d'April, ajouta Audra à l'adresse de Mme Patrick. Nous allons surveiller tout cela de près.

— Merci, répondit Mme Patrick avant de se tourner vers sa fille. Rappelle-toi ce que je t'ai dit, ma chérie. Tu es une petite fille merveilleuse.

Audra détourna la tête, émue aux larmes. Ces mots, c'étaient ceux que lui disait son père tous les matins, quand il la déposait à l'école.

— Bonjour, madame Patrick. April.

Jana se plaça entre Audra et la fillette.

— Si je t'accompagnais en classe ?

D'autorité, elle prit la fillette par la main et s'éloigna après avoir lancé à Audra un regard qui disait clairement que c'était à elle de gérer la situation.

April occupa les pensées d'Audra toute la matinée.

À midi pile, elle se rendit à la cantine où les petits de la classe de Jana entraient pour s'attabler. April était facile à repérer, la tête baissée, en fin de file. Elle s'installa la dernière en bout de table, loin de Jana, laissant un siège vide de chaque côté d'elle. Le cœur d'Audra se serra. Elle s'assit sur l'une des chaises vacantes.

— Bonjour, les enfants, dit-elle.

— Bonjour, madame Trask ! répondirent-ils tous en chœur.

— April, que dirais-tu de déjeuner à une autre table, seule avec moi ?

April écarquilla de grands yeux apeurés.

— J'ai fait une bêtise ? demanda-t-elle dans un souffle.

— Non. Bien sûr que non, s'empressa-t-elle de répondre pour la rassurer. Nous allons essayer quelque chose de nouveau, ajouta-t-elle assez fort pour être entendue de tous. Chaque semaine, je déjeunerai en tête à tête avec l'un d'entre vous, pour essayer de mieux vous connaître. Nous irons à cette table, là-bas. C'est une table spéciale.

Elle pointa du doigt une table restée vide, en fond de salle.

— Viens, April. Nous allons passer un bon moment, tu vas voir.

La fillette prit ses affaires et la suivit, tête basse, visiblement peu enchantée.

Lorsqu'elles furent installées, Audra fit signe à Mme Garibaldi, la responsable de la cantine, de s'approcher. Quelques minutes après s'être éclipsée, Mme Garibaldi revint avec un plateau portant deux verres de jus de fruits et deux petits pots de crème glacée. *De quoi dérider April et la mettre en confiance*, songeait Audra.

— Nous parlerons en mangeant, suggéra-t-elle en déballant son sandwich. D'accord ?

April acquiesça et commença à grignoter le sandwich

au beurre de cacahuètes – un grand classique – que lui avait préparé sa mère.

— Tu me fais penser à moi, quand j'étais petite, poursuivit Audra. Comme toi, j'étais une fillette très calme. Il n'y a rien de mal à cela, mais les autres enfants ne comprenaient pas pourquoi je ne chahutais pas avec eux. Alors, ils se moquaient de moi ou ils me bousculaient.

April reposa son sandwich, silencieuse.

— Est-ce que c'est pareil pour toi ? Les autres enfants se moquent de toi ou te bousculent ?

En guise de réponse, April haussa les épaules.

— Quand on se fait maltraiter, cela s'appelle du harcèlement. Tu as déjà entendu ce mot ?

April fit non de la tête.

— Le harcèlement, c'est mal. Je ne veux pas de cela dans mon école, alors si quelqu'un s'en prend à toi, il faut que je le sache. Je veux que tu me promettes de me le dire. Tu peux venir dans mon bureau n'importe quand.

C'était peut-être trop lui demander, mais Audra voulait qu'April sache que sa porte lui était ouverte si elle éprouvait le besoin d'être protégée.

— D'accord, accepta April d'une toute petite voix. Des fois, les autres filles, elles me traitent de bébé.

— Vous avez le même âge. Tu n'es donc pas un bébé ; ou alors, elles le sont, elles aussi.

— Elles disent que je suis un bébé parce que je pleure tout le temps.

— C'est normal que tu pleures si elles ne sont pas gentilles avec toi. Cela ne fait pas de toi un bébé.

April la regarda d'un air étonné.

— Oui, mais elles, elles pleurent jamais.

— Il y a des élèves qui parlent plus que d'autres ou qui ont du mal à rester assis à leur bureau sans bouger ; d'autres qui sont bons en gymnastique et mauvais en mathématique ; d'autres encore qui préfèrent le beurre de cacahuètes au thon. Chacun est différent. On s'ennuierait vite si tout le monde était pareil. Non ?

April acquiesça d'un hochement de tête imperceptible. De toute évidence, elle n'était pas convaincue. Mais Audra ne s'avouait pas vaincue pour autant. Elle se faisait fort de trouver un moyen de faire régner la gentillesse et la bienveillance au sein de son école.

Elle vérifia l'heure à sa montre.

— Mange ta glace avant qu'elle ne soit fondue, dit-elle.

— Mais j'ai pas fini mon sandwich.

— Ce n'est pas grave. Aujourd'hui est un jour spécial. Tu as le droit de commencer par ton dessert, si tu veux.

À la grande joie d'Audra, April lui offrit un large sourire qui transforma son petit visage. Comme quoi, parfois, une simple crème glacée valait mieux que tous les discours.

Audra ne fut nullement surprise quand Jana vint la trouver dans son bureau à la fin des cours, ce même jour.

— Vous ne pouvez pas venir me retirer un de mes élèves sans m'en parler d'abord, attaqua-t-elle d'emblée.

— Je ne vois pas en quoi déjeuner avec cette petite vous pose un problème, répondit-elle posément.

Cette fois, Jana s'assit sans attendre d'y avoir été invitée.

— Le problème, c'est que vous l'avez fait parler dans mon dos. Vous n'avez donc pas cru ce que je vous avais dit ?

— Cela n'a rien à voir avec vous, répliqua Audra d'un ton qu'elle s'appliqua à garder neutre. Je voulais qu'April sache qu'en cas de souci, elle pouvait venir me parler.

— Il se trouve que c'est moi son institutrice. Alors, si elle a un problème, c'est à moi qu'elle doit en parler.

— Bien sûr. Mais elle devait savoir qu'il y a dans son entourage d'autres adultes qui peuvent être à l'écoute. Je tiendrai le même discours à Mia lorsque ce sera son tour de déjeuner seule avec moi.

— Mia n'a aucun problème. C'est une enfant brillante et bien dans sa peau qui ne supporte pas les petites gourdes.

— Vous traitez April de gourde ?

— Ce n'est pas ce que je voulais dire et vous le savez bien, se défendit Jana. Je pense qu'aujourd'hui le mot harcèlement est galvaudé. Au lieu de dorloter les enfants et de répondre à tous leurs caprices, nous ferions mieux de leur apprendre à se battre et à affronter l'adversité.

— Nous parlons d'enfants de quatre ans, Jana !

— N'empêche qu'elles sont issues de milieux privilégiés où on les couve à l'excès. Leur faire prendre conscience des difficultés liées à la vraie vie ne peut que leur être bénéfique.

— C'est à leurs parents de décider de cela. Pas à nous.

Jana détourna le regard un bref instant.

— En parlant de difficultés, reprit-elle d'un ton devenu mielleux, pourquoi ce flic était-il ici, hier ?

— Cela ne vous concerne pas.

— Ce n'est pas très bon pour la réputation de l'école. Vous devriez le savoir.

— Je m'occupe de la réputation de l'école ; occupez-vous de votre classe.

Elle répondit au regard froid de Jana par un regard encore plus froid. Plus âgée et plus expérimentée qu'elle, Jana devait s'imaginer détenir la science infuse. Il était donc important qu'Audra lui impose les limites à ne pas franchir.

— Vous pouvez y aller, dit-elle avec autorité. J'ai du travail.

Jana sortit, le visage fermé.

Tu serais fier de moi, papa. S'il te plaît, reviens vite pour que, à mon tour, je sois fière de toi.

Ce qui avait le plus frappé Hudson quand il avait intégré les forces de police, c'était la réaction des gens quand ils le voyaient débarquer quelque part. La plupart se taisaient, mais leur visage sombre et leur air revêche parlaient pour eux. Naïvement, il s'était imaginé qu'ils lui seraient reconnaissants d'essayer de faire régner l'ordre et la justice. Il avait très vite déchanté.

Il revenait de la prison du comté, où il avait transféré un détenu, quand il s'aperçut que la voiture qui le précédait était celle d'Audra. Quand il vit son clignotant indiquer qu'elle s'apprêtait à tourner à droite, il la suivit sans même réfléchir à ce qu'il faisait. Puis, la voyant se garer près d'une maison à étages, il alla se garer à côté d'elle.

— Pourquoi me suivez-vous ? lui demanda-t-elle sèchement en ouvrant sa portière.

Il se sentit soudain mal à l'aise.

— Je ne vous suivais pas vraiment. En fait, j'ai vu votre voiture et je voulais m'assurer que tout allait bien.

— Pourquoi y aurait-il un problème ?

— Parce que Cara Mead et Eve Shea, qui sont restées proches de votre père, ont été menacées, par exemple.

— Personne ne m'a menacée, affirma-t-elle. Je ne vois pas pourquoi on me menacerait.

— C'est une des nombreuses questions restées sans réponses à ce jour.

Elle croisa les bras et l'épingla d'un regard dur.

— Je vous interdis de me suivre. Je ne risque rien.

— Je vous l'ai dit. Je ne vous suivais pas vraiment. Je vous ai vue et je me suis dit que ça pourrait être agréable d'avoir avec vous une discussion qui ne tournerait pas autour de votre père.

— Voilà une manière de draguer pour le moins originale.

— Je ne vous drague pas, se défendit-il mollement.

— Vraiment ?

Ses traits s'étaient radoucis. Elle semblait même beaucoup s'amuser de la situation. Il fit aller son regard de ses grands yeux noirs à sa bouche aux lèvres pleines et pulpeuses. Une bouffée de chaleur l'envahit, qui n'avait rien à voir avec la température extérieure. Il songea à battre en retraite mais, au lieu de ça, fit un pas de plus vers elle.

Elle ne recula pas. Le regard rivé au sien, elle plongea une main dans son sac et en sortit son trousseau de clés.

— Entrez si vous voulez, dit-elle.

Il attendit qu'elle déverrouille sa porte puis la suivit dans le hall d'entrée. Les murs peints en blanc et les nombreuses plantes vertes conféraient au lieu une note d'exotisme chaleureuse. Elle déposa son sac à main et sa serviette sur un guéridon placé en bout de canapé.

— Que voulez-vous boire ? s'enquit-elle. Un verre d'eau gazeuse ? Un thé ?

— Un verre d'eau gazeuse, merci.

La cuisine était petite mais les placards vitrés et une large fenêtre au-dessus de l'évier la faisaient paraître plus grande. Audra prit une bouteille dans le frigo, en remplit deux verres et lui en tendit un. Il attendit qu'elle parle la première. En vain. Il laissa le silence s'installer entre eux jusqu'à ce qu'il devienne trop pesant.

— Votre journée s'est bien passée ? demanda-t-il.

— Ça aurait pu être mieux, répondit-elle. Nous avons un cas de harcèlement et j'ai beaucoup de mal à le supporter.

— Est-ce vraiment du harcèlement à cet âge-là ? Les enfants sont naturellement méchants entre eux, non ?

— La fillette maltraitée a le profil type de celle qu'il est facile d'importuner. Renfermée, timide, maladroite.

— Comment allez-vous régler le problème ?

— Je vais confronter ces deux fillettes pour tenter de les aider. Elles sont très jeunes, donc très malléables.

Leur faire prendre conscience du problème, tenter de faire changer leur comportement leur sera utile par la suite.

— Vous croyez donc qu'un harceleur n'a pas ça dans le sang. Qu'il peut devenir gentil ?

— Certains y parviendront, d'autres pas. On voit ça tous les jours en politique, dans les affaires, à la télévision. Des gens qui profitent de la faiblesse des autres pour se donner de l'importance. Se croire supérieur.

Elle reposa son verre à moitié vide sur le comptoir, derrière elle.

— Qu'est-ce qui pousse quelqu'un à devenir flic ? s'enquit-elle. C'est un métier dangereux, parfois déplaisant, voire ingrat.

Faisait-elle un lien entre le métier de policier et le harcèlement ou essayait-elle de changer de sujet ?

— En ce qui me concerne, répondit-il, je détestais l'idée de devoir passer ma vie derrière un bureau. J'aime travailler sur le terrain, aider mon prochain. Peu de gens le croient, mais la plupart des flics sont comme moi.

Il vida son verre d'un trait et le posa à côté de celui d'Audra.

— Qu'est-ce qui pousse quelqu'un à devenir directrice de maternelle ? demanda-t-il à son tour. Ce n'est pas un métier dangereux mais j'imagine qu'il doit avoir ses mauvais côtés.

— Je confirme ! Quand la saison de la gastro-entérite arrive et qu'il faut changer leurs couches à nos tout-petits, ce n'est pas non plus de tout repos. Ni gratifiant.

Elle éclata de rire en voyant son air effaré.

— Ne me dites pas que vous préférez affronter un homme armé qu'une couche sale, le taquina-t-elle.

— Vous n'avez pas d'autre choix à me proposer ?

— Un jour, vous serez père, pourtant.

— J'ai entendu dire que c'était différent quand il s'agissait de votre propre enfant.

— Et moi, je peux vous garantir que celui ou celle qui vous a dit ça vous a menti.

— Ne m'ôtez pas mes illusions, je vous en supplie, répliqua-t-il sur le mode de la plaisanterie.

Leurs regards se croisèrent et, de nouveau, il ressentit comme une coulée de lave chaude se propager dans tout son corps. Cette discussion, pourtant placée sous le signe de l'humour et de la détente, prenait tout d'un coup des allures de confidences intimes.

La sonnerie de l'entrée retentit soudain, les faisant sursauter dans un même mouvement.

— Vous attendez quelqu'un ? demanda-t-il.

— Non.

Il la suivit alors qu'elle allait ouvrir. Une femme en uniforme marron peu seyant, semblable à celui des livreurs UPS, se tenait sur le seuil.

— Madame Audra Trask ? s'enquit-elle.

— Oui.

Elle remit à Audra une lourde enveloppe blanche.

— Vous êtes convoquée au tribunal, expliqua sommairement la femme. Vous trouverez tous les détails dans ce courrier.

Puis, sans attendre de réponse, elle tourna les talons et s'en alla.

Audra tenait l'enveloppe du bout des doigts, la fixant d'un air inquiet comme si elle craignait de s'y brûler. Hudson la lui prit doucement des mains. Le nom et l'adresse d'Audra étaient soigneusement tapés en lettres capitales, mais l'adresse de l'expéditeur ne figurait pas dessus.

— Vous voulez que je l'ouvre ?

Elle refusa de la tête. Elle reprit l'enveloppe et la déchira d'un geste sec. Elle en sortit une liasse de documents que Hudson parcourut rapidement, en même temps qu'elle.

— Terrell, Davis et Compton m'assignent en justice. Moi, mais aussi mon père. Pour fraude, diffamation et détournement de fonds, plus tout un tas de termes juridiques que je n'ai pas encore bien compris. C'est insensé ! s'écria-t-elle. Je n'ai rien à voir avec tout ça.

— Vous voulez bien que je regarde de plus près ?

— Oui, bien sûr.

— Je ne suis pas avocat mais il semble que tout ce petit monde vous accuse d'avoir eu connaissance de ce que tramait votre père et de n'avoir rien dit. Je suppose qu'ils cherchent à vous faire peur. Par cette voie, ils pensent vous faire dire ce que vous savez.

— Mais je ne sais rien, bon sang ! Pourquoi la TDC pense-t-elle que je sais quelque chose ?

— Je l'ignore. Mais ce n'est peut-être pas tant ce que la TDC veut que vous révéliez que ce qu'elle ne veut pas que vous disiez.

Dans un geste machinal, elle repoussa sa chevelure en arrière.

— Je ne comprends pas, dit-elle.

— Toutes les actions intentées contre votre père – les accusations portées contre lui, la publicité faite autour de cette affaire, la récompense promise pour sa capture –, tout cela laisse à penser que la TDC cherche à le retrouver par tous les moyens. Avant la police.

— Parce qu'ils veulent l'empêcher de parler ?

— Je peux me tromper, mais c'est ce que je crois, en effet.

Le sang s'était retiré de son visage mais elle resta impassible.

— Vous n'avez aucune idée de ce qui inquiète tant la TDC ? Ça pourrait être n'importe quoi ; même quelque chose que votre père vous aurait dit en passant.

— Il ne me parlait jamais de son travail. Il savait que c'était un sujet qui ne m'intéressait pas.

— De quoi parliez-vous en général ? La réponse à tout ce mystère se trouve peut-être là.

— Nous parlions de mon travail, de ce qui se passait dans ma vie. Parfois, nous parlions de musique ou de films, ou encore de nos lectures. De voyages aussi, c'est une passion commune. En tout cas, rien qui soit susceptible d'intéresser la TDC.

— Je vois… Je dois partir. Mais n'hésitez pas à m'appeler si quelque chose vous revenait.

Une formule toute faite qu'il utilisait fréquemment mais que, cette fois, il aimerait voir se réaliser.

— Je n'y manquerais pas.

— Quelle suite allez-vous donner à cette assignation ?

— Je vais contacter mon avocate. Tout cela est tellement ridicule !

— Je vous tiendrai informée si j'ai du nouveau.

— Merci.

— Essayez de ne pas trop vous inquiéter, dit-il en guise de conclusion avant d'ajouter : Je suis là.

Parce que c'était la chose à dire.

Parce que cela faisait partie de son boulot.

Parce que, à ce moment précis, il le pensait vraiment.

4

Le lendemain matin, Audra prenait son petit déjeuner quand quelqu'un sonna de nouveau à sa porte. Le cœur battant, elle se rendit dans l'entrée sur la pointe des pieds, s'attendant à ouvrir à la femme de la veille, venue lui apporter une autre liasse de papiers juridiques.

Mais non. C'était un homme aux longs cheveux filasse, en jean, baskets et coupe-vent vert bouteille qui se tenait sur le seuil.

— Je suis bien chez Audra Trask, la directrice de l'école maternelle Canyon Critters ? demanda-t-il. Je suis désolé de venir vous déranger à cette heure, mais c'est le seul moment de la journée où je savais pouvoir vous trouver chez vous.

Un parent d'élève, crut-elle deviner. Soulagée, elle défit la chaîne de sécurité et ouvrit la porte.

— En quoi puis-je vous aider ? demanda-t-elle, souriante.

— Je m'appelle Roy, se présenta-t-il. Roy Holliday. Puis-je entrer un instant ?

Ce nom lui sembla familier. Sans doute un père qui avait fait une demande d'inscription récemment. Mise en confiance, elle ouvrit un peu plus la porte.

— Si c'est pour une inscription, je crains qu'il ne vous faille attendre l'ouverture de la nouvelle école, à la rentrée prochaine.

En guise de réponse, Roy Holliday se faufila à l'intérieur sans répondre.

— Excusez-moi, mais que voulez-vous à la fin ?

— Vous avez signé un contrat pour transférer votre école dans des nouveaux bâtiments en construction. Je me trompe ?

— Non. Vous êtes ici pour une inscription ?

— Pas exactement, répondit-il en balayant la pièce d'un regard de fouine.

— Dans ce cas, que voulez-vous ?

— Votre père vous a-t-il donné un coup de pouce pour décrocher ce contrat ? Comme c'est la TDC qui est responsable de la construction du bâtiment et que votre père travaillait pour eux…

— Mon père ? Qui êtes-vous ? Que voulez-vous, à la fin ?

Affolée, elle s'empara de son portable qu'elle avait pris la précaution de poser sur un guéridon près de la porte.

— Allez-vous-en ou j'appelle la police.

— Faites-le si ça vous chante mais je leur dirai que c'est vous qui m'avez invité à entrer.

Les mains tremblantes et le cœur battant la chamade, elle commença à composer le numéro d'appel d'urgence.

Holliday lui prit le téléphone des mains.

— Ne faites pas ça.

Elle courut se réfugier dans la cuisine où il la rejoignit d'un pas d'autant plus effrayant qu'il était mesuré. Cédant à la panique, elle se saisit d'un couteau de cuisine et le brandit devant elle.

— Hé ! Calmez-vous. Je veux juste vous parler. Je suis journaliste et je voudrais écrire un papier sur votre père.

— Et moi, je ne veux pas vous parler. Allez-vous-en !

Au lieu de partir, Holliday s'appuya contre le chambranle de la porte et sortit de la poche de sa veste un carnet et un stylo.

— Comment avez-vous grandi dans l'ombre d'un père comme Dane Trask ? Vous emmenait-il faire des randonnées dans le parc de Black Canyon ? Vous saviez qu'il avait l'intention de disparaître de cette façon ?

— Partez ! cria-t-elle.

Ignorant son injonction, il se mit à prendre des notes puis leva les yeux sur les photos qui émaillaient le frigo.

— Mais c'est vous, là, avec lui ! s'écria-t-il.

Sans manifester le moindre scrupule, il alla prendre un des clichés qui la représentait, souriante, aux côtés de son père.

— Remettez cette photo où vous l'avez prise, lui ordonna-t-elle.

Au lieu d'obéir, il la posa sur le comptoir et la photographia avec son smartphone.

— Vous ne vous ressemblez pas trop tous les deux. Vous avez dû prendre du côté de votre mère. Comment était-elle ?

Elle abaissa les yeux sur le couteau. Elle pourrait tenter de s'en servir pour se défendre, mais elle se voyait mal s'avancer vers cet homme et le poignarder. Il faisait deux fois sa taille et ne semblait pas très impressionné par son arme de fortune.

S'il ne partait pas, c'est elle qui partirait. Les battements de son cœur redoublant d'intensité – elle ignorait comment cet homme allait réagir en la voyant tenter de lui échapper – elle traversa le salon où elle repéra tout de suite son téléphone sur le canapé. Elle se précipita sur lui et d'une main fébrile appela Hudson.

— Un homme est entré chez moi, il dit qu'il est journaliste, il refuse de partir, dit-elle aussitôt qu'il eut décroché, les mots se bousculant dans sa bouche. Il dit qu'il s'appelle Roy Holliday.

— Où est-il ?

— Dans la cuisine.

— Il ne vous a fait aucun mal ?

— Non.

— Sortez de la maison et allez vous réfugier dans votre voiture. Verrouillez les portières. Ne bougez pas de là. J'arrive.

Elle fourra le téléphone dans sa poche mais au lieu de sortir, obéissant à son instinct, elle décida de retourner dans la cuisine.

— Monsieur Holliday ! cria-t-elle depuis le couloir. La police sera là dans un instant. Vous feriez bien de décamper. Et vite !

Aucune réponse ne lui parvint. Elle s'avança à pas de loup. Personne. Le seul signe de la présence de cet intrus dans les lieux était la porte de derrière qu'il avait laissée grande ouverte en partant.

Hudson roula à toute allure jusqu'à Montrose, feux et sirène hurlante lui ouvrant la voie. Quand il atteignit les limites de la ville, il ralentit et fit taire sa sirène, histoire de ne pas affoler la population.

Arrivé devant chez Audra, il se gara sur le trottoir puis la rejoignit sur le pas de la porte où elle l'attendait.

— Il est parti, dit-elle. Quand nous avons raccroché, il n'était plus là. La porte de derrière était ouverte. Il a dû sortir par le jardin.

— Comment est-il entré chez vous ? s'enquit Hudson.

Elle rougit.

— C'est moi qui l'ai laissé entrer, expliqua-t-elle. Je tenais la porte ouverte pendant que nous discutions, et il en a profité pour pénétrer à l'intérieur. Je pensais que c'était un parent qui voulait inscrire son enfant dans mon école, et il n'a pas cherché à dissiper le malentendu. En fait, il m'a prise au dépourvu.

— Audra !

— Je sais, je sais. C'était idiot de ma part. Mais il n'avait pas l'air dangereux. Au début, j'ai eu peur, mais ensuite, j'ai compris qu'il ne me voulait pas de mal. J'ai essayé de vous rappeler pour vous dire de ne pas vous déplacer mais je suis tombée sur votre boîte vocale.

— J'étais au volant, je ne pouvais pas répondre. Qu'a-t-il fait pendant qu'il était ici ?

— Il a fouiné partout, un peu comme s'il cherchait quelque chose de précis. Il m'a posé beaucoup de questions sur mon père, auxquelles, soit dit en passant, je n'ai pas répondu. Il a photographié une photo de nous deux qui se trouvait sur mon frigo.

— Audra, je voudrais que vous me promettiez qu'à l'avenir, vous n'ouvrirez pas à des gens que vous ne connaissez pas.

Elle acquiesça docilement.

— C'est juste que cette situation est tellement bizarre. Mon père en cavale… L'action en justice… Tout cela me paraît surréaliste.

— Vous avez parlé à quelqu'un de cette action en justice ?

— Non. Sauf à mon avocate avec qui j'ai rendez-vous cet après-midi. D'ailleurs, je dois me dépêcher si je ne veux pas me mettre en retard. Je suis vraiment désolée de vous avoir fait déplacer pour rien.

— Ce n'était pas pour rien. Et si vous êtes vraiment désolée, vous pourriez vous faire pardonner en acceptant de dîner avec moi ce soir.

Elle rougit de nouveau mais ses yeux se mirent à briller d'un éclat qu'il ne lui connaissait pas.

— Je ne sais pas… D'un point de vue éthique, pensez-vous qu'il soit judicieux qu'on nous voie ensemble ? Ce que je veux dire, c'est que je suis la fille d'un homme que vous recherchez.

— Vous n'êtes pas suspectée de quoi que ce soit, vous n'avez pas été témoin d'un crime. Vous êtes simplement la fille d'une personne disparue.

— C'est vraiment ce qu'est mon père pour vous ? Une personne disparue ? Vous ne le considérez pas comme un dangereux criminel en cavale, contrairement à ce qu'on peut lire dans les journaux ?

— Jusqu'à preuve du contraire, il n'a tué personne. Et il n'est pas prouvé qu'il soit le responsable du détournement de fonds dont l'accuse la TDC.

— Merci Hud. Ces mots me font du bien même si vous ne les pensez pas vraiment.

— Pour ce soir ? C'est d'accord ?

— Je vais y réfléchir, répondit-elle en prenant son sac et son cartable. Je pars avec vous.

Elle verrouilla la porte derrière eux puis il l'escorta jusqu'à son 4×4. Elle ouvrit la portière quand elle se figea sur place.

— Cette feuille n'était pas là, hier soir, dit-elle en pointant son pare-brise du menton.

Hudson enfila une paire de gants puis alla récupérer le mot que quelqu'un avait coincé sous l'un des essuie-glaces. Il le déplia avec précaution et l'étala sur le capot. Audra se pressa contre lui tandis qu'ils découvraient ensemble ce qui était écrit :

Prends garde à qui tu parles ou tu seras la prochaine sur la liste.

— La prochaine quoi ? demanda Audra pour la troisième fois alors qu'elle était assise au quartier général de la brigade des rangers, en face de Hud, de l'officier Beck et d'une femme qui s'était présentée à elle comme étant l'officier Redhorse. À contrecœur, elle avait accepté de venir faire sa déposition avant de se rendre à son travail.

— La prochaine personne blessée ? suggéra Redhorse.

— La prochaine personne portée disparue ? proposa Beck.

— Me voilà rassurée, répliqua Audra d'un ton sarcastique.

Aucun des trois officiers présents ne lui fit l'affront de lui faire remarquer qu'il n'entrait pas dans leurs attributions de la rassurer. Pour un peu, elle leur en aurait été reconnaissante.

— Pensez-vous que ce pourrait être Roy qui vous aurait laissé ce mot ?

— Pour quelle raison ? demanda-t-elle. Il est entré chez moi et il n'a même pas eu besoin de me menacer pour le faire.

Quand elle y pensait ! Quelle idiote elle avait été ! Elle avait fait preuve d'une naïveté incroyable pour une femme de son âge.

— Peut-être qu'il n'était pas certain que vous le laisseriez entrer, alors il avait mis le mot avant de venir sonner à votre porte, suggéra Beck. Vous avez vu où il s'était garé ?

— Non. J'ai regardé par l'œilleton et il était là, sur le pas de la porte. Dans un premier temps il s'est excusé de venir me déranger à une heure aussi matinale puis il m'a dit qu'il avait besoin de me parler. Je croyais que c'était au sujet d'une inscription et pour pouvoir entrer il a laissé planer le doute.

— Vous dites qu'il est sorti par la porte de derrière, rappela Redhorse.

— Je ne l'ai pas vu mais je le suppose parce que quand je suis revenue dans la cuisine, cette porte était ouverte alors que je la garde toujours fermée.

— L'avez-vous entendu partir ?

— Non, j'étais au téléphone avec Hud. Je veux dire l'officier Hudson.

Là encore, quelle imprudence ! Holliday aurait très bien pu arriver par-derrière et la tuer.

— Pourquoi ne l'appelez-vous pas pour l'interroger ? demanda-t-elle. Il est journaliste. Ça ne doit pas être bien difficile de le contacter.

— Je l'ai fait mais il ne répond pas à mes appels, dit Hudson. J'ai laissé un message. Nous verrons bien s'il rappelle.

— Il ne le fera pas, affirma-t-elle. Il doit se dire que ce qu'il a fait n'était pas très légal.

— Qui d'autre aurait pu vous menacer ? s'enquit Redhorse.

— Personne. Je dirige une école maternelle pas un centre pénitentiaire. Je n'ai pas d'ennemis.

— Vous avez des employés, pointa Beck. L'un d'eux pourrait vous en vouloir. Je suppose qu'il vous arrive aussi d'avoir affaire à des parents en colère.

Elle repensa à Jana. Il était évident qu'elle acceptait mal de travailler sous ses ordres. Mais de là à imaginer qu'elle puisse la menacer… Quant à Mme Patrick, la maman de la petite April, elle la voyait mal venir jusque chez elle en catimini pour glisser ce mot sur son pare-brise.

— Non, vraiment, je ne vois personne qui pourrait m'en vouloir à ce point, dit-elle.

— L'écriture. Vous la reconnaissez ? demanda Redhorse.

— Non.

— Et le papier ?

— Non plus, c'est du papier ordinaire. C'est sans doute quelqu'un qui a voulu me faire une mauvaise blague, ajouta-t-elle en secouant la tête. Cette menace est si vague ! Elle ne dit pas à qui je ne suis pas censée parler – de quoi, d'ailleurs ? – ni ce que je risque à le faire.

— La TDC a intenté une action en justice contre vous, intervint Hudson. Ils pensent que vous savez quelque chose que votre père sait aussi.

— Pourquoi me menaceraient-ils alors qu'ils veulent me traîner devant les tribunaux ?

Elle abaissa les yeux sur la feuille de papier.

— Non, plus j'y pense, plus je suis persuadée que c'est une mauvaise plaisanterie.

— Quelqu'un de la TDC vous a contactée depuis la disparition de votre père ? demanda Redhorse.

— Non.

— Cela vous surprend ?

— Pas vraiment. Je ne connaissais pratiquement personne là-bas. C'est pourquoi je me demande à quoi rime cette assignation. Je ne pourrai rien dire, j'ignore tout des hypothétiques agissements de mon père.

— D'autres questions ? demanda Hudson.

— Non, répondit Redhorse. Merci d'avoir pris la peine de vous déplacer, mademoiselle Trask.

Tous se levèrent en même temps.

— Je vous raccompagne, décida Hudson qui resta silencieux jusqu'à ce qu'ils arrivent devant la voiture d'Audra. Ça va ? Ce genre de situation peut chambouler, parfois.

— Ça va, répondit-elle. Il en faut plus que ça pour m'atteindre.

— Vous en êtes bien certaine ? Vous voulez que je dorme chez vous ce soir ? Sur votre canapé, j'entends.

Elle ne sut trop si elle devait s'amuser de cette proposition ou en être flattée. Ils étaient attirés l'un par l'autre, c'était évident. Elle en avait eu conscience lors de leur toute première rencontre, quand il l'avait interrogée sur la disparition de son père. Parfois, elle avait l'impression qu'il la draguait ; parfois, elle était sûre qu'il ne voyait en elle que le lien qui pouvait le conduire à retrouver son père.

— Ce ne sera pas la peine, répondit-elle. Je me sens tout à fait bien. Vraiment.

Elle déverrouilla sa voiture puis ouvrit sa portière, décidant qu'il était temps de clarifier sa position.

— En revanche, poursuivit-elle, je vais accepter votre invitation à dîner ce soir. Quand vous me raccompagnerez, vous pourrez ainsi vérifier que tout est en ordre.

— C'est un rencard ou je me trompe ?

— Vous ne vous trompez pas.

Et si jamais quelqu'un venait à rôder dans le coin, il verrait qu'elle bénéficiait de la protection rapprochée d'un flic compétent.

Cheryl Arnotte avait une chevelure d'un roux flamboyant et de grands yeux gris. En dehors de ce physique avantageux, elle avait aussi deux enfants scolarisés à l'école maternelle Canyon Critters. Pour ne rien gâter, c'était une brillante avocate dont la réputation n'était plus à faire et c'est à ce titre qu'elle avait accepté de rencontrer Audra.

— Il me faudra un peu plus de temps pour examiner cette affaire dans son intégralité, commença-t-elle, mais je vois deux raisons à cette action en justice : d'une part, la TDC espère que cela poussera votre père à sortir de sa cachette pour venir vous protéger. D'autre part, ils croient que vous détenez des informations ou de l'argent ou autre chose que ce procès révélera au grand jour.

— Les rangers pencheraient pour la seconde hypothèse, rétorqua Audra. Pour eux, la TDC s'imagine que je possède des informations que m'aurait révélées mon père. Ce qui n'est pas le cas. Mais peu importe. Je doute que mon père réapparaisse juste pour m'éviter un procès ennuyeux et sans fondement.

— N'empêche. Les procès, fussent-ils sans fondement

ou pas, requièrent du temps et de l'argent, déclara Cheryl Arnotte. Il suffit que nous jouions de malchance et tombions sur un juge qui refuse de rejeter cette affaire et ce procès risque de traîner un bon bout de temps.

— Eh bien, allons-y. De toute façon, je n'ai pas d'autre choix que celui de me battre.

— Très bien. Je vais lancer la procédure. Avez-vous parlé à quelqu'un de la TDC ?

— Non.

— Bien. Si l'occasion se présentait, refusez la discussion et adressez-les-moi.

Au terme d'un entretien qui lui parut une éternité, Audra parapha tous les documents que lui soumit Cheryl, signa un chèque d'acompte et quitta le bureau, épuisée. Elle songea à appeler Hudson pour annuler leur rendez-vous mais elle finit par y renoncer. L'idée de passer la soirée seule chez elle à broyer du noir la déprimait encore plus.

Elle était en train de se préparer quand elle entendit une portière claquer. Elle vérifia sa montre : 18 heures. Hud avait une demi-heure d'avance. Si son impatience à la retrouver au plus vite était flatteuse, il la prenait de court. Elle enfila son peignoir à la va-vite et en passant dans le couloir regarda par la fenêtre.

Le soleil venait juste de plonger derrière les toits des maisons d'en face, mais il faisait encore assez clair pour qu'elle puisse voir que personne ne s'était garé sur le trottoir, devant chez elle. En penchant la tête sur le côté, elle aperçut une forme sombre, stationnée juste derrière son 4×4. C'était peut-être Hud qui, voyant qu'il était trop en avance, attendait sagement l'heure prévue, au volant de sa voiture. Elle s'apprêtait à aller ouvrir pour l'appeler quand elle se rappela sa mésaventure avec Roy Holliday. Mieux valait se montrer prudente et envoyer un texto.

Hudson, c'est vous qui êtes garé derrière ma voiture ?

Pas de réponse. Elle scruta la pénombre, cherchant à distinguer la marque du véhicule. C'est alors qu'elle entendit un bruit de pas sur le gravier. Son sang se glaça dans ses veines. Elle s'écarta brusquement de la fenêtre, le cœur battant. Le bip annonçant l'arrivée d'un SMS résonna intensément dans le silence assourdissant de la maison.

En route. Serai chez vous dans dix minutes.

Elle tapa une réponse à la vitesse de l'éclair.

Dépêchez-vous ! ! !

Son portable sonna aussitôt dans sa main. Elle le mit en mode silencieux et se précipita dans la cuisine où elle s'arma du même couteau qu'elle avait brandi sous le nez de Holliday.

— Audra, que se passe-t-il ? s'enquit Hudson dès qu'elle eut décroché.

— Il y a une voiture garée juste derrière la mienne, répondit-elle à voix basse. J'étais en train de me préparer quand j'ai entendu un bruit de portière. Je croyais que c'était vous qui étiez arrivé plus tôt.

— Appelez le 911. Tout de suite. Je fais aussi vite que possible.

5

Audra composa le 911, communiqua son nom et son adresse puis expliqua de quoi il retournait.

— Je vous envoie une patrouille tout de suite, décida l'opérateur.

Il proposa à Audra de rester en ligne jusqu'à l'arrivée des policiers mais elle refusa. Son portable en main, elle alla vérifier sur la pointe des pieds que toutes les portes et les fenêtres étaient bien verrouillées. Cela lui prit deux minutes. Encore huit avant l'arrivée de Hud. Malgré elle, elle regarda de nouveau par la fenêtre. Le véhicule n'avait pas bougé, ombre menaçante derrière son 4×4.

Elle transporta une chaise de cuisine dans l'entrée et s'assit de manière à pouvoir surveiller les deux portes principales. Elle se pencha en avant, l'oreille aux aguets. Elle crut entendre un bruit de pas étouffé avant celui, plus évident, des voitures de police qui arrivaient, sirènes hurlantes, puis se garaient devant chez elle dans un crissement de pneus. Des portières claquèrent, un policier hurla ses ordres tandis qu'un véhicule démarrait en trombe, suivi de très près par un autre.

Elle ouvrit la porte au moment où Hudson gravissait les deux marches qui menaient au perron, flanqué de deux policiers.

— Ça va ? s'enquit-il dès qu'il la vit.

— Oui, répondit-elle, soulagée.

— Madame, pourriez-vous poser ce couteau, je vous prie ?

Elle abaissa les yeux sur le couteau qu'elle tenait toujours à la main.

— Désolée, dit-elle en le posant sur le guéridon de l'entrée.

Hudson s'approcha d'elle et l'enveloppa de ses bras rassurants. Elle avait envie d'enfouir son visage au creux de son épaule et de rester là, bien à l'abri, jusqu'à ce que les battements de son cœur retrouvent un rythme normal. Mais la présence des deux policiers eut raison de son désir. Elle se dégagea doucement de cette étreinte rassurante et se tint bien droite et immobile.

— Merci d'être venus si vite, dit-elle.

— Une patrouille s'est lancée à la poursuite de l'homme, l'informa l'un des deux hommes. Pourriez-vous nous le décrire ? Nous donner la marque de son véhicule ?

Elle secoua la tête.

— Je suis désolée mais non. Je peux juste vous dire qu'il était garé là-bas sous cet arbre, juste derrière ma voiture, et que c'était un SUV plus gros que mon 4×4. Quant à l'homme, je ne l'ai pas vu. J'ai juste entendu ses pas.

La radio de l'officier crépita un peu puis une voix masculine annonça que l'homme leur avait échappé.

— Nous allons fouiller la zone pour voir si nous trouvons des empreintes de chaussures ou d'autres indices.

Elle acquiesça en silence, rougissant soudain d'être quasiment nue sous son peignoir, sans chaussures et les cheveux emmêlés.

— Je vais m'habiller, dit-elle en resserrant les pans de son déshabillé sur elle.

— Je vous attends dans le salon.

Au lieu de la robe qu'elle avait prévu de porter pour leur

rendez-vous, elle enfila un legging et un T-shirt, qu'elle jugeait plus appropriés à la situation. Quand elle entra dans le salon, elle trouva Hudson devant la bibliothèque, la tête légèrement inclinée devant les rangées de livres qui remplissaient les étagères.

— Vous aimez lire ? demanda-t-elle.

— Oui, répondit-il. Il tapota de l'index la tranche d'un roman de J. D. Robb. J'adore cet auteur.

— Moi aussi.

Parler littérature eut sur elle un effet lénifiant. Elle se sentit peu à peu plus calme et détendue. Lorsque les deux policiers revinrent, elle fit sa déposition avec Hud à ses côtés qui veillait sur elle en silence. Une fois qu'ils furent seuls, il la prit de nouveau dans ses bras et ils restèrent un long moment ainsi enlacés sans rien dire.

— Je vais bien, assura-t-elle en s'écartant la première. Vraiment. Mais je ne sais pas si j'ai encore envie de sortir.

— Si nous nous faisions livrer une pizza ? suggéra-t-il.

— Très bonne idée.

— Avec une bouteille de vin ?

— Pas pour moi, en tout cas. Je ne bois jamais d'alcool. Je prendrai de l'eau gazeuse.

— Moi aussi.

Elle apprécia le fait qu'il n'essaye pas de la rallier à sa cause. Elle avait connu ce genre de pression avec quelques-uns des hommes avec qui elle était sortie. C'était devenu pour elle une sorte de test. Si l'homme en question insistait pour qu'elle prenne de l'alcool, elle le rayait définitivement de la liste de ses petits amis potentiels.

Quand leur pizza fut livrée, ils la mangèrent sans façon, assis sur le tapis devant la table basse. Audra commençait à se sentir vraiment mieux. Habillé comme il l'était – pantalon gris assorti d'un T-shirt bleu marine et d'une veste légère en lin –, Hudson n'avait rien d'un flic. Il eut la délicatesse de ne pas revenir sur le moment traumatisant qu'elle venait de vivre. De toute façon, elle avait déjà tout raconté aux deux policiers qui l'avaient interrogée.

— Comment s'est passé votre rendez-vous avec votre avocate ?

— Très bien. Elle pense qu'il y a de grandes chances pour que la plainte de la TDC soit rejetée. D'après elle, ils cherchent juste à inciter papa à sortir de sa cachette pour venir prendre ma défense.

— Et vous ? Qu'en pensez-vous ?

— Je pense que s'il l'apprend, il sera inquiet et furieux mais il sera confiant aussi.

Elle marqua une courte pause durant laquelle elle s'essuya les doigts avec sa serviette en papier.

— Il sait très bien que je saurai m'en sortir toute seule.

Hudson se rapprocha un peu plus d'elle. Ils devaient avoir le même âge – ou peu s'en fallait – mais les coins de ses yeux étaient griffés de ridules et sa peau hâlée, comme celle de quelqu'un qui passe sa vie au grand air. À le voir, on aurait pu le prendre pour un moniteur de ski ou de surf.

— D'autres dangers pourraient vous guetter, dit-il.

— Comme quoi ?

— Comme cet homme qui est venu rôder ici ce soir.

Elle détourna les yeux. Elle aurait dû savoir qu'ils ne pourraient pas rester bien longtemps sans évoquer le sujet.

— C'était peut-être ce journaliste, ce Roy Holliday, dit-elle.

— Peut-être. Mais je ne vois pas pourquoi il aurait agi à couvert alors que la première fois, il est venu sonner à votre porte.

— Parce qu'il savait que cette fois, je ne lui aurais pas ouvert.

— En tout cas, on n'entend plus parler de lui. Il ne signe même plus d'articles dans les journaux.

— Il a dit qu'il travaillait sur un papier sur mon père. Il ne doit plus avoir assez de temps pour autre chose.

Avec un geste infiniment tendre, Hudson lui passa la main dans le dos, par-dessus son T-shirt.

— Je m'inquiète de vous savoir seule ici.

Elle brûlait de se laisser aller contre lui mais, au lieu de cela, elle se tint bien droite.

— Je ne risque rien, assura-t-elle. La maison est bien sécurisée et je ferai en sorte de toujours avoir mon téléphone à portée de main. Et puis, ma mésaventure avec Roy Holliday m'a servi de leçon. Je peux vous dire que je n'ouvrirai même pas à un scout venu me vendre des biscuits.

Hudson lui prit gentiment la main.

— Vous êtes bien plus raisonnable que je ne l'étais à votre âge. À vingt-trois ans, j'étais encore un jeune chien fou.

— Comment savez-vous l'âge que j'ai ?

— Je sais tout de vous. Enfin, tout ce qui relève de votre vie publique.

— Vous voulez dire ce qui s'affiche sur les réseaux sociaux ?

— Un peu plus. Je suis flic, ne l'oubliez pas.

Elle eut un hochement de tête censé ne rien dévoiler de ce qu'elle ressentait. Si Hudson avait fait des recherches sur le Net, alors il devait savoir.

— Et vous, quel âge avez-vous ? demanda-t-elle.

— Vingt-huit ans.

— Autant dire un vieux sage, le taquina-t-elle.

— Disons que l'armée a le don de vous faire mûrir en un rien de temps.

Elle étouffa un bâillement qui n'échappa pas à Hudson.

— Je crois qu'il est temps que j'y aille, dit-il.

Il se leva et commença à débarrasser la table basse des reliefs de leur repas.

— Excusez-moi, dit-elle. J'avoue que ces deux jours

m'ont épuisée. Mais merci d'être venu. Et merci pour la pizza.

— Ne vous alarmez pas si vous me voyez dans le coin. J'ai l'intention de faire une ronde dans le quartier, histoire de m'assurer que tout va bien et que notre homme ne repointera pas le bout de son nez.

— Je me sens déjà plus en sécurité, dit-elle en souriant.

Sur ces mots, elle se hissa sur la pointe des pieds et pressa ses lèvres sur les siennes, dans un baiser qui, devenu très vite fougueux, la fit vibrer de tout son corps. Pourtant, elle s'écarta la première, savourant cette délicieuse torture qui consiste à résister à la tentation.

Au cours des deux jours qui suivirent, Hudson comprit qu'il était tombé amoureux d'Audra. Tous les signes étaient là : l'attention intense qu'il lui portait quand ils étaient ensemble, le désir brûlant de tout connaître d'elle, la difficulté à la chasser de ses pensées. À intervalles réguliers, et alors qu'il était en plein travail, des images d'Audra surgissaient, l'empêchant de se concentrer sur ce qu'il faisait. Il la revoyait telle qu'elle était, belle, intelligente, spirituelle. Pensait-elle à lui, elle aussi ?

Probablement pas. Car si elle semblait apprécier les moments qu'ils passaient ensemble, il la sentait tout en retenue. Elle avait un secret, c'était sûr. Une période douloureuse de son passé qu'elle n'était pas prête à lui révéler. Ce qu'elle ignorait, c'était à quel point il pouvait être patient. Quand elle serait prête à se décharger de ce secret, il serait là pour elle, prêt à l'écouter – et à l'aider s'il le fallait.

Ce jour-là, l'enquêteur Marty Burns le contacta.

— Nous avons attrapé le type qui rôdait autour de la

maison de votre petite amie, annonça-t-il. Vous voulez assister à l'interrogatoire ?

— Oui, merci. J'arrive, lança Hudson.

C'est ainsi que trente minutes plus tard, il se retrouva derrière le miroir sans tain de la salle d'interrogatoire du poste de police de Montrose, les yeux rivés sur un homme de petite taille aux cheveux blancs, visiblement très agité.

— Nous avons pu le retrouver grâce à la plaque d'immatriculation de sa voiture, expliqua Burns qui, lui, avait le physique généreux de l'homme pressé se nourrissant exclusivement de fast-food. Il s'appelle Richard Salazar. C'est un détective privé.

Ces quelques précisions données, il laissa Hudson seul derrière son miroir pour aller procéder à son interrogatoire. Après quelques courtes minutes consacrées aux préliminaires d'usage, il passa aux choses sérieuses.

— Que faisiez-vous garé dans l'allée du 122 Zane Court, le soir du 3 juin ? demanda-t-il.

— Je voulais parler à la femme qui habite là, répondit Salazar.

Il avait parlé d'un ton dédaigneux, visiblement agacé que la police lui fasse perdre son temps de cette manière.

— J'ai frappé, poursuivit-il, mais elle ne m'a pas répondu. J'étais en train de regagner ma voiture quand les flics sont arrivés et m'ont hurlé dessus comme si j'étais un dangereux criminel.

— Connaissez-vous la femme qui habite cette maison ?

— Je sais qu'elle s'appelle Audra Trask mais je ne la connais pas. J'ai agi pour le compte d'un client.

— Le nom de ce client ?

Salazar esquissa une moue grimaçante.

— Cette information est confidentielle.

Burns resta impassible, habile à ne montrer aucun signe d'impatience.

— Mlle Trask, elle, affirme que vous n'avez pas frappé ni actionné la sonnette.

— Elle n'a pas dû entendre.

— Elle a appelé le 911 à 18 h 47 pour signaler qu'une voiture qu'elle ne connaissait pas était garée dans son allée. Au moment où les policiers sont arrivés sur les lieux, dix minutes plus tard, vous vous trouviez à l'angle de la rue, à une quinzaine de mètres de la maison. Que faisiez-vous entre le moment où Mlle Trask a repéré votre véhicule et celui où la police est arrivée ?

— Je prenais l'air.

— N'étiez-vous pas plutôt en train d'essayer de repérer une fenêtre ouverte ou une serrure à forcer pour pouvoir pénétrer dans le domicile de Mlle Trask ?

Salazar fronça les sourcils.

— Je suis un détective, pas un voleur.

— Vous étiez dans une propriété privée, fit remarquer Burns. Je pourrais vous faire retirer votre licence pour ça.

— Je faisais mon boulot.

— Mlle Trask ne vous connaît pas. Profiter de l'obscurité pour venir rôder dans son jardin, là où vous n'étiez pas autorisé à vous trouver, n'est pas légal. Mlle Trask va porter plainte contre vous.

— Je faisais mon boulot, répéta Salazar plus fermement.

— Si vous n'aviez rien à vous reprocher, pourquoi vous êtes-vous enfui quand les véhicules de police sont arrivés ?

— J'ai eu peur. À la manière dont les flics hurlaient, j'ai cru qu'ils allaient me tirer dessus. De nos jours, les bavures policières sont monnaie courante.

— Faites un effort, monsieur Salazar. Et dites-moi pourquoi vous vouliez leur échapper.

— Je viens de vous le dire. J'ai eu peur.

— Vous aviez peur qu'on trouve le sachet d'héroïne que

vous aviez planqué sous le siège avant de votre véhicule, affirma Burns.

Salazar se figea sur place.

— Je ne vois pas de quoi vous parlez.

Burns se leva lentement de sa chaise pour aller se pencher sur l'épaule de Salazar.

— Qui vous a engagé pour enquêter sur Mlle Trask ? lui demanda-t-il de nouveau d'une voix sourde.

De toute évidence peu impressionné, Salazar resta muet.

— Très bien. Vous l'aurez voulu. Non seulement je vais faire pression pour que vous ne puissiez plus exercer votre métier de détective, mais je vais également faire en sorte que vous attendiez en prison d'être jugé pour trafic de stupéfiant, sans possibilité d'être libéré sous caution.

Burns avait su trouver l'argument fatal pour que Salazar se mette enfin à table.

— Le type qui m'a engagé s'appelle Lawrence. C'est tout ce que je sais. Il m'a payé en liquide et m'a donné une adresse e-mail où j'étais censé lui envoyer mon rapport.

— Lawrence, c'est son nom ou son prénom ?

— Je n'en sais rien. Il m'a juste dit de l'appeler Lawrence.

— À quoi ressemble-t-il ?

— Je ne l'ai jamais vu. Il m'a contacté et m'a payé sans discuter via PayPal.

— Vous n'avez pas trouvé ça bizarre ? Cela ne vous a pas effleuré l'esprit que ce qu'il vous demandait pouvait être louche ?

— Vous savez, dans ce métier, moins on en sait sur les motivations de nos employeurs, mieux c'est. La discrétion, c'est le maître mot.

— Que voulait-il savoir sur Mlle Trask ?

— Tout.

— Pourquoi ?

— Il ne me l'a pas dit et je ne le lui ai pas demandé.

— Qu'avez-vous trouvé ?

— Cela ne vous regarde pas mais j'ai trouvé pas mal de trucs la concernant, répondit Salazar qui avait retrouvé un peu de sa superbe.

Burns le regarda un moment sans rien ajouter puis quitta la salle, cédant la place à un officier chargé de la surveillance de son prévenu.

— Ce Lawrence, vous en avez entendu parler ? demanda Burns à Hudson quand il l'eut rejoint.

— Non. Inconnu au bataillon. C'est peut-être encore un coup de la TDC qui, après le père, s'est mis en tête de poursuivre la fille en justice.

— Le père, c'est Dane Trask, en cavale et recherché par toutes les polices du comté ?

— C'est exact. Mlle Trask traverse une période agitée depuis quelque temps. Ce n'est pas facile pour elle.

— Si nous apprenons quelque chose, nous vous le ferons savoir, dit Burns. Je préviens Mlle Trask ou je vous laisse vous en charger ?

— Je m'en charge.

S'il n'aimait pas particulièrement jouer le rôle de l'oiseau de mauvais augure, en revanche, il avait la prétention de croire que sa présence ferait du bien à Audra.

Audra sentit la rage l'envahir quand Hudson lui apprit qui était Salazar et quelles étaient ses intentions.

— La prochaine fois, ce n'est pas un couteau de cuisine que je prendrai, s'emporta-t-elle en faisant les cent pas dans son bureau. Si cet homme revient, je l'assomme directement avec une de mes poêles en fonte. Comment ose-t-il !

— Il ne reviendra pas de sitôt, affirma Hudson. Les policiers de Montrose ont trouvé un sachet d'héroïne dans sa voiture quand ils l'ont arrêté. Autant dire qu'il va passer quelque temps en prison.

— Tant mieux, dit-elle d'une voix radoucie. Cela lui permettra peut-être de décrocher de la drogue.

Au regard perplexe que lui lança Hudson, elle comprit que cette remarque lui paraissait incongrue. Il était temps de changer de sujet si elle ne voulait pas se laisser entraîner sur un terrain miné.

— Je ne comprends pas. Je n'ai pas de nouvelles de mon avocate. Pourtant, je lui ai laissé un message dans lequel je lui demandais de me rappeler mais elle ne l'a toujours pas fait.

— C'est normal. Il faut du temps pour monter un dossier. Lorsque vous l'aurez, parlez-lui de Salazar et de Lawrence. Il se peut qu'ils aient un lien avec la TDC.

— Vous voulez dire que ce Lawrence aurait été payé par la TDC pour essayer de trouver des éléments me concernant qui me compromettraient ?

— Ça n'est pas impossible. Quoique je ne voie pas ce qu'ils pourraient trouver de compromettant sur une jeune directrice d'école maternelle, bien sous tous rapports.

Il accompagna son propos d'un sourire complice puis effleura sa joue d'un baiser.

— Je dois y aller. J'étais juste venu vous annoncer la nouvelle.

— Merci.

Une fois Hudson parti, Audra continua à arpenter la pièce d'un pas nerveux. D'habitude, quand elle avait un problème important, elle appelait son père pour lui demander conseil. Il l'écoutait toujours avec une grande attention puis, après lui avoir posé des questions pertinentes, lui suggérait des solutions.

« Les problèmes, il faut les affronter et les prendre à

bras-le-corps, avait-il coutume de dire. Tout problème a sa solution. »

Forte de ces conseils, elle rappela Cheryl Arnotte. Malheureusement, elle tomba de nouveau sur sa boîte vocale. Cette fois, elle raccrocha sans laisser de message. Elle fixa la photo qui trônait sur son bureau dans son cadre argenté, une photo où elle posait aux côtés de son père.

— Papa, où es-tu ? Je me sens seule. Tu me manques tant !

6

— D'après les derniers rapports, Dane Trask n'a été signalé qu'à trois reprises au cours des deux dernières semaines, résuma Grant Sanderlin, commandant de la brigade des rangers.

— Il semblerait qu'il fasse profil bas depuis qu'il a attaqué Braxton, répliqua Rand Knightbridge, chef de la brigade canine. Il a peut-être levé le camp pour s'installer ailleurs.

— Peut-être, concéda Sanderlin d'un ton peu convaincu.

— Ou alors il est mort, renchérit Ethan Reynolds.

Ethan avait étudié la psychologie et parlait de devenir un jour profileur. Il était vrai que ses talents avaient servi la brigade plus d'une fois.

Hudson espérait pour Audra que son père était toujours en vie, mais l'hypothèse de sa mort n'était pas à écarter. La zone où Trask avait choisi de se terrer était sillonnée de canyons, de pentes abruptes et de centaines de kilomètres de pistes plus ou moins praticables. Une mauvaise chute entraînant une fracture pouvait se révéler mortelle pour un homme seul.

— S'il est toujours là, il finira par se manifester de nouveau, déclara Sanderlin. Nous savons qu'il a des comptes à régler avec la TDC et il nous prouve depuis des mois qu'il n'est pas homme à se décourager facilement. Je pense qu'il attend le bon moment.

Hud repensa au procès que la TDC avait intenté contre Audra et son père. Dane avait-il eu vent de ce qui se tramait ? Bénéficiait-il d'une complicité extérieure qui lui permettait de se tenir au courant et lui fournissait de quoi survivre dans cette nature hostile ? Audra était évidemment la complice idéale, mais il la croyait quand elle lui affirmait n'avoir eu aucun contact avec son père depuis sa disparition.

— Officier Hudson, vous m'entendez ?

La voix du commandant Sanderlin le ramena brutalement à la réalité du moment.

— Excusez-moi. Je réfléchissais.

— Le service des forêts a engagé un entrepreneur pour nettoyer la zone de Curecanti, qu'une entreprise de construction utilise comme décharge sauvage, poursuivit Sanderlin. Les travaux vont débuter demain. Je veux quelqu'un sur place au cas où ils trouveraient quelque chose qui permettrait à l'enquête d'avancer. Beck, vous patrouillerez le matin ; Dance, vous prendrez le relais l'après-midi.

— OK, patron. Mais on a déjà passé tout le site au peigne fin et on n'a rien trouvé, rétorqua Dance.

— À l'exception d'un dessin d'enfant qui, pour l'instant, ne nous a pas permis de savoir qui a déversé ces centaines de mètres cubes de déchets de construction en pleine nature, corrigea Reynolds.

— Une fois que ce site sera débarrassé de tous ces déchets polluants, nous continuerons à effectuer des patrouilles régulières au cas où nos amis auraient dans l'idée de récidiver, décida Sanderlin.

— Le problème, c'est que même les particuliers ont tendance à utiliser ces endroits comme des déchetteries.

— Oui, mais pas à la même échelle. En ce qui concerne ce site, ça ne s'est pas fait en une heure. Il a fallu des jours et des jours et des camions entiers pour déverser tout ça là-bas.

— Quand je pense qu'ils ont fait ça presque sous notre nez ! s'exclama Hudson.

— Le service des forêts a proposé une surveillance de la zone par drones. Si la demande est approuvée, on pourrait leur proposer d'étendre leur surveillance aux pollueurs.

— Les drones pourraient aussi débusquer Trask, suggéra Redhorse.

Hudson en doutait. Depuis sa disparition, Trask opérait selon ses propres règles. C'était lui qui menait la danse et il y avait fort à parier qu'il ne réapparaîtrait que lorsque *lui* l'aurait décidé.

L'arrestation de douze personnes appartenant à un réseau de cambriolages bien huilé faisait la une des journaux locaux depuis deux jours. Pendant ce temps, on ne parlait plus de Dane Trask, ce qui arrangeait Audra. Elle était heureuse que son père se fasse un peu oublier.

Cela lui permettait de mieux se concentrer sur son travail et sur sa relation naissante avec Hudson. Son père l'apprécierait, elle en était sûre. Et Hudson, contrairement aux petits amis qu'elle avait eus auparavant, ne se laisserait pas impressionner par l'ancien ranger capable de se mesurer à des hommes de vingt ans de moins que lui. Cette idée l'amusait en même temps qu'elle la séduisait.

Malheureusement, son répit fut de courte durée. Il prit brutalement fin, ce matin-là, avec un appel dont elle se serait bien passée.

— Bonjour, mademoiselle Trask, la salua une voix féminine qu'Audra reconnut tout de suite comme étant celle de l'assistante personnelle du directeur général des écoles. Le superintendant Wells veut vous voir dans son bureau à 10 h 30.

— Pourquoi veut-il me voir ? s'enquit-elle.

— Je l'ignore, mais il semble que ce soit important.

— Très bien. J'y serai.

Elle eut juste le temps d'avaler un café et de se passer un peu de gloss sur les lèvres avant de partir de chez elle pour se rendre dans les locaux du district scolaire. L'assistante qui l'avait appelée un peu plus tôt – Maeve ou Mavis ou Madge ou quelque chose d'approchant – la conduisit sans attendre dans le bureau de Vernon Wells.

Celui-ci l'accueillit froidement. Les bajoues tombantes, les cheveux blancs clairsemés, il l'observa d'un air sévère par-dessus ses lunettes rondes cerclées d'écaille.

— Monsieur Wells, dit-elle la première. Vous souhaitiez me voir ?

Sans attendre d'y être invitée, elle s'assit sur la chaise qui se trouvait face à Wells et attendit une réponse qui tarda à venir.

— Mademoiselle Trask, dit-il enfin, je vous avoue que je suis très préoccupé par la publicité négative dont vous faites l'objet.

— Je ne vois pas trop à quoi vous faites allusion.

— Je veux parler de toutes ces affiches placardées en ville. De cet avis de recherche concernant votre père. J'ai entendu dire que, récemment, il avait agressé un randonneur qu'il avait presque laissé pour mort.

Elle n'arrivait pas à croire qu'au moment où son père ne faisait plus de vagues, on lui reprochait ses agissements.

— Mon père, ce n'est pas moi, se défendit-elle. Je ne suis en rien responsable de sa conduite.

— Certes. Cependant, vous portez son nom et vous

savez comment sont les gens. Ils ont tendance à faire l'amalgame.

— Ce que pensent les gens n'est pas non plus mon problème, rétorqua-t-elle fermement.

— Comprenez bien que, en tant que superintendant, je ne peux pas ne pas en tenir compte. Certaines personnes m'ont suggéré que le nom de Trask ne soit pas associé à la nouvelle école.

« Qui ? » aurait-elle voulu demander, mais c'était le genre de questions auxquelles Wells s'abstiendrait de répondre.

— Permettez-moi de vous rappeler que mon école sera une entreprise privée qui ne fera que louer des locaux au district scolaire que vous dirigez. Je vous rappelle également que nous sommes déjà liés par contrat.

— C'est exact. Mais ce contrat comporte une clause de moralité.

— Je n'ai rien fait d'immoral, protesta-t-elle.

Wells se mit à trier distraitement les papiers qui recouvraient son bureau, sans doute pour fuir le regard pénétrant d'Audra.

— Je voulais juste vous faire savoir ce qu'il en était, dit-il en relevant les yeux sur elle.

— Qu'attendez-vous de moi au juste ?

— Que vous fassiez savoir que vous vous désolidarisez de votre père. Que vous mettiez les parents en confiance.

— Les parents me font *déjà* confiance, répliqua-t-elle. Mon école est pleine.

— Eh bien, demandez-leur des témoignages en votre faveur, qui pourraient être considérés comme des références. Je vous demande d'y réfléchir.

Audra n'eut aucun souvenir d'avoir quitté le bureau de Wells ni du trajet en voiture jusqu'à l'école. Elle bouillonnait d'une rage intérieure qui ne demandait qu'à exploser. Rage contre le superintendant qui lui reprochait la conduite de son père ; rage contre son père dont les agissements répréhensibles éclaboussaient sa réputation au point de remettre son avenir professionnel en question.

Peut-être que quelque chose ne tournait pas rond chez lui. Peut-être que quelque chose en lui s'était détraqué, ce qui expliquerait son comportement pour le moins étrange. Dans ce cas, il fallait qu'il revienne pour qu'elle puisse l'aider. Il ne pouvait pas rester indéfiniment caché dans ce parc, au risque que ce soit elle qui devienne folle un jour.

Au moment où elle se garait sur le parking de l'école, sa colère était un peu retombée. Il fallait qu'elle se calme si elle voulait travailler dans de bonnes conditions. Pour le reste, elle verrait plus tard. En longeant le couloir qui menait à son bureau, elle vit Jana Keplar et sa petite classe qui entraient dans la cantine. Elle décida de changer ses plans et alla se joindre à eux.

Elle s'installa à la table des petits sous le regard courroucé de Jana.

— Vous allez manger avec nous, aujourd'hui ? demanda un des petits écoliers au crâne presque rasé.

— Non, répondit-elle. Aujourd'hui, je vais déjeuner en tête à tête avec Mia.

La fillette se leva d'un bond de sa chaise, tout excitée.

— J'aurais le droit d'avoir une crème glacée, moi aussi ? demanda-t-elle.

— Tout à fait.

— Je pourrais la prendre au chocolat ? demanda-t-elle encore tandis qu'elles se dirigeaient vers la table à l'écart. C'est ma préférée.

Quelques minutes plus tard, Mme Garibaldi s'empressait auprès d'elles, une bouteille de soda dans une main et un pot de crème glacée au chocolat dans l'autre.

Alors qu'il fallait un long moment aux autres enfants pour se sentir à l'aise avec elle, Mia ne mit que quelques secondes pour être en totale confiance. Tout en mangeant son sandwich au poulet, elle parla avec force détails de son petit frère – Troy –, de son chien – Sam – et de son chat – Pumpkin –, puis des cours de danse classique qu'elle prenait en dehors de l'école et de sa matière préférée : le dessin. C'était une enfant solaire et souriante, de toute évidence bien dans sa peau.

Ce ne fut que quand elle eut terminé son dessert qu'Audra put parler à son tour.

— Je tenais à déjeuner aujourd'hui avec toi, Mia, commença-t-elle, parce que j'ai besoin que tu m'aides.

La fillette écarquilla les yeux de surprise.

— Bien sûr, mademoiselle Trask, dit-elle alors que, visiblement, elle ne savait trop à quoi s'attendre.

— C'est au sujet de ta camarade de classe, April Patrick. Elle a beaucoup de mal à se faire des amis et j'aimerais que tu sois son amie.

Le sourire lumineux de Mia se dissipa d'un coup.

— Je ne l'aime pas. Je ne veux pas être son amie.

— Pour quelle raison ne l'aimes-tu pas ?

— Parce qu'elle pleurniche tout le temps comme un bébé. Mon petit frère pleure moins qu'elle. Moi, j'ai presque cinq ans, je ne pleure jamais. Sauf pour les choses importantes, bien sûr. April, à peine on la regarde qu'elle se met à chouiner. En plus, c'est une rapporteuse. Si je passe devant elle quand on se met en rang, elle court le raconter à Mme Keplar.

Audra avait écouté avec la plus grande attention ce débordement de rancœur. Le jugement de Mia était sans appel, semblait-il. Il faudrait à Audra beaucoup de tact et de diplomatie si elle voulait atteindre son but. Aussi choisit-elle avec le plus grand soin les mots qu'elle s'apprêtait à dire.

— Tu sais, tu as beaucoup de chance. Pour toi, c'est facile de parler aux gens et de te faire des amis. Mais ce n'est pas donné à tout le monde. Certaines personnes sont timides, elles ne savent pas quoi dire et tout ce qui est nouveau leur fait peur. Je pense que c'est le cas d'April et je pense aussi que ça l'aiderait beaucoup si tu étais gentille avec elle.

— Je ne suis pas méchante ! protesta Mia. C'est elle qui dit que je suis méchante, mais c'est pas vrai. Elle m'insulte en disant ça.

— Tout comme toi tu l'insultes en la traitant de pleurnicharde et de rapporteuse, rétorqua gentiment Audra.

L'argument sembla faire mouche. Mia pinça les lèvres, visiblement touchée.

— Tu veux bien essayer d'être gentille avec elle ? Tu veux bien faire ça pour moi ?

— Elle peut pas être ma meilleure amie parce que j'en ai déjà une. C'est Maddie Friar.

— Ce n'est pas ce que je te demande. Je voudrais que tu essaies de lui dire une chose gentille chaque jour.

Mia poussa un profond soupir.

— D'accord. Je vais essayer.

— Merci.

Audra leva son verre devant elle.

— Je te propose de trinquer à cette bonne nouvelle.

Toutes deux choquèrent leur verre l'un contre l'autre, à la grande joie de Mia qui avait retrouvé le sourire. Audra se sentit soudain d'humeur plus légère. C'était pour vivre des moments comme celui-ci qu'elle avait choisi cette profession, pas pour satisfaire les exigences de bureaucrates comme Wells.

— Je ne pense pas que nous allons trouver d'indices nous permettant d'identifier les responsables de ce saccage, mais sait-on jamais !

L'officier Jason Beck avait dû élever la voix pour se faire entendre de Hudson par-dessus le ballet des pelleteuses à l'œuvre.

Hudson approuva d'un hochement de tête tout en gardant le regard fixé sur les tonnes de déchets de construction qui recouvraient l'espace. C'est au cours de repérages effectués à bord d'un hélicoptère, deux semaines plus tôt, que Sanderlin et ses hommes avaient découvert cette déchetterie sauvage, située au sein même du parc.

— Nous avons contacté toutes les entreprises de construction, grandes et petites, dans un rayon de cent soixante kilomètres, poursuivit Beck alors que les engins qui s'éloignaient pour déverser leur chargement dans des camions rendaient la discussion plus facile. Tous nous ont juré qu'ils n'ont rien à voir avec ça. Il semblerait qu'aucun n'ait menti. Nous avons pu vérifier leurs factures sur trois mois.

— Les coupables n'avoueront jamais et ces preuves peuvent avoir été falsifiées, fit remarquer Hudson.

— En tout cas, ils ne peuvent pas ignorer ce qui se passe ici. Ils ne prendront pas le risque de se faire prendre en flagrant délit.

— S'ils le prennent, les drones seront là pour en témoigner.

— Au fait, j'ai failli oublier de vous montrer ça.

Beck prit son portefeuille dans la poche de sa veste et en sortit quelque chose qui ressemblait à une carte de visite.

— Cara a rapporté ça à la maison, hier, précisa-t-il en tendant à Hudson ce qui était en fait un autocollant à l'effigie de Dane Trask sous laquelle était inscrit *Dane Trask innocent*. Quelqu'un les distribuait hier devant une librairie du centre-ville. Les gens n'arrivent pas à décider si Trask est un criminel, un mythe ou un héros populaire.

Les deux hommes se retournèrent d'un même mouvement en entendant les cris du conducteur d'une des pelleteuses.

Celui-ci coupa d'un coup le moteur de son engin et se mit à faire de grands gestes frénétiques.

Hudson courut vers lui, talonné par Beck. L'ouvrier pointa du doigt l'avant de sa machine. Le corps d'un homme gisait, à moitié enseveli sous les débris, la bouche grande ouverte, un bras tendu au-dessus de la tête comme un naufragé cherchant à échapper à une mer tumultueuse.

— Il n'est pas là depuis longtemps, déclara Beck en scrutant le ciel. Aucun rapace ne lui tourne autour.

— Je connais cet homme, dit Hudson. Il s'appelle Roy Holliday.

7

Quand Audra retourna dans son bureau après le déjeuner, ce mardi-là, elle trouva un autocollant à l'effigie de son père posé sur sa table de travail.

— Qui a mis ça là ? demanda-t-elle à Brenda qui venait de rentrer.

Brenda haussa les épaules.

— Je ne sais pas. Mais j'ai vu des gens en coller partout en ville. C'est plutôt cool pour votre père, non ?

Sur ce, elle lui tendit la pile de courriers qu'elle avait à la main et regagna son propre bureau.

C'était réconfortant de voir que certaines personnes ne considéraient plus son père comme un dangereux criminel. Mieux même, qu'elles s'organisaient pour prendre sa défense.

Des coups discrets frappés à sa porte la sortirent de ses pensées.

C'était Hudson. Ses traits accusaient une fatigue intense, mais il n'en était que plus séduisant.

— Quelque chose ne va pas, Hud ? s'enquit-elle en notant son air sombre.

— C'est Roy Holliday, répondit-il après avoir refermé la porte derrière lui. On a découvert son corps dans une décharge.

— Comment ça ? Vous voulez dire qu'il est mort ? Que s'est-il passé ?

— On ne sait pas grand-chose pour le moment. D'après le médecin légiste, la mort remonterait à six jours.

— C'était mercredi dernier. Le jour où il est venu chez moi.

— Oui. C'est pour ça que je suis ici. Vous devez être parmi les dernières personnes à l'avoir vu vivant.

Voilà qui n'augurait rien de bon. Audra prit une profonde inspiration et se lança la première :

— Pourriez-vous m'en dire un peu plus ?

— On l'a trouvé au milieu de gravats, dans une décharge sauvage en plein cœur du parc Gunnison. Quelqu'un, on ignore encore qui, a déversé là des tonnes de déchets de construction. Le service des forêts a engagé une entreprise pour nettoyer le site et c'est une pelleteuse qui a mis à jour le cadavre de Holliday.

— C'est horrible ! Entre la chaleur et les rapaces, il…

— D'après les premiers rapports, il a été tué ailleurs, puis son corps a été transporté là-bas. Il n'y était probablement que depuis quelques heures.

— Mais où était-il jusque-là ?

— Nous n'en sommes pas certains, mais il se pourrait qu'il ait séjourné dans une chambre froide. Ou à la morgue.

Une chambre froide. Elle n'arrivait pas à se faire à cette idée. Elle frissonna.

— Comment est-il mort ?

— D'une balle dans la tête. Une balle de petit calibre. Audra, j'ai besoin que vous vous souveniez exactement de ce qu'il a dit et fait le jour où il est venu vous voir.

— Oui, bien sûr.

Elle se concentra, cherchant à revivre ce moment avec précision.

— Il était très détendu. Désinvolte même. Il s'est excusé de venir me déranger si tôt mais, a-t-il dit, il avait vraiment besoin de me parler. Je lui ai demandé si c'était pour une inscription, mais il a noyé le poisson et en a profité pour entrer chez moi.

Sa naïveté la faisait encore rougir.

— Quand il m'a dit qu'il s'appelait Roy Holliday, reprit-elle, ce nom m'a semblé familier. Je me suis dit que j'avais dû le voir écrit sur une demande d'inscription pour la nouvelle école. Nous en recevons chaque jour des dizaines.

— Quand avez-vous su qu'il était journaliste ?

— C'est lui qui me l'a dit. Il avait en tête d'écrire un papier sur papa. Il m'a aussi demandé si papa m'avait pistonnée auprès de la TDC pour pouvoir ouvrir mon école maternelle dans leurs locaux. Il voulait savoir comment ç'avait été de grandir avec un père comme lui et s'il m'avait mise au courant de ce qu'il allait faire. Je me suis vraiment sentie stupide de l'avoir laissé entrer.

— S'est-il comporté de manière agressive ?

— Non... Enfin, pas vraiment. Il m'a pris mon téléphone des mains alors que j'essayais d'appeler les secours et il l'a posé sur le canapé. Quand je lui ai annoncé que j'allais sortir, il n'a pas cherché à m'en empêcher. Il a dû se dire que c'était une bonne occasion de fouiner dans la maison.

— Vous l'avez entendu partir ?

— Non, j'étais au téléphone avec vous. Quand je suis retournée dans la cuisine, il n'était plus là. J'ai pensé qu'il m'avait entendue parler et qu'il ne voulait pas d'ennuis avec la police.

— Vous n'avez pas trouvé curieux qu'il laisse la porte grande ouverte ?

— Non. J'ai pensé qu'il était pressé. Pourquoi ? Vous croyez que quelqu'un le surveillait, l'a forcé à partir, sous la menace d'une arme par exemple, et puis l'a tué ?

— L'enquête le dira. Pour le moment, nous allons interroger les voisins. L'un d'eux a peut-être vu quelque chose.

— Je n'arrive pas à y croire, murmura-t-elle en se

prenant la tête entre les mains. Quand tout cela cessera-t-il ? Je n'en vois pas le bout.

Dans un geste tendre, Hudson lui passa une main dans le dos.

— Il s'est passé autre chose, Audra ?

— Oh ! trois fois rien, au regard du reste. Hier j'ai été convoquée dans le bureau du superintendant scolaire. Pour que vous compreniez bien, il faut que vous sachiez que mon école est privée. Et qu'elle le restera quand j'installerai mes locaux dans le nouveau bâtiment à la rentrée prochaine. La TDC a fait don du terrain au district scolaire et lui a accordé un gros rabais sur les coûts de construction. Plutôt que de gérer sa propre garderie et sa propre école maternelle, le district a décidé d'attribuer un contrat de location à une entreprise privée. En l'occurrence, moi.

— Pourquoi le superintendant vous a-t-il convoquée ?

— Parce qu'il s'inquiète de la mauvaise publicité qui m'est faite à cause de mon père. Pour lui, le nom de Trask est entaché et peut nuire à la réputation de la nouvelle école.

— Je suppose que vous avez signé un contrat et qu'il ne peut pas le résilier comme il le voudrait sous peine de poursuites judiciaires.

— Exactement. Et c'est bien ce que j'ai l'intention de faire s'il persiste à me menacer. Il parle d'une clause de moralité qu'il pourrait faire jouer.

— Pour quels motifs ?

— Je l'ignore. Mais en se donnant du mal, il va bien trouver quelque chose.

Elle pressa ses mains l'une contre l'autre dans l'espoir un brin illusoire de chasser l'angoisse qui lui nouait la gorge.

— Vous avez pu identifier Lawrence ? s'enquit-elle.

Hud secoua la tête.

— Pas encore. Et vous ? Des nouvelles de votre avocate ?

— Non plus.

Dans un geste infiniment tendre, il enroula un bras autour de sa taille.

— Je crois qu'une petite sortie vous ferait le plus grand bien. D'ailleurs, vous me devez un dîner.

— C'est vrai.

— Que diriez-vous d'un restaurant thaï suivi d'une séance de cinéma ? Ou l'inverse.

— Très bonne idée. Mais une bonne grosse comédie, alors. J'ai vraiment besoin de rire un peu.

— Ça devrait pouvoir se faire.

Ils choisirent un film très drôle et un peu bête aussi. Assis près d'Audra dans l'obscurité de la salle de cinéma, riant avec elle des situations grotesques qui s'enchaînaient, Hudson se sentait transporté dans un autre monde, un monde calme et serein où Audra et lui pouvaient être plus que de simples amis.

Plus tard, autour d'un *Pad Thaï* accompagné de tranches d'ananas frites, Audra lui parla de l'autocollant qu'elle avait trouvé sur son bureau.

— C'est sans doute un des enseignants, supposa-t-elle.

— J'en ai entendu parler, en effet. Visiblement, votre père bénéficie d'un comité de soutien.

— Je me demande bien comment cela a pu arriver. Papa est tellement attaqué dans la presse !

— Oui, mais il avait beaucoup d'amis parmi les gens qu'il aidait. Comme ces vétérans membres de l'association qu'il avait créée pour eux.

— La Welcome Home Warrior. C'était une grande partie de sa vie. Il a aidé tant d'hommes et de femmes à se réinsérer dans la vie civile, à trouver du travail, ou simplement à venir là pour partager leurs souvenirs et leurs expériences. Ces gens constituaient sa tribu. Il avait tellement à cœur de les soutenir que j'ai été bien plus choquée qu'il les abandonne, eux, du jour au lendemain, plutôt que moi.

En entendant ces mots, prononcés avec une peine évidente, Hudson eut le cœur serré. Il cherchait quelque chose de réconfortant à dire quand il vit Audra redresser les épaules et relever fièrement le menton, affichant clairement qu'elle ne supporterait pas le moindre signe de compassion.

— Si vous me parliez un peu de vous ? demanda-t-elle.

Il lui raconta donc qu'il était l'aîné de trois enfants – deux garçons et une fille –, que son père travaillait dans le marketing et que sa mère tenait une boutique de prêt-à-porter féminin.

— Ils n'ont jamais compris que je veuille devenir flic, mais ils n'ont pas cherché non plus à m'en dissuader. Du coup, ils sont plus proches de mon frère et de ma sœur qui ont suivi leur exemple. Mais ça m'est égal. J'aime ma vie, même si ce n'est pas celle qu'ils voulaient pour moi.

— Mon père m'a toujours laissée libre de mes choix. Pour lui, le plus important a toujours été que je sois heureuse. Ma mère, elle, aurait voulu que je fasse un mariage d'argent ou que j'exerce un métier plus glamour que celui qui consiste à apprendre à de jeunes enfants à lacer leurs chaussures mais, au fond, elle s'en fiche. Elle est bien trop centrée sur sa petite personne.

— Vous savez Audra, votre père m'a l'air d'être quelqu'un de bien.

— Il l'est. Je pense que vous vous entendriez bien, tous les deux.

Malheureusement, si les deux hommes devaient se rencontrer un jour, ce serait certainement avec Hudson pointant son arme sur lui et lui enjoignant de le suivre sans faire d'histoires.

Leur dîner terminé, il raccompagna Audra jusqu'à

sa porte où il lui donna un baiser plein de fougue et de passion. Il brûlait de passer la nuit avec elle, mais il ne voulait pas la brusquer ni se montrer insistant. Quand elle serait prête, elle le lui ferait savoir.

Il venait juste d'emprunter la voie express, à la sortie de la ville, quand il reçut un texto. Il pressa le bouton de l'application de commande vocale de son smartphone et écouta la voix de synthèse lui délivrer le message.

S'il te plaît, reviens. Passe la nuit avec moi.

Il fit demi-tour et dicta sa réponse :

J'arrive.

Il ne lui fallut que quelques minutes pour effectuer le chemin en sens inverse. Audra l'attendait sur le pas de la porte, vêtue du peignoir en soie qu'il lui avait vu le soir où Salazar avait tenté de pénétrer chez elle.

— Tu me manquais déjà, murmura-t-elle d'une voix ensorcelante aussitôt qu'il l'eut rejointe.

Sur ce, elle l'entraîna à l'intérieur et referma la porte sur eux. Elle l'enveloppa de ses bras et pressa sa bouche sur la sienne, dans un baiser qui le fit dériver vers un univers où ils étaient seuls au monde.

Il quitta sa bouche pour écarter les pans de son peignoir. La vue de ce corps nu et parfait alluma en lui les braises d'un feu incandescent. Il l'attira à lui et fit remonter ses mains de ses hanches à ses seins. Il la regarda droit dans les yeux, observant ses pupilles qui se dilataient et s'assombrissaient à mesure qu'il passait ses pouces sur ses mamelons dressés. Il prit l'un d'eux dans sa bouche, s'amusa à l'agacer du bout de la langue puis à le sucer et le mordiller, son excitation s'accentuant au gré des gémissements de plaisir que poussait Audra.

— Oui… Oh oui… dit-elle dans un souffle.

Il ferma les yeux, désireux de savourer pleinement ce moment. Sa peau était aussi douce que du satin sous ses doigts. Elle pressa son corps contre le sien, son pubis venant frotter son sexe en érection. Elle se mit à onduler tout doucement contre lui, puis plus fort, l'invitant en silence à aller plus loin.

Il sourit intérieurement, se délectant de son impatience. Il s'agenouilla alors devant elle et enfouit son visage entre ses cuisses humides. Sa langue s'aventura entre les plis et les replis de son sexe chaud et moite avant de s'enfoncer à l'intérieur. Elle s'agrippa soudain à lui, secouée d'une succession de spasmes convulsifs.

Il se releva et l'entraîna jusqu'à son lit où ils s'allongèrent côte à côte.

— C'était merveilleux, dit-elle en rivant sur lui un regard qui brûlait encore d'un désir ardent. Mais ce n'était que le début.

8

Audra regarda Hudson se déshabiller et lui dévoiler son corps athlétique. Au comble de l'excitation, elle passa en revue ses jambes longues et puissantes, ses bras musclés, sa verge en érection. Aussitôt qu'il vint la rejoindre sous les draps, elle s'installa à califourchon sur lui et fit aller et venir son pubis sur son sexe dur tandis qu'il agaçait ses tétons du pouce et de l'index.

— Tu aimes ça ? lui susurra-t-il à l'oreille.

— J'adore, répondit-elle en plongeant son regard dans le sien.

Elle se pencha pour prendre un préservatif dans le tiroir de sa table de chevet puis, sans attendre, le déroula sur son sexe bandé. N'y tenant plus, il la saisit par les hanches et l'aida à s'enfoncer sur lui.

Elle n'aurait su dire combien de temps elle l'avait chevauché ainsi, les faisant surfer ensemble sur la vague d'un plaisir indicible. Ce qu'elle pouvait dire, en revanche, c'est que quand elle avait joui pour la deuxième fois cette nuit-là, elle n'avait jamais connu un tel orgasme.

Ils s'endormirent dans les bras l'un de l'autre, épuisés mais heureux. Quand elle se réveilla, les rayons du soleil filtraient à travers les stores. Elle entendit le bruit de l'eau qui coulait dans la salle de bains. Ses lèvres s'étirèrent en un sourire bienheureux tandis qu'elle s'étirait avec des grâces de chatte. Elle aimait la présence de Hudson dans sa maison. Savoir qu'il était là, tout à côté. L'entendre chanter faux sous la douche.

Pour un peu, elle se dirait qu'elle était amoureuse, mais elle préféra ne pas analyser ses sentiments. *Chaque chose en son temps*, décida-t-elle. Mieux valait ne pas se précipiter et prendre le risque de tout gâcher.

Hudson serait bien retourné se lover contre Audra, dans son lit douillet, mais quand il sortit de la salle de bains, elle était déjà levée, habillée et avait préparé le café.

— La journée démarre tôt dans une maternelle, expliqua-t-elle après l'avoir embrassé.

Elle lui tendit une tasse de café fumant dont l'arôme vint lui chatouiller délicieusement les narines.

— Et toi ? À quelle heure dois-tu être au bureau ?

— Tôt. Comme toi. Je vais essayer de rencontrer la petite amie de Roy. Elle sait peut-être quelque chose qui nous mettra sur la voie de son assassin.

— Je ne t'envie pas.

— Je ne t'envie pas non plus. Je crois que je préfère affronter des criminels armés plutôt que toute une classe d'enfants en bas âge.

Elle éclata d'un rire joyeux.

— J'adore mon métier, mais il y a des jours où je ne serais pas loin de penser comme toi, dit-elle.

Hudson serait bien revenu sur son affirmation quand, deux heures plus tard, il se retrouva face à Renee Delaware. Malgré ses efforts pour ne pas pleurer, les larmes coulaient sur ses joues pâles et creusées.

— Je suis désolée, ne cessait-elle de s'excuser. Je n'arrive pas à croire qu'il soit parti. Nous parlions de nous marier cet automne et cela n'arrivera jamais.

Elle se mordit la lèvre pour ne pas éclater en sanglots. Hudson attendit qu'elle se reprenne.

— C'est moi qui suis désolé de venir vous déranger dans un moment pareil, dit-il. Mais si nous voulons retrouver son assassin, il faut que je sache qui lui en voulait au point de le tuer.

— Je ferai tout pour vous aider à retrouver celui qui a fait ça, assura-t-elle en se tamponnant les yeux avec le mouchoir qu'elle tenait roulé en boule dans sa main.

— Il paraît que Roy faisait un papier sur Dane Trask. Vous pouvez me le confirmer ?

— Oui. Cet homme le fascinait. Je sais que Roy avait contacté des membres de la Welcome Home Warrior et aussi des gens avec qui Trask travaillait.

— Aviez-vous remarqué quelque chose d'anormal dans le comportement de Roy ces derniers temps ?

— Non, mais quand il a quitté la maison, mercredi dernier, il était très excité. Il m'a dit qu'il tenait quelque chose qui allait en déranger plus d'un.

— Vous a-t-il dit de quoi il s'agissait ?

— Non. Je sais juste qu'il avait en tête d'aller trouver la fille de Dane Trask pour lui parler.

— Sur quel support travaillait-il ? Un ordinateur portable ou un ordinateur de bureau ?

— Un ordinateur portable. Il l'emmenait partout. Il l'avait quand il est parti, ce matin-là. J'ignorais que c'était la dernière fois que je le voyais. L'agent qui est venu m'annoncer que la police l'avait retrouvé… Qu'ils avaient retrouvé son corps… Ils n'ont pas trouvé son ordinateur. Ni sa voiture.

— En effet. L'ordinateur doit se trouver dedans. Mais ici, à la maison, il n'en avait pas un autre où il aurait conservé des dossiers ?

— Pas à ma connaissance.

— Il devait bien avoir des clés USB sur lesquelles sauvegarder son travail ou ses dossiers.

— Je crois qu'il stockait tout sur le *cloud*.

— Je vois. Connaissez-vous son identifiant et son mot de passe ?

Elle secoua la tête.

— Non, je suis désolée.

— Savez-vous s'il les avait notés quelque part ?

Ses yeux se remplirent de larmes.

— En fait, je ne peux pas vous aider. Je réalise que je ne sais rien. Mais c'était son travail, vous comprenez ?

— Parfaitement, ne vous inquiétez pas. Tenait-il un journal ou un agenda ou quelque chose de similaire ?

— Il utilisait l'agenda de son smartphone. La police ne l'a pas non plus retrouvé sur lui.

— Ça n'a pas d'importance. Nous obtiendrons tous les enregistrements de ses appels par son opérateur. Vous savez quel est cet opérateur ?

— Oui, nous avons le même. C'est Verizon.

Voilà qui lui faciliterait un peu la tâche.

— Avec ça, nous saurons avec qui Roy a échangé avant sa mort. L'un de ses derniers interlocuteurs était peut-être son assassin.

— Les policiers qui sont venus avant vous ont fouillé son bureau.

Elle pointa du menton la table de travail en chêne qui se trouvait dans un coin du salon.

— Ils ont pris quelques affaires mais il n'y avait pas grand-chose. Mais après leur départ, j'ai trouvé quelque chose que j'ai mis de côté pour vous.

Elle se leva et revint de la cuisine avec une boîte qu'elle lui tendit.

— Ce sont des copies de nombreux articles qu'il avait rédigés sur Dane Trask, plus quelques autres, rédigés plus récemment. J'y ai ajouté des notes que j'avais prises sur ce qu'il faisait avant sa disparition.

— Cela va m'être très utile, assura-t-il en se levant, la boîte bien calée sous son bras. Si quelque chose vous revenait, n'hésitez pas à m'appeler. À n'importe quelle heure du jour ou de la nuit, ajouta-t-il après lui avoir tendu sa carte.

— Je n'y manquerai pas, promit-elle en le raccompagnant jusqu'à la porte.

Elle se tint un instant sur le seuil pour le regarder partir, frêle silhouette un peu voûtée comme le sont souvent celles des personnes endeuillées. Il se sentait désolé pour elle mais impuissant à la consoler. La seule chose qui pourrait soulager un peu sa peine serait de retrouver l'assassin de son compagnon.

Au lieu de se rendre directement au quartier général des rangers, il fit un détour par Canyon Critters. Audra se trouvait dans la cour de récréation, entourée d'un groupe de bambins. Il se dirigea vers eux, conscient de leurs yeux écarquillés fixés sur son arme, visible dans son holster.

— Quelque chose ne va pas ? s'enquit Audra sans pouvoir cacher son inquiétude.

Comment ne pourrait-elle pas être anxieuse quand à chaque fois qu'il était venu la trouver sur son lieu de travail, cela avait été pour lui annoncer une mauvaise nouvelle ?

— Non, non, s'empressa-t-il de répondre pour la rassurer. Je passais dans le coin et j'ai eu envie de venir te dire bonjour.

Ses traits jusque-là crispés se détendirent aussitôt.

— C'est gentil, dit-elle avant de s'adresser aux petits toujours rassemblés autour d'elle. Les enfants, allez jouer pendant que je parle avec l'officier Hudson.

Ils ne se le firent pas dire deux fois. Ils s'éparpillèrent comme une volée de moineaux, certains courant vers les balançoires tandis que d'autres prenaient la direction d'un terrain de jeux où deux enseignantes avaient organisé des jeux de ballon.

— Il fait si beau que je ne supportais plus de rester enfermée dans mon bureau, dit-elle.

— C'est vrai que ce serait plutôt une journée pour aller se balader dans le parc.

À cet instant, des cris aigus leur parvinrent. Ils se retournèrent d'un même mouvement vers une fillette frêle au visage pâle encadré de longs cheveux blonds. Allongée à demi par terre, elle pleurait à chaudes larmes.

— Hou le bébé ! Hou le bébé ! lui criait méchamment une autre petite fille, brune celle-là, avec de bonnes joues rouges rebondies.

— Tu… tu m'as poussée, hoqueta la première fillette.

— C'est pas vrai ! C'est toi qui es tombée toute seule ! Et puis, d'abord, tu es laide.

Audra courut vers les fillettes et arriva en même temps qu'une femme plus âgée aux cheveux gris coupés court.

— April, relève-toi ! somma la femme à la fillette d'un ton sec. Et arrête un peu de gémir. Tu n'as même pas mal.

— Comment savez-vous qu'elle n'a pas mal ? demanda Audra en s'accroupissant auprès de la petite. Ma chérie, ça va ?

April montra son coude écorché.

— J'ai mal, là.

— Viens avec moi. Nous allons soigner ça.

Audra aidait la fillette à se relever quand la femme aux cheveux courts intervint.

— Je vais m'en occuper, décréta-t-elle d'un ton revêche. Restez avec votre visiteur.

Elle accompagna ses paroles d'un regard éloquent en direction de Hudson.

— April, va avec Mme Keplar.

Mme Keplar conduisit April vers le bâtiment tandis qu'Audra se tournait vers l'autre petite fille.

— Je l'ai pas poussée ! se défendit celle-ci avant même qu'Audra ait pu parler. J'ai fait comme vous m'avez dit, j'ai été gentille avec elle, j'ai essayé d'être son amie et de jouer avec elle, mais elle sait pas jouer comme nous. Elle est bête.

— Mia, la reprit doucement Audra. Dire du mal d'April n'est pas gentil. Ce n'est pas ça essayer d'être son amie.

— Je veux pas être son amie et vous pouvez pas m'obliger !

Elle s'en alla, suivie d'une demi-douzaine d'enfants qui, visiblement, avaient choisi leur camp.

— La petite April devrait s'en sortir, dit Hudson en souriant. Elle n'a rien de cassé.

— Le problème, c'est que Mia a une fâcheuse tendance à s'en prendre à elle régulièrement. April est la proie idéale.

Elle tourna vers lui son visage devenu anxieux.

— Je ne comprends pas qu'on s'en prenne à plus vulnérable que soi. Et Mia est encore si jeune pour jouer à des jeux aussi pervers !

Sa détresse faisait mal à voir. Et Hudson, d'habitude si prompt à trouver les mots, chercha en vain quoi dire pour la réconforter.

— Je suis désolé, dit-il simplement. Je vois bien à quel point cette histoire te bouleverse.

— Bien sûr que cela me bouleverse. Tout le monde devrait être bouleversé. Je dois te laisser à présent. Il faut que j'aille retrouver April.

— Je comprends. Nous reparlerons de tout cela plus tard.

Il retourna à sa voiture avec un poids énorme sur les épaules.

Comment réagirait Audra si elle savait qu'il avait été, lui aussi, du côté des persécuteurs ? Lui qui pensait avoir laissé cette vieille histoire derrière lui ! De toute évidence, ce n'était pas le cas. Peut-être y avait-il des erreurs qu'on ne pouvait totalement oublier ?

Audra trouva la petite April à l'infirmerie, en compagnie de Jana Keplar qui, dos à la porte, ne la vit pas arriver.

— Arrête de gigoter, la réprimanda cette dernière. Je sais que ça pique un peu, mais il faut bien désinfecter. Et s'il te plaît, arrête de pleurer, c'est insupportable !

Jana et April levèrent les yeux en même temps sur Audra quand elle pénétra dans la salle.

— Tout va bien, affirma Jana.

Elle jeta la boule de coton qu'elle venait d'appliquer sur le coude de la petite et fouilla un tiroir pour y prendre une boîte de pansements adhésifs.

— J'ai plutôt l'impression que vous perdez votre sang-froid, rétorqua Audra. Finissez ce que vous avez commencé puis je m'occuperai moi-même d'April.

— Je n'ai pas besoin…

— Et moi je vous dis d'aller rejoindre votre classe pendant que je resterai avec April, la coupa sèchement Audra.

Le visage fermé, les lèvres pincées, Jana appliqua le pansement sur la plaie d'April puis quitta la pièce, raide comme la justice.

— Comment te sens-tu, ma chérie ? demanda Audra à la fillette aussitôt qu'elles furent seules.

— Ça va, répondit la petite en reniflant un peu.

— Raconte-moi ce qu'il s'est passé dans la cour. Avant que tu tombes.

— Mia m'a demandé si je voulais aller jouer à la balançoire. J'ai dit oui et elle a dit qu'elle allait me pousser. Mais elle a poussé trop fort et la balançoire allait trop haut. J'avais trop peur. Je lui ai dit d'arrêter mais elle s'est moquée de moi et elle a continué. Alors j'ai sauté de la balançoire. C'est comme ça que je suis tombée. Je me suis fait mal, mais elle m'a crié dessus que j'étais qu'un bébé.

Audra refoula le soupir qui lui montait aux lèvres. Mia avait-elle provoqué la situation pour effrayer April ou était-ce simplement la maladresse d'une enfant qui ne savait pas comment s'y prendre avec une fillette aussi craintive qu'April ? Elle se posait encore la question quand Brenda poussa la porte de l'infirmerie.

— J'ai un appel pour vous, annonça-t-elle. La personne qui cherche à vous joindre dit que c'est urgent.

— Je ne peux pas tout de suite. Dites à cette personne de laisser un message. Je la rappellerai.

— Je pense que cela ne peut pas attendre. C'est la maman d'April, ajouta-t-elle plus bas pour ne pas être entendue de la fillette.

Audra fronça les sourcils. Encore des ennuis en perspective.

— Très bien. Raccompagnez April dans sa classe et restez avec elle jusqu'au retour de Jana avec ses élèves.

Elle retourna dans son bureau, inspira profondément puis prit l'appel.

— Bonjour, madame Patrick, la salua-t-elle d'un ton qu'elle voulait enjoué. Que puis-je faire pour vous ?

— Vous pouvez me dire pourquoi ma fille continue à se faire harceler, par exemple, attaqua la maman d'un ton tranchant. Et pourquoi, visiblement, personne ne surveille ces enfants pendant la récréation ? Et enfin, pourquoi ma fille s'est retrouvée dans une situation où elle aurait pu se blesser sérieusement ?

Par quel miracle Mme Patrick pouvait-elle déjà être au courant de ce qui s'était produit à peine quelques minutes plus tôt ? Quelqu'un lui avait téléphoné pour lui signaler l'incident, c'était certain. Mais qui ? Brenda ? Jana ? Le moment était mal choisi pour tenter d'élucider ce mystère.

— J'étais moi-même dans la cour tout à l'heure, madame Patrick. April et Mia faisaient de la balançoire. Tout se passait bien mais il semblerait qu'April ait eu peur et qu'elle ait sauté avant que Mia arrête de la pousser.

— Vous n'auriez pas dû laisser ma fille seule avec cette petite, mademoiselle Trask. Vous imaginez un peu si elle s'était cassé un bras ou une jambe ? Ou pire, encore. Je vous avais pourtant prévenue. Aussi ai-je pris la décision de retirer April de votre école. Tenez-la prête à partir avec ses affaires, je vais venir la chercher. Il va de soi que j'attends de vous que vous me remboursiez le mois en cours dans son intégralité.

Puis, sans attendre de réponse, elle raccrocha brutalement. Audra se laissa tomber dans son fauteuil. Elle n'en voulait pas à Mme Patrick d'être en colère. C'était elle et elle seule qui était à blâmer pour avoir encouragé Mia à se lier d'amitié avec April. Si elle avait séparé les deux fillettes au lieu de vouloir à tout prix les voir devenir amies, rien de cette situation catastrophique ne serait arrivé.

Elle alla dans la classe des petits, une boule au ventre. April se tenait en retrait tandis que les autres enfants faisaient cercle autour de Jana qui leur racontait une histoire. Audra se racla doucement la gorge pour manifester sa présence.

— Jana, j'aurais besoin de vous parler, dit-elle.

Jana la suivit dans le couloir sans faire d'histoires.

— J'ai préféré ne pas brusquer April, et la laisser dans son coin, commença-t-elle, comme pour se justifier.

— Sa mère vient de me téléphoner. Elle est en chemin pour venir la récupérer. Rassemblez toutes ses affaires et tenez-la prête à partir. Elle quitte l'école.

— C'est sans doute mieux pour elle, décréta Jana. Je

pense que cette petite n'a pas la maturité nécessaire pour s'intégrer dans une école comme celle-ci.

— C'est vous qui avez appelé sa mère ?

— La politique de la maison veut que les parents soient prévenus quand leur enfant s'est fait mal, non ?

— En effet. Mais c'est à moi de juger s'il est nécessaire de les appeler ou non, rétorqua Audra.

— Je suis son institutrice, s'entêta Jana. April est sous ma responsabilité, c'était à moi de le faire.

— Rassemblez ses affaires et dites-lui de venir me rejoindre dans mon bureau, répéta Audra après avoir laissé passer quelques secondes d'un silence pesant. Elle attendra sa mère avec moi.

Jana retourna dans sa classe tandis qu'Audra s'appuyait contre la porte, tremblant comme une feuille.

Si au moins son père était là ! Elle l'appellerait et il lui donnerait des conseils. Il avait toujours eu le don de la guider sur la bonne voie ; de lui souffler la meilleure solution à chaque problème qui se présentait. Elle ressentit un mélange confus de colère, de frustration et de peine immense. Il était entré en contact avec son ex et Cara. Pourquoi n'avait-il pas cherché à la contacter, elle, sa fille ?

Un court instant plus tard, April la rejoignit, son sac à dos en bandoulière et, dans les bras, une boîte en carton contenant une petite bouteille d'eau, son matériel scolaire et des fleurs en papier.

— Ta maman ne va pas tarder, annonça Audra d'une voix qu'elle voulait enjouée. Tu seras mieux, ici, dans mon bureau pour l'attendre.

— J'ai fait des bêtises ? s'enquit la fillette dont les taches de rousseur semblaient ressortir particulièrement sur son teint pâle.

Audra fondit de tendresse devant tant d'innocence et de crainte mêlées. Elle s'était tellement focalisée sur ses problèmes qu'elle en avait oublié l'angoisse que devait ressentir sa petite élève.

— Non, ma chérie, répondit-elle avec douceur. Tu n'as fait aucune bêtise. Ta maman pense juste que ce serait bien pour toi que tu ne viennes pas à l'école pendant quelque temps.

April acquiesça en silence.

Mme Patrick arriva quinze minutes plus tard. Une tension visible nouait son corps mince et élancé.

— Ça va, ma chérie ? s'enquit-elle en se saisissant du carton de sa fille.

— Oui, ça va, répondit la fillette. Mme Keplar m'a mis un pansement, ajouta-t-elle en exhibant son coude sous le nez de sa mère.

— Encore heureux ! Mademoiselle Trask, je suis vraiment désolée de devoir en arriver à de telles extrémités, mais vous comprendrez bien que je ne peux pas laisser ma fille dans un établissement où elle ne se sent pas en sécurité.

— Moi aussi, madame Patrick, je suis désolée. Je…

Mais Mme Patrick ne la laissa pas terminer.

— Ce matin, j'hésitais encore à vous la laisser mais après ce que j'ai lu dans les journaux, je n'ai plus à hésiter.

— Que voulez-vous dire ? Que disent les journaux ?

Mme Patrick cacha son embarras en faisant filer les cheveux de sa fille entre ses doigts.

— Je ne dis pas que vous avez quelque chose à voir avec le meurtre de cet homme mais quoi qu'il en soit, ce n'est pas une bonne chose que votre nom soit mêlé à cette histoire. Allez, viens, April, nous devons partir.

Elle prit sa fille par la main mais au moment de partir, releva les yeux sur Audra.

— Vous penserez à mon remboursement, n'est-ce pas ?

Sur ces mots, elle partit, laissant Audra un peu sonnée. À quoi Mme Patrick faisait-elle allusion ? Les journaux laissaient-ils entendre qu'elle avait quelque chose à voir avec la mort de Roy Holliday ? Y avait-il eu une autre victime ? Elle songea à appeler Hudson mais se ravisa. C'était facile de vérifier sans le déranger.

Elle rassembla à la hâte son sac et ses clés.

— Je dois rentrer tôt, lança-t-elle à Brenda alors qu'elle passait par le bureau de son assistante.

— Audra, quelque chose ne va pas ? s'enquit Brenda d'un ton inquiet. Vous n'avez pas l'air bien.

— Ce… Ce n'est rien. J'ai besoin de rentrer chez moi.

Elle courut presque jusqu'à sa voiture. Elle s'arrêta en chemin pour acheter *The Denver Post* et un journal local. Elle attendit d'être chez elle, porte verrouillée et stores déroulés, installée sur son canapé, pour – enfin – ouvrir le journal local en premier. L'article faisait la première page.

ROY HOLLIDAY, DERNIÈRE VICTIME DE TRASK ? AUDRA, COMPLICE DE SON PÈRE ?

L'institutrice est la dernière personne à avoir vu le journaliste en vie.

9

À mesure qu'il lisait l'article qui faisait les gros titres des journaux, la colère de Hudson allait grandissant. Le journaliste rapportait que Roy Holliday avait été abattu d'une balle dans la tête et que son corps avait été retrouvé en plein parc Gunnison, du côté de Black Canyon. Sa mort avait sans doute un lien non seulement avec Dane Trask mais aussi avec sa fille, Audra, qui était la dernière personne à avoir vu Holliday avant sa mort.

L'article poursuivait avec force détails sur la disparition de Trask et revenait sur les rumeurs selon lesquelles Trask aurait détourné des fonds à la TDC puis aurait été suspecté du meurtre d'une jeune étudiante. L'auteur enchaînait avec l'agression d'un dénommé Braxton et concluait en faisant allusion à des « autorités tenues secrètes » qui n'excluaient pas un lien entre la visite de Roy Holliday à Audra Trask et sa mort.

Hudson reposa le journal, atterré. Il bouillonnait d'une rage intérieure qu'il éprouvait le besoin viscéral d'évacuer sur quelqu'un. Ce serait Martin Faith, chargée des relations entre la presse et le bureau du shérif de Montrose. Elle était bien placée pour savoir qui était responsable de ce lynchage médiatique, non ? Il se rendit dans son bureau et lança le journal sur sa table de travail. Martin, à qui la colère de Hudson ne pouvait pas échapper, leva les yeux sur lui et retira son casque.

— Qu'est-ce que c'est que ce tissu de mensonges ? aboya-t-il. Et qui sont ces « autorités tenues secrètes » auxquelles ce journaleux fait allusion ?

Martin s'empara du journal et parcourut l'article en diagonale.

— La déclaration officielle que nous avons faite ne mentionnait pas la rencontre entre Audra et Holliday, affirma-t-elle.

— Alors, qui l'a laissée filtrer ?

— Peut-être quelqu'un de la police de Montrose. Ce sont eux qui ont pris l'appel quand Audra Trask a signalé la présence de Holliday chez elle. Ou alors, le journaliste a vu le rapport de police et a fait le rapprochement.

— Tout ça, ce ne sont que des spéculations et autres insinuations. Ce n'est pas Trask qui a tué la jeune randonneuse et Audra n'a rien à voir avec la mort de Holliday.

Martin haussa les épaules, dans un mouvement visant à exprimer son impuissance.

— C'est le genre de sujets dont les gens raffolent, dit-elle. Ces faits divers font vendre.

— Oui, mais tout est faux !

— C'est contrariant, je vous l'accorde, mais nous ne pouvons rien y faire. De plus, nous avons des choses plus importantes à régler.

C'était vrai. Hudson retourna dans son bureau mais ne parvint pas à se calmer. Il songea à appeler Audra mais y renonça. Elle ne devait pas avoir fini sa journée. Il la dérangerait probablement en plein travail. Il l'appellerait plus tard pour lui annoncer la nouvelle en douceur.

Il relut l'article. Le journaliste ne faisait pas mention du corps de Holliday ayant séjourné dans une chambre froide avant d'avoir été balancé dans une décharge. Ce détail jouait en faveur de Trask. Non seulement ce dernier n'avait pas de mobile mais, en plus, il n'aurait jamais pu avoir accès à une chambre froide pour y cacher un cadavre.

Alors qu'il feuilletait le reste du journal, traquant le moindre article faisant référence à Trask ou à Audra, il commença à se calmer. Martin avait raison. Les journaux faisaient leurs choux gras de cette affaire depuis des semaines parce que les lecteurs, fascinés par cette histoire, en redemandaient.

En page 6, un article attira son attention. Il y était question de la TDC, condamnée à une lourde amende pour avoir falsifié des rapports officiels.

L'APE, l'Agence de Protection Environnementale, a infligé une amende de 350 000 dollars à la TDC, qui avait déjà fait parler d'elle en début d'année. Récemment sommée par l'APE de débarrasser le site de l'ancienne mine Mary Lee des métaux lourds et autres déchets toxiques qui la polluaient, elle a été reconnue coupable d'avoir falsifié certains des rapports qu'elle communiquait aux autorités sanitaires. Pour l'APE, il est important que de telles infractions ne restent pas impunies. Les contribuables sont en droit de disposer des données exactes concernant l'argent public qui avait été alloué à la TDC pour cette décontamination.

Le vice-président de la TDC, Mitchell Ruffino, a donné une conférence de presse mardi matin, au cours de laquelle il a accusé un de ses anciens employés, Dane Trask – qui fait l'objet d'une vaste chasse à l'homme, depuis six semaines qu'il a disparu dans le parc national Gunnison –, d'être à l'origine de ces rapports falsifiés. « La TDC et ses employés sont fiers du travail de décontamination qui a déjà été effectué sur le site de la mine Mary Lee. Nous comptons bien poursuivre les efforts déjà accomplis et espérons que de nombreuses entreprises suivront notre exemple. »

Hudson se carra dans son fauteuil, essayant de digérer l'information. Depuis le début de cette histoire, Dane Trask avait essayé d'attirer l'attention des autorités sur le fait que la TDC falsifiait ses rapports. Sur la clé USB qu'ils avaient trouvée dans la boîte à gants de son pick-up figuraient en effet des rapports qui ne correspondaient pas aux résultats des tests que Trask avait fait effectuer de son côté.

Trask avait également envoyé à son ex-petite amie un communiqué de presse – jamais publié – affirmant là aussi que la TDC trichait avec les niveaux de contamination du site. D'autres échantillons prélevés cette fois par Cara Mead, l'ancienne assistante de Trask, avaient confirmé cette affirmation. Pourtant, la TDC s'acharnait à tout mettre sur le dos de Trask.

Qui mentait ?

Qui disait la vérité ?

— Un souci, Hudson ?

Hud leva les yeux sur Jason Beck qui venait de s'installer à son bureau.

— Du nouveau ? demanda-t-il en guise de réponse.

— Je suis retourné voir les dirigeants des entreprises de construction pour essayer d'établir un lien entre cette déchetterie sauvage et Roy Holliday, mais ça n'a rien donné, répondit-il. Et toi ?

— J'ai parlé à la compagne de Holliday ce matin. Elle m'a rapporté que Roy lui aurait confié être tombé sur du lourd, concernant l'affaire Trask.

— Il ne lui a pas dit quoi ?

— Malheureusement non.

— Il ne nous reste plus qu'à aller interroger toutes les personnes à qui Holliday a parlé avant sa mort. Cela nous conduira peut-être à celui qui lui aura refilé le tuyau ou, pourquoi pas ? à son assassin.

— Bonne idée. J'ai déjà obtenu quelques noms de la

compagne de Roy. Nous en trouverons sans doute d'autres dans les écrits qu'il a laissés.

— Partageons-nous ces listes. Si on pouvait passer à autre chose qu'à l'affaire Trask, j'avoue que je ne serais pas contre.

— Tu as lu la dernière édition du journal local ?

— Non. Pourquoi ?

Hudson lui montra les articles sur la mort de Holliday et l'amende demandée à la TDC par l'APE.

— Cela ne nous aide pas vraiment, commenta Beck. Tu ne penses pas réellement qu'il puisse y avoir un lien entre Audra et Holliday ?

— Moi non. Mais les gens qui vont lire ça oui. Je suis inquiet pour Audra. Elle est déjà bien affectée par la disparition de son père, elle n'a pas besoin de ça.

— Il y a quelque chose entre elle et toi ?

Hudson haussa les épaules.

— Il y a quelque chose, confirma-t-il sans en dire plus.

D'ailleurs, lui-même ne savait trop quels mots poser sur les sentiments qu'Audra faisait naître en lui. Il préférait attendre de voir quelle tournure allaient prendre les choses.

Il en était là de ses questionnements quand son téléphone sonna. Les battements de son cœur s'accélérèrent quand il vit le nom d'Audra s'afficher sur l'écran. Beck lui fit un petit signe de la tête et s'éclipsa discrètement.

— Je ne voulais pas te déranger, dit-il. J'avais prévu de t'appeler en fin de journée.

— Tu crois que tu pourrais te libérer pour venir à la maison ? Maintenant.

La tension dans sa voix l'alarma.

Il se dirigea vers la porte, ses clés de voiture déjà en main.

— Qu'y a-t-il ?

— Rien, répondit-elle. Enfin… Rien de grave. Mais

la maison est assaillie de journalistes et je me sentirais mieux si tu étais là.

— J'arrive.

Audra avait essayé de faire bonne figure devant les journalistes. Grave erreur. Ils étaient une dizaine, hommes et femmes, qui étaient venus frapper à sa porte quelques minutes à peine après qu'elle avait fini de lire les articles sur la mort de Roy Holliday. À croire qu'ils l'avaient épiée à travers les fenêtres pour surgir au moment où elle se sentirait le plus vulnérable.

C'est peut-être ce qu'ils avaient fait. Elle avait essayé de leur dire qu'elle n'avait aucun commentaire à faire, mais ils avaient fait comme s'ils n'avaient rien entendu. Ils l'avaient mitraillée de questions, ne lui épargnant rien, lâchant des mots qui lui avaient fait aussi mal que si elle avait été lapidée. Finalement, au bord des larmes, elle avait réussi à leur fermer la porte au nez. Recroquevillée sur son canapé, elle éprouvait un profond sentiment de honte. Elle aurait aimé aller se coucher pour ne se réveiller que le lendemain, sa vie d'avant retrouvée.

Des éclats de voix lui parvinrent, qui lui firent quitter son canapé pour aller risquer un œil par une des fenêtres du salon. Hudson ! Elle le vit fendre le groupe de journalistes qui s'était agglutiné autour de lui, micros tendus vers son visage. Comme ils l'avaient fait un peu plus tôt avec elle, ils le bombardèrent de questions auxquelles il ne prit pas la peine de répondre.

Elle ouvrit la porte et se tint sur le seuil. Aussitôt, la meute de journalistes délaissa Hudson pour se précipiter de nouveau vers elle.

— Que vient faire ce policier ici ? questionna une

femme. Est-ce que sa présence a quelque chose à voir avec la mort de Roy Holliday ?

Hudson la prit par le bras.

— Rentrons, la pressa-t-il.

Mais elle se dégagea de son emprise.

— Non, décida-t-elle fermement. Finalement, si j'accepte de répondre à leurs questions, ils finiront bien par partir.

— Je ne pense pas que…

— Quelle était la nature de votre relation avec Roy Holliday ? s'enquit le journaliste qui se tenait le plus près d'elle.

— Je ne le connaissais pas, répondit-elle. Il est venu chez moi en me laissant croire qu'il était le parent d'un de mes élèves. Il a profité de cette confusion pour pénétrer dans ma maison puis me questionner au sujet de mon père. J'ai refusé de lui parler et j'ai appelé police secours. Quand ils sont arrivés sur les lieux, M. Holliday était parti. C'est tout ce que je peux vous dire.

— Vous pensez que c'est votre père qui l'a tué ?

— Non. Pour quelle raison aurait-il fait une chose pareille ?

— Pour vous protéger.

— C'est ridicule. Mon père n'a rien à voir avec Roy Holliday ni avec sa mort. En fait, rien de ce que vous écrivez n'est vrai. Vous déshonorez mon père, et moi, par la même occasion, sans pouvoir fournir la moindre preuve de ce que vous avancez. Vous devriez avoir honte !

Estimant sans doute qu'elle en avait assez dit, Hudson la tira à l'intérieur et referma la porte derrière eux. Audra s'adossa contre le mur et ferma les yeux, luttant contre les larmes, attendant de retrouver un rythme cardiaque normal.

Quand elle rouvrit les yeux, Hudson la couvait d'un regard empli de sollicitude.

— Je suppose que cet échange paraîtra demain, accompagné d'un titre à sensation, dit-elle.

— Sans doute. Viens là, dit-il en lui ouvrant les bras.

Elle alla se blottir contre lui et posa la tête sur son épaule.

— Je sais que tu n'approuves pas ce que je viens de faire, mais je ne pouvais pas continuer à les laisser dire n'importe quoi sans réagir. Papa n'a que moi pour le défendre.

— Tu as fait ce que tu pensais devoir faire. À partir de là, tout va bien. Et puis, tu avais besoin de dire ce que tu avais sur le cœur.

Elle posa un baiser léger au creux de son cou et s'écarta légèrement pour pouvoir le regarder dans les yeux.

— Merci d'être venu, dit-elle. J'étais tiraillée entre le besoin de me débrouiller seule et l'envie de t'avoir à mes côtés.

— Tu as bien fait de m'appeler. On doit pouvoir compter sur ses amis dans les moments difficiles, non ?

Étaient-ils des amis, vraiment ? Ou plus que cela ?

Elle s'éloigna pour se rendre dans la cuisine où elle se servit un verre d'eau.

— Ça s'est passé comment après mon départ, ce matin ? Je veux dire… Avec les deux petites filles.

— Pas très bien.

Elle but son verre d'un trait puis le reposa sur le comptoir avant de poursuivre :

— Mme Patrick a retiré la petite April de l'école. Elle était furieuse que nous ayons laissé sa fille jouer avec Mia, qu'elle accuse de harceler April. Je suppose qu'à sa place, j'aurais réagi de la même manière. Mais le pire, c'est quand elle a fait allusion à ce qui était paru dans les journaux. J'ignorais de quoi elle pouvait bien parler. Aussi, je me suis précipitée dans le premier kiosque venu et je suis rentrée à la maison pour lire ces fameux articles. Je n'ai pas été déçue !

— Tu as lu aussi celui concernant la TDC ?

— Non. Que dit-il ?

— Que l'APE leur a infligé une amende conséquente pour avoir falsifié des rapports attestant que le site avait été décontaminé alors qu'il ne l'était pas. Exactement ce dont ton père les accusait.

— Voilà qui va peut-être faire pencher la balance en sa faveur, dit-elle avec une lueur d'espoir.

— Ça m'étonnerait. La TDC l'accuse, publiquement lui, d'être à l'origine de ces rapports. En clair, elle veut lui faire porter le chapeau.

Elle secoua la tête.

— Papa ne ferait jamais une chose pareille. Il est incapable de mentir. Il est trop intègre. Je ne supporte plus que tous ces gens se liguent contre lui sans même lui laisser une chance de se défendre ! C'est de l'acharnement. C'est un peu le même problème qu'entre Mia et April. L'une profite de la faiblesse de l'autre pour la mettre à terre. Pour la dominer. Je déteste ces rapports de force. C'est insupportable !

Elle aurait voulu qu'il l'attire de nouveau à lui pour trouver refuge entre ses bras rassurants. Mais au lieu de cela, il recula d'un pas, le visage sombre et fermé.

— Hud, quelque chose ne va pas ?

Il secoua la tête.

— Non. Mais si tu penses que je peux te laisser seule, maintenant, je dois retourner au bureau.

— Je comprends. Mais tu es sûr que je n'ai rien dit qui t'aurait blessé ?

— Sûr. Tout va bien.

Il esquissa un sourire qu'elle devina forcé.

— Si tu as besoin de moi, n'hésite pas à m'appeler.

Puis il partit en refermant doucement la porte derrière lui. Elle entendit les journalistes l'assaillir de nouveau. Ils ne se lasseraient donc jamais ? Elle avait conscience que quelque chose s'était brisé. Mais quoi ? L'attitude de Hudson avait changé quand elle avait évoqué Mia. Qu'est-ce qui avait bien pu le chambouler au point de précipiter son départ ?

Ses questions restées sans réponses lui laissaient un goût amer dans la bouche en même temps qu'elles accentuaient son sentiment de solitude.

— Quel imbécile je fais !

Les mains crispées sur son volant, Hudson se maudissait de ne pas avoir su cacher son émotion quand Audra avait déclaré détester les rapports de force. Que penserait-elle de lui si elle savait qu'à l'adolescence, il avait été du côté des harceleurs ? Qu'il avait été si mauvais, si cruel, qu'il avait conduit un de ses camarades au suicide ?

Ce souvenir lui nouait encore l'estomac. Il avait parcouru un long chemin depuis cette période sombre de sa vie mais Audra le croirait-elle ? Lui pardonnerait-elle ? Son histoire personnelle lui permettrait-elle de voir au-delà de la brute qu'il avait été ?

Ses pensées le tourmentaient encore quand il arriva dans les bureaux des rangers.

— Il y a quelqu'un pour vous, annonça Reynolds en pointant le menton en direction de son bureau où Renee Delaware l'attendait, les yeux baissés sur son portable.

— Madame Delaware. En quoi puis-je vous aider ?

Elle leva les yeux sur lui et glissa son smartphone dans la poche arrière de son jean avant de sortir un bout de papier de son autre poche.

— J'ai trouvé ça en fouillant dans la table de nuit de Roy, dit-elle. Je suppose que c'est l'identifiant et le mot de passe dont vous aviez besoin.

Hudson étudia la série de chiffres et de lettres griffonnés sur le papier au feutre bleu.

H0lidays95-164951-1225

— Qu'est-ce qui vous fait penser cela ? demanda-t-il.

— Parce qu'il est né le 16 avril 1995 et que le 2512 peut correspondre à Noël, fête qu'il adorait, expliqua-t-elle. Quant à H0lidays, il est évident que c'est un jeu de mots sur son nom.

Elle pressa ses lèvres tremblantes l'une sur l'autre dans le but manifeste de contrôler l'émotion qui la submergeait.

— Merci, dit-il. Cette information peut nous être d'une grande utilité.

— Cela ne fera pas revenir Roy, mais j'espère que cela vous permettra de retrouver son assassin. Je sais bien que les gens n'aiment pas les journalistes mais c'était son métier, sa passion, et il le faisait bien. Il ne méritait pas de mourir pour ça.

— Nous vous tiendrons au courant si nous avons du nouveau, assura Hudson. Merci encore d'être venue.

Elle eut un léger hochement de tête puis s'en alla comme elle était venue, sans faire de bruit.

Hudson s'installa devant son écran d'ordinateur puis lança un programme de sauvegarde des données qu'il savait courant chez les journalistes. Ensuite, il entra les coordonnées de Roy.

— Tu bosses sur le meurtre de Roy Holliday ? lui demanda Reynolds qui venait d'entrer dans la pièce.

Hudson acquiesça sans quitter son écran des yeux.

— La police du comté de Delta a retrouvé sa voiture, abandonnée derrière des conteneurs, à Whitewater.

Hudson leva les yeux, les sens soudain en alerte.

— Ils ont trouvé quelque chose ? Son téléphone ? Son ordinateur ?

Reynolds secoua la tête.

— Je t'ai transféré une copie du rapport. Ils n'ont rien pu en tirer, il n'en reste qu'une carcasse carbonisée.

— Whitewater n'est pas tout près de la décharge où on a retrouvé le cadavre de Holliday, fit remarquer Hudson.

— Une heure de route, environ. L'endroit est désert. Ils n'ont trouvé aucun témoin capable de dire depuis combien de temps cette voiture était là. Ou plutôt ce qu'il en reste.

— C'était la compagne de Holliday qui était là tout à l'heure. Elle m'a donné ce qui semble être l'identifiant et le mot de passe de Roy. Avec ça, on va peut-être avoir accès à ses fichiers.

— Si quelqu'un ne l'a pas fait avant nous, pointa Reynolds.

Pour tout commentaire, Hudson hocha la tête et se remit au travail. Il entra le mot de passe, cliqua sur la touche Entrée de son clavier puis attendit, le cœur battant. Un frisson d'excitation le parcourut quand il vit s'ouvrir la page d'accueil.

— Tu as trouvé quelque chose ? demanda Reynolds à qui la fébrilité de Hudson n'avait pas échappé.

— Ça se pourrait bien. Mais il y a là une centaine de fichiers. Ça peut prendre un bout de temps.

Reynolds lui tapota gentiment l'épaule.

— Je te laisse faire, alors.

Hudson ne l'entendit pas quitter la pièce tant il était absorbé par sa tâche.

10

Audra arriva à l'école, le lendemain matin, prête à affronter Jana et Mia et déterminée à régler une bonne fois pour toutes les problèmes de harcèlement qui pourraient exister au sein de son établissement. Elle avait passé une bonne partie de la soirée de la veille à mettre en place un programme visant à informer ses élèves et à les aider à lutter contre toutes formes de brimades et de discriminations.

Elle arrivait à son bureau quand elle se heurta à Brenda venue à sa rencontre. Elle remarqua tout de suite son visage anormalement pâle et son air soucieux.

— Vous avez lu les journaux ? s'enquit Brenda d'un ton qui n'augurait rien de bon. Vous êtes au courant ?

— Au courant de quoi, encore ?

Brenda se tordit les doigts, hésitant à répondre.

— Deux parents ont téléphoné pour annoncer qu'ils allaient retirer leurs enfants de l'école, finit-elle par répondre.

— Pour quelle raison ? demanda Audra dont le cœur s'était mis à battre d'appréhension.

— J'ai laissé le journal sur votre bureau, dit Brenda, comme si cela suffisait à tout expliquer.

Là-dessus, elle s'éclipsa sans demander son reste.

Audra entra dans son bureau et referma la porte derrière elle d'une main tremblante.

Audra Trask prend la défense de son père malgré le différend qui les a opposés dans le passé.

Elle fronça les sourcils en découvrant le titre du journal local. À quel différend faisaient-ils allusion ? Son père et elle s'étaient toujours bien entendus. Il avait longtemps été le pilier central de son existence. Celui qui avait toujours été là pour elle, qui l'avait aidée dans les moments difficiles. Soudain, le doute s'insinua en elle, vif et mordant. Ils n'avaient tout de même pas…

Elle alla s'asseoir dans son fauteuil et se mit à lire.

L'article ne commençait pas si mal. Il relatait la rencontre de la veille entre la presse et elle, puis relayait ses propos de manière assez fidèle. C'était la suite qui se gâtait.

Qu'Audra Trask prenne la défense de son père peut paraître surprenant quand on sait que ce dernier l'a fait interner contre son gré dans un centre de désintoxication. Des proches de la famille confirment qu'à cette époque, la jeune adolescente connaissait des problèmes d'addiction qui impactaient son comportement et sa relation avec son père.

Audra peinait à respirer mais elle se força à poursuivre sa lecture. À en croire les journalistes, elle n'était qu'une junkie que son père avait forcée à subir une cure de désintoxication ; une fille gâtée qui ne se tournait vers son père que pour qu'il la tire d'un mauvais pas ou lorsqu'elle avait besoin d'argent. Oui, elle était devenue accro aux antalgiques et oui, son père l'avait convaincue d'aller se faire soigner dans un centre de désintoxication. Mais à aucun moment il ne l'avait contrainte. Il lui avait été d'une aide précieuse à un moment difficile de son adolescence. Mais n'était-ce pas ce que tout père aurait fait pour son enfant ?

Toutes ces informations n'étaient qu'un ramassis de mensonges qui la mettait en rage. Une rage qui se décupla encore quand elle lut le témoignage de Jana Keplar.

« En tant qu'enseignante à Canyon Critters, il m'apparaît évident que Mlle Trask manque des qualités requises pour diriger cette école. »

Audra étouffa le cri qui lui montait à la gorge en inspirant profondément.

Calme-toi. Prends les problèmes un par un.

Il y avait d'abord Jana qui lui plantait un couteau dans le dos. Elle pensa à la renvoyer mais cela pourrait passer pour une vengeance personnelle. Et comment lui trouver une remplaçante au pied levé ? De plus, les parents l'appréciaient beaucoup ; ils vivraient son éviction comme une injustice. Non, ce n'était pas une bonne idée, même si elle gardait en tête de la virer à un moment plus opportun.

Ensuite ? Ensuite, elle devait anticiper la réaction du superintendant et être la première à prendre rendez-vous avec lui pour essayer de le convaincre que cette vieille histoire n'avait été déterrée que dans le but de lui nuire ; qu'elle n'était plus l'adolescente en souffrance qu'elle avait été mais une femme digne de confiance à qui on pouvait confier sans crainte l'éducation d'enfants en bas âge. La tâche allait se révéler compliquée compte tenu de la tournure qu'avait prise leur dernière entrevue. Mais il fallait qu'elle garde espoir.

Elle relut l'article. Qui étaient ces « proches de la famille » qui s'étaient permis de faire d'elle ce portrait horrible ? Eve Shea, l'ex-compagne de son père avec qui elle continuait d'entretenir de bons rapports ? Certainement pas.

Un des membres de l'association Welcome Home Warrior fondée par son père ? Elle ne connaissait aucun d'eux, mais ils avaient pu constater, lors des soirées auxquelles son père l'avait invitée, à quel point tous deux étaient proches et liés par une grande complicité.

Un collègue de travail ? C'était l'hypothèse la plus vraisemblable. La TDC faisait tout ce qui était en son pouvoir pour discréditer son père. Pourquoi ne pas voir dans ce témoignage un moyen de l'enfoncer un peu plus ?

Elle replia le journal et le repoussa dans un coin de sa table de travail, hors de sa vue. Le téléphone fixe sonna trois fois avant de basculer sur le répondeur. À n'en pas douter, c'était encore un parent mécontent qui annonçait qu'il allait retirer son enfant de l'école. Elle se sentait incapable de les affronter. Il lui fallait un peu de temps pour retrouver la confiance en elle qui, pour l'heure, lui faisait défaut.

Comme souvent quand elle était abattue, elle pensa à son père. Combien de fois lui avait-il enseigné que quand les gens s'en prenaient à vous, on ne restait pas là, à encaisser les coups sans broncher ? Elle voulait bien, mais comment se battre quand vous ignorez de qui viennent les coups ?

Hudson sentit une vague nauséeuse le submerger. Les commentaires des deux journalistes télé faisant état de la « triste histoire d'Audra Trask qui, alors qu'elle était toxicomane, connaissait une relation orageuse avec son père, l'homme le plus recherché du comté », lui donnaient envie de vomir.

Il éteignit la télé et se laissa tomber sur son canapé. Audra avait connu des problèmes d'addiction ? Il n'en était pas plus étonné que ça. Ce fléau touchait toutes les couches de la société. En tant qu'ancien agent de la brigade des stupéfiants, il avait eu affaire à toutes catégories de personnes qui, sous l'effet de produits illicites, volaient, se prostituaient, rompaient tout lien avec leur famille et les codes de la société. Il ne pouvait qu'admirer la volonté d'Audra d'avoir réussi à rompre avec cette dépendance. Car il était évident qu'elle n'était plus sous l'emprise de stupéfiants. Il était bien placé pour en juger.

Quant à la relation qu'elle entretenait avec son père, elle en avait toujours parlé avec chaleur. S'ils avaient connu des difficultés par le passé – quelles familles n'en connaissaient pas ? –, elle ne les avait pas estimées assez importantes pour lui en parler.

Il essaya de l'appeler, mais son appel bascula directement sur sa boîte vocale. Elle avait dû éteindre son téléphone, lassée de recevoir des coups de fil de gens de son entourage ou de journalistes avides d'encore plus de détails. Eh bien, il irait la trouver. L'étude des fichiers de Roy Holliday pouvait attendre un peu. Il jugeait plus important d'aller soutenir Audra dans l'épreuve qu'elle traversait. Sans compter qu'il ressentait le besoin de dissiper le malaise sur lequel ils s'étaient séparés la veille, par sa faute.

Il ne remarqua rien d'anormal quand il arriva à l'école. La cour de récréation était vide. Il n'y avait pas de journalistes à l'horizon ni de parents offensifs prêts à sortir les griffes. À l'intérieur, en revanche, l'ambiance était électrique. Le téléphone n'arrêtait pas de sonner et quand il ralentit devant le bureau de la secrétaire pour demander à être annoncé, elle leva à peine les yeux de son écran.

— Audra n'est pas là. Il faudra revenir plus tard, dit-elle sur le ton las de quelqu'un qui a répété la même chose toute la matinée.

— Je suis le policier Mark Hudson, dit-il.

L'effet ne se fit pas attendre. La femme releva la tête et fixa sur lui ses yeux emplis de crainte.

— Il y a un problème ? Audra a des ennuis ?

— Non, s'empressa-t-il de répondre pour la rassurer. Vous savez où je peux la trouver ?

— Je peux vous aider, monsieur l'agent ?

La femme qui venait de parler sortait du bureau d'Audra. Si son visage parut familier à Hudson, il ne se rappelait pas son nom.

— Qui êtes-vous ? s'enquit-il.

— Je suis Jana Keplar, répondit-elle en s'approchant. J'aide Brenda en l'absence d'Audra.

— Où est-elle ? demanda-t-il avec une pointe d'agacement.

Jana lui opposa un air hautain.

— Je suppose qu'elle est chez elle. Avec une bonne migraine.

En effet, la sonnerie incessante du téléphone pouvait expliquer la désertion d'Audra ; sauf qu'elle n'était pas du genre à abandonner son poste pour un simple mal de tête.

— Je suis étonné qu'elle soit partie, dit-il.

— Elle ne voulait pas partir, expliqua Brenda. C'est Jana et moi qui l'avons poussée à le faire. C'était de la folie, ici. Nous n'arrivions pas à travailler normalement. Avec tous ces journalistes qui rôdaient autour de l'établissement… Nous avons pensé que si elle repartait, ils n'auraient personne à qui parler et lâcheraient prise.

— Et alors ? Ça marche ?

— Oui. Il n'y a plus personne. En revanche, les coups de fil…

— Nous aurons de la chance si l'école ne ferme pas après un tel scandale, décréta Jana. Mais finalement, ce serait peut-être mieux.

Hudson en avait assez entendu. Il quitta les deux femmes et prit la direction de chez Audra. Un profond soulagement l'envahit quand il vit sa voiture. Il ne voulait pas se l'avouer mais il craignait que la pression exercée sur elle depuis quelques jours ne l'ait conduite à commettre l'irréparable.

Il dut sonner deux fois avant qu'elle vienne lui ouvrir. Son visage était pâle et défait, ses traits tirés et de grands cernes mauves soulignaient ses yeux.

— Je croyais que c'était un journaliste, dit-elle, sans doute pour justifier son manque d'empressement à répondre.

— J'ai vu les infos, dit-il. Comment te sens-tu ?

— Mieux.

— Tu aurais dû m'appeler. Tu sais que tu peux compter sur moi.

Elle haussa les épaules, dans un geste qui lui parut exprimer une grande désillusion.

— J'ai pensé que tu ne voulais plus me voir.

Les mots lui firent mal mais, ceci dit, il ne l'avait pas volé.

— Hier soir, je me suis comporté comme un idiot, Audra. Je suis désolé.

Elle le regarda droit dans les yeux.

— Tu es désolé ? C'est moi qui devrais l'être pour t'avoir caché ce pan de mon passé. C'est vrai, à l'adolescence, j'ai traversé une période d'addiction. Mais la réalité n'a rien à voir avec ce que racontent les journaux. Ce ne sont que des mensonges.

Elle se laissa tomber sur le canapé et enfouit son visage entre ses mains.

Remué, Hudson s'assit à côté d'elle mais veilla à garder ses distances.

— Ton passé n'appartient qu'à toi, Audra, déclara-t-il. Ce qui compte, c'est l'adulte que tu es devenue aujourd'hui. La femme fiable et responsable.

— Ces racontars dont se délectent les journalistes sont bien la preuve que mon passé appartient à tout le monde, au contraire, rétorqua-t-elle avec un brin d'amertume. Ils se complaisent à donner de moi l'image d'une paumée qui a trouvé refuge dans la drogue. D'une pauvre fille qui n'avait aucun contrôle sur elle-même et sur sa dépendance.

Hudson sentit chez elle une telle détresse qu'il en eut le cœur serré.

— Moi, je sais que ce n'est pas vrai, dit-il. Je sais que tu as été courageuse et forte parce que tu as pu te libérer de cette dépendance. Cette expérience a fait de toi une femme dotée de qualités exceptionnelles.

Les larmes se mirent à couler, silencieuses, sur les joues pâles d'Audra. Hudson lui prit la main, elle posa sa tête sur son épaule et prit en silence le Kleenex qu'il lui tendait. Il la sentit se détendre un peu.

— J'avais dix-neuf ans, commença-t-elle d'une voix plus affirmée. J'ai fait une mauvaise chute à skis, qui m'a valu un déchirement des ligaments. J'ai été opérée en urgence puis je suis sortie de l'hôpital avec une prescription de Vicodine, un puissant analgésique dérivé de l'opium qui non seulement atténuait la douleur mais, en plus, me faisait planer. J'aimais cette sensation de flottement. À cette époque-là, je traversais une période un peu difficile de ma vie. Je venais de rompre avec mon petit ami et ma mère s'était remariée pour la troisième fois. Ça a mis de la distance entre nous. La Vicodine m'a aidée à prendre du recul, à mieux encaisser ces changements. C'est comme ça que cela a commencé et que j'ai fini par devenir accro. Je pensais pouvoir arrêter quand je le voudrais. À mes yeux, je n'avais rien à voir avec les toxicos qui cherchent désespérément leur dose quotidienne et sont prêts à tout pour ça. Je pensais pouvoir gérer. Mais en fait, je ne gérais rien du tout.

— Tu as fini par surmonter ta dépendance et tu t'en es sortie, contra-t-il. C'est tout ce qui compte.

— C'est grâce à papa. Il y a beaucoup de toxicomanes parmi les vétérans, alors il connaissait bien le problème. C'est lui qui m'a poussée à entrer dans un centre de désintoxication et qui a payé la cure pour moi. Surtout, il m'a écoutée. Chez les Alcooliques anonymes, les gens ont un parrain, quelqu'un qu'ils peuvent appeler jour et nuit quand la tentation de céder est trop forte. Mon père était mon parrain, en quelque sorte.

— C'est pour ça que tu ne bois jamais d'alcool ?

Elle acquiesça avant de préciser :

— En cure de désintoxication, j'ai appris que les personnes ayant déjà rencontré des problèmes de dépendance ont plus de chances de devenir alcooliques. C'est un risque que je ne veux pas prendre.

Elle se tamponna délicatement les yeux avec son mouchoir tout chiffonné.

— Voilà. Maintenant tu connais mon secret, mais surtout la vérité.

Hudson baissa les yeux, hésitant à se lancer à son tour.

— Tu n'es pas la seule à avoir des secrets, finit-il par dire.

Elle le regarda fixement, d'un air perplexe.

— Ne me dis pas que toi aussi, tu…

— Non, la coupa-t-il. Je n'ai pas connu de problèmes d'addiction, mais ce que j'ai fait est peut-être pire.

Cette fois, ce fut elle qui lui prit la main et la tint serrée dans la sienne.

— Tu peux parler, l'encouragea-t-elle. Je ne suis pas là pour te juger.

— Si je suis parti précipitamment comme je l'ai fait hier, c'est parce que tu as dit que tu détestais les brutes qui harcelaient les faibles. J'ai été une de ces brutes.

La confusion se peignit sur ses traits alors qu'elle s'étonnait :

— Toi ? Mais tu es l'homme le plus doux, le plus gentil et le plus attentionné que je connaisse.

— J'ai été du côté des harceleurs, répéta-t-il fermement. C'était au lycée. Il y avait un garçon dans ma classe, un garçon timide et effacé, un de ceux qui n'arrivent pas à s'intégrer. J'ignore pourquoi, mais il a voulu devenir mon ami. Et là, j'ai été infect avec lui. Et pas qu'une fois. J'ai commencé à l'humilier, à lui faire subir toutes sortes de brimades, de pressions. Très vite, fort de mon petit pouvoir, je me suis mis à l'insulter, à m'acharner sur lui.

Il s'interrompit, submergé d'émotion. Même après toutes

ces années, évoquer ce côté sombre de sa personnalité lui était pénible.

— Je ne peux pas expliquer pourquoi j'ai fait ça, poursuivit-il. Je crois… Je crois que ce garçon représentait tout ce qui me faisait horreur et que je craignais d'être. Le faible que personne n'aime, que tout le monde rejette. Dominer ce garçon me faisait me sentir plus sûr de moi.

Il s'arrêta de nouveau un bref instant durant lequel il ferma les yeux, comme pour se fermer aux images qui avaient surgi.

— Qu'est-ce qui t'a fait changer ? demanda-t-elle d'une voix douce.

— Cameron… Il s'appelait Cameron. Il a tenté de se suicider. C'est son père qui l'a trouvé, à demi inconscient.

— Oh ! Hud…

— Une fois rétabli, Cameron a raconté à ses parents ce qu'il s'était passé ; qu'il était victime de harcèlement. Ils en ont informé le directeur. J'ai été exclu du lycée et j'ai dû suivre une thérapie dans un établissement spécialisé. Là, j'ai fait la connaissance de deux flics qui s'étaient portés volontaires pour encadrer les jeunes comme moi. Ce sont eux qui m'ont fait découvrir le métier de policier et m'ont donné envie de me lancer dans cette voie. J'ai eu de la chance de les rencontrer.

— Ça n'a rien à voir avec de la chance, Hud. Si tu as pu changer, c'est parce que tu n'étais pas foncièrement mauvais.

— C'est peut-être pareil pour la petite Mia, suggéra-t-il.

Elle hocha la tête.

— C'est ce que je pense. Je suis persuadée qu'elle n'est pas une petite fille méchante. J'ai essayé d'en parler à ses parents mais, pour eux, il n'y a aucun problème. Ce sont des histoires de gamines. Nous verrons bien puisque, maintenant, April a été retirée de l'école. Ceci dit, cette histoire m'a donné envie de lutter contre le harcèlement à l'école et j'ai passé une bonne partie de la nuit à mettre en place un programme destiné à sensibiliser les enfants à ce fléau. Pile au moment où la nouvelle de mon addiction a été répandue par les médias ! Des parents ont appelé toute la matinée pour menacer de retirer leurs enfants de l'école. Ou pour me demander de leur rendre des comptes sur ce qu'ils avaient lu dans les journaux ou vu à la télé.

— Ton assistante m'a dit qu'elle avait réussi à te convaincre de rentrer chez toi pour essayer de calmer un peu le jeu.

— Tu es allé à l'école ? Quand ?

— Avant de venir ici. Comme tu ne répondais pas au téléphone, je suis d'abord allé là-bas voir si tu y étais.

— Alors ? C'était comment ? Je n'ai pas laissé Brenda de gaieté de cœur, tu peux me croire ! La savoir seule à affronter cette meute de fous m'a contrariée.

— Le téléphone a sonné tout le temps où je suis resté, mais il n'y avait ni journalistes ni parents. Brenda avait l'air de gérer la situation, mais il faut dire qu'elle n'était pas seule. Jana Keplar était là pour l'aider.

Audra se redressa, son visage reprenant soudain des couleurs.

— Jana n'avait rien à faire dans nos bureaux. Sa place est dans sa classe. Et qu'elle s'estime heureuse que je ne l'aie pas virée après ce qu'elle a dit de moi aux journalistes !

— Je n'ai vu que la chaîne régionale. Que disaient les journaux ?

Pour toute réponse, elle se leva pour aller prendre dans son sac un journal plié en deux qu'elle lui tendit. Il parcourut l'article en silence.

— Où sont-ils allés chercher tout ça ?

— Je n'en sais rien, mais je soupçonne la TDC d'y être pour quelque chose. Ils s'acharnent sur mon père depuis sa disparition. Ce n'est qu'un moyen supplémentaire de le discréditer un peu plus aux yeux de la population.

Il reposa le journal sur la table basse.

— Je suis tellement désolé pour toi, Audra ! Qu'est-ce que je peux faire pour t'aider ?

Elle retourna s'asseoir en silence à côté de lui et se lova entre ses bras.

— Garde-moi contre toi, répondit-elle dans un murmure.

Il était un peu plus de midi quand Hudson gara sa voiture devant les bureaux de la brigade. Il avait appelé un peu plus tôt pour prévenir qu'il avait une affaire personnelle à régler et qu'il aurait du retard. Heureusement, personne ne lui avait posé de questions qui auraient pu se révéler embarrassantes. Il avait prévu de retourner auprès d'Audra, mais pas avant d'avoir fini d'éplucher les fichiers de Roy Holliday.

Jusque-là, il avait lu de nombreuses ébauches d'articles que le journaliste avait écrits, la plupart sur Dane Trask, mais il y en avait d'autres aussi, sur le parc national de Gunnison et les différents projets élaborés par la TDC, dont la fameuse école qu'Audra devait implanter dans les locaux du nouveau bâtiment toujours en construction.

D'autres fichiers contenaient des retranscriptions d'interviews avec des personnes dont Holliday avait la sale manie de les désigner par leurs initiales, ce qui rendait le travail d'identification ardu, voire impossible.

Un ensemble de dossiers renfermaient des listes de choses à faire qui allaient de : « penser à faire réviser la voiture » à « rendez-vous avec RJ à 14 heures ». En utilisant ces listes et les dates d'origine des fichiers, Hudson parvint à reconstituer un calendrier approximatif des activités de Holliday dans les jours qui avaient précédé sa mort. Hudson se concentra sur les rendez-vous, dont la plupart concernaient des rencontres avec des éditeurs, des interviews ou des travaux de recherche à effectuer.

Il tomba sur une note : « Passer voir AT » datée de la veille de sa disparition qui l'interpella. AT pour Audra Trask ? Sans doute. Quant aux initiales MR qui suivaient, elles demeuraient un mystère. Tant que le portable de Holliday resterait introuvable, il y avait de grandes chances pour que tous ces gens, inconnus de Hudson, le soient encore pour un bon bout de temps.

Il se cala contre le dossier de son fauteuil et continua d'étudier de près le planning de Roy. Pour lui, Holliday avait rencontré la ou les personnes qui allaient l'assassiner dans l'intervalle des jours qui avaient précédé sa mort. Sans doute les avait-il revus peu de temps après sa visite à Audra. On avait dû l'embarquer de force dans sa voiture, le tuer, puis cacher son corps dans une chambre froide avant de le balancer dans la décharge. Pour éviter le risque de laisser traîner des indices, on avait brûlé sa voiture. Restait à savoir pourquoi Holliday était devenu gênant au point qu'on veuille se débarrasser de lui. Quel pouvait être le mobile de cet assassinat ? La réponse la plus probable était que Holliday détenait des informations que ses assassins ne voulaient pas voir étalées sur la place publique. Le travail de Holliday tournait principalement autour de Dane Trask. Savait-il quelque chose sur lui que personne ne connaissait, à l'exception des tueurs ?

Une tension dans les cervicales lui fit pousser une petite plainte de douleur. Il se massa un peu le cou puis décida qu'il était temps de partager les conclusions de ses recherches avec les membres de son équipe. Ceux-ci verraient peut-être des détails qui lui auraient échappé ; et puis, le temps pressait. Il arrivait trop souvent qu'un meurtrier frappe à nouveau.

Il était en route pour le bureau du commandant quand son portable sonna.

— Officier Hudson à l'appareil, dit-il en décrochant.

— Bonjour. Marty Burns, du bureau de Montrose. C'est vous qui travaillez sur la disparition de Dane Trask, n'est-ce pas ?

— C'est exact, c'est bien moi, répondit Hudson en se rappelant que Burns était le policier qui avait interrogé Richard Salazar. Que se passe-t-il ?

— Quelqu'un a pénétré chez Trask ce matin. Je suppose que quelqu'un de chez vous voudra aller jeter un coup d'œil là-bas ?

— J'y vais tout de suite.

La maison de Trask était inhabitée depuis plus de six semaines. Cette intrusion était-elle le fait de cambrioleurs ou de quelqu'un qui cherchait quelque chose en particulier ?

11

— C'est un voisin qui a appelé.

Hudson et Burns s'étaient retrouvés devant la maison. Hudson était déjà venu là avec son équipe, dans les premiers jours qui avaient suivi la disparition de Trask, pour y récupérer ses appareils électroniques et chercher le ou les indices qui leur auraient permis de comprendre cette désertion soudaine. Malheureusement, ils n'avaient rien trouvé. Ils étaient repartis en laissant la maison bien rangée, telle qu'ils l'avaient trouvée.

Cette fois, c'était un véritable champ de bataille. Celui ou celle qui était venu là pour chercher quelque chose de précis ne s'était pas embarrassé de scrupules. Les meubles étaient renversés, les coussins et les dossiers du canapé et des fauteuils éventrés, les livres des étagères jetés à terre, tous les tiroirs vidés de leur contenu et les photos arrachées de leur cadre. Des membres de la police scientifique étaient déjà présents sur les lieux, s'affairant à relever d'éventuelles empreintes qui pourraient les conduire à une identification.

— Le ou les responsables de ce saccage ont laissé derrière eux une montre de prix, pointa Burns tandis qu'ils essayaient de se frayer un chemin parmi les éléments de cette scène chaotique. C'est curieux, non ?

— Toutes les pièces ont été mises à sac, comme le salon ?

— Toutes, sans exception.

Ils venaient d'arriver dans la cuisine où, là aussi, régnait une pagaille indescriptible. Des monceaux de débris de vaisselle – recouverts de farine, de sucre en poudre et de pâtes – jonchaient le sol.

— De là à conclure que notre homme n'a pas trouvé ce qu'il était venu chercher…, dit Hudson.

— Selon vous, de quoi s'agissait-il ?

— Je l'ignore.

Était-ce quelqu'un de la TDC qui voulait enfoncer Trask plus qu'il ne l'était déjà ? Le mystérieux Lawrence qui avait payé le détective Salazar pour lui fournir un rapport sur Audra ? Ou quelqu'un d'autre dont le nom n'était pas encore connu des services de police ?

— Commandant ! On a quelque chose, là.

Une grande femme aux cheveux blonds tressés, membre de l'équipe scientifique, s'approcha d'eux, un sachet en plastique à la main.

Burns ouvrit le sachet de sa main gantée puis renifla la poudre blanche qui le remplissait.

— C'est de l'héroïne ?

— À première vue, oui, répondit la femme.

— Envoyez ça au labo pour y être analysé, ordonna-t-il à l'un de ses hommes.

— Bien chef.

— Quelque chose indiquait que Trask se droguait ? demanda-t-il en s'adressant de nouveau à Hudson.

— Non. Nous avions déjà tout fouillé, ici, plus son bureau à la TDC. Nous n'avons rien trouvé allant dans ce sens.

Burns se gratta l'oreille dans un geste qui parut mécanique à Hudson.

— Nous pouvons donc en déduire sans trop nous tromper que ce sachet a été placé là pour accuser Trask, dit-il en guise de conclusion.

— Nous pouvons le penser, en effet. Je verrais cela

comme une tentative, maladroite, de le discréditer un peu plus.

— Difficile de croire que ce type se droguait, c'est vrai. Je n'arrive pas à le comprendre. Il avait tout pour lui : un bon boulot, le respect de sa communauté, une relation harmonieuse avec sa fille. Et pourtant, il laisse tout tomber, du jour au lendemain, pour se planquer dans un parc national et jouer à cache-cache avec les flics ? Car vous êtes bien sûr qu'il se trouve toujours là, n'est-ce pas ?

Hudson acquiesça.

— Certain.

Braxton avait fait de son agresseur une description détaillée qui correspondait en tout point à Trask. De plus, Hudson voyait mal ce dernier décider de lever le camp pour se trouver une autre planque alors qu'il connaissait cet endroit par cœur et savait où aller pour trouver de quoi survivre.

— Très bien, dit Burns. Nous vous tiendrons au courant si nous trouvons autre chose.

— Merci. De mon côté, je vous tiendrai informé de l'avancement de l'enquête.

Mais dans l'immédiat, il devait prévenir Audra avant qu'elle apprenne la nouvelle par une tierce personne et déboule chez son père, affolée.

Burns raccompagna Hudson jusqu'à la porte et attendit d'être là pour faire un dernier commentaire :

— Quoi qu'il en soit, Trask doit drôlement déranger pour qu'on lui en veuille à ce point.

Hudson acquiesça d'un léger hochement de tête. Il était urgent qu'il retrouve Trask avant que la personne en question s'en prenne à sa fille.

Quand Audra retourna travailler après avoir déjeuné, le téléphone avait cessé de sonner de manière ininterrompue et un seul enfant avait été officiellement retiré de l'école. Elle en fut un peu soulagée. Le plus dur était peut-être enfin derrière elle. Les parents avaient dû prendre le temps de la réflexion et se dire qu'ils avaient plus à perdre qu'à gagner en lui retirant la garde de leurs bambins. Ils savaient qu'ici, leur progéniture recevait une bonne éducation, dispensée par du personnel compétent et attentionné, et que tout cela prévalait sur des événements passés qui, de surcroît, n'avaient aucune incidence sur le présent. Il lui suffisait d'en convaincre le superintendant et tout rentrerait dans l'ordre.

Restait le problème de Mia et du harcèlement en milieu scolaire. La discussion qu'elle avait eue avec Hud à ce sujet la confortait dans l'idée qu'elle devait agir avant que le problème s'aggrave. Forte de cette résolution, elle envoya Brenda chercher la fillette dans sa classe.

L'assistante revint quelques minutes plus tard en compagnie de l'enfant qui, pour une fois, semblait inquiète.

— J'ai fait une bêtise ? s'enquit-elle d'emblée.

— Non, répondit Audra.

Répondant au hochement de tête qu'Audra venait de lui adresser, Brenda s'éclipsa discrètement, refermant la porte derrière elle.

— Pourquoi Brenda est venue me chercher, alors ? Jana m'a dit que je n'étais pas obligée de venir dans votre bureau si je n'avais pas fait de bêtises.

Et moi, Jana Keplar commence à m'irriter sérieusement.

— Je voulais que nous parlions toutes les deux de ce qui s'est passé avec April, dit-elle d'un ton qui ne montrait rien de son agacement à l'égard de Jana. J'ai besoin d'avoir ta version des faits.

Mia s'assit sur la chaise à côté d'Audra et se tint très droite, les mains sagement posées sur ses genoux. Sa taille était encore trop petite pour permettre à ses pieds de toucher le sol. C'était une jolie fillette, vive, intelligente, bien dans sa peau et de toute évidence sans complexes. Une fillette qui devait se faire aimer facilement.

— J'ai essayé d'être amie avec April, comme vous me l'avez demandé. Mais du coup, les autres filles se moquaient de moi. Elles disaient que je traînais avec un bébé.

Et bien sûr, il était difficile pour une petite fille comme elle, dotée d'une forte personnalité, d'être assimilée à quelqu'un d'aussi timoré qu'April.

— Parfois, faire ce qui est juste est plus important que vouloir être aimé de tout le monde.

Les yeux de Mia s'arrondirent comme des soucoupes. Manifestement, l'approche n'était pas la bonne. Pire, même, elle paraissait stupide aux yeux de l'enfant.

— Tu as un petit frère, n'est-ce pas ?

Mia acquiesça.

— Pourquoi ne vient-il pas à la crèche ?

— Maman dit que c'est parce qu'il n'est pas encore propre.

— C'est à la maternelle que nous ne prenons pas les enfants qui ont encore besoin de couches, contra-t-elle. Pas à la crèche.

— Je sais, mais elle dit aussi que ça coûte trop cher, alors elle préfère le garder avec elle à la maison. Moi aussi, j'aimerais bien rester à la maison des fois, mais elle veut pas, ajouta-t-elle dans une moue grimaçante qui ne parvenait pas à l'enlaidir.

— Ça doit être difficile pour toi, non ?

Pour toute réponse, Mia balança ses jambes dans le vide et détourna la tête.

— J'imagine que, de temps en temps, tu dois être un peu jalouse de ton petit frère, poursuivit Audra. Je me trompe ?

— J'aime bien venir à l'école, répondit Mia en haussant les épaules. Mais maman me manque des fois.

Audra aurait voulu prendre la fillette dans ses bras

mais elle se retint. Elle n'était pas sûre de la façon dont Mia recevrait cette marque de tendresse. À la place, elle lui tapota gentiment l'épaule, dans un geste qui se voulait plus neutre en même temps que chaleureux.

— Je te remercie de m'avoir parlé, Mia. Tu es la première à le savoir, j'ai décidé qu'à partir d'aujourd'hui, nous allions parler en classe du comportement à avoir avec ses camarades.

Sur ces mots, elle reconduisit la petite auprès de Jana puis, une fois de retour dans son bureau, appela la mère de Mia.

— Bonjour, madame Ramsey. Audra Trask à l'appareil.

— Si vous m'appelez pour ces histoires de prétendu harcèlement, sachez que je ne veux pas en entendre parler. Ce ne sont que des jeux entre gamines et je refuse que ma fille devienne votre bouc émissaire.

— Madame Ramsey, ce n'est pas la raison de mon appel. Mia est une fillette très attachante.

— Oh.

Audra devina l'incompréhension à l'autre bout du fil.

— J'ai eu une discussion avec elle, cet après-midi, poursuivit-elle. Ce qu'elle m'a confié devrait vous intéresser.

— Que vous a-t-elle dit ?

— Qu'elle vous aime beaucoup. Tout comme elle aime beaucoup son petit frère.

— Je le sais. C'est une fillette très affectueuse.

— Je pense qu'elle se sent un peu délaissée. Il lui arrive de mal supporter l'idée que vous passez vos journées à la maison avec votre bébé quand elle passe ses journées à l'école, loin de vous.

— Mettre mon fils à la crèche représenterait un budget trop important. J'ai réussi à trouver un arrangement avec mon patron qui a accepté que je passe en télétravail. Mais s'il est encore possible que je travaille à la maison avec un enfant, avec deux, c'est inenvisageable. Surtout avec une enfant comme Mia qui ne tient pas en place.

— Je comprends et je ne vous appelle pas pour essayer de vous convaincre de mettre votre fils à la crèche. Vous seule saurez quand vous serez prête.

— Mia adore aller à l'école, continua Mme Ramsey. Elle y a tellement d'amies ! Et elle aime beaucoup apprendre.

— C'est une enfant très intelligente. Mais comme beaucoup d'enfants très intelligents, elle est aussi très sensible. Je sais bien que si vous l'envoyez à l'école, c'est pour elle ; parce que vous ne voulez que ce que vous croyez être son bien. Mais dans son esprit de petite fille de quatre ans, vous l'envoyez à l'école pour rester seule avec son petit frère.

— Vous voulez dire qu'elle est jalouse ? Et que le comportement qu'elle aurait avec April serait la conséquence de cette jalousie ?

— Je le pense, oui.

— Que me conseillez-vous de faire ?

C'était la brèche qu'Audra attendait depuis le début de leur discussion. Une brèche dans laquelle elle s'engouffra sans attendre.

— Vous pourriez essayer de garder Mia à la maison deux matinées par semaine. Tentez l'expérience, juste pour voir si vous arrivez à tout concilier.

— Vous croyez vraiment que c'est ce qu'elle voudrait ?

— Oui. Mais elle peut aussi changer d'avis après quelques semaines. Mais si c'était le cas, elle ne reviendrait que parce qu'elle en aurait envie et non pas parce qu'on l'y aurait obligée.

— Comme vous venez de le souligner, elle n'a que quatre ans. C'est à moi de prendre les décisions pour elle.

— Évidemment, mais ce cas est un peu particulier et l'expérience vaut le coup d'être tentée.

— Vous avez raison. Mademoiselle Trask, je voudrais

vous remercier de vous montrer aussi attentive envers ma fille… Et m'excuser d'avoir été grossière avec vous.

Les lèvres d'Audra s'étirèrent en un sourire réjoui.

— Je n'y ai vu que la preuve que vous aimez votre fille. Vous avez été sensible aux critiques qui s'élevaient contre elle.

— Merci pour votre compréhension.

Audra mit fin à la discussion et raccrocha. Elle était heureuse. Elle venait enfin de remporter une victoire. Si tous les problèmes pouvaient se résoudre aussi facilement. Au terme d'une conversation tenue en bonne intelligence !

Hudson informa les membres de son équipe du cambriolage qui avait eu lieu au domicile de Dane Trask.

— Nous n'avons pas découvert de sachets d'héroïne quand nous avons fouillé la maison, assura l'officier Knightbridge. D'ailleurs, s'il y en avait eu, Lotte l'aurait trouvé.

En entendant son nom, le berger malinois agita la queue, les sens soudain en alerte.

— Si je me souviens bien, la police de Montrose a trouvé un sachet d'héroïne dans la voiture de Salazar, dit Dance. Il pourrait y avoir un lien ?

— Salazar n'a pas pu faire le coup. Il est encore sous les verrous. J'ai vérifié.

— Le lien, ça pourrait être la fille de Trask, pointa Redhorse à son tour. Si l'on en croit les journaux, elle était accro aux opiacés.

— À des analgésiques composés de dérivés d'opium, s'empressa de rectifier Hudson. En tout cas, pas à l'héroïne. Et puis, c'était il y a des lustres. Elle est clean depuis.

Les accros aux analgésiques se tournaient parfois vers l'héroïne, moins chère et plus facile à trouver, mais Hudson pouvait affirmer que ce n'était pas le cas d'Audra qui ne montrait aucun signe de dépendance.

— S'est-elle rendue chez son père depuis notre première fouille ? demanda Dance. Elle doit avoir une clé.

— Je ne crois pas qu'elle y soit retournée mais je le lui demanderai.

Il avait envie de prendre publiquement sa défense, de protester qu'elle n'avait rien à voir avec tout ça, mais on pourrait alors l'accuser de manquer d'objectivité. Et puis, Dance n'avait pas tort. Il ne fallait écarter aucune piste. S'ils voulaient trouver le coupable, il fallait pouvoir exclure toute implication d'Audra dans cette sombre affaire.

— Vous avez trouvé quelque chose d'intéressant dans les fichiers de Holliday ? s'enquit le commandant Sanderlin qui, jusque-là, s'était abstenu d'intervenir.

— J'ai réussi à reconstituer le calendrier des jours qui ont précédé sa mort. Quant aux personnes à qui il a parlé, c'est compliqué de remonter jusqu'à elles. Il ne les désigne que par leurs initiales.

— Faites-nous un rapport là-dessus. Nous verrons ce que nous pouvons en tirer. Et allez trouver Audra Trask. Il faut faire la lumière sur cette histoire d'héroïne. Elle saura peut-être quelque chose.

— De l'héroïne ?

Audra fixa Hudson, cherchant à donner un sens à cette question. Elle avait été heureuse quand il lui avait annoncé qu'il viendrait la retrouver chez elle après sa journée de travail. Mais elle avait vite déchanté quand il lui avait annoncé que la maison de son père avait été saccagée et qu'on y avait retrouvé un sachet d'héroïne.

— Papa ne se droguait pas. Je peux te l'affirmer. C'est

sans doute quelqu'un qui lui veut du mal qui a introduit cette drogue chez lui.

— Audra, ne le prends pas mal mais je dois te poser la question : es-tu allée chez ton père depuis sa disparition ?

Ces mots la blessèrent plus qu'elle ne l'aurait cru possible. Hudson la croyait-il capable d'avoir un lien quelconque avec ce sachet d'héroïne ? La soupçonnait-il de trafic de drogue ? Ou d'avoir replongé ?

— Non, répondit-elle d'une voix qu'elle s'appliqua à garder neutre. Je n'ai rien à voir avec tout ça.

— Je n'en doute pas, Audra. Mais c'est la procédure. Il fallait que je te le demande.

C'était sans doute vrai. Mais le savoir n'atténuait pas le mal que ces mots lui faisaient ni le doute qui s'insinuait en elle. En tant qu'ancien membre de la brigade des stupéfiants, Hudson verrait-il toujours en elle, même en filigrane, l'ancienne toxico, celle qui pouvait rechuter à tout moment ?

— Ont-ils pris quelque chose ? demanda-t-elle. Papa avait des objets de valeur chez lui, des armes, des montres…

— Non. Il semble qu'ils n'aient rien pris, répondit-il. Pas même une montre, en effet, qui était pourtant placée en évidence dans son salon. En revanche, nous pensons qu'ils cherchaient quelque chose de bien précis. Ils ont tout saccagé.

Elle essaya d'imaginer la scène mais préféra y renoncer, bouleversée à l'idée que des inconnus aient violé l'intimité de son père. Son père qui était du genre à classer ses nombreux livres par thèmes et ne supportait pas de voir un cadre légèrement de travers ni la disposition de ses meubles dérangée, fût-ce d'un centimètre. Pas vraiment maniaque mais pas loin.

— Vous savez ce qu'ils sont venus chercher ?

— Non. À vrai dire, j'espérais que tu aurais une idée.

Tu ne sais vraiment pas s'il cachait chez lui des documents importants ou de grosses sommes d'argent, par exemple ?

— Non, ce que je sais, c'est qu'il avait un coffre dissimulé dans la penderie de sa chambre où il aurait pu cacher ce genre de choses.

— Le coffre ne renfermait rien d'important.

— Alors, je ne sais pas quoi te dire.

Il l'attira à lui et l'enveloppa de ses bras rassurants, dans une étreinte à laquelle elle ne chercha pas à se soustraire.

— Je suis désolé, dit-il. En ce moment, je ne suis porteur que de mauvaises nouvelles.

— Mieux vaut que je les apprenne par toi que par quelqu'un d'autre.

Elle s'écarta légèrement, cherchant à le regarder droit dans les yeux.

— Je sais que ce n'est pas toujours facile pour toi, dit-elle. Mais il faut que tu me fasses confiance.

— C'est ce que je fais. Je le pense vraiment, Audra.

Elle le remercia d'un hochement de tête assorti d'un sourire.

— Dans ce cas, si nous allions préparer le dîner en parlant d'autre chose ? Nous avons tous les deux besoin de faire une pause.

Surtout elle qui s'était embarquée dans une relation amoureuse avec l'homme qui recherchait son père.

Le jour suivant, Hudson repassa en revue les fichiers de Holliday. Il pressentait que quelque chose d'important – la clé de tout ce mystère peut-être – se trouvait dans l'un d'eux. Les initiales MR étaient-elles celles de Mitch Ruffino, le vice-président de la TDC qui avait entrepris le projet de construction des nouveaux bâtiments administratifs de la ville de Montrose ? Si c'était le cas, Holliday avait dû le contacter pour le faire parler de Trask. Ses questions avaient-elles conduit Ruffino à penser que Holliday détenait des informations préjudiciables à la TDC ou à lui-même ? Quelles sortes d'informations ?

Le corps du journaliste avait été trouvé dans la même décharge que celle où avaient été déversés des déchets de construction. Les rangers avaient enquêté sur la TDC à ce sujet, mais ils n'avaient trouvé aucune preuve pouvant les inculper. Pourquoi le corps de Holliday avait-il été balancé là après avoir séjourné dans une chambre froide ?

Il étudia de nouveau la liste des pièces à conviction que les enquêteurs avaient trouvées sur place. Le seul élément qui retenait vraiment son attention était ce dessin d'enfant signé *Max* qui représentait une sorte d'engin mécanique. Lorsqu'il avait eu ce dessin entre les mains, la première fois, il n'avait fait aucun lien avec la TDC, mais maintenant il lui apparaissait clairement. Ce dessin d'enfant était à relier avec la nouvelle école bâtie par la TDC. École qu'Audra allait diriger. Audra qui avait retenu l'intérêt de Holliday qui l'avait payé de sa vie.

Il imprima une copie du dessin et alla informer le commandant Sanderlin de ses intentions.

— Je vais présenter ce dessin à Audra Trask. Elle pourra peut-être me dire si c'est l'œuvre d'un de ses élèves.

— Beck ne s'en était pas déjà chargé quand nous l'avons trouvé ? Il me semble qu'il avait consulté la liste de tous les inscrits de Canyon Critters, mais qu'aucun Max n'y apparaissait.

— Oui, mais c'est peut-être le nom d'un parent de l'enfant ou celui qu'il a donné à cette machine.

— OK, allez vérifier.

Un court moment plus tard, il se trouvait dans le bureau d'Audra. Son visage était soucieux.

— Un autre enfant vient d'être retiré de l'école, expliqua-t-elle avant même qu'il lui pose la question. Sa mère m'a dit que c'était parce qu'elle avait pris d'autres dispositions, mais je crains que ce ne soit l'influence des médias qui fasse son œuvre.

— Je suis vraiment désolé. Espérons qu'ils vont bientôt trouver un autre os à ronger.

— Oui. En attendant, que me vaut le plaisir de ta visite ?

Il prit le temps de tirer une chaise jusqu'à son bureau et de s'y asseoir avant de lui montrer le dessin.

— Qu'est-ce que tu en penses ?

Elle scruta attentivement le croquis puis le nom apposé d'une écriture maladroite dans l'angle inférieur droit de la feuille.

— C'est un dessin d'enfant, mais nous n'avons aucun Max dans nos classes. Où as-tu trouvé ça ?

— Il a été trouvé dans une décharge sauvage. Si tu le permets, j'aimerais le soumettre à tes enseignants. L'un d'eux pourra peut-être m'apprendre quelque chose là-dessus.

— Oui, bien sûr.

Elle abaissa de nouveau les yeux sur la feuille.

— Normalement, tous les petits de quatre ans savent écrire leur nom. Nous allons commencer par ceux-là.

— C'est la classe de Jana Keplar, n'est-ce pas ? s'enquit-il alors qu'ils quittaient le bureau d'Audra pour suivre le couloir qui desservait les différentes salles.

— Oui. Si cela ne donne rien, nous poursuivrons avec la classe de Trina Guidry qui est en charge des petits de trois ans. Certains d'entre eux commencent à savoir écrire.

Jana racontait une histoire à ses élèves rassemblés autour d'elle quand Audra et Hudson entrèrent. Ils allèrent s'installer aussi discrètement que possible au fond de la classe, Hudson coincé sur une chaise en plastique ridiculement trop étroite pour lui. Intrigués par cette arrivée impromptue, les enfants se tournèrent vers eux, leur attention captée par la présence d'un policier parmi eux. Jana, qui avait continué à lire comme si de rien n'était, finit par capituler et referma son livre.

— Addison et Mia, allez chercher la pâte à modeler. Nous travaillerons sur les formes et les nombres dès que j'aurai fini de parler avec nos visiteurs.

Elle alla rejoindre Audra et Hudson qui étaient allés l'attendre dans le couloir, devant la porte restée ouverte.

— J'avoue que c'est très perturbant de vous voir faire irruption dans ma classe de cette manière, se plaignit-elle en guise d'introduction.

— Ce que j'ai à vous demander ne prendra que quelques secondes, rétorqua Hudson en lui tendant le dessin. Reconnaissez-vous ceci ?

Elle lança un coup d'œil rapide à la feuille et la retourna à Hudson.

— Non. Je n'ai jamais vu ce dessin. Pourquoi ?

— J'essaie de savoir qui en est l'auteur.

Jana se tourna alors vers Audra.

— Vous êtes encore impliquée dans une histoire louche ? lui lança-t-elle avec agressivité. Qu'est-ce qui ne tourne pas rond chez vous ?

Sans daigner répondre à l'attaque, Audra attrapa Hudson par le bras et l'entraîna à sa suite. Elle frémissait d'une rage contenue qui se manifestait néanmoins dans son visage devenu rouge et ses yeux qui lançaient des éclairs.

— Je vais me mettre en quête d'une nouvelle enseignante, et ce, dès aujourd'hui, déclara-t-elle. Et je me fiche bien que les parents regrettent cette Jana Keplar. Je ne veux pas travailler avec cette femme un jour de plus.

Elle s'arrêta devant une porte peinte en orange vif.

— C'est la classe de Trina Guidry. Une femme charmante, elle. Rien à voir avec Jana.

En effet, la jeune Afro-Américaine qui les accueillit était solaire avec son grand sourire, le turban coloré qui retenait en arrière ses dreadlocks et sa robe bleue imprimée de grosses fleurs jaunes. Ses élèves et elle se tenaient près d'une cage installée à proximité d'une des fenêtres.

— C'est l'heure de nourrir nos cochons d'Inde, expliqua-t-elle sans se départir de son joli sourire.

— On en a deux, dit une fillette. Ils s'appellent Gilda et George.

— L'officier Hudson souhaiterait vous montrer quelque chose, dit Audra à Trina. Allez-y. Je m'occupe des petits.

Sans chercher à discuter, Trina suivit Hudson qui l'entraîna au fond de la salle.

— Que se passe-t-il ? demanda-t-elle avec une pointe d'inquiétude dans la voix.

— Rien de grave, s'empressa-t-il de la rassurer. Je voudrais juste que vous me disiez si c'est un de vos élèves qui a fait ce dessin.

Comme Jana avant elle, Trina étudia le croquis, mais sa réponse fut différente.

— Oh ! je pense que c'est l'œuvre de Mason, dit-elle en souriant.

— Mason ? Je ne comprends pas. Ce dessin est signé Max.

— Oui. Mais, parfois, Mason aime se faire appeler Max. Vous voulez le voir ?

— S'il vous plaît.

— Mason ! appela-t-elle. Viens. L'officier Hudson voudrait te parler.

Un petit garçon aux taches de rousseur vint vers eux en courant, visiblement fier d'être sollicité par un policier. Hudson s'accroupit pour se mettre à sa hauteur.

— Tu te souviens d'avoir dessiné ça ? demanda-t-il.

Mason/Max scruta le dessin en se mordillant les lèvres.

— Oui, je m'en souviens. C'est un gros camion.

Hud acquiesça. Interroger un enfant de trois ans s'avérait plus compliqué qu'interroger un adulte.

— Est-ce que tu te rappelles quand tu l'as dessiné ?

Mason fit non de la tête.

— Tu ne te rappelles pas non plus où tu l'as dessiné ?

Le petit garçon le fixa d'un regard perplexe qui accusait clairement Hudson de poser des questions idiotes.

— Je sais plus, répondit-il en haussant les épaules.

Hudson leva les yeux sur Trina.

— Et vous ?

— J'avoue que je ne sais pas non plus. Mais il faut dire qu'ils dessinent tous les jours. C'est une de leurs activités préférées.

— On va dessiner, maintenant, maîtresse ?

— Dans un petit moment.

— Tu peux garder mon dessin, dit-il à Hudson. Je te le donne.

Sur ce, il courut rejoindre ses petits camarades qui étaient toujours agglutinés autour de la cage des cochons d'Inde.

— Qu'est-ce que tu en penses ? demanda Hudson à Audra quand ils eurent quitté la classe.

— Je ne m'explique pas comment ce dessin a pu passer d'ici, si toutefois le petit Mason l'a fait dans sa classe, à une décharge en plein cœur du parc Gunnison.

— Qui sont ses parents ? Que font-ils ?

— Son père est militaire. Il se trouve en mission en Afghanistan depuis environ six mois. Sa maman ne travaille pas. Enfin, je veux dire à l'extérieur, parce qu'avec quatre enfants, elle a de quoi s'occuper.

— Je vais devoir creuser un peu plus.

— Cette décharge, c'est celle où on a retrouvé le corps de Roy Holliday ?

— Oui.

— Tu penses que ce dessin peut relier quelqu'un d'ici à son meurtrier ?

— Non. Ce dessin a été trouvé bien avant que Roy soit assassiné.

Elle posa une main sur sa poitrine.

— Tu ne peux pas savoir à quel point je suis soulagée de t'entendre dire ça ! L'idée qu'on puisse croire qu'un de mes employés ou moi-même ayons quelque chose à voir avec le meurtre de ce pauvre homme me fait horreur.

— Je vais retourner là-bas et voir si je trouve quelque chose qui nous aurait échappé. Maintenant qu'on y a découvert un cadavre, cette décharge est considérée comme une scène de crime et en tant que telle, les travaux de déblaiement ont été immédiatement suspendus.

— Je peux t'accompagner ?

Voilà bien une question à laquelle il ne s'attendait pas !

— Je voudrais la voir, dit-elle, en réponse à son interrogation muette.

— Pourquoi ?

— Pour sentir la présence de mon père, répondit-elle dans un souffle.

— Audra… Ce n'est pas dans cette partie du parc que ton père a été aperçu.

Elle détourna la tête pour lui cacher ses yeux débordants de larmes.

— Je sais bien que c'est stupide, mais le savoir seul depuis sept semaines dans cette nature hostile me fend le cœur. J'aimerais tant pouvoir l'aider, d'une manière ou d'une autre.

— Alors, viens avec moi. À deux, nous serons plus efficaces.

Et si cela pouvait lui faire du bien, ce serait pour le mieux.

Au moment où Hudson arrêta son 4×4 à l'ombre d'une énorme formation rocheuse, Audra eut l'impression qu'ils venaient d'arriver sur une autre planète. Elle descendit du véhicule, foulant le sol d'un paysage de monolithes ocre et gris qui projetaient leur ombre sur le sol tapissé d'armoise. La lumière était aveuglante à cette heure de la journée et la chaleur à peine atténuée par un filet d'air tiède.

— À combien de kilomètres sommes-nous de l'autoroute ? s'enquit-elle.

— Un peu plus de trois kilomètres, répondit-il. Largement assez éloignés pour que nos pollueurs agissent en toute tranquillité. Regarde-moi ça !

« Ça » désignant la montagne de déchets de construction – pans entiers de plaques de plâtre, lambeaux de bâches en plastique, enchevêtrement de bois, de béton et de ferrailles – déversés dans ce site préservé.

— Il a dû leur falloir des mois pour transporter tout ça ici, souligna-t-elle, attentive à ne pas poser un pied en dehors du chemin balisé de drapeaux jaunes sur lequel ils se trouvaient.

— Je ne pense pas qu'il leur ait fallu tant de temps que cela. Avec les camions-bennes appropriés, ça peut être l'affaire de quelques jours.

Elle mit une main en visière sur son front et regarda en direction d'une zone délimitée par des bandes de plastique jaune et noir.

— C'est là que vous avez retrouvé le corps de Roy Holliday ?

— Oui.

Elle essaya de se rappeler son visage, mais leur rencontre avait été trop brève pour que ses traits soient gravés dans sa mémoire.

— Où avez-vous trouvé le dessin de Mason ? demanda-t-elle encore.

— Là-bas. Il y a encore le drapeau qui marque l'endroit.

Elle regarda dans la direction que pointait Hudson et

put distinguer, planté dans la terre, un bout de plastique bleu qui flottait au bout d'une tige en fer.

— Il était sous un amas de béton, précisa-t-il.

Elle secoua la tête, manifestant ainsi sa plus totale incompréhension.

— Je n'arrive toujours pas à comprendre comment le dessin du petit Mason a pu se retrouver ici.

— Je t'avoue que moi non plus. Mais je m'emploie à le découvrir. Ton père… Tu crois que c'est un endroit où il aurait pu venir ?

Elle se retourna lentement, de sorte à n'avoir vue que sur les collines environnantes qui flirtaient avec le ciel outrageusement bleu.

— C'est tout ce que mon père aime, dit-elle. De grands espaces sauvages où il se plaisait à venir en solitaire « pour penser », disait-il.

— Mon père nous emmenait souvent camper en famille dans des endroits comme celui-ci, rétorqua-t-il en se rapprochant d'elle. Nous plantions toujours notre tente près d'un cours d'eau. Cela nous permettait de pêcher ou de faire du canoë. Je trouvais ces escapades très amusantes, mais j'aimais tout autant retourner chez moi et retrouver ma chambre, mes affaires et mes amis.

— C'était pareil pour moi.

Elle s'accroupit et prit une poignée de terre sèche qu'elle laissa filer entre ses doigts.

— Quand j'étais petite, papa m'emmenait camper aussi. Nous faisions des randonnées. Il y avait toujours un moment où il me demandait de m'arrêter et de regarder par terre puis de décrire ce que je voyais. Grâce à lui, j'ai découvert un monde étonnamment riche que l'on ne peut même pas soupçonner si on ne s'y intéresse pas de près.

Comme pour illustrer son propos, elle montra à Hudson

le petit scarabée transportant un bout de feuille verte qui se trouvait devant son pied droit.

— Scruter le moindre détail, voir ce que les autres ne voient pas, c'est tout mon père, reprit-elle avant de lever les yeux sur Hudson. J'ai bien peur que ce soit cette faculté qui lui ait causé tous ces ennuis. Je suis certaine qu'il a remarqué quelque chose d'anormal dans le fonctionnement de la TDC ; quelque chose que quelqu'un voulait garder secret et c'est parce qu'il se sentait en danger qu'il s'est enfui.

Sans dire un mot, Hudson lui tendit la main pour l'aider à se relever.

— Je m'inquiète tellement pour lui ! dit-elle en scrutant les environs comme si elle s'attendait à le voir surgir à tout instant. J'ai toujours pensé qu'il était de taille à se sortir de n'importe quelle situation, mais je n'en suis plus si certaine à présent. Certes, il peut affronter une nature hostile, mais se mesurer à une entreprise comme la TDC ?

Elle se retourna vers Hudson et posa ses mains à plat sur son torse.

— J'aimerais tant que tu puisses le rencontrer un jour. Je suis sûre que tu l'aimerais.

— Et lui ? Tu crois qu'il m'aimerait ?

— Sans aucun doute.

Ému, il pressa ses lèvres sur les siennes dans un baiser tendre qui lui fit l'effet d'un baume lénifiant. Blottie comme elle l'était entre ses bras, elle se sentait enfin apaisée.

Un apaisement qui ne dura qu'un court instant car, dans un geste d'une brutalité inouïe, Hudson la projeta soudain brutalement à terre. Le contact avec le sol caillouteux fut si violent qu'Audra poussa un cri de douleur en même temps que ses yeux se remplissaient de larmes. C'est alors qu'elle entendit un coup de feu. On leur tirait dessus !

— Va te mettre à l'abri, lui ordonna-t-il en désignant une cavité rocheuse à deux pas de là. Vite !

Terrifiée, son cœur cognant comme un fou dans sa poitrine, elle gagna cet abri de fortune à quatre pattes et risqua un œil vers Hudson. Il venait vers elle à reculons, son arme pointée vers le haut d'une des collines. Il tira plusieurs balles dans cette direction, chaque impact faisant voler en éclats des bouts de roche. Une peur panique étreignit Audra, l'empêchant presque de respirer. Elle ferma les yeux et croisa les doigts à s'en faire mal.

Mon Dieu, je vous en supplie. Je ne veux pas mourir.

12

Le tireur les visait depuis le haut de la colline, juste en face du rocher derrière lequel Hudson et Audra s'étaient retranchés. Apparemment, il était seul. Il devait se tenir là depuis un moment, à les observer. Était-il tombé sur eux par hasard ou savait-il qu'il les trouverait à cet endroit précis ? Et pourquoi avoir attendu autant pour faire feu sur eux ?

— Qui est-ce ? s'enquit Audra qui, plaquée contre le dos de Hudson, tremblait comme une feuille.

— Je n'en ai aucune idée, répondit-il.

Il n'avait remarqué aucun véhicule sur le chemin, mais leur tireur pouvait très bien s'être garé un peu plus loin, à l'abri des regards. Quant à venir à pied jusqu'à cette corniche, c'était peu probable. Le terrain était trop accidenté.

Il sentit Audra bouger derrière lui.

— Zut ! Je viens de vérifier mon téléphone. Je n'ai pas de réseau.

— Il n'y a pas de réseau dans le coin. Pour en trouver, il nous faudrait pousser jusqu'au réservoir de Blue Mesa.

— Alors, nous sommes coincés ici.

Elle avait parlé d'un ton résigné. Peut-être était-elle en état de choc. Il se tourna pour vérifier. Son cœur se mit à cogner dans sa poitrine quand il vit du sang couler sur son front.

— Tu saignes, dit-il dans un souffle, pour ne pas l'effrayer.

Elle passa la main sur son front puis regarda ses doigts tachés de rouge.

— Ce n'est rien, assura-t-elle. Juste une blessure superficielle. J'ai dû prendre un éclat de roche quand il a tiré.

Il sortit de sa poche un mouchoir en papier qu'il pressa légèrement sur la plaie.

— Continue à appuyer doucement pour stopper le saignement.

— Bien chef, dit-elle en esquissant un pauvre sourire qui lui donna envie de la serrer contre lui.

Malheureusement, l'heure n'était pas aux élans amoureux mais à la concentration. Le tireur semblait s'être calmé, mais ce n'était pas forcément bon signe. Il pouvait être en train de chercher un meilleur angle de tir ou encore essayer de se rapprocher d'eux pour les prendre par surprise.

— Qu'est-ce qu'il fiche, bon sang ? demanda Audra qui semblait avoir lu dans ses pensées.

— Je n'en sais rien. Je ne sais même pas s'il est toujours là.

Le meilleur moyen de le savoir était d'essayer de le piéger. Fort de cette décision, Hudson ramassa une pierre qu'il lança dans les buissons, à quelques mètres d'eux. Rien. Cela ne signifiait pas pour autant que leur tireur avait pris la fuite. C'était peut-être le signe qu'il avait deviné la ruse et se tenait planqué au même endroit, attendant le bon moment pour ne pas les rater.

Hudson gardait les yeux rivés sur la corniche, mais son œil exercé ne détecta aucun mouvement suspect. Il pouvait toujours essayer de tirer, mais l'endroit était trop éloigné pour qu'il ait le moindre espoir de toucher ce type. Il allait quand même tenter le coup. À défaut d'avoir leur tireur, il le ferait réagir. Il arma son pistolet, visa un point juste en dessous de la corniche et tira. Toujours rien.

— Tu crois qu'il est parti ? s'enquit Audra avec espoir.

— Peut-être.

Deux options s'offraient à lui.

La première, sprinter jusqu'au 4×4, stationné à environ deux cents mètres d'ici, récupérer la carabine, le fusil de chasse, la boîte de munitions et le Taser qui se trouvaient dans son sac à dos. Sans oublier une bouteille d'eau. Un détail qui avait son importance quand on savait que le soleil qui cognait fort à cette heure de la journée pouvait vous déshydrater en quelques heures. Avec un peu de chance, il parviendrait à atteindre son véhicule sans encombre. Mais cela laissait supposer que, pendant ce temps, Audra resterait seule. Et donc à la merci de ce dingue s'il était toujours par là.

Seconde option : attendre gentiment que quelqu'un passe par là, ce qui était peu probable. Le matin, les rangers se voyaient tous assigner des tâches quotidiennes dont aucune ne devait les amener aujourd'hui dans ce coin reculé du parc. Quant aux touristes, ce n'était pas un endroit susceptible de les intéresser.

— Combien de temps allons-nous rester ici, Hud ?

— Je voudrais m'assurer que ce type est bien parti. Pour le moment, restons là et tendons l'oreille.

Si le tireur était toujours planqué au même endroit mais que la prudence lui soufflait de lever le camp, même avec la plus grande précaution, à un moment donné, il ferait rouler des cailloux sous ses pas.

Au début, ils n'entendirent que le bruit de leur respiration, mais peu à peu, différents sons leur parvinrent. Celui du vent qui s'infiltrait entre les buissons puis le frottement presque imperceptible d'un lézard glissant sur la roche.

— Je n'entends rien, lui souffla Audra.

— Moi non plus. Mais mieux vaut rester prudents. Attendons encore un peu.

Audra laissa retomber la main qui tenait son mouchoir.

— Je crois que je ne saigne plus.

— Tant mieux. Tu m'as fait une de ces peurs !

— J'ai la peau dure, qu'est-ce que tu crois !

Elle lui adressa un autre sourire, plus franc celui-ci mais qui le bouleversa tout autant.

— Tu entends ? dit-il, les sens soudain en alerte.

— Oui. On dirait le bruit d'une voiture.

— Exactement.

Il tendit un peu plus l'oreille. Le bruit maintenant reconnaissable d'un moteur leur parvint plus distinctement. Le véhicule n'arrivait pas de l'autoroute mais suivait la piste caillouteuse qu'eux-mêmes avaient empruntée pour arriver jusqu'ici. Il se rapprocha encore, cahotant de plus en plus à mesure qu'il progressait.

Hudson changea de position pour tenter de l'apercevoir par un interstice. Enfin, il apparut dans un nuage de poussière. S'il reconnut tout de suite la marque du SUV, en revanche, il ne put voir le visage du conducteur que lui cachaient ses vitres teintées presque noires.

Au moment où le véhicule passa devant le rocher où ils étaient cachés, il prit de la vitesse, soulevant un tourbillon de poussière qui le fit disparaître presque totalement à leur vue.

— Nous aurions dû nous montrer, dit Audra d'une voix teintée de regrets.

— Je ne pense pas que ça aurait été une bonne idée.

— Pourquoi cela ?

— Parce que ça pouvait être notre tireur.

Elle ouvrit la bouche, mais aucun son n'en sortit. Dépitée, elle s'adossa à la paroi rocheuse.

— Comment pouvons-nous le savoir ? demanda-t-elle finalement.

— Je vais sortir de là pour attirer l'attention sur moi, répondit-il. S'il est toujours là-haut, il n'hésitera pas à me tirer dessus.

À ces mots, elle s'accrocha à lui pour le retenir.

— Non ! s'écria-t-elle. Ce dingue va te tuer !

— Je ne risque rien, j'ai mon gilet pare-balles.

— Il peut très bien te viser à la tête. Et puis, sans parler de te tuer, il peut très bien te blesser aux jambes. Que suis-je censée faire si tu ne peux plus marcher, sans téléphone pour appeler les secours ?

— Tout va bien se passer, affirma-t-il dans le but de la rassurer.

En effet, il pensait vraiment que c'était leur tireur qui se trouvait au volant de ce SUV blanc. Car qui d'autre serait venu dans ce coin reculé et surtout, pour quelle raison ? Qui d'autre aurait accéléré en passant devant eux pour soulever un nuage de poussière assez dense pour qu'on ne puisse pas relever le numéro de la plaque d'immatriculation ?

Il se baissa et prit le revolver qu'il tenait toujours caché dans son étui de cheville.

— Tiens, dit-il en le tendant à Audra. Tu sais te servir d'une arme ?

Elle acquiesça.

— Mon père m'emmenait souvent au stand de tir. C'est lui qui m'a appris à tirer et qui m'a entraînée par la suite. C'était il y a quelques années, mais je pense que je n'ai pas oublié.

Hudson poussa un soupir de soulagement. Il se sentait rassuré de la savoir capable de se défendre si, par malchance, elle devait le faire.

Il effleura ses lèvres d'un baiser.

— Ça va aller, assura-t-il avant de s'élancer à découvert.

Il courut en zigzag jusqu'à un autre bloc de pierre, distant de quelques mètres, s'attendant à demi à entendre une balle siffler à ses oreilles. Mais rien de tel ne se produisit.

Le sprint suivant fut plus long et le troisième plus long encore, mais Hudson gagnait en confiance. Le tireur avait quitté les lieux. Il atteignit enfin le 4×4, grimpa dedans et fonça rejoindre Audra.

Dès qu'il arrêta le véhicule à sa hauteur, elle se précipita hors de sa cachette et sauta sur le siège passager. Elle laissa sa tête aller contre le dossier et ferma les yeux.

— Je n'ai jamais eu aussi peur de ma vie, déclara-t-elle quand elle fut de nouveau en mesure de parler.

— Tout va bien, maintenant, dit-il en lui caressant tendrement la joue du bout des doigts.

Sans quitter la piste des yeux, il se tourna à demi pour prendre les deux bouteilles d'eau qui se trouvaient sur la banquette arrière et lui en tendit une.

— Je dois informer le commandant de ces derniers événements, annonça-t-il. Il va dépêcher une patrouille sur place. Je vais devoir rester ici pour leur faire un rapport circonstancié de la situation. Je demanderai à un de nos hommes de te ramener chez toi.

— Je ne veux pas rentrer chez moi. Je veux rester avec toi.

— D'accord.

Cela le rassurait de la savoir ici, avec lui. De s'assurer qu'elle allait bien.

— Pourquoi est-il parti ? demanda-t-elle.

— Je ne sais pas. Peut-être qu'il ne voulait pas nous tuer mais juste nous faire peur. Ou alors, il a renoncé au dernier moment à tuer une femme et un flic.

Elle frissonna un peu. Elle enroula les bras autour de sa taille, comme pour se protéger.

— Pourquoi aurait-il cherché à nous effrayer ?

— Je ne peux pas l'affirmer, mais c'est sans doute pour nous dissuader de continuer à chercher.

Les gyrophares bleus et rouges des véhicules de police projetaient des lumières inquiétantes sur les monolithes et les buissons d'armoise qui tapissaient le flanc des collines. Audra, un carré de gaze posé sur l'entaille de son front, se renfonça dans son siège. Cela faisait des heures qu'elle était assise là, à regarder les membres des forces de police aller et venir en quête du moindre détail qui les ferait avancer sur cette nouvelle affaire. Maintenant, et alors que les prémices d'une violente migraine se faisaient sentir, elle serait bien rentrée chez elle. Mais la peur persistait, tenace. Car quelque chose lui disait que c'était après elle que ce tireur en avait. C'était elle qu'il visait ; elle qu'il avait voulu supprimer ou du moins terroriser. Tout concordait : la visite de Roy Holliday qu'on avait fini par faire taire à jamais ; les ragots colportés dans les journaux. Quelqu'un cherchait à atteindre son père à travers elle.

Elle poussa un soupir de soulagement quand elle vit Hudson redescendre de la colline et revenir vers elle, accompagné de l'officier Dance.

— Alors ? Vous avez trouvé quelque chose ? s'enquit-elle aussitôt qu'il eut ouvert la portière.

— Il y avait bien quelqu'un là-haut. Nous avons retrouvé des douilles sur place. Et nous avons également découvert l'endroit où il avait garé sa voiture.

— Il a dû arriver avant vous et vous attendre, intervint Dance.

— Il a attendu un moment avant de nous tirer dessus, dit Hudson. Vous pensez qu'il attendait de voir ce que nous allions faire ?

— Je crois surtout qu'il cherchait le meilleur angle de tir. Qui savait que vous seriez ici avec l'officier Hudson ? demanda-t-il en s'adressant à Audra.

— Personne, répondit-elle. Hudson est passé à l'école et c'est moi qui ai insisté pour l'accompagner ici. Mais personne n'était au courant.

— On a pu nous entendre, suggéra Hudson.

Elle fouilla sa mémoire pour se remémorer la scène avec le plus de précision possible.

— Je m'en souviens très bien. Nous venions de quitter la classe de Trina et nous étions dans le couloir quand nous en avons parlé. À ce moment-là, le couloir était désert, j'en suis certaine.

— Tu crois que quelqu'un aurait pu nous entendre d'une des classes ?

— En collant l'oreille à la porte, et encore… Mais je ne vois pas qui aurait fait une chose pareille. Et surtout, pour quelle raison.

— Je ne sais pas. Mais cela mérite qu'on s'y intéresse de plus près.

L'idée qu'un des membres de son personnel, exclusivement féminin, ait pu élaborer un plan aussi machiavélique pour essayer de la tuer était si absurde qu'Audra en aurait ri si elle n'avait pas eu aussi mal au crâne.

— Faites ce que vous devez faire, décida-t-elle. Mais je pense que vous faites fausse route.

— Avez-vous une idée de qui pourrait vous en vouloir au point de tenter de vous tuer ? demanda Dance.

Cette pensée la fit frissonner.

— Non. Je ne vois pas. Ou alors Salazar ? Ce détective privé qui cherchait à pénétrer chez moi. Ça vaudrait peut-être le coup de l'interroger de nouveau sur le type qui l'a engagé.

— Salazar s'est déjà montré très coopératif à ce sujet. Mais Lawrence a pris ses précautions. Impossible pour le moment de remonter jusqu'à lui. Cela dit, nous ne lâchons rien.

Elle hocha la tête.

— Je suis tellement épuisée que je n'arrive plus à réfléchir, dit-elle.

— Hudson, vous pouvez raccompagner Mlle Trask chez elle, si vous voulez. Nous n'avons plus besoin de vous ici, pour le moment.

Elle n'eut aucune conscience du trajet. Aussitôt la voiture en marche, doucement bercée par le ronronnement du moteur, elle s'endormit pour ne se réveiller que lorsque Hudson se gara devant chez elle.

— Tu veux que je reste avec toi ?

Elle caressa sa joue un peu râpeuse.

— Oui, s'il te plaît.

Finalement, il passa une grande partie du week-end chez elle, à travailler sur son ordinateur portable pendant qu'elle réglait un tas de paperasse en attente. Si les événements vécus ne quittaient pas vraiment son esprit, elle parvint quand même à savourer ces moments du quotidien partagés avec lui.

Le lundi matin, son front avait pris une vilaine couleur violacée, mais la plaie était en bonne voie de cicatrisation.

— Comment te sens-tu ? lui demanda Hudson alors qu'elle sortait de la douche.

— Ça me fait encore un peu mal, mais ça va.

Il repoussa délicatement ses cheveux en arrière et effleura sa joue d'un baiser.

— En tout cas, tu es toujours aussi belle, lui susurra-t-il à l'oreille.

Elle enroula ses bras autour de lui, regrettant de ne pas pouvoir s'attarder. L'amour qu'elle lui portait était la seule chose capable de lui faire oublier ses tourments actuels.

— Tu crois que je vais faire peur aux enfants ? demanda-t-elle en souriant.

— Ils vont être terrorisés, tu veux dire.

Il grimaça une moue comique et s'éloigna en esquissant un petit pas de danse qui la fit rire aux éclats.

Quand elle arriva à proximité de l'école, un peu plus tard, elle se sentait plus légère. Plus optimiste, aussi. Le pire était derrière elle, non ?

Au moment de se garer, elle remarqua que la place de

stationnement réservée à Brenda était vide. Aussi fut-elle étonnée de voir que la porte de son bureau était ouverte. Elle y trouva Jana qui, installée dans son fauteuil, fouillait un de ses tiroirs.

— Que faites-vous ici ? lui demanda-t-elle sèchement.

Sans se démonter le moins du monde, Jana leva les yeux sur elle.

— Qu'est-ce qu'il vous est arrivé ? Vous avez une mine de déterrée.

— Ne vous occupez pas de moi, répondit-elle. Dites-moi plutôt ce que vous faites ici et pourquoi vous fouillez dans mes tiroirs.

— Je ne fouillais pas. Je cherchais un stylo.

Audra attrapa un des stylos qui se trouvaient bien en évidence dans le pot à crayons posé sur sa table de travail.

— Pourquoi n'avez-vous pas pris un de ceux-là ?

— Merci, dit Jana en tendant la main pour le prendre.

Mais Audra le reposa où elle l'avait pris.

— Que faisiez-vous dans mon bureau ? répéta-t-elle d'une voix plus forte.

— Je dois retourner en classe, éluda Jana qui chercha à sortir.

— Vous n'irez nulle part. Vous êtes renvoyée.

— Vous ne pouvez pas me virer comme ça.

— Bien sûr que si, je le peux. Je vous donne dix minutes pour rassembler vos affaires et quitter cette école.

— Et ma classe ?

— Je m'en occuperai moi-même jusqu'à ce que je vous trouve une remplaçante.

— Vous ne pouvez pas faire ça ! s'écria Jana dont le visage avait viré au rouge cramoisi. Je vais porter plainte contre vous.

— Je vous ai surprise en train de fouiller dans mon

bureau. C'est un motif de licenciement. Je dirais même que c'est une faute lourde.

Jana lui lança un regard haineux mais n'esquissa pas le moindre geste laissant à penser qu'elle allait partir. Les choses allaient-elles mal tourner ? Audra allait-elle devoir appeler la police pour l'escorter jusqu'à la sortie ? Pourtant, après quelques secondes d'une tension presque palpable, Jana sortit en trombe du bureau. Audra la suivit et la regarda prendre son sac à main et un autre, plus grand, dans lequel elle fourra à la hâte des papiers, quelques livres et divers objets. Enfin, toujours aussi furibonde, elle quitta les lieux à grandes enjambées.

Brenda arriva juste à ce moment-là.

— Qu'est-ce qu'elle a ? demanda-t-elle. Elle est malade ?

— Je viens de la renvoyer. En arrivant tout à l'heure, je l'ai surprise en train de fouiller dans mon bureau.

Brenda écarquilla les yeux.

— Ça alors ! Elle a pris quelque chose ?

— Je n'en sais rien.

Elle essaya de se remémorer ce qui était susceptible d'intéresser Jana. À première vue, elle ne voyait pas.

— Et sa classe ? Qui va s'en charger ?

— Moi. Occupez-vous de lui trouver une remplaçante, libre dès que possible. En attendant, voyez si l'une des mamans accepterait d'assurer l'intérim. Inutile de préciser la raison pour laquelle nous cherchons quelqu'un en urgence.

13

Audra passa la matinée à s'occuper de la classe de Jana. Passer du temps avec les enfants, se concentrer sur eux, tout cela lui faisait du bien. Ils travaillèrent sur les différentes formes de végétation en prenant comme supports des mousses, des fougères et différentes sortes de feuilles qu'ils avaient ramassées au cours d'une sortie scolaire. Ensuite, elle leur lut une histoire dont les héros peuplaient une forêt enchantée puis elle conclut cette leçon de biologie en leur demandant de dessiner des arbres et des fleurs. À l'heure où la maman volontaire prit la relève, Audra se sentait tout à fait détendue. Elle décida de profiter du soleil en allant manger un sandwich dans un jardin public tout proche de l'école.

Quand elle revint, une lettre l'attendait sur son bureau. Elle émanait du superintendant. Elle déchira l'enveloppe d'une main tremblante, un nœud d'appréhension au creux du ventre.

Chère Mlle Trask,

Par cette lettre, et conformément à l'article b9, je vous informe que nous rompons le contrat qui vous lie au district scolaire. Nous n'aurons plus recours à vos services en tant que directrice de la crèche et de la maternelle en liaison avec l'école primaire Canyon Critters.

Sa vue se troubla à mesure qu'elle parcourait le jargon juridique qui s'ensuivait. Elle reposa la lettre, inspira un grand coup puis décrocha le téléphone du poste fixe.

— Me Arnotte n'est pas disponible pour le moment, lui répondit une voix féminine. Puis-je prendre un message ?

— Je suis Audra Trask. Je viens de recevoir une lettre du district scolaire m'informant qu'ils résilient l'accord qu'ils ont passé avec moi pour gérer la nouvelle maternelle à la rentrée prochaine. J'ai besoin de savoir si cette démarche est légale.

— Très bien. Je transmettrai votre message à Me Arnotte.

Audra mit fin à l'appel. Le choc initial passé, elle sentit une rage sourde l'envahir. Elle composa un nouveau numéro.

— Ici le bureau du superintendant Wells. Que puis-je faire pour vous ?

— Bonjour, Maeve, répondit Audra qui avait reconnu la voix de l'assistante de Wells. C'est Audra Trask. J'ai besoin de parler au superintendant. C'est urgent.

— M. Wells n'est pas là. En revanche, il m'a chargée de vous dire, au cas où vous appelleriez, que sa décision est irrévocable.

Sur ce, elle raccrocha sans laisser à Audra la moindre chance de répliquer.

Audra, abasourdie, avait toujours le téléphone en main quand il sonna.

— Allô ?

— Audra. C'est Cheryl Arnotte. Que se passe-t-il ?

— J'ai reçu un courrier du district scolaire. Je vais vous le lire.

Lorsqu'elle eut terminé, Cheryl resta un long moment sans rien dire.

— Comment osent-ils ? s'indigna Audra. Nous avons

signé un contrat. D'un point de vue juridique, ils ne peuvent pas faire une chose pareille, n'est-ce pas ? C'est illégal.

— Ils invoquent une clause morale. Ils ont le droit d'annuler le contrat s'ils estiment que votre comportement peut porter préjudice à la réputation de l'école.

— Je n'ai rien fait ! s'offusqua Audra. En tout cas, rien qui puisse violer cette clause de moralité.

Cheryl marqua une autre longue pause qui parut une éternité à Audra.

— Cheryl ? Vous me croyez capable d'avoir fait quelque chose d'immoral ?

— Pas nécessairement d'immoral, répondit Cheryl. Mais votre nom est associé à un meurtre et mes filles m'ont rapporté que des policiers étaient venus à l'école à plusieurs reprises récemment. Cela me préoccupe en tant que parent, alors je peux comprendre que cela préoccupe aussi le district scolaire.

— Je ne suis suspectée d'aucun crime. La police m'a interrogée comme simple témoin.

— La première mission d'une école est de protéger les enfants qui lui sont confiés. Je pense que la plupart des juges feraient preuve d'une certaine prudence.

— Dois-je comprendre que vous approuvez la décision du superintendant ?

— Disons que je comprends son point de vue. Nous pouvons faire appel de cette décision, si vous le souhaitez, mais je vous le déconseille. Il y a peu de chances que nous gagnions et cela pourrait se révéler très coûteux.

— Dois-je comprendre aussi que vous comptez retirer vos enfants de mon école ?

— Pas pour l'instant, mais si la situation devait s'envenimer, je pense que j'y réfléchirai sérieusement, oui. Je suis désolée de devoir vous le dire mais je préfère être franche avec vous.

Audra en fut si bouleversée qu'elle ne trouva rien à répliquer. Mais qu'aurait-elle pu dire ?

— Je comprends que vous soyez extrêmement contrariée, poursuivit Cheryl. Aussi, je vous conseille de ne rien précipiter pour le moment. Attendez quelques jours, réfléchissez aux différentes options qui se présentent à vous puis revenez vers moi.

Quelles pouvaient être ces options ? se demanda Audra quand elles eurent raccroché. Elle avait mis toutes ses économies, ses compétences, son expérience et son énergie dans Canyon Critters. À la rentrée prochaine, il y avait fort à parier que les parents feraient le choix de la nouvelle école, sans une Audra Trask, éclaboussée de scandales, pour la diriger.

Plus tard, elle se demanderait comment elle avait fait pour tenir jusqu'à la fin de la journée sans craquer nerveusement. Elle ferma la porte de son bureau et se mit à travailler sur son ordinateur. Ou plutôt essaya. Car elle avait beau faire, elle était incapable de se concentrer. Elle songea à appeler Hudson mais y renonça. D'abord parce qu'il travaillait ; ensuite, parce qu'elle ne voulait pas lui donner d'elle l'image de la fille qui venait pleurnicher sur son épaule à chaque fois qu'elle avait un problème. D'ailleurs, il y avait des choses plus graves dans la vie. Tant de gens vivaient de véritables tragédies, comme perdre toute sa famille d'un coup ou apprendre qu'on avait un cancer incurable. Elle, elle ne ferait que perdre son travail.

Voilà qui n'était pas pour lui remonter le moral. Mais son but n'était pas d'être joyeuse. Dans l'immédiat, ce qu'elle voulait, c'était trouver un moyen de rester debout et d'avancer.

Sa journée terminée, elle s'empressa de se glisser au volant de sa voiture avec l'intention de rentrer au plus vite chez elle, de pleurer tout son soûl sous une douche bien chaude puis de noyer sa tristesse dans un pot de crème glacée ou une bouteille de vin. Ou les deux.

Mais au lieu de prendre la direction de chez elle, elle se rendit sur le site de la nouvelle école, désertée par les ouvriers à cette heure-là. Elle se gara juste devant et fit quelques pas sur une aire gravillonnée qui serait bientôt un parking goudronné.

Elle se tenait presque au même endroit le jour de la pose de la première pierre. Elle y était venue en compagnie des enseignants et des enfants, ces derniers tout excités d'assister à la cérémonie mais surtout d'être témoins de la première pelletée de terre creusée par une énorme pelleteuse. Elle revoyait tous ces petits, leurs grands yeux écarquillés. Certains brandissaient comme des drapeaux les dessins qu'ils avaient réalisés un peu avant dans leur classe.

— Bon sang !

Le cri lui échappa des lèvres en même temps qu'elle revoyait la scène de manière aussi précise que si elle venait de se produire. Son dessin à la main, Mason se tenait derrière les cordes qui séparaient les enfants de la zone de construction. Un coup de vent avait fait s'envoler la feuille vers la machine. On avait dû retenir le petit garçon pour l'empêcher de courir après mais, très vite, son attention avait été de nouveau attirée par l'immense pelleteuse qui mordait la terre dans un rugissement que ses petits copains et lui s'étaient amusés à reproduire.

Le dessin avait été englouti en même temps qu'un amas de terre.

Hudson sortait des bureaux de la brigade quand il vit Audra se garer devant le bâtiment. Il courut vers elle alors qu'elle manœuvrait pour prendre une des places inoccupées.

— Audra ! Quelque chose ne va pas ?

— Je viens juste de me souvenir de quelque chose. Quelque chose d'important.

— Quoi ?

— C'est au sujet du dessin du petit Mason. Je sais comment il s'est retrouvé sur ce site.

Il la prit par le bras pour l'entraîner à l'intérieur.

— Viens. Il faut que toute l'équipe puisse t'entendre.

Beck, Dance, Reynolds, Redhorse et le commandant Sanderlin étaient encore là quand Hudson revint avec Audra.

— Audra a une révélation à nous faire, annonça-t-il tout en conduisant le petit groupe dans la salle de conférences.

Une fois sur place, il installa le matériel d'enregistrement puis s'assit face à Audra tandis que les autres se serraient les uns contre les autres, en bout de table. Seul le commandant Sanderlin resta debout, au fond de la salle.

— Raconte-nous ce que tu sais, dit-il.

— Le jour de la pose de la première pierre de la nouvelle école primaire Canyon Critters, se lança-t-elle, nous avons emmené les enfants assister à la cérémonie. Certains avaient emporté des dessins qu'ils avaient faits le matin même à l'école. Je me souviens que le vent a arraché son dessin des mains de Mason et qu'il s'est envolé jusqu'à la pelleteuse.

— Vous êtes bien sûre de ce que vous dites ? demanda Sanderlin.

— Absolument certaine, répondit-elle. Je me suis rendue sur le chantier tout à l'heure, et cette scène m'est revenue aussi clairement que si elle venait de se produire.

— Qu'êtes-vous allée faire là-bas ? s'enquit Redhorse.

— J'ai reçu une lettre du district scolaire m'informant qu'ils rompaient le contrat qu'ils avaient passé avec moi pour installer mon école dans les nouveaux locaux. J'étais bouleversée. J'ai eu envie d'aller voir ce site une dernière fois.

— Est-ce légal de rompre un contrat de manière aussi arbitraire ? demanda Hudson.

— Ils invoquent une clause de moralité. Apparemment, ils pensent que mon nom pourrait ternir la réputation de l'école et dissuader des parents d'y inscrire leurs enfants.

Une rage sourde l'envahit à laquelle il ne pouvait malheureusement pas laisser libre cours.

— Je suis désolé pour toi, dit-il. J'imagine, en effet, que tu dois être bouleversée.

— Le choc est passé, maintenant. En tout cas, ce dessin est bien la preuve que c'est la TDC qui décharge illégalement ses déchets de construction dans le parc.

— Je suis allé interroger le chef de chantier, dit Jason Beck. Il m'a montré les reçus attestant que leurs gravats étaient bien déversés dans une déchetterie homologuée.

— Ces reçus peuvent avoir été falsifiés, objecta Reynolds. Aller perquisitionner les bureaux de la TDC ne servirait à rien. J'imagine qu'ils ont dû couvrir leurs arrières et ne laisser aucune trace pouvant les incriminer.

— Combien leur rapporte leur petite magouille ?

— À 500 dollars la tonne, ça peut aller jusqu'à plus de 250 000 dollars.

— Ils ont accordé au district scolaire un gros rabais sur le financement de la nouvelle école. Ces fausses facturations étaient peut-être un moyen de récupérer un peu de ce manque à gagner.

— Pour une entreprise de l'importance de la TDC, c'est une goutte d'eau dans la mer, intervint Audra. Ils ont perdu bien plus en payant les amendes exigées par l'APE.

— Rien n'est encore fait, pointa Sanderlin. Ils contestent ces amendes en soutenant que c'est Dane Trask qui aurait rédigé ces fausses facturations, pour leur causer des problèmes, et qu'eux n'y seraient pour rien.

— Mon père n'aurait jamais fait une chose pareille, s'indigna Audra.

— Peut-être qu'il avait découvert leurs magouilles et qu'il les a menacés de tout révéler.

— Si c'est le cas, pourquoi s'est-il enfui et envoie-t-il de temps en temps des indices énigmatiques ? Pourquoi n'a-t-il pas directement alerté les forces de police, la presse ou l'APE ?

— Parce que c'était trop dangereux, répondit Audra. Je connais mon père. Il ne resterait pas caché aussi longtemps si le risque n'était pas élevé.

— Et si nous allions trouver Mitch Ruffino, le vice-président de la TDC, pour lui mettre un peu la pression ? suggéra Redhorse.

— Nous pourrions retourner l'interroger, en effet, rétorqua Sanderlin. Mais je ne pense pas qu'il se laissera facilement impressionner. Surtout avec la cohorte d'avocats dont il dispose et qui montera aussitôt au créneau pour le défendre.

— Nous pouvons toujours tenter le coup, dit Dance.

— Je vais voir si je peux le joindre à son bureau, dit Hudson.

Il s'attendait à ce qu'une assistante ait reçu la consigne de faire barrage mais, à sa grande surprise, lorsqu'il eut décliné son identité, on lui passa directement Ruffino.

— Justement, j'allais vous appeler, déclara celui-ci.

— Vraiment ?

Il leva les yeux vers le groupe qui était suspendu à ses lèvres.

— Les bureaux de notre siège social ont été visités, annonça Ruffino.

— Quand cela s'est-il produit ?

— Très tôt ce matin. Je suis sûr que c'est un coup de Dane Trask.

14

Hudson et Sanderlin retrouvèrent Mitch Ruffino à son bureau, situé au dernier étage d'un bâtiment qui en comptait douze. Le vice-président de la TDC affichait un air belliqueux.

— Je me demande comment vous vous débrouillez pour ne pas avoir encore mis la main sur ce Trask, tonna-t-il sans préambule dès qu'ils eurent franchi la porte de son bureau.

Il ne daigna pas se lever pour les accueillir mais resta dans son fauteuil, les bras croisés haut sur son torse.

— Vous qui êtes censés être des experts, vous n'êtes qu'une bande de guignols ! poursuivit-il sur le même ton offensif.

— Vous travaillez tard ce soir, fit remarquer Sanderlin sans relever l'attaque.

— Ça arrive souvent quand on dirige une entreprise, figurez-vous. Et puis, ça ne me dérange pas. Je dirais même que c'est quand tout le monde est parti que je travaille le mieux.

— Parlez-nous un peu de cette visite. Vous dites qu'elle a eu lieu tôt ce matin ?

— À 3 h 52, selon l'heure affichée par la caméra de vidéosurveillance.

— Avez-vous appelé le bureau du shérif pour signaler l'effraction ? demanda encore Sanderlin.

— Non. Je préférais vous appeler en premier mais vous m'avez devancé. Pourquoi vouliez-vous me parler ? ajouta-t-il, la mine de plus en plus renfrognée. C'est important ?

— Nous aimerions vous poser quelques questions, répondit Hudson.

— Occupez-vous d'abord de ce cambriolage. Nous verrons après.

Sanderlin se rapprocha de Ruffino de manière à le dominer de toute sa hauteur.

— Pourquoi avez-vous attendu tout ce temps pour alerter la police ?

Ruffino détourna la tête.

— Je voulais prendre le temps de bien visionner les images de la vidéo. Et puis il me fallait aussi vérifier s'il manquait quelque chose.

— Et entre-temps, vous avez continué à mener vos affaires comme si de rien n'était.

— Évidemment ! Je vous rappelle que la TDC est une multinationale qui ne peut pas s'arrêter de tourner pour un simple cambriolage.

— Ce qui signifie que tous les indices que nous aurions pu recueillir si vous aviez signalé cette effraction sans attendre sont compromis, rétorqua Sanderlin sans chercher à dissimuler l'agacement que suscitait en lui une telle désinvolture.

— Ça, c'est votre problème, pas le mien.

— Qu'est-ce qui vous a été volé ? s'enquit Hudson.

— Rien, heureusement. Mais les images montrent clairement que le type cherchait quelque chose de bien précis.

— Nous allons jeter un coup d'œil à cette vidéo, déclara Sanderlin d'un ton qui n'entendait pas être discuté.

Ruffino se le tint pour dit. Il décrocha le téléphone.

— Envoyez-moi Larry avec la vidéo, commanda-t-il d'un ton autoritaire.

Un court instant plus tard, un homme aux cheveux blonds clairsemés et aux grands yeux bleus fit son entrée, un CD à la main.

— Voici la vidéo, monsieur Ruffino, dit-il.

— Larry Keplar, le présenta Ruffino. C'est lui qui dirige notre département informatique.

— Vous aussi, vous avez l'habitude de travailler tard ? demanda Hudson.

— M. Ruffino m'a demandé de rester pour vous parler.

— Vous êtes un parent de Jana ? demanda encore Hudson en le regardant insérer le disque dans le lecteur d'un des ordinateurs.

Keplar leva les yeux sur lui, visiblement troublé.

— C'est mon épouse, répondit-il. Vous la connaissez ?

— Je l'ai rencontrée à l'école Canyon Critters.

— Oui, elle travaille là-bas, dit Keplar avant de reporter son attention sur l'ordinateur. C'est bon, j'envoie la vidéo.

Hudson et Sanderlin se rapprochèrent alors qu'une image en noir et blanc apparaissait sur l'écran. L'horodateur, dans l'angle supérieur droit indiquait l'heure annoncée par Ruffino : 3 h 52, ainsi que le jour. Une silhouette se déplaçait dans une pièce, ouvrant et refermant des armoires à classeurs puis fouillant les tiroirs du bureau. Au bout de dix minutes de recherches infructueuses, la silhouette quittait la pièce.

— C'est tout ce que vous avez ? demanda Hudson. Vous n'avez pas d'autres images où on verrait cet homme pénétrer dans le bâtiment ou en sortir, ou encore fouillant d'autres bureaux ?

— Non, nous n'avons rien d'autre, répondit Ruffino. Mais qu'est-ce qu'il vous faut de plus ? Ce type n'est pas censé venir fouiner chez nous à cette heure-là, si ?

— Comment est-il entré ?

— De toute évidence, avec une carte magnétique. Tout autre moyen aurait déclenché l'alarme.

— Vous accusez Trask, mais vous n'avez pas désactivé sa carte quand il est parti ? s'étonna Sanderlin.

— Bien sûr que si. Mais il a dû se débrouiller pour s'en procurer une autre.

— Repassez la vidéo, je vous prie, demanda Hudson.

Il observa attentivement la silhouette mais ne discerna aucun signe distinctif. Et pour cause. L'homme gardait la tête baissée dans une posture qui empêchait de voir son visage.

— Qu'est-ce qui vous fait dire que c'est Dane Trask ? s'enquit Sanderlin au terme du second visionnage.

— Qui d'autre voulez-vous que ce soit ? rétorqua Ruffino avec humeur.

— Ça pourrait être n'importe qui. L'image de cette vidéo n'est pas vraiment bonne et ne permet pas de distinguer les traits de cet individu ; sans compter qu'il évite de regarder en direction de la caméra, comme s'il savait qu'elle se trouvait là.

— Exactement ! jubila Ruffino. Trask connaît notre système de sécurité par cœur et il sait comment l'éviter. C'est pour cette raison qu'il n'apparaît que sur cette vidéo.

— Où se trouve-t-elle ?

— Dans la salle des archives, située à cet étage.

— Il a pu éviter toutes les autres caméras, sauf celle-ci. Vous ne trouvez pas ça curieux ?

— Il était bien trop occupé à chercher ce qu'il voulait.

— Vous avez une idée de ce qu'il cherchait ?

— Aucune. Peut-être des dossiers confidentiels qu'il pensait pouvoir utiliser contre la société. Depuis le début, il fait clairement savoir qu'il veut nous détruire.

Aux yeux de Hudson, c'était plutôt l'inverse qui se produisait. Il se tourna vers Keplar.

— Et les détecteurs de mouvement ? Il n'y en a pas ?

— Si, mais…

Keplar s'interrompit pour interroger Ruffino du regard.

— Ils ont été désactivés, poursuivit Ruffino à sa place. Ce qui est une raison supplémentaire de me faire dire que c'est Trask. Il savait très bien comment passer à travers notre système.

— Trask ne travaillait-il pas comme ingénieur ? demanda Hudson. Comment aurait-il pu savoir tout cela ? Car je suppose que vous disposez d'un système de sécurité ultra-sophistiqué.

— C'est vrai, reconnut Keplar. Je me demande bien comment il a pu faire.

— Nous savons tous que Trask n'est pas un crétin, rétorqua Ruffino.

— Malheureusement, vous ne pouvez pas prouver que c'est lui. Ces images ne sont pas exploitables, et rien ne vous a été volé.

Ruffino pointa l'écran d'un doigt rageur.

— Je vous dis que c'est Dane Trask ! éructa-t-il. De toute façon, même s'il n'a rien volé, il n'avait rien à faire ici. Il y a intrusion.

— Dans ce cas, je vous suggère de déposer une plainte auprès du shérif du comté de Montrose, dit Sanderlin. Cela relève de leur juridiction, pas de la nôtre.

— La brigade des rangers est chargée de l'enquête sur Trask, que je sache ! Cette effraction vous concerne, et j'exige de savoir ce que vous comptez faire.

— Nous poursuivons notre enquête, répondit Sanderlin qui, visiblement, peinait à garder son calme.

Ruffino se pencha vers eux, le doigt levé, comme s'il avait l'intention de frapper Sanderlin à la poitrine. Pourtant, il se retint de le faire.

— Vous avez interrogé la fille de Trask. Elle doit savoir quelque chose.

— Mlle Trask a pleinement coopéré avec nous.

— Que vous a-t-elle dit ? Elle sait où se cache son père ? Il lui a dit pourquoi il en avait après nous ? Pourquoi il s'acharnait à vouloir salir la réputation de la TDC ?

— Les détails liés à cette enquête sont confidentiels, rétorqua Sanderlin. Puis, s'adressant à Keplar : il me faudrait une copie de cette vidéo.

— Bien sûr.

Larry éjecta le disque et le tendit au commandant.

— Pourquoi pensez-vous que Dane Trask en veut à la TDC ?

— Parce qu'il a détourné des fonds et qu'il veut faire diversion, affirma Ruffino. Il croit, à tort, qu'en voulant nous faire porter le chapeau, on oubliera que c'est lui le coupable.

— De quoi vous accuse-t-il ? D'avoir falsifié les rapports sur les résultats de la décontamination de la mine Mary Lee, communiqués à la protection de l'environnement ? Y aurait-il autre chose ?

— C'est lui qui a falsifié ces rapports ! La TDC n'a rien à se reprocher.

— Qu'en est-il des déchets de construction déversés de manière illégale sur le site de Curecanti ? demanda Hudson. Se pourrait-il qu'ils proviennent de chantiers de la TDC ?

— C'est la dernière de Trask ? C'est faux et archifaux. D'ailleurs, notre chef de chantier a été interrogé à ce sujet par un de vos collègues et nous en sommes ressortis blanchis.

— Où étiez-vous vendredi, aux alentours de 18 h 30 ? demanda encore Hudson.

Ruffino l'épingla d'un coup de son regard perçant.

— Pourquoi me posez-vous cette question ?

— Parce que c'est la procédure, je dois vous la poser. Où étiez-vous ?

— J'étais ici, dans ce bureau. Je vous l'ai dit. J'aime travailler quand tout le monde est parti.

Si Ruffino n'avait pas le profil d'un sniper, il avait en revanche celui du type prêt à payer un professionnel pour faire le sale boulot à sa place.

— J'attends de vous que vous me fassiez part de vos conclusions, ordonna-t-il aux deux hommes alors qu'ils s'apprêtaient à partir.

Sanderlin ne daigna pas répondre. Une fois arrivés à la voiture de patrouille, il demanda :

— Que pensez-vous de cette vidéo ?

— Je m'attendais à ce qu'une boîte comme la TDC ait des caméras de sécurité de meilleure qualité, dit Hudson. J'ai remarqué en entrant qu'il y avait des caméras aux différentes entrées, dans le hall et dans les ascenseurs. Si l'intrus connaissait l'emplacement exact de ces caméras au point de savoir échapper à tout contrôle, je ne vois pas pourquoi il n'aurait pas su échapper à la caméra de la salle des archives. À vrai dire, je ne suis pas convaincu que ce soit Trask qu'on voie sur ces images. Ni que la personne qu'on voit cherche véritablement quelque chose. Pour moi, ça sent le coup monté à plein nez.

— Pour la TDC ou pour nous ?

— Pour nous. Je pense que Ruffino nous a fait venir pour essayer de nous soutirer des informations sur l'avancée de l'enquête. Il m'a paru très centré sur Audra.

Lui ou l'un de ses sbires étaient-ils derrière la campagne de dénigrement d'Audra ? Cette idée le fit frémir d'une colère contenue.

— Étudiez-moi cette vidéo de plus près et voyez si vous trouvez quelque chose de significatif. D'après ce que nous savons de Dane Trask, il serait assez brillant pour savoir comment neutraliser un système de sécurité. Cependant, je ne le vois pas farfouiller dans un bureau pendant dix minutes puis abandonner ses recherches. Il est plus opiniâtre que cela.

— Qu'est-ce qu'on fait avec Ruffino ?

— Rien pour le moment. Mais on le garde à l'œil.

De cela, Hudson se chargerait personnellement. Car il ne serait pas étonné d'apprendre que Ruffino avait quelque chose à voir avec les attaques dirigées contre Audra.

Audra attendait avec impatience le retour de Hudson. Elle avait accepté avec bonheur sa proposition de passer la nuit avec elle. Ces derniers temps, elle se sentait vulnérable ; aussi, avoir Hudson à ses côtés apaisait un peu ses craintes.

Il était un peu plus de 23 heures quand elle l'entendit se garer dans son allée. Elle alla l'accueillir à la porte, se retenant avec peine de le bombarder de questions. Elle le regarda ôter le holster qui contenait son arme de service puis le déposer près de la porte avant de se rendre dans la chambre où il troqua son gilet pare-balles et son uniforme contre une tenue de sport qu'il avait sortie du sac qu'il avait emporté avec lui.

— Tu as faim ? lui demanda-t-elle. Tu veux que je te prépare quelque chose ?

— C'est gentil mais nous avons mangé des pizzas au bureau.

Il lui ouvrit les bras.

— Viens.

Elle alla se blottir contre lui mais il la serra si fort qu'elle s'en étonna.

— Qu'est-ce qui ne va pas ? demanda-t-elle en cherchant à lire sur ses traits.

— Je ne peux rien prouver, répondit-il, mais je pense que la TDC est étroitement liée à tout ce qui t'arrive depuis quelque temps.

Elle s'écarta de lui.

— Qu'est-ce qui te fait dire ça ? C'est Ruffino ? Il a dit quelque chose ?

— Il s'intéresse beaucoup à toi. Il voulait savoir si nous t'avions interrogée ; ce que tu avais dit. Il est convaincu que ton père en veut à l'entreprise ou à lui, personnellement.

— Il n'a pas proféré de menaces contre moi ?

— Non. De toute façon, il ne le ferait pas ouvertement devant nous. Mais c'est un homme de pouvoir qui n'hésite pas à s'en servir pour obtenir ce qu'il veut.

— C'est mon père qui s'est introduit dans leurs bureaux ?

Il passa un bras autour de son épaule et, ainsi enlacés, ils se rendirent ensemble dans le salon.

— Nous avons pu visionner une vidéo de caméra de surveillance. On y voit une silhouette qui n'est pas reconnaissable mais même si je ne peux pas l'affirmer, je ne pense pas que ce soit ton père. Je pense que Ruffino a monté ce scénario de toutes pièces pour nous faire venir et voir où en était l'enquête. Le pauvre en a été pour ses frais.

— Dans ce cas, il est possible que ce soit la TDC qui ait payé ce détective privé pour fouiller dans mon passé et alerter les médias. Et je ne serais pas étonnée que ce soit elle, encore, qui ait fait pression sur le superintendant pour qu'il rompe le contrat passé avec moi. Comme ils ont fait une fleur au district pour la construction du bâtiment, ceux-ci se sentent redevables.

Elle s'effondra sur le canapé.

— Que peux-tu me dire sur Jana Keplar ?

— Jana ?

— Oui. Tu savais que son mari travaille pour la TDC ?

— Je suppose qu'elle a dû le mentionner mais je n'y

ai pas prêté attention. La TDC est le plus gros employeur de la région. La plupart des parents d'élèves y travaillent. Tu as rencontré son mari ?

Hud alla s'asseoir à côté d'elle.

— Oui. Il dirige le département informatique de la TDC. C'est lui qui nous a fait visionner la vidéo. Il m'a paru nerveux. Que s'est-il passé entre Jana et toi ? Tu as fini par la virer ?

— Oui. Nous n'étions pas d'accord sur la manière d'envisager l'éducation. Nous n'étions d'accord sur rien, d'ailleurs. Mais ce matin, quand je suis arrivée, je l'ai surprise en train de fouiller mon bureau. Je l'ai prise en flagrant délit, et elle n'a même pas cherché à nier. Elle a même eu le culot de m'accuser de réagir de manière excessive. La coupe était pleine.

— Tu as trouvé quelqu'un pour la remplacer ?

— Une maman a bien voulu assurer l'intérim mais nous passerons une annonce dès demain. Tu crois que c'est Jana,ou son mari, le lien entre la TDC et moi ?

— Je ne crois rien. Je voulais surtout te conseiller de te montrer prudente, mais maintenant qu'elle ne travaille plus pour toi…

— Au contraire, elle pourrait chercher à se venger. Quand je suis arrivée à la maison ce soir, j'avais un message de Brenda sur mon répondeur. Elle me prévenait que Jana commençait à colporter des ragots sur moi dans toute la ville. Brenda disait aussi que Jana fait courir le bruit que le district scolaire songe à passer un contrat avec elle pour la nouvelle école.

— Ma pauvre chérie. Je suis vraiment désolé pour toi.

— J'ai dépassé le stade de la tristesse. Maintenant, je suis en colère. Et si c'était elle, plutôt, qui avait payé ce Salazar ? Si c'était elle qui avait balancé mon histoire d'addiction aux journalistes ?

Elle pressa un coussin contre elle, donnant l'impression qu'elle s'en servait comme d'un bouclier.

— Ou alors, je me fais des idées et je deviens complètement paranoïaque. Personne n'en a après moi. Je joue juste de malchance.

— Moi, je dirais que j'ai de la chance. Toutes ces histoires m'ont permis de te rencontrer.

Ces mots firent fondre Audra, et elle sentit les larmes lui monter aux yeux.

— Tu as raison, répliqua-t-elle en délaissant son coussin pour aller se lover contre Hudson. Te rencontrer est la meilleure chose qui me soit arrivée depuis longtemps.

Le lendemain matin, Hudson fit défiler les images de la vidéo, encore et encore. L'intrus pénétrait dans le bureau des archives à 3 h 52, se dirigeait tout droit vers un meuble à classeurs et en ouvrait le premier tiroir. Il y jetait un coup d'œil rapide, se saisissait d'un dossier qu'il parcourait tout aussi rapidement puis passait au tiroir suivant. Il procéda de la même manière pour tous les tiroirs, laissant à penser qu'il cherchait quelque chose de bien précis. Dix minutes plus tard, à 4 h 03 précisément, il quittait la pièce, les mains vides.

L'agrandissement de l'image ne donna pas plus de résultats. Le faible éclairage allié à la mauvaise qualité de l'enregistrement ne permettait pas d'identifier l'individu. Mais une question importante taraudait Hudson. Comment cet homme avait-il espéré trouver ce qu'il cherchait sans s'être équipé d'une lampe frontale et alors qu'il n'y avait aucune source de lumière ? D'après la hauteur de la porte, Hudson estimait la taille de l'homme à un mètre quatre-vingts, plus ou moins celle de Dane Trask. Il portait des gants, une longue veste sombre à manches longues – peut-être un coupe-vent –, un pantalon de couleur sombre, lui aussi, et un bonnet tricoté qui couvrait presque entièrement ses cheveux. Il gardait la tête baissée durant tout le temps que durait l'opération, ce qui rendait toute identification impossible. Même Audra ne serait probablement pas en mesure de dire si l'homme qui figurait sur cette vidéo était ou non son père.

Découragé, il se renfonça dans son siège.

— Alors, ça avance ? s'enquit Beck en levant les yeux de son écran.

— Malheureusement, non. Mais je crois qu'une petite discussion avec Larry Keplar s'impose.

15

Hudson n'entra pas dans les bureaux de la TDC. Il resta garé devant le parking réservé aux employés et attendit. Une bonne heure s'était écoulée quand Larry Keplar sortit du bâtiment et se dirigea vers le fond de l'aire de stationnement. Hudson le rattrapa au moment où il déverrouillait la portière d'une jeep blanche.

— Bonjour, Larry, dit-il.

— Bonjour officier, répondit Larry qui se mit à jeter des coups d'œil furtifs autour de lui, comme pour s'assurer que personne ne pouvait les surprendre ensemble. Quelque chose ne va pas ?

— J'ai besoin de clarifier certains détails avec vous.

— Maintenant ? Ici ?

— Pas nécessairement ici. Il y a un endroit où vous aimeriez aller ?

— Vous connaissez le Newberry's ?

— Oui.

— Là-bas, ça vous irait ?

— Parfaitement.

Hudson attendit que Larry sorte de sa place de stationnement puis le suivit jusqu'au Newberry's, bâtiment situé près du lac qui faisait office de station-service, de café et de bureau de poste. Larry se gara au fond du parking et précéda Hudson dans un intérieur faiblement éclairé qui empestait l'odeur de tabac froid.

Larry se glissa sur une banquette en skaï placée le long d'un des murs de la salle tandis que Hudson s'asseyait en face de lui. À la serveuse d'âge moyen venue prendre leur commande, Larry demanda une bière pression et Hudson un Coca light.

— De quoi vouliez-vous me parler ? demanda Larry, prenant la parole le premier.

— Je me demandais si vous aviez trouvé comment notre homme a pu contourner le système de sécurité.

— Non, répondit Larry après avoir bu une longue gorgée de sa bière. Je ne connaissais pas ce Dane Trask mais tout le monde s'accorde à dire qu'il est d'une intelligence redoutable. Pourtant, je n'ai rien trouvé qui montre que le système a été manipulé. En général, ce genre de choses laisse une sorte d'empreinte électronique, si on peut dire.

— Et vous n'avez rien trouvé ?

— Rien de rien. Pas d'espace vide ni de données détruites. Rien, je vous dis.

— Pas même un détail qui aurait pu vous paraître suspect ?

Larry reprit une gorgée de bière puis, du pouce, essuya la mousse qu'il avait sur les lèvres.

— M. Ruffino m'a expressément demandé de ne pas parler à la presse ni à la police.

— Quand vous a-t-il demandé cela ?

— Hier, après votre départ.

Hudson sirota son verre, laissant le silence s'installer entre eux. Il avait le sentiment que Larry avait sur le cœur quelque chose qu'il hésitait à lui dire.

— Vous n'êtes pas obligé de parler, lui dit-il. Mais il n'y a aucune raison pour que ce que vous me direz remonte jusqu'à M. Ruffino.

Keplar sursauta quand il vit la porte s'ouvrir puis deux hommes pénétrer à l'intérieur. Il se détendit aussitôt qu'il les vit s'installer au comptoir. Sans doute craignait-il de tomber sur des collègues de bureau.

— La seule chose bizarre, lança-t-il finalement, c'est que l'objectif de la caméra portait les traces d'un film gras, comme si on avait passé dessus de la vaseline ou quelque chose de similaire.

— Vous pensez que ce serait notre homme qui aurait fait ça ?

— Peut-être. Un peu comme s'il voulait qu'on sache qu'il était là, ce qui expliquerait pourquoi il n'a pas cherché à se cacher de la caméra, mais qu'il ne voulait pas être reconnu.

Hudson comprit qu'il tenait là le début d'une piste.

— Racontez-moi comment s'est déroulée votre journée après l'intrusion de cet homme dans les locaux de la TDC. Votre rôle dans tout ce qu'il s'est passé.

Keplar termina sa bière et reposa son bock sur le dessous de verre.

— Je suis arrivé comme tous les jours à 9 heures. Environ trente minutes plus tard, M. Ruffino m'a fait appeler dans son bureau. Il m'a dit qu'il pensait que quelqu'un s'était introduit dans la nuit dans la salle des archives et qu'il fallait que je vérifie toutes les images des caméras de sécurité.

— Vous a-t-il dit ce qui lui avait fait penser que quelqu'un était allé dans cette pièce en particulier ?

— Non. Et je ne le lui ai pas demandé. Quand le grand patron vous ordonne de faire quelque chose, vous le faites, point.

— Vous avez donc vérifié les vidéos et avez vu un homme dans cette pièce à 3 h 52. C'est exact ?

— Oui. J'ai tout de suite remarqué que l'image était floue, alors je suis allé vérifier la caméra. C'est là que j'ai remarqué qu'il y avait quelque chose de gras sur l'objectif.

Visiblement, quelqu'un avait essayé de le nettoyer mais il y avait encore des résidus.

— On ne voit cet homme nulle part ailleurs ? Vous avez bien visionné toutes les séquences ?

— Toutes, sans exception.

— Aucune autre caméra ne portait de traces de ce film gras dont vous parlez ?

— Non.

— Est-ce que quelqu'un a pénétré dans le bâtiment disons entre minuit et 3 h 52 ?

— Oui. Une des caméras montre que quelqu'un est entré à 3 h 45. Cette personne a utilisé une carte générique, le genre qu'on donne aux vendeurs ou aux visiteurs et qu'ils doivent remettre à la réception en partant. Chaque carte possède un code avec un numéro que nous pouvons associer au registre des clients et des fournisseurs, mais celle-ci ne correspondait à personne. En fait, ça devait être une carte toute neuve, fabriquée la veille.

— Comment fabrique-t-on une carte ?

— Avec une petite machine comme celle qu'on utilise pour les cartes magnétiques des chambres d'hôtel. On passe la carte vierge dans le lecteur, et la machine code la bande métallique qui permet de déverrouiller une porte. Si quelqu'un oublie de remettre sa clé, on peut l'annuler à distance.

— C'est arrivé récemment que quelqu'un oublie de rendre sa clé ?

— Non. J'ai vérifié.

— Vous n'avez donc aucune idée de l'identité de la personne qui a utilisé cette carte ?

— M. Ruffino affirme que c'est Dane Trask. Mais ce qui me chiffonne, c'est que la personne qui est entrée aurait dû apparaître sur les images de vidéosurveillance de l'entrée principale, ce qui n'est pas le cas.

— Si vous vouliez passer au travers du système de sécurité, comment vous y prendriez-vous ?

— Je perturberai l'alimentation pendant quelques secondes à l'aide d'un appareil technologique.

— Où peut-on se procurer cet appareil ?

— En ligne. Ce ne sont pas les sites qui manquent. Maintenant, si vous n'avez plus besoin de moi, je voudrais rentrer chez moi. Ma femme m'attend. Elle risque de s'inquiéter si je tarde trop.

— Votre femme travaillait pour Audra Trask, n'est-ce pas ?

La main de Keplar s'immobilisa sur son portefeuille.

— Oui. Mais elle a été renvoyée.

— Elle vous a expliqué pourquoi ?

— Quel est le rapport avec tout ça ?

— Que vous a-t-elle dit ? insista Hudson.

— Qu'Audra était jalouse d'elle parce qu'elle était plus compétente qu'elle. Ma femme dirigeait une école dans le Kentucky où nous vivions avant de venir nous installer ici.

— Audra m'a dit qu'elle avait surpris Jana en train de fouiller son bureau.

— Elle ne m'a rien dit de tout ça, rétorqua Larry en sortant des billets de son portefeuille.

— Vous pensez votre femme capable de faire une chose pareille ?

— Écoutez, Jana est une femme honnête. Elle adore les enfants. Elle a été extrêmement bouleversée de devoir renoncer à son école pour me suivre ici.

— Pourquoi avez-vous quitté le Kentucky ?

— Parce que je ne pouvais pas rater une opportunité comme celle-là. La TDC m'offrait un meilleur salaire et la possibilité de gravir les échelons. L'école de Jana était à peine rentable. Ça n'avait aucun sens de rester là-bas et de laisser passer une telle chance.

— Alors, elle a pris cette place à Canyon Critters.

— Oui. Elle a une grande expérience des enfants et ça a été dur pour elle de se retrouver simple enseignante. Audra est jeune, elle manque un peu de bouteille, si j'ose dire. Alors, Jana se permettait de lui donner des conseils de temps en temps. D'après ce qu'elle m'a rapporté, la relation était un peu tendue entre elles. Je pensais que les choses se calmeraient avec le temps mais ça n'a pas été le cas.

— Il paraît que votre femme a décroché le contrat pour la nouvelle école. Celui que le district scolaire a rompu avec Audra.

— Je n'ai aucun commentaire à faire là-dessus, rétorqua Keplar en se levant. Je dois vraiment y aller, maintenant.

Hudson termina son Coca en se repassant le fil de cet échange pour tenter de n'en retenir que l'essentiel.

Assise à son bureau, Audra lisait l'article d'un journal en ligne qu'un anonyme lui avait transféré dans sa boîte mail. Il y était question du contrat que Jana Keplar avait passé avec le district scolaire pour exploiter les futures crèche et école maternelle du nouveau groupe scolaire. Jana y disait toute sa fierté à la perspective d'offrir bientôt aux familles des structures et un enseignement haut de gamme.

S'ensuivaient des détails à n'en plus finir sur l'expérience extraordinaire de Mme Keplar qui ne pouvait qu'être un plus pour cette jeune communauté. Aucune mention n'était faite d'Audra ni du travail qu'elle avait accompli jusque-là.

Elle ferma les yeux pour endiguer les larmes qui menaçaient de couler. Si elle avait réussi à donner le change avec Hudson, maintenant elle n'avait plus qu'une envie : rentrer chez elle et avaler des pilules anxiolytiques qui l'aideraient à passer ce cap difficile.

Mais elle se ressaisit très vite. Les solutions de facilité, ce n'était plus pour elle. Elle avait appris à se battre et cet obstacle, elle le surmonterait comme elle avait surmonté tous les autres. Pour commencer, elle se demanda ce que ferait son père dans pareille situation. La réponse lui vint, immédiate : « Quand tu dois régler un problème, prends-le à bras-le-corps et évite les intermédiaires. Souviens-toi : Mieux vaut s'adresser au Bon Dieu plutôt qu'à ses saints. »

Forte de ces conseils, elle chercha le numéro de téléphone de la TDC sur Internet puis appela.

— Société TDC, répondit une voix masculine.

— Bonjour, Audra Trask à l'appareil, s'annonça-t-elle d'un ton qu'elle s'appliqua à être ferme. Je voudrais parler à Mitch Ruffino.

Mitch Ruffino semblait très attaché à l'image qu'il donnait de lui. Pari réussi. Audra était impressionnée par cet homme au visage sévère qui aimait laisser à penser aux autres qu'il leur était supérieur. Au cours des rares soirées données par la TDC auxquelles elle avait accompagné son père, Ruffino se tenait à l'écart, tel un souverain surveillant ses sujets, à l'affût du moindre faux pas ou de la moindre négligence dont il pourrait se saisir pour asseoir un peu plus son pouvoir.

Tout impressionnée qu'elle était, Audra mit un point d'honneur à le regarder dans les yeux et à afficher le même air méprisant que lui.

— Ainsi donc, vous êtes la fille de Dane Trask, dit-il en la jaugeant d'un regard hautain. Vous ne lui ressemblez guère.

Physiquement, sans doute. Mais elle avait hérité de lui une grande pugnacité et un goût du risque certain. Sans quoi, elle ne serait pas venue se fourrer dans la gueule du loup.

Elle ignora le siège que Ruffino lui indiquait, préférant rester debout devant son bureau.

— Je suis venue vous demander d'arrêter de me harceler, lança-t-elle, le cœur battant. Sans quoi, je serai obligée de prendre les mesures qui s'imposent.

Un muscle de la mâchoire de Ruffino tressaillit tandis que ses narines palpitaient. Sur ses gardes, elle l'observa comme elle aurait observé un serpent venimeux prêt à l'attaquer.

— Je ne vois pas de quoi vous parlez.

— Je parle du détective privé que vous avez engagé pour fouiller dans ma vie privée. M. Salazar, je crois ?

Ruffino, manifestement habitué à contrôler ses émotions, encaissa le choc sans broncher. Il se leva, histoire sans doute de ne pas se laisser dominer par une femme et, peut-être, de l'impressionner par sa haute taille.

— Vous ne pouvez pas venir comme ça, dans mon bureau, pour me menacer, dit-il.

— J'étais juste venue vous délivrer ce message. Mais je ne vous dérangerai pas plus longtemps. Je m'en vais.

Sur ce, elle lui tourna le dos et prit la direction de la porte.

— Attendez.

Elle s'arrêta sans se retourner. Elle l'entendit s'approcher puis venir se planter devant elle et l'épingler d'un regard perçant qui la fit frissonner de peur.

— Ne partez pas, dit-il. Nous pouvons parler, non ?

Il la conduisit dans le coin salon du bureau où il l'invita à s'asseoir dans un des deux fauteuils club qui se trouvaient devant une table basse en verre aux pieds en acier.

Elle s'assit, son sac à main sur ses genoux. Elle pensa à la bombe lacrymogène qui se trouvait dedans. Aurait-elle à s'en servir, ici, pour la première fois ?

— Dites-moi ce que vous voulez, attaqua Ruffino le premier.

— Je vous l'ai dit. Je veux que vous me laissiez tranquille. Je veux aussi que vous cessiez de mentir sur mon père en racontant qu'il vous a volé de l'argent. Et puis retirez cette plainte ridicule contre moi. De toute façon, elle sera rejetée.

Ruffino plissa les yeux, ce qui lui donnait cette fois des airs de requin prêt à déchiqueter sa proie.

— Comment pouvez-vous être sûre que votre père n'est pas l'auteur de ces détournements de fonds ?

— Parce qu'il n'a pas besoin d'argent. Et parce que cela ne lui ressemble pas. Il serait incapable de faire une chose pareille.

— Tout le monde a besoin d'argent, répliqua Ruffino. Vous êtes vraiment naïve de croire le contraire.

— Mon père, lui, n'est pas comme ça. Il gagnait bien sa vie. Son salaire lui suffisait. Il n'avait pas besoin de plus. Surtout qu'il n'avait pas de dettes.

— Pas à votre connaissance.

Elle secoua la tête.

— En ce moment, il vit en pleine nature, il se nourrit des restes des campeurs. Est-ce que c'est là le profil d'un homme âpre au gain ?

— Non. Je dirais plutôt que c'est le choix d'un homme qui ne pouvait pas faire autrement s'il voulait échapper aux forces de police. Ou d'un homme psychologiquement dérangé.

Elle comprit qu'il serait inutile de chercher à argumenter. Elle se leva, de nouveau prête à partir.

— Je vous ai dit ce que je voulais. Alors, je vais vous laisser. Vous devez être très occupé.

— Vous partirez quand cette discussion sera terminée, gronda-t-il d'une voix sourde. Asseyez-vous. Votre école…

Avec un peu d'argent, vous pourriez l'agrandir et la développer, non ?

Elle le fixa sans rien dire.

— Je vois qu'on vous a appris l'importance de ne pas parler à tort et à travers, poursuivit-il. C'est bien. Je suis prêt à payer pour que vous continuiez à vous taire.

Bingo ! Ruffino pensait qu'elle détenait des informations que lui aurait révélées son père et il venait de lui offrir de l'argent contre son silence. Que répondre à cela ? Elle l'ignorait mais, dans l'immédiat, l'important était de gagner du temps.

— Vous adresser aux mauvaises personnes pourrait vous attirer des ennuis, lâcha-t-elle, soucieuse de rester dans le vague.

Le visage de Ruffino se rembrunit un peu plus.

— Je vous dis que vous taire peut faire de vous une jeune femme très riche.

— Cette offre, vous l'avez faite à mon père ?

— Vous m'avez l'air d'être plus… disons, raisonnable, rétorqua-t-il.

Elle prit cette réponse élusive pour une affirmation. Ruffino avait bien essayé de corrompre son père, qui avait refusé.

— C'est d'accord, dit-elle. J'accepte votre proposition.

Elle prenait un risque, elle le savait. Que ferait-elle si Ruffino lui remettait un gros paquet d'argent ? Serait-ce une preuve suffisante pour que la police intervienne ?

— J'en suis ravi. Mais vous devrez faire autre chose pour moi.

Un nœud d'angoisse se forma dans sa gorge.

— Quoi ?

— Vous devrez me remettre les informations que détenait votre père contre la TDC et qu'il a dû vous transmettre.

Elle avala péniblement sa salive.

— Comment puis-je être sûre que vous me donnerez l'argent une fois que vous aurez ce que vous me demandez ?

Les lèvres de Ruffino s'étirèrent en un sourire carnassier.

— Il faudra que vous me fassiez confiance.

16

— Compte tenu de tout ce que m'a dit Larry Keplar, il n'est pas impossible que ce soit Ruffino qui ait mis en scène ce prétendu cambriolage. Sans doute pour accabler Trask d'un nouveau chef d'accusation et faire pression sur nous afin que nous accélérions les recherches.

Hudson regarda ses collègues rangers et conclut ainsi le résumé de la discussion qu'il avait eue avec Keplar trente minutes plus tôt.

— Peut-être, mais ce n'est pas Ruffino sur la vidéo, contra Beck. L'homme est beaucoup plus grand et moins corpulent que lui.

— Il a dû engager quelqu'un, mais c'est sûrement lui qui a tout manigancé. Il a dû fabriquer la clé réservée aux visiteurs, l'a fait passer à son complice et lui a communiqué la manière de s'y prendre pour neutraliser et rétablir le système de sécurité le temps qu'il se rende dans la salle des archives puis en ressorte. Avant, il a pris soin de laisser un film gras sur l'objectif de la caméra pour flouter l'image. C'est lui encore qui a sans doute pris la décision de ne pas prévenir le shérif de Montrose, préférant nous appeler en fin de journée, une fois toute preuve flagrante effacée. Mais malgré ses efforts, tout est bancal dans cette histoire.

— C'est vrai, approuva Redhorse. Pourquoi stocker des dossiers papier ? Tout n'est pas dématérialisé aujourd'hui ?

— Si. Mais en règle générale, les entreprises font des copies papier des contrats signés ou des dossiers ultra-confidentiels. Quoi qu'il en soit, je ne vois pas Ruffino faire la bêtise de laisser des documents compromettants dans des classeurs consultés chaque jour par des dizaines de personnes.

— C'est donc bien la preuve qu'il n'y avait rien à trouver là-dedans, souligna Dance.

— Exact, intervint le commandant Sanderlin. Ruffino craint quelque chose, mais quoi ? Comment pouvons-nous le savoir ?

— En retrouvant Dane Trask. Lui seul sait.

Des coups discrets frappés à la porte interrompirent leurs échanges.

— Entrez ! dit Sanderlin avec une pointe d'agacement.

La porte s'ouvrit sur Stacy, l'une des assistantes.

— Audra Trask demande à voir l'officier Hudson, annonça-t-elle. Elle dit que c'est urgent.

— Faites-la entrer.

Un court instant plus tard, Audra faisait son apparition. Hudson vit tout de suite qu'elle était en proie à une vive agitation.

— Je sors juste d'un rendez-vous avec Mitch Ruffino, dit-elle d'un ton précipité. Il pense que mon père m'a fait des révélations importantes qui pourraient se révéler sources d'ennuis pour la TDC. Ou pour lui. Il m'a proposé de l'argent pour que je lui apporte les preuves qui pourraient les incriminer et surtout pour que je me taise.

Hudson regarda fixement Audra. Avait-il bien entendu ? Une colère sourde l'envahit.

— Tu es allée voir Mitch Ruffino ? Seule ?

Elle releva le menton en même temps qu'elle le défiait du regard. C'est à cet instant précis qu'il comprit à quel point il tenait à elle. Au regard de tout ce qu'elle endurait depuis des semaines, beaucoup auraient renoncé à se battre, voire auraient sombré dans une profonde dépression ; mais elle, elle faisait front, refusant de se laisser abattre.

— Mademoiselle Trask, dit Sanderlin. Si vous voulez bien vous asseoir, nous vous écoutons.

Elle regarda tour à tour toutes les personnes présentes autour de la table puis se lança :

— J'imagine que vous avez lu les journaux et que, donc, vous savez que j'ai connu des problèmes d'addiction dans le passé. J'étais dépendante aux analgésiques. J'ai suivi une cure de désintoxication et, depuis, je n'ai plus touché à quoi que ce soit. Cette vieille histoire a été ressortie dans le but manifeste de me nuire ou de nuire à mon père. J'ai tout de suite soupçonné la TDC, pensant qu'elle voulait toucher mon père à travers moi. À cause de cette mauvaise publicité, j'ai perdu le contrat qui devait me permettre d'ouvrir mon école dans les nouveaux locaux d'un bâtiment dont les travaux sont effectués par la TDC. Au passage, cette dernière a accordé au district scolaire une réduction conséquente sur le prix de la construction. Faveur qui, je le suppose, leur permettait de demander au district un retour d'ascenseur sans se le voir refuser. D'où mon éviction du nouveau projet.

Elle se tut quelques instants et inspira profondément avant de poursuivre dans un silence attentif :

— Il y a aussi le dessin de Mason, un de mes petits élèves, retrouvé parmi les déchets de construction déversés sans doute par la TDC. Il était à l'endroit même où l'on a retrouvé le corps de Roy Holliday, ce journaliste trop curieux que l'on a fait taire sans doute parce qu'il avait découvert quelque chose qui aurait dû rester secret. Et puis, il y a encore ce jour où l'officier Hudson et moi-même avons été les cibles d'un tireur sur ce même site. Autant d'éléments qui me conduisaient à la TDC. Alors, j'ai appelé le bureau de Ruffino pour demander à le rencontrer. Il a accepté tout de suite ce qui, à mes yeux, indiquait bien qu'il n'avait pas la conscience tranquille.

Elle marqua une pause pour boire un peu d'eau au gobelet que Hudson avait fait glisser jusqu'à elle. Tout le monde se taisait mais gardait les yeux rivés sur elle. Porté par une peur rétrospective, Hudson aurait voulu lui reprocher les risques qu'elle avait encourus en se rendant seule chez Ruffino. Pourtant, il se força à garder le silence. À quoi bon la blâmer pour quelque chose qui était déjà fait ?

— Vous avez avancé sur l'identité de l'homme qui nous a tiré dessus ? s'enquit-elle.

Ce fut Dance qui répondit :

— Non. Et la TDC nie toujours être à l'origine de cette décharge sauvage. Quant au dessin, il n'est pas une preuve suffisante.

— Parlez-nous de votre entretien avec Mitch Ruffino, la pressa doucement Sanderlin.

— Nous nous sommes rencontrés dans son bureau. Je lui ai clairement demandé de cesser ses tentatives d'intimidation sur moi. Au début, il a nié y être pour quelque chose. Mais lorsque je l'ai menacé de prendre les mesures qui s'imposaient, il a changé d'attitude.

— À quoi pensiez-vous en disant cela ?

— J'avais l'intention de lui dire que je porterais plainte contre lui pour harcèlement, mais il a dû comprendre autre chose parce que c'est là qu'il m'a proposé de l'argent. En fait, il voulait acheter mon silence.

— Sur quoi ?

— Je l'ignore. Mais j'ai fait comme si je savais de quoi il parlait et il m'a dit qu'il pouvait faire de moi une femme très riche.

— Quel montant a-t-il avancé ?

— Il ne l'a pas dit. Ce que je sais, en revanche, c'est

qu'il a fait la même proposition à mon père. Ruffino n'ayant aucune prise sur lui, il a dû le menacer de mort, et c'est pour ça que mon père a fui.

Elle s'interrompit, donnant l'impression que ses pensées divaguaient soudain vers ce père disparu.

— Que s'est-il passé ensuite ? demanda Hudson.

— Ruffino m'a dit que si je voulais toucher l'argent, il me faudrait d'abord lui apporter les preuves incriminant la TDC, preuves que mon père avait dû me confier avant de s'enfuir. Mon père ne m'a rien laissé, mais j'ai continué à faire comme si je savais de quoi il s'agissait et j'ai accepté le marché. Nous avons convenu de procéder à l'échange jeudi à 19 heures. J'ai pensé que vous pourriez m'équiper d'un micro, comme cela je pourrais essayer de le conduire à parler, à dire ou à faire quelque chose qui l'accuserait et prouverait que mon père est innocent.

Cette fois, Hudson dut se mordre l'intérieur de la joue pour ne pas exploser. Ne se rendait-elle pas compte qu'elle jouait avec le feu ? Que Ruffino n'avait rien d'un enfant de chœur et qu'il était prêt à tout, voire à tuer quiconque se mettrait en travers de son chemin ?

— Vous êtes bien certaine que votre père ne vous a rien laissé ? s'enquit Beck. Quelque chose comme un disque compact ou une clé USB ?

— Oui, j'en suis certaine. Par la suite, il n'a même pas cherché à me contacter.

— C'était pour te protéger, assura Hudson qui avait réussi à se calmer. Pour te tenir à l'écart du pétrin dans lequel il s'est fourré.

— Eh bien, c'est raté, rétorqua-t-elle avec une pointe d'ironie.

— Où cette rencontre doit-elle avoir lieu ? demanda Knightbridge. À son bureau ?

— Non. Il a proposé le chantier de la nouvelle école. Il

a dit que si quelqu'un nous voyait là ensemble, ça n'aurait rien de suspect.

— Pour nous aussi, c'est mieux, rétorqua Redhorse. Ce sera plus facile de le garder à l'œil que s'il était dans son bureau.

— Et vous avez raison, Audra, ajouta Dance. Nous allons vous équiper d'un micro afin d'écouter ce qu'il dit et d'intervenir en cas de danger.

— Qu'est-ce que je devrais lui dire pour l'amener à se trahir ?

— Continuez à lui faire croire que vous détenez bien ce qu'il veut. Et que vous l'avez sur vous. Avez-vous une idée de ce que ça peut être ?

— Non. Il a juste parlé de preuves compromettantes que mon père aurait mises en lieu sûr.

— Dans ce cas, pourquoi n'a-t-il pas remis ces preuves aux forces de l'ordre ? s'étonna Reynolds. De ce que nous savons de lui, il n'est pas du genre à se laisser impressionner par un Mitch Ruffino.

— C'est vrai. Je ne comprends pas moi non plus.

— Peut-être pour protéger quelqu'un ? suggéra Redhorse.

Tous les regards se tournèrent vers Audra.

— Nous ne pouvons pas envoyer Audra à ce rendez-vous sans être absolument certains qu'elle ne risque rien, prévint Hudson.

— Nous devons nous préparer à l'idée que Ruffino voudra changer d'endroit une fois qu'il aura retrouvé Audra au lieu du rendez-vous prévu.

— C'est probable, en effet, dit Sanderlin. Et je pense que Ruffino ne compte pas donner d'argent à Audra.

— Vous voulez dire qu'il a en tête de la tuer ? demanda Redhorse.

— Je le pense aussi, dit Hudson. Il n'en serait pas à son coup d'essai.

— Que veux-tu dire ? s'enquit Audra.

— Je n'ai pas encore de preuve tangible, mais j'ai eu l'occasion d'éplucher les fichiers informatiques de Holliday. La veille de sa mort, il a contacté un certain MR. Mitch Ruffino. Il est possible que lui aussi ait découvert quelque chose de suspect et qu'il en ait fait part à Ruffino, lequel n'a pas tardé à le faire éliminer. Même si la TDC nie en bloc, nous avons établi un lien entre elle et la décharge sauvage, là où le corps de Roy Holliday a été découvert. C'est là aussi que quelqu'un nous a pris, Audra et moi, pour cibles. Mais je pense que c'était Audra qui était visée.

— Comment le tireur pouvait-il savoir que vous vous trouveriez à cet endroit et à cette heure-là ? s'enquit Beck.

— Nous en avons parlé dans les couloirs de l'école. Même si nous avions l'impression d'être à l'abri d'oreilles indiscrètes, quelqu'un a pu nous entendre. Jana Keplar par exemple, dont le mari travaille à la TDC. Ruffino a pu l'engager pour surveiller Audra.

— C'est peut-être pour ça qu'elle fouillait mon bureau le jour où je l'ai virée.

— Personne ne sait que tu es venue ici ? s'enquit Hudson.

— Non. En quittant Ruffino, j'avais en tête d'aller à l'école, mais j'ai changé d'avis en cours de route. J'ai préféré venir vous voir d'abord. Personne ne me suivait, j'en suis sûre.

— De toute façon, vous auriez eu affaire à un professionnel. Vous ne vous en seriez pas aperçue.

— Tant que Ruffino croira que vous détenez des preuves qui pourraient le compromettre, lui ou la TDC, vous ne risquerez rien, affirma Sanderlin.

— Et une fois que Ruffino comprendra qu'il s'est fait avoir, que se passera-t-il ? s'enquit Hudson. Audra courra alors un réel danger.

— Nous serons là pour la protéger, déclara Dance.

— Je veux le faire, dit fermement Audra. Je veux que ces gens soient arrêtés. Peut-être qu'alors, mon père pourra enfin rentrer chez lui.

Audra avait quitté le bureau de Ruffino, tremblant de tous ses membres. Il lui avait fallu un certain temps après son arrivée au quartier général des rangers pour que les tremblements cessent. Au début, elle avait bien remarqué que Hudson était en colère contre elle ; qu'il était contrarié qu'elle soit allée trouver Ruffino toute seule. Il semblait plus calme à présent, mais il l'avait raccompagnée jusqu'à sa voiture sans décrocher un mot.

— Tu penses que je n'aurais pas dû le faire, dit-elle, rompant la première ce silence qui devenait pesant.

— C'était trop risqué, répondit-il. Tu n'aurais pas dû aller trouver cet homme sans m'en avoir parlé d'abord.

— Pourquoi pas ? Je ne risquais pas grand-chose. Il y avait du monde autour de nous. Je devais aller l'affronter ; lui faire savoir que je ne me laisserais plus intimider. C'était une bataille que je devais livrer, Hud.

Enfin, il eut pour elle le geste de tendresse qu'elle espérait. Il lui caressa la joue et plongea dans le sien un regard non moins caressant qui la fit frissonner de désir.

— Tu n'es plus seule, Audra. Je peux t'aider dans tes batailles, si tu le veux.

Elle détourna la tête pour ne pas lui laisser voir à quel point ces mots la touchaient.

— J'ai pris l'habitude de ne compter sur personne, reprit-elle quand ce moment d'émotion fut passé. J'ai appris à me débrouiller seule.

— Accepter qu'on te tende la main n'est pas un signe de faiblesse.

— Essaye de voir ça sous l'angle du flic, pas du petit

ami, répliqua-t-elle. Vous avez cette affaire sur les bras depuis plus de six semaines maintenant. Je vous offre la possibilité de la conclure en coinçant Ruffino. Au pire, vous pourrez le coffrer pour tentative de corruption et obstruction au bon déroulement d'une enquête.

— Audra, c'est sérieux. Ce type peut te faire du mal.

— Il ne me fera aucun mal, assura-t-elle d'un ton radouci.

Il avait l'air si inquiet, si malheureux, bien plus bouleversé qu'elle. Certes, elle avait peur ; mais l'excitation était plus forte que la peur. Tout plutôt que ce sentiment d'impuissance qui la faisait se tourner et se retourner dans son lit, et l'empêchait de dormir la nuit.

— Et puis, toi et tes collègues, vous serez là pour me protéger.

Il ne lui sourit pas franchement mais son visage se dérida un peu.

— Tu rentres chez toi ?

— Oui. Je suis épuisée.

— Je te rejoins dès que j'ai fini ici. Et si quelque chose de suspect se produit entre-temps, appelle le 911 et moi tout de suite après.

— J'adore quand tu prends ton air autoritaire, le taquina-t-elle.

Quelque chose dans cette histoire – peut-être l'audace dont elle avait fait preuve en allant trouver Ruffino – avait déclenché en elle un côté bravache et insolent qu'elle ignorait posséder. De même, au lieu d'être paniquée à l'idée de cette nouvelle rencontre avec Ruffino, elle en était tout étourdie d'excitation.

— Tout va bien se passer, tu verras, répéta-t-elle. Tu sais pourquoi ? Parce que toi et moi nous formons une grande équipe.

Sur cette note d'optimisme, elle effleura ses lèvres d'un baiser puis se glissa au volant de sa voiture.

[illegible]

[illegible]

[illegible]

[illegible]

[illegible]

[illegible]

[illegible]

[illegible]

[illegible]

[illegible]

[illegible]

[illegible]

[illegible]

17

Audra se fit porter pâle, le mercredi et le jeudi suivants, prétextant un gros rhume qu'elle craignait de transmettre aux enfants. Elle passa ces deux jours, enfermée dans une salle de conférences du quartier général de la brigade des rangers, à essayer de mémoriser les instructions que Hudson et d'autres officiers lui dispensaient.

— Jouez les naïves, lui conseilla Dance. Flattez-le. Il oubliera qui vous êtes et ce que vous faites là, et vous fera peut-être des confidences. Posez-lui des questions sur le fonctionnement de la société, sur l'importance de son rôle.

— Et s'il se doute de quelque chose ?

La peur la saisit d'un coup quand elle réalisa que Ruffino était sans doute un meurtrier.

— Je me sens déjà très nerveuse, avoua-t-elle. Et si je le suis devant lui ?

— N'essayez pas de le cacher, intervint Redhorse. Si Ruffino vous en fait la remarque, dites-lui que c'est normal, que vous n'avez pas confiance en lui. Vous pouvez même lui dire qu'il vous fait peur. Je suis certaine que ça lui fera plaisir.

— Et quand il me demandera la fameuse preuve ? Que suis-je censée lui donner ?

Hud lui montra une clé USB en plastique rouge frappée du logo de Welcome Home Warriors.

— Ça, répondit-il. C'est Cara Mead, l'ex-assistante de ton père à la TDC, qui nous l'a donnée. C'est exactement ce que Ruffino s'attend à recevoir. Je te la remettrai demain, juste avant l'heure de la rencontre.

— Que contient-elle ?

— Des dossiers sans importance mais très techniques. Si Ruffino insiste pour y jeter un coup d'œil, ça devrait être suffisamment opaque pour le berner. Il est sans doute très bon dans sa partie, mais je ne le pense pas capable de déchiffrer des rapports techniques compliqués.

— Très bien. Et le micro ?

Redhorse prit sur la table une boîte en carton rectangulaire qu'elle lui tendit.

— Il est là-dedans, dit-elle en souriant. Nous l'avons fait fabriquer tout spécialement pour vous.

Intriguée, Audra ouvrit la boîte. Elle renfermait une turquoise suspendue à une chaîne en métal argenté ainsi qu'une paire de pendants d'oreilles assortis.

— Des bijoux ? s'étonna-t-elle.

— Ce pendentif est en fait un micro ultra-sophistiqué qui nous permettra d'enregistrer la discussion et d'intervenir en cas de problème, expliqua Dance. Il sera relié au système d'écoute dissimulé dans une camionnette que nous garerons à proximité.

— Nous conviendrons plus tard d'une phrase codée que tu devras énoncer au cas où quelque chose d'alarmant se produirait sans que nous puissions le déceler, ajouta Hudson.

Elle essaya de ne pas s'attarder sur cette éventualité qui avait de quoi l'effrayer.

— Tout vous semble clair ? s'enquit Redhorse.

— Je crois, oui.

— Parfait. Beck et moi serons dans la camionnette ce soir près de chez vous pour tester le matériel. Ensuite, nous irons nous installer à proximité du chantier. Deux autres équipes seront stationnées là-bas, qui seront chargées de surveiller le site en permanence.

Elle approuva d'un hochement de tête.

— Demain, à 18 h 45, je quitterai la maison pour me rendre au rendez-vous et je me garerai près de l'entrée principale, récapitula-t-elle, comme pour elle-même. Puis j'irai à pied retrouver Ruffino.

— Il y a de grandes chances pour qu'il arrive le premier. Mais si ça n'était pas le cas, vous restez dans votre voiture jusqu'à ce qu'il arrive.

— Ensuite, je lui donne la clé, je prends l'argent et je retourne à ma voiture. Dis comme cela, ça paraît simple, mais pourquoi me laisserait-il repartir s'il pense que, moi aussi, je peux le faire envoyer en prison ? Pourquoi ne m'assassinerait-il pas comme il l'a fait pour Roy Holliday ?

Sentant la peur dans sa voix, Hudson intervint.

— Audra, tu n'es pas obligée de faire ça, si tu as peur. Nous pouvons tout annuler.

— Non, je veux le faire. J'aimerais juste avoir la certitude que je ne vais pas me faire tuer, moi aussi.

— Nous serons là, assura Dance. Si Ruffino tente quoi que ce soit, nous n'attendrons pas pour intervenir.

— Et s'il ne vient pas seul ? pointa-t-elle.

— Nous aurons assez d'hommes pour parer à cette éventualité.

— Audra, je te le répète, nous pouvons tout arrêter.

Elle prit la main de Hudson et la pressa légèrement, dans un geste destiné à le rassurer.

— C'est le seul moyen de faire cesser ces persécutions contre mon père et moi, dit-elle.

— Je pense que c'est trop risqué.

— Je ne le nie pas. Mais si je ne le fais pas, il se peut qu'il y ait d'autres morts. Tu devrais le savoir, maintenant.

Je suis une battante, comme mon père. Je ne laisserai pas Ruffino prendre le dessus.

Dance posa une main sur l'épaule de Hudson dans un geste qui, de toute évidence, se voulait réconfortant autant qu'amical.

— Ruffino ne le sait pas encore mais c'est contre nous tous qu'il va devoir se battre.

Debout devant le miroir en pied de sa salle de bains, Audra essaya de se voir à travers les yeux de Ruffino. Pas très grande, pas très musclée, habillée d'un jean et d'un pull moulants, le tout agrémenté du collier et des pendants d'oreilles. Elle s'était chaussée de boots basses et confortables pour le cas où elle devrait courir. Elle avait décidé de se maquiller lourdement – faux cils exagérément longs et recourbés, traits de crayon épais autour des yeux et rouge flamboyant sur les lèvres –, en partie pour masquer ses traits tirés, en partie pour laisser penser à Ruffino qu'il n'avait rien à craindre d'une femme si frivole qu'elle s'était apprêtée comme pour une sortie en ville alors que le contexte ne s'y prêtait pas.

— J'ai du mal à te reconnaître, dit Hudson quand elle descendit le rejoindre dans le salon. Tu n'as pas eu la main trop lourde ?

— C'est exprès, expliqua-t-elle en riant. Pour déstabiliser l'ennemi. S'il s'en étonne, je lui dirai que j'ai l'intention d'aller rejoindre des amies pour fêter notre transaction. Il faut qu'il pense que je suis une femme vénale.

Hudson l'attira à lui et l'enveloppa de ses bras.

— Ma chérie, je n'aime pas ça mais sache que je suis fier de toi. Je ne laisserai rien de mal t'arriver.

— Je le sais, dit-elle en touchant son pendentif comme

s'il s'agissait d'un talisman. J'ai confiance en toi. En vous tous.

À cet instant, le téléphone de Hudson sonna. Après quelques mots échangés, il raccrocha.

— C'était Beck. Il te demande de ne pas toucher ton pendentif. Ça crée des interférences. En plus, tu pourrais attirer l'attention de Ruffino dessus.

— D'accord, dit-elle en laissant retomber sa main. Quelle heure est-il ?

Hudson consulta sa montre.

— L'heure d'y aller.

Il l'accompagna jusqu'à la porte. Elle récupéra son sac et ses clés au passage puis pressa fort ses lèvres sur celles de Hudson, dans un baiser fougueux.

— Tout va bien se passer, murmura-t-elle contre sa bouche.

Puis elle se précipita dehors pour ne pas céder à la tentation de revenir en arrière.

Tu vas y arriver.

Cette phrase, combien de fois son père l'avait-il prononcée aux moments les plus durs de sa cure de désintoxication, pour l'encourager à tenir ?

Les mains agrippées à son volant, elle prit la direction du chantier, veillant bien à respecter les limitations de vitesse. Ce n'était pas le moment de se faire arrêter pour une infraction au Code de la route. Quand elle arriva en vue des bâtiments, dont la construction était presque achevée, elle s'exhorta à ne pas chercher du regard la présence des forces de police qui devaient déjà être en faction à proximité.

Elle repéra tout de suite une grosse berline noire aux vitres teintées stationnée devant l'un des bâtiments. Après un rapide coup d'œil aux alentours, elle prit le parti de se garer devant l'entrée principale, de manière à bloquer la berline et à pouvoir échapper à l'ennemi en cas d'urgence. Elle laissa son moteur tourner puis ouvrit sa portière.

À peine venait-elle de sortir que la berline démarrait pour venir s'arrêter à quelques centimètres de son pare-chocs arrière. Le conducteur, un grand maigre aux cheveux blonds et à la mine patibulaire – sans doute un homme de main de Ruffino – en sortit le premier.

— Vous bloquez la sortie, gronda-t-il.

Un autre homme, petit et replet celui-là, sortit par le côté passager.

— Déplacez votre véhicule, lui ordonna-t-il.

— Comme vous voudrez. Mais j'ai rendez-vous avec M. Ruffino.

Alors seulement, la porte arrière s'ouvrit sur Mitch Ruffino. Vêtu d'un polo gris et d'un pantalon bleu marine au pli impeccable, il donnait l'impression d'aller disputer une partie de golf.

— Vous êtes si pressée de nous quitter ? demanda-t-il d'un ton soupçonneux.

Elle retira ses lunettes de soleil et battit outrageusement de ses faux cils.

— C'est que j'ai l'intention d'aller fêter notre accord avec des copines, rétorqua-t-elle d'une voix suave.

— Vous avez ce que je vous ai demandé ?

En guise de réponse, elle ouvrit la main pour lui révéler la clé USB puis s'empressa de la refermer.

— Je veux voir l'argent, d'abord.

— Avant toute chose, nous allons procéder à une fouille corporelle. Je veux être certain que vous ne cherchez pas à me doubler. On m'a rapporté que vous étiez très proche des rangers ces derniers temps.

Elle crut que son cœur allait s'arrêter de battre.

Tu ne crains rien. Tout va bien se passer.

Elle se repassa ces phrases en boucle, comme une

litanie, tout le temps que le blond palpait son corps. Elle serra les dents, s'exhortant à ne rien montrer du dégoût qu'il lui inspirait.

— Vous tremblez, remarqua Ruffino quand son comparse eut fini de la fouiller. Pourquoi ?

— Parce que je n'ai pas confiance en vous, rétorqua-t-elle d'un ton bravache. À cause de vous, mon père a disparu depuis six semaines.

— C'est la faute de votre père. Maintenant, il paye pour ce qu'il a fait. J'espère que vous saurez vous montrer plus intelligente.

— Et la mine Mary Lee ? demanda-t-elle alors qu'elle se repassait les instructions des rangers.

— Que voulez-vous savoir ?

— Mon père travaillait là-dessus avant de s'évanouir dans la nature.

— Il n'y a rien à en dire. Elle a été décontaminée et débarrassée de tous les déchets qui l'encombraient, comme l'APE nous a demandé de le faire.

— Et ce chantier ? Je suppose que vous avez arrosé pas mal de gens pour obtenir tout ce que vous vouliez.

— C'est chose courante pour des projets d'une telle ampleur.

— Cela s'appelle des pots-de-vin. Et qui dit pot-de-vin dit corruption.

— Arrêtez de me faire la morale. Vous ne crachez pas dessus, vous non plus, puisque vous êtes ici. D'ailleurs, voici votre argent. Avec ça, vous pourrez arrêter de travailler pendant un bon bout de temps si vous le souhaitez.

Tout en parlant, il avait glissé sa main dans la poche de sa veste. Voilà. Son heure était venue. Il allait pointer une arme sur elle et la tuer.

Mais au lieu de ça, il lui tendit un chèque libellé à son nom d'un montant de 300 000 dollars. Elle qui s'attendait à une mallette remplie de liasses de billets ou au code d'un compte offshore sécurisé !

— Qui me dit que ce n'est pas un chèque en bois ?

— Et moi, qui me dit que cette clé n'est pas une arnaque ?

Le ton s'était fait menaçant. Ruffino la prit par le poignet et le serra à lui faire mal.

— Maintenant, on arrête de jouer.

— Ça suffit comme ça, décréta Hudson en se levant du siège qu'il occupait, au fond de la fourgonnette. Il faut arrêter avant que ça dégénère. Audra l'a fait avouer pour les pots-de-vin, on peut le coffrer avec ça.

— Si nous intervenons maintenant, nous exposons Audra à plus de danger, rétorqua Sanderlin.

— Ce n'est pas une professionnelle. Elle ne devrait même pas être là.

— Chut ! Écoutez, dit Dance.

— Je ne veux pas seulement l'argent, disait Audra. Je veux récupérer le contrat avec le district.

— Vous n'avez pas besoin de ce contrat. Avec le chèque que je vous ai donné, vous pouvez ouvrir votre propre école ou choisir de faire fructifier votre argent.

— C'est une question de fierté, insista-t-elle.

— Votre père avait sa fierté lui aussi et regardez où ça l'a mené. Et puis, croyez-moi, mieux vaut pour vous que vous ne travailliez pas dans le coin.

— Pourquoi ?

— Pour rien. De toute façon, les risques sont minimes. On exagère souvent les risques liés aux radiations. Quoi qu'il en soit, le problème est réglé.

— De quoi parle-t-il ? demanda Dance.

— Des risques de radiation ? demandait Audra au même moment.

— On ne peut pas être certain à 100 % qu'il n'y en a plus mais de toute façon, il n'y a pas lieu de s'inquiéter. En tout cas, motus et bouche cousue ou vous ferez capoter toute l'opération.

Si Audra ignorait à quoi il faisait allusion, elle comprit qu'elle ne pouvait pas laisser passer cette chance d'aller plus loin.

— Je veux en être, dit-elle avec fermeté. De l'opération, je veux dire.

Dans la fourgonnette, Hudson et Dance s'échangèrent un regard inquiet. Ce n'était pas ce qui était prévu.

— À quoi me serviriez-vous ? ironisa Ruffino.

— Je vous rappelle que je dirige une école. Quelle meilleure couverture pourriez-vous trouver ?

Elle avait parlé sans savoir, juste guidée par son instinct.

— Pourquoi pas ? dit Ruffino, visiblement intéressé.

— Mais pour cela, il faut que vous m'en disiez plus.

— Je dois d'abord en parler à…

Il n'eut pas le temps d'achever sa phrase. Des coups de feu retentirent, suivis d'un silence assourdissant.

18

Audra recula en titubant, horrifiée par les éclaboussures de sang qui maculaient son pull. Elle regarda fixement l'homme blond qui venait de tirer sur Mitch Ruffino.

— Pourquoi avez-vous fait ça ? demanda-t-elle d'une voix blanche.

En guise de réponse, il pointa le canon de son arme dans sa direction.

Pétrifiée de peur, elle continuait à le regarder fixement, son cerveau essayant en vain d'enregistrer ce qui était en train de se passer. Puis, sans même réfléchir à ce qu'elle faisait, portée par son instinct de survie, elle courut se mettre à l'abri derrière sa voiture et se jeta au sol. Presque simultanément, de nouveaux tirs se firent entendre. Terrorisée, elle rampa jusqu'à un muret derrière lequel elle se laissa retomber lourdement.

Elle entendit des crissements de pneus puis des bruits de portière qu'on claquait suivis d'une cavalcade.

— Audra ! hurla Hudson.

— Je suis là, répondit-elle d'une voix si faible qu'il ne l'entendit pas. Hud, je suis là, dit-elle plus fort.

L'instant d'après, Hudson était auprès d'elle et l'aidait à se relever.

— Ma chérie, tu es blessée ! s'écria-t-il en voyant le

sang sur son pull. Ne t'inquiète pas. Les secours sont en route.

— Ce n'est pas mon sang, articula-t-elle avec difficulté. C'est celui de Mitch Ruffino.

Son regard se heurta au corps inanimé de Ruffino qui gisait, face contre terre, à côté de celui de l'homme blond. Le deuxième garde du corps, vivant, était menotté.

— Ne regarde pas, ma chérie, dit Hudson en cachant son visage dans son cou.

— C'est son garde du corps qui l'a tué, dit-elle tout bas. Ruffino et moi discutions, et tout d'un coup cet homme a brandi son arme et lui a tiré dessus. Et après, il a voulu me tuer moi aussi.

Hudson l'entraîna vers sa voiture, ouvrit la portière et l'aida à s'asseoir sur le siège passager.

— Comment vous sentez-vous ? lui demanda le commandant Sanderlin.

— Je ne sais pas trop, répondit-elle, un brin hagarde.

— L'ambulance ne va pas tarder, déclara Sanderlin.

Puis, s'adressant à Hudson :

— Nous allons demander aux secouristes de l'examiner.

Elle les écoutait parler avec le détachement de quelqu'un qui entendrait deux étrangers discuter à la table voisine dans un café.

Sanderlin se pencha à la portière pour s'adresser de nouveau à elle :

— Vous avez le chèque que Ruffino vous a donné ?

Elle réalisa alors qu'elle l'avait toujours mais roulé en boule dans sa main. Il était déchiré et taché de terre, et de sang. Elle le lui tendit puis fondit en larmes. Des torrents de larmes qu'elle ne pouvait pas endiguer. L'horreur du traumatisme qu'elle venait de vivre l'avait rattrapée.

— Je suis désolée, s'excusa-t-elle entre deux sanglots.

Hudson lui caressa le dos, dans un geste d'une infinie tendresse.

— Là, ça va aller. C'est fini maintenant.

Sanderlin retourna voir ses agents quand les ambulanciers prirent Audra en charge puis revint aussitôt qu'ils eurent fini.

— Mademoiselle Trask, vous sentez-vous capable de passer dans nos bureaux pour faire votre déposition ?

Elle aurait aimé dire non pourtant elle s'entendit accepter.

— Je vais t'y conduire, décida Hudson. Et ensuite je te ramènerai chez toi.

Elle parvint à lui sourire à travers ses larmes. Elle détestait se voir aussi fragile, mais il y avait de quoi être bouleversée.

Le quartier général des rangers était calme en ce début de soirée. Hudson la conduisit directement dans la salle de conférences où il la fit asseoir et lui apporta un verre d'eau.

— Je sais que ce que vous venez de vivre n'a pas été facile, assura Sanderlin, venu les rejoindre. Et je vous remercie de ne pas avoir demandé à reporter cette déposition. Dans une affaire comme celle-ci, le facteur temps est important. Il peut jouer en notre faveur ou contre nous.

Audra hocha la tête.

— Je comprends.

— Nous avons l'enregistrement de votre discussion avec Ruffino, poursuivit le commandant. Cependant, nous aimerions que vous nous donniez les détails visuels qui nous manquaient.

— Je vais faire de mon mieux, mais je vous avoue que je suis encore sous le choc. J'ai peur que ma mémoire me fasse défaut.

Hudson s'assit à côté d'elle et lui prit la main tandis que Sanderlin s'installait sur la chaise qui lui faisait face.

— Commencez par tout nous raconter en détail depuis l'instant où vous êtes partie de chez vous.

Elle se lança alors dans le récit détaillé du trajet jusqu'au chantier, de sa rencontre avec Ruffino et ses deux gardes du corps puis de la discussion qu'ils avaient eue jusqu'à ce que l'un des deux hommes…

Elle s'interrompit au moment de revivre cette scène atroce. Les images étaient encore d'une horrible précision. Les oublierait-elle un jour ?

— Que s'est-il passé, ensuite ? la pressa doucement Sanderlin.

Elle but une gorgée d'eau, s'exhortant à poursuivre.

— Je n'ai pas vu l'homme sortir son arme. Quand je lui ai demandé pourquoi il avait abattu Ruffino, il l'a pointée sur moi. Et puis, vous êtes arrivés.

Sanderlin jeta un coup d'œil sur un carnet qu'elle n'avait pas remarqué jusque-là.

— Un peu avant d'être abattu, Ruffino a parlé de niveaux de radiation. Que voulait-il dire par là ?

— Je ne sais pas. Peut-être faisait-il allusion à la mine ?

— Les rapports initiaux que la TDC a soumis à l'APE – ceux que la TDC accuse votre père d'avoir falsifiés – faisaient état d'un faible taux de radioactivité. Similaire à celui qu'on trouverait dans les zones rocheuses du site. Or, c'est votre père qui a tiré la sonnette d'alarme. Il savait que le niveau de radioactivité était beaucoup plus élevé et donc dangereux.

— Oui, mais par la suite, la TDC a décontaminé la mine, objecta Hudson. Cela a été prouvé. Non, je pense que Ruffino faisait allusion à autre chose. Aux nouveaux bâtiments, peut-être.

— Vous voulez dire qu'il aurait utilisé des matériaux de construction toxiques ? De l'amiante, par exemple ?

Hudson hocha la tête.

— Exactement. Dont ils se seraient ensuite débarrassés en totalité ou pas, dans la zone de loisirs Curecanti. Mais il y a autre chose. Ruffino a parlé d'une « opération » en cours.

— Lorsque je lui ai proposé de travailler pour lui, il m'a dit qu'il devait d'abord en parler à quelqu'un, ajouta-t-elle. Parlait-il de Terrell, Davis et Compton, les trois autres dirigeants de la TDC ?

— Dans ce cas, ce seraient eux qui auraient engagé les gardes du corps de Ruffino non pour le protéger mais pour le supprimer ? suggéra Hudson.

— Possible, répondit Sanderlin. Nous verrons cela plus tard. Dans l'immédiat, je pense que vous devriez raccompagner Mlle Trask chez elle. Elle a besoin de se reposer.

Ni elle ni Hudson ne prononcèrent un mot sur le chemin de retour. Audra s'abandonna avec délices à la douce torpeur qui l'envahissait et qui lui faisait oublier la tempête d'émotions qu'elle venait de traverser.

Une fois arrivés chez elle, Hudson l'attira à lui et la prit dans ses bras.

— Audra…, murmura-t-il dans ses cheveux. Je t'aime. J'ai eu si peur pour toi.

Ces mots, en l'enveloppant tout entière, lui firent l'effet d'un baume lénifiant. Elle plongea son regard dans le sien.

— Je t'aime aussi, Hud.

Il pressa ses lèvres sur les siennes, dans un baiser si doux qu'elle eut l'impression de flotter sur un nuage, bien loin de toute l'horreur de ces dernières heures.

Le vendredi matin, Audra insista pour retourner travailler, malgré les protestations de Hudson.

— Cela m'empêchera de trop penser, assura-t-elle. La présence des enfants me fera beaucoup de bien.

Sur ce, elle piqua un baiser léger sur sa joue et rassembla ses affaires pour partir.

— Et puis, je pense que le plus dur est derrière nous, maintenant.

Hudson ne partageait pas son optimisme. Loin de là, même. Il s'en ouvrit à son équipe quand il arriva dans les locaux des rangers, un peu plus tard.

— Si Ruffino a agi sur ordre de Terrell, Davis et Compton, cela signifie qu'Audra est en danger, déclara-t-il. De toute façon, j'ai du mal à croire qu'il ait orchestré tout ça sans qu'ils le sachent.

— C'est pourtant ce qu'ils soutiennent. Ils n'avaient pas connaissance des trafics de Ruffino, ils sont consternés, ils ne comprennent pas… Le baratin habituel, quoi, rétorqua Dance.

— Vous les croyez ?

— De toute façon, nous n'avons aucune preuve, répliqua Sanderlin. Celui qui en a réchappé, Alex Ballantine, assure que c'est bien Ruffino qui les a engagés comme gardes du corps. Il a parlé d'un type qu'il devait rencontrer, en qui il n'avait aucune confiance et qui pouvait se révéler dangereux pour lui.

— Pourquoi Derek Capshaw l'a-t-il abattu, dans ce cas ? s'enquit Beck.

— Toujours d'après Ballantine, il paraît qu'il a vu Ruffino s'apprêter à menacer Audra d'un couteau. C'est pour la protéger qu'il a tiré sur lui.

— Audra n'a pas fait mention d'un couteau dans sa déposition, pointa Hudson.

— Ballantine dit qu'elle ne l'a pas vu. C'est possible. Elle était en état de choc.

— Où est-il ce couteau ? demanda Sanderlin.

— On ne l'a pas retrouvé.

— On peut donc imaginer que Ballantine ment.

— De toute façon, ce n'est pas de notre ressort, trancha Sanderlin. La fusillade a eu lieu sur le comté de Montrose, c'est au shérif de mener l'enquête. Nous, notre boulot est de retrouver Dane Trask.

— Et ensuite ? Si nous lui mettons enfin la main dessus ? demanda Dance.

— Il aura sans doute des révélations à nous faire.

Hudson, lui, avait une nouvelle mission : protéger la femme qu'il aimait.

Fort de cette bonne résolution, il alla la retrouver dans son bureau, en fin de journée.

— Tout s'est bien passé ? s'enquit-il. Pas de problème avec les journalistes ?

— Non. Les journaux racontent que Ruffino a été tué sur le chantier de Montrose, suite à une altercation qui a mal tourné. Je suppose que la TDC a tout fait pour étouffer l'affaire.

Elle lui tendit le journal local qu'elle avait emporté avec elle et pointa du doigt un article qui figurait en première page.

— Jette un coup d'œil à ça.

Selon l'article, le district scolaire interrompait le projet de construction de la nouvelle école en raison d'un dépassement de budget trop important. La TDC acceptait de rembourser l'argent versé par le district et de démanteler la construction.

— Eh bien, ils n'ont pas traîné, commenta Hudson.

— La TDC a à cœur de redorer son blason et surtout

d'effacer toute trace de ce qui aurait été un nouveau scandale sanitaire.

— Oh ! et regarde un peu ce que j'ai reçu.

Elle lui montra le bouquet de fleurs somptueux qui trônait sur son bureau.

— Qui t'a envoyé ça ?

— La TDC ! Accompagné d'un mot d'excuse pour le comportement de Ruffino et l'assurance qu'ils n'ont rien à voir avec toute cette histoire. Ils m'offrent également leur aide en cas de besoin.

— En quoi pourraient-ils t'aider ?

— Je ne sais pas. Je crois surtout qu'ils veulent me dissuader de les traîner devant les tribunaux. Évidemment, ils ont retiré la plainte de Ruffino.

— Tu les penses sincères ?

— Oui. Je crois que c'est Ruffino qui a tout manigancé. D'ailleurs, c'est le seul qui a chargé mon père. Terrell, Davis et Compton ne se sont jamais prononcés là-dessus.

— Tu n'es pas trop triste de voir tes rêves de nouvelle école s'envoler pour de bon ? s'enquit Hudson en l'enlaçant amoureusement.

— Non. Finalement, je suis ravie de rester là. La remplaçante est parfaite. D'un commun accord, nous avons lancé notre petite campagne contre le harcèlement.

Derrière le sourire qu'elle lui adressa, il devina qu'une fois de plus, c'étaient l'optimisme et la confiance qui l'avaient emporté sur le découragement et la lassitude. Il était fier de la femme vibrante de vie qu'elle était.

— Tu es incroyable, lui dit-il, rayonnant de fierté.

— C'est grâce à mon père. C'est lui qui m'a appris qu'il fallait toujours se concentrer sur les choses importantes et se tourner vers l'avenir.

Elle avait parlé d'une voix teintée d'un mélange de tendresse et de mélancolie.

— Tu le reverras bientôt, Audra. Je t'en fais la promesse.
— J'en suis sûre.
Elle se serra un peu plus contre lui avant d'ajouter :
— Il y a autre chose dont je suis sûre.
— Quoi ?
— Tu es l'homme que j'attendais depuis toujours.

LISA CHILDS

Un garde du corps pour fiancé

Traduction française de
CHRISTINE BOYER

BLACK ROSE

HARLEQUIN

Titre original :
BODYGUARD BOYFRIEND

1

La soirée de gala était parfaite.

La salle, somptueusement décorée, offrait un cadre féerique à ses hôtes. Le niveau sonore des enceintes leur permettait de se parler et de s'entendre. La lumière diffusée par les lustres en cristal mettait en valeur l'élégance de leurs tenues. Tous les membres de la haute société étaient là et ouvraient sans rechigner leurs portefeuilles ou leurs chéquiers. Leur générosité réchauffait le cœur de Bella Holmes. Son travail acharné pour organiser cet événement n'avait pas été vain. Le montant des dons dépassait déjà ses espérances. Ses invités étaient tous magnifiques, de vraies stars de cinéma.

À l'exception d'un seul…

Elle l'avait repéré dès qu'il avait franchi les portes de l'immense salon du River City Grand Plaza. Comment avait-il réussi à entrer ? s'interrogeait-elle. Certes, il était bien plus musclé que les vigiles embauchés pour contrôler les cartons d'invitation et les billets. Mais les agents de sécurité n'auraient jamais dû laisser pénétrer un individu qui en était dépourvu. Et ce grand brun ne leur avait présenté ni l'un ni l'autre, elle en était certaine.

Elle ne l'avait pas invité et elle doutait qu'il ait eu les moyens de s'offrir un billet. À moins qu'il ne fasse partie de ces millionnaires excentriques qui adoptaient un style décontracté pour se donner un genre…

Elle frissonna.

Avec ses cheveux longs et sa barbe épaisse, il avait une allure peu recommandable. Non seulement il n'était pas vêtu d'un smoking, tenue exigée pour la soirée, mais il ne portait ni chemise blanche ni cravate. Vu sa tenue – jean délavé et bottes –, c'était un motard. Il n'avait pas de casque à la main mais peut-être l'avait-il laissé au vestiaire. À moins qu'il ne préfère rouler cheveux au vent.

D'autres personnes l'avaient remarqué, sans doute à cause de sa haute stature et de son apparence. Il devait mesurer près de deux mètres et son blouson de cuir détonnait au milieu de ce beau monde tiré à quatre épingles. Les gens commençaient à murmurer entre eux, à ricaner.

Le nouveau venu ne leur prêtait aucune attention. Il promenait les yeux dans la vaste salle comme s'il cherchait quelqu'un. Était-il venu pour cette raison ? Pour quelqu'un en particulier ?

Comme il pivotait vers elle, son regard croisa le sien. Au lieu de détourner la tête, il s'avança vers elle.

Bella se mit à trembler. Son père l'avait prévenue. Il allait bientôt présider le procès d'un dangereux narcotrafiquant qui avait menacé de s'attaquer à elle.

S'agissait-il de cet homme ?

Peut-être avait-elle eu tort de prendre avec tant de légèreté les appréhensions paternelles. Mais depuis qu'il travaillait pour la justice pénale, son père faisait en permanence l'objet d'intimidations. La plupart émanaient d'accusés au désespoir et n'effrayaient personne. Pourtant et pour la première fois depuis qu'il exerçait ces responsabilités, son père avait paru inquiet, au point qu'il avait insisté pour qu'elle ait un garde du corps.

Et si ce grand barbu était celui qui avait proféré ces

menaces, elle comprenait ses angoisses. Mais elle se souvint soudain que le criminel en question s'était vu refuser une libération conditionnelle. Il était donc toujours en prison. Voilà d'ailleurs pourquoi elle avait assuré à son père qu'elle n'avait pas besoin d'être protégée et refusé tout net d'en entendre parler.

Avait-il quand même chargé quelqu'un de veiller sur elle ?

En tout cas, le nouveau venu semblait bien focalisé sur elle. Alors qu'il se rapprochait, elle s'aperçut que ses prunelles étaient d'un brun très clair, doré, topaze. Plus alarmant, elle remarqua le renflement sous sa veste. Il portait une arme.

Indignée, elle tourna les talons, brisant leur contact visuel, et fendit la foule pour gagner l'autre extrémité de la salle. Grâce à des années de mondanités, elle n'eut aucun mal à repousser ceux qui tentaient de l'arrêter pour lui parler. Elle savait sourire en secouant la tête d'un air désolé et promettre d'un mot qu'elle revenait tout de suite.

Et elle en avait bien l'intention, une fois qu'elle aurait réglé le problème.

Elle devinait que le barbu la suivait. Les gens s'écartaient également pour lui.

Sans doute aurait-elle eu intérêt à se diriger dans l'autre sens, vers les vigiles postés devant les portes. Mais ils avaient laissé cet individu entrer sans invitation ni billet. De toute évidence, ils ne réussiraient pas davantage à l'empêcher de faire ce qu'il avait l'intention de lui faire. Que voulait-il, d'ailleurs ? La protéger ? Était-il son garde du corps ?

Elle n'allait plus tarder à l'apprendre. En effet, alors qu'elle approchait du fond de la pièce, une main puissante la saisit par le bras.

De nombreuses personnes avaient essayé de la retenir lorsqu'elle les avait croisées en traversant la salle. Mais d'instinct, elle sut que la main sur son bras était celle de l'inconnu. Comme lui, elle était grande et forte. Et les autres invités étaient trop bien élevés pour se permettre de la toucher.

Oui, elle eut tout de suite la certitude qu'il s'agissait de cet homme. Il l'arrêta si brusquement qu'elle trébucha sur ses stilettos.

Tyce la rattrapa au vol au moment où elle allait s'étaler de tout son long sur le parquet ciré. Alors qu'il l'enlaçait et la plaquait contre lui, il sentit une décharge comme si elle l'avait poignardé.

Elle le dévisagea fixement, les yeux écarquillés, comme si la même secousse l'avait traversée. Cela dit, elle se ressaisit rapidement. Plus vite que lui, en tout cas.

Pressant les paumes contre son torse musclé, elle tenta de s'écarter de lui. Mais son bras enroulé autour de sa taille lui interdisait de mettre beaucoup de distance entre eux.

Et troublé par la chaleur qui émanait de son corps de femme et par les tensions qui l'habitaient, il ne parvenait pas à la lâcher…

Les lèvres pincées, elle lui lança d'un ton désapprobateur :

— Que faites-vous ici ?

Manifestement, elle estimait qu'il n'avait pas sa place dans une réception aussi huppée.

Et elle n'avait pas tort. Tyce se sentait mal à l'aise. Tout le monde le regardait comme une bête curieuse. À leur décharge, il faisait un peu tache au milieu de ces gens sur leur trente et un.

Pourtant, il se fichait de ne pas être habillé comme les autres. D'ailleurs, ils avaient l'air encore plus coincés que lui. Leurs tenues de soirée ressemblaient à des camisoles de force. Avec ses talons aiguilles et sa longue robe à paillettes, elle avait failli tomber. Mais uniquement parce qu'elle avait essayé de le repousser.

— Je travaille pour la Payne Protection Agency, qui a été chargée de votre protection, répondit-il.

Elle secoua la tête.

— J'ai pourtant été claire. Je ne veux pas de garde du corps !

Tyce avait tenté, lui aussi, de refuser cette mission. Pourquoi avait-il été désigné pour protéger la princesse ? Pourquoi lui ? N'importe quel autre membre de l'équipe aurait été préférable. Il n'avait rien d'un prince.

Elle le repoussa avec force.

— Vous devez partir.

Il avait été prévenu qu'elle ne souhaitait pas de protection rapprochée. Et clairement, elle ne voulait pas de lui. Sans doute craignait-elle d'être vue en sa compagnie. Il avait connu bon nombre de femmes comme elle au lycée, à l'université et par la suite. Elles aimaient son côté mauvais garçon qui leur donnait l'impression de s'encanailler. Mais elles refusaient de s'afficher avec lui.

— Je ne pars pas sans vous, répliqua-t-il.

Elle plissa les yeux comme si elle n'était pas sûre d'avoir bien entendu. Elle avait la réputation d'être une écervelée, idiote au point d'avoir abandonné ses études pour passer sa vie à faire la fête.

Cela dit, avec la fortune dont elle avait hérité de sa mère et celle qui lui reviendrait à la mort de son père, dont elle était la fille unique, elle n'avait pas à s'inquiéter de l'avenir. Financièrement, elle était à l'abri du besoin. Alors sans doute aurait-elle eu tort de ne pas en profiter.

Néanmoins, le tristement célèbre baron de la drogue, Luther Mills, poursuivi pour le meurtre d'un informateur de la police, avait promis la mort à toutes les personnes impliquées de près ou de loin dans son procès à venir.

Luther Mills avait décidé de s'attaquer au juge en ciblant sa fille. L'avenir de la jeune femme n'était donc plus très sûr.

— Je n'ai pas besoin de garde du corps, dit-elle. Si je me sens en danger, j'appellerai la police.

Son père lui avait parlé des menaces de Luther mais apparemment elle ne l'avait pas écouté. Elle semblait également ignorer qu'une taupe sévissait au sein de la police de River City et renseignait Mills. À l'exception de Lynch, le chef de la police, il était impossible de se fier à quiconque dans le service. Il en était de même au bureau du procureur. Là encore, une taupe s'y trouvait.

— Je dois vous conduire à une réunion, répliqua-t-il en jetant un coup d'œil à l'horloge murale.

De nouveau, elle secoua la tête.

Il la tenait toujours, certain que s'il la lâchait, elle tenterait encore de s'éloigner de lui. Et il n'en était pas question.

— Il faut partir maintenant, ajouta-t-il d'un ton ferme. Sans tarder.

Elle se redressa comme pour le toiser. Elle était grande mais bien moins que lui. Avec ses deux mètres de haut, il dépassait d'une bonne tête la plupart des gens.

— Je ne vais nulle part avec vous, répliqua-t-elle.

— Je ne vous propose pas une virée en amoureux, dit-il. Je dois vous conduire à une réunion, répéta-t-il.

— Quelle réunion ? rétorqua-t-elle en haussant un sourcil sceptique. De toute façon, je n'ai aucune envie de me rendre à une réunion, quelle qu'elle soit.

— Peut-être. Ce n'est pas mon problème.

Si elle y tenait, elle aurait le loisir de parler de ses états d'âme avec son père et avec Parker Payne, le patron de Tyce. Pour sa part, il était seulement chargé de la conduire auprès d'eux.

— De plus, il m'est impossible de m'en aller en plein

milieu de cette réception, poursuivit-elle d'un ton condescendant.

— Rien ne vous interdit de vous éclipser discrètement, répliqua-t-il. Surtout quand votre vie est en jeu.

— Vous dramatisez !

Il secoua la tête.

— Malheureusement non…

Il connaissait trop bien Luther Mills pour le sous-estimer. Toutes les personnes impliquées dans le procès pour meurtre du narcotrafiquant étaient en danger. Tyce aurait préféré ne pas avoir à protéger cette Bella Holmes qui avait tout d'une fêtarde doublée d'une enfant gâtée. Elle n'avait sans doute aucune idée du monde réel. Et était à mille lieues d'imaginer qu'il était peuplé de sales types qui n'hésiteraient pas à lui faire du mal.

Qui *avaient l'intention* de lui faire du mal.

À cette pensée, il l'étreignit plus fort et l'entraîna vers la sortie.

Elle tenta de résister.

— Laissez-moi partir, dit-elle, les dents serrées.

Elle était furieuse, pourtant elle plaqua sur ses lèvres peintes un sourire artificiel destiné à rassurer l'assistance qui les regardait.

Comme il secouait la tête, elle chuchota d'un ton menaçant :

— Je vais crier, je vous préviens.

Et il se mit à rire.

— Si vous voulez faire un esclandre et vous ridiculiser, libre à vous. Pour ma part, je m'en moque. Si vous m'y obligez, je n'hésiterai pas à vous balancer sur mon épaule pour vous sortir d'ici.

— Je vous déconseille d'essayer, gronda-t-elle. Les agents de sécurité interviendraient aussitôt et préviendraient la police. Vous seriez jeté en prison avant d'avoir compris ce qui vous arrive.

Il la dévisagea avec attention, essayant de déterminer si elle bluffait ou non. Il ne pouvait pas prendre le risque qu'elle soit sérieuse. Si les vigiles l'arrêtaient et s'il devait s'expliquer avec la police, ils ne seraient pas seulement en retard pour la réunion. Ils risqueraient alors de révéler à l'informateur de Luther Mills qu'ils connaissaient son existence. Ils avaient décidé de se réunir au bureau de l'agence pour cette raison.

Par discrétion.

Il poussa un soupir.

— Appelez votre père, dit-il. Il est sans doute déjà à la Payne Protection Agency, où nous sommes censés nous rendre.

Il sortit son téléphone portable. Le numéro du juge était le dernier sur la liste des appelants.

Elle écarquilla les yeux.

— Papa vous a contacté directement ? Et vous a embauché ?

Qu'une femme adulte appelle son père « papa » le fit sourire. Manifestement, elle était encore plus enfant – pour ne pas dire « sale gosse » – qu'il ne l'avait craint. Sa conviction d'avoir hérité de la pire des clientes en fût renforcée.

Il composa le numéro et lui tendit l'appareil.

Elle le regarda un instant avant de presser le smartphone contre son oreille d'un air pincé.

Cette mission promettait d'être une véritable épreuve.

De l'autre côté de la salle de bal, une femme saisit son téléphone et appuya sur une touche préenregistrée.

Luther Mills répondit à la première sonnerie.

— Oui ?

Elle n'aurait pas dû s'en étonner. Après tout, le narcotrafiquant était en prison et n'avait rien d'autre à faire que répondre au téléphone. Cependant, il comptait recouvrer bientôt la liberté. Il mettait en place un plan pour faire rejeter les accusations qui pesaient contre lui. Et voilà pourquoi il lui avait demandé d'espionner Bella Holmes.

— Avez-vous envoyé quelqu'un au River City Grand Plaza pour la tuer ? demanda-t-elle, sidérée par tant d'audace.

Certes, Luther n'avait peur de rien. Son assurance frisait la témérité. Et avait malheureusement causé sa perte quand il avait tiré sur quelqu'un devant témoin.

Luther se mit à rire comme si l'idée l'amusait.

— Dans l'immédiat, je ne veux pas la tuer. Seulement la surveiller.

Avant de décider du sort de Bella Holmes, il attendait de voir s'il allait vraiment passer en jugement.

— Je vous paye pour cette tâche, lui rappela-t-il. Je compte sur vous pour l'avoir à l'œil.

— Et voilà pourquoi je vous appelle. Elle vient d'être approchée par un type qui ne fait certainement pas partie des invités.

— S'agit-il d'un flic ? demanda Luther.

— Sûrement pas.

— Alors qui ? Un petit ami ?

— Encore moins ! s'exclama-t-elle en riant.

Manifestement, Luther ne connaissait pas Bella Holmes. Elle était bien trop snob pour sortir avec un homme en jean.

— Alors vous feriez mieux de découvrir qui il est et ce qu'il lui veut, ordonna Luther. Et assurez-vous qu'il ne sera pas un empêcheur de tourner en rond lorsque nous donnerons suite aux menaces que nous avons adressées au juge.

Nous ?

Luther ne serait pas en mesure d'agir, pas depuis la prison. Ce devoir lui incomberait donc à elle. Et s'attaquer à Bella Holmes ne lui posait aucun problème. Au contraire, ce serait un plaisir. En réalité, le plus difficile serait d'attendre que Mills lui donne l'ordre de la tuer.

Bella Holmes méritait de mourir.

Maintenant.

2

Bella Holmes rendit son smartphone à Tyce, l'air agacé.

— Papa sait très bien que j'ai ce gala, ce soir, dit-elle. Je ne peux pas partir maintenant…

— Mais il le faut, répliqua Tyce. Le chef de la police et votre… « papa », ajouta-t-il d'un ton moqueur, nous attendent.

Elle le fusilla du regard.

— Alors, donnez-moi l'adresse. Je vous y rejoindrai plus tard.

— Désolé, princesse. Vous y allez avec moi.

Elle l'examina de la tête aux pieds comme elle l'avait déjà fait lorsqu'il était entré dans la salle de réception. Elle l'avait tout de suite remarqué. Tout comme il l'avait remarquée, elle.

Elle avait la beauté insolente d'une star de cinéma, et, au milieu d'un immense salon rempli de femmes habillées avec la même élégance, il n'avait vu qu'elle.

— Je ne vais pas grimper à l'arrière de votre moto dans cette tenue, dit-elle en montrant sa robe longue et ses talons aiguilles.

— Ma moto ? répliqua-t-il, les sourcils froncés.

Il en possédait une qu'il enfourchait régulièrement pour les besoins de ses missions mais elle ne pouvait pas le savoir.

De nouveau, elle promena les yeux sur lui.

Il se raidit. La façon dont elle l'observait finissait par l'affecter. Pourtant, elle n'avait pas l'air d'apprécier le spectacle.

Peut-être était-elle comme toutes les autres filles qu'il avait connues, à nourrir des fantasmes puérils sur les mauvais garçons. Il n'en était pas un, en réalité. Mais il avait passé tant de temps sous couverture que son personnage continuait à lui coller à la peau. Pourtant, voilà près d'un an qu'il avait quitté la police afin de travailler pour Parker.

— J'adorerais vous voir à l'arrière de ma moto, princesse, dit-il en riant. Mais sous un casque, votre beau chignon ne tiendrait pas le coup longtemps, ajouta-t-il en tendant la main vers sa chevelure blonde.

Elle recula comme si elle craignait qu'il ne la décoiffe. Ou peut-être ne voulait-elle simplement pas qu'il la touche.

— Cessez de m'appeler « princesse », protesta-t-elle.

— Mais vous êtes une princesse, rétorqua-t-il. Et ne vous inquiétez pour votre tenue ou votre coiffure. Je suis venu au volant d'un des SUV de l'entreprise.

— De l'entreprise ?

— La Payne Protection Agency, lui rappela-t-il.

Comme il l'avait entendu dire, elle semblait totalement idiote.

— Alors comme ça, vous êtes un garde du corps professionnel ? demanda-t-elle d'un air incrédule.

— Oui, répondit-il. *Votre* garde du corps attitré. Voilà pourquoi vous venez avec moi.

Il lui enlaça la taille pour l'entraîner vers la sortie mais de nouveau, elle planta les talons dans le parquet pour résister.

— On se retrouve dehors, d'accord ? proposa-t-elle. J'ai vraiment besoin de dire au revoir à des gens importants.

— Et vous ne voulez pas que ces gens importants vous voient partir avec moi…

Elle rougit, confirmant son intuition.

— Personne n'a besoin de savoir que j'ai un garde du corps.

— Personne ne *doit* le savoir, corrigea-t-il.

— Alors, que dois-je répondre si quelqu'un me demande qui vous êtes ?

— Vous lui direz de se mêler de ses affaires.

Elle écarquilla ses yeux verts.

— Je ne peux pas envoyer promener mes invités comme ça, répliqua-t-elle, choquée.

— Et pourquoi pas ?

— Ce serait grossier de ma part.

— Faire attendre votre père et le chef de la police l'est tout autant, riposta-t-il.

— Mais il m'est impossible de partir si tôt, protesta-t-elle. C'est *mon* gala.

Il soupira.

— Et alors ? Ce n'est ni le premier ni le dernier, répondit-il sachant qu'elle avait la réputation d'être la fêtarde de River City. Alors si, pour une fois, ce n'est pas vous qui éteignez les lumières, ce n'est pas très grave.

— Vous ne comprenez pas…

— C'est vous qui ne comprenez pas, l'interrompit-il. Et voilà pourquoi vous devez vous rendre à cette réunion.

Le chef Lynch et son père lui expliqueraient la gravité de la situation.

Tyce la mesurait pleinement, lui. Après avoir travaillé à la brigade des mœurs, qui était également chargée de la lutte antidrogue aux États-Unis, il avait passé des années sous couverture au sein de l'organisation de Luther Mills. Il connaissait donc la dangerosité du narcotrafiquant. Être derrière les barreaux le rendait plus menaçant encore parce que maintenant, il n'avait plus rien à perdre.

Malgré son blouson en cuir, un frisson le parcourut soudain, et il jeta un œil autour de lui. Toute l'assistance les regardait. Mais Tyce avait l'intuition que tout le monde n'était pas animé par la simple curiosité. Quelqu'un les observait avec animosité. Cette haine était palpable, effrayante.

Comme personne ici ne le connaissait, cette hostilité visait forcément Bella. Continuer à discuter avec elle devenait dangereux. Il devait la sortir de cette réception. Et vite.

— À vous de choisir, dit-il. Soit vous venez avec moi sans discuter. Soit je vous balance sur mon épaule pour vous porter dehors.

Il ne plaisantait pas.

Bella le comprit d'instinct et céda. Avec ses talons, il lui fut difficile de suivre son rythme, et elle dut s'accrocher à lui.

Comme ils quittaient la salle, une jeune femme courut vers eux. Bella reconnut Camille, son amie et assistante.

— Où vas-tu, Bella ? s'enquit-elle. Tu ne peux pas partir !

Le garde du corps voulut répondre mais Bella le fit taire d'un regard.

— Il m'emmène voir mon père, répondit-elle.

— Le juge ? Il va bien ? demanda Camille d'un ton inquiet.

— Oui, oui, assura Bella en hochant la tête.

Les yeux sombres de Camille glissèrent vers le grand barbu qui lui enlaçait la taille.

— Qui est-ce ? Un ami de ton père ? dit-elle d'un ton dubitatif.

Sans laisser à Bella la possibilité de répondre, l'homme la tira vers la porte.

— Nous devons partir, dit-il.

— Je t'expliquerai plus tard, lança Bella à son amie. Je te confie le gala. Je t'en prie, assure-toi que tout se passe bien.

Déléguer le bon déroulement de la soirée à son assistante lui fut difficile. Bien sûr, Camille était tout à fait capable de gérer mais Bella avait passé des mois à tout organiser, à planifier chaque détail et…

— Et Michael ? demanda Camille.

Michael ? Bella avait complètement oublié son « fiancé ». Cela dit, il ne l'était que pour les médias. Il n'y avait jamais rien eu de sérieux entre eux. Ils se connaissaient depuis l'enfance et se servaient de leur vieille amitié pour satisfaire à certaines obligations sociales.

Le laisser tomber ainsi n'en restait pas moins cavalier. Et elle détestait se montrer grossière.

— Je lui enverrai un texto pour m'excuser dès que j'en aurai la possibilité, mais si tu le croises, dis-lui que je suis désolée d'avoir dû partir en catastrophe, dit-elle, criant presque les mots à Camille tandis que son agent de protection l'entraînait vers la sortie.

Un SUV noir était garé devant les portes du hall. Un voiturier se tenait à côté mais il n'en avait pas les clés. Le garde du corps les sortit de son blouson. Il lui ouvrit sa portière avant de se glisser au volant. Il était si grand que l'habitacle parut soudain plus petit.

Le véhicule sentait comme lui, le cuir et… l'homme.

Bella frissonna.

— Avez-vous froid ? demanda-t-il en actionnant le chauffage.

— J'aurais bien aimé prendre ma veste, dit-elle.

— Nous n'avons pas le temps de la récupérer au vestiaire. Prenez mon blouson, si vous voulez.

Elle secoua la tête.

Il gloussa en s'éloignant de l'hôtel.

Pourquoi la trouvait-il si drôle ?

— Comment vous appelez-vous ? demanda-t-elle.

— Tyce, répondit-il.

Il roulait si vite que les pneus crissèrent sur l'asphalte.

— S'agit-il de votre nom de famille ou de votre prénom ?

— Mon nom est Jackson. Pourquoi cette question ? ajouta-t-il. En sommes-nous à nous appeler par nos prénoms, princesse ?

— Je m'appelle Bella, répondit-elle, les dents serrées. Pas princesse.

— Tyce est mon prénom, dit-il.

— Tyce Jackson, murmura-t-elle.

— Vous n'avez jamais entendu ce nom auparavant, dit-il devinant qu'elle tentait de le resituer. Votre chemin et le mien ne se sont jamais croisés, princesse. Et sans Luther Mills, nous ne nous serions jamais rencontrés.

— Mills est l'homme qui menace mon père…

— Ne vous en faites pas, dit-il, percevant sa peur. Votre père n'est pas en danger. C'est vous qui l'êtes. Luther vous cible dans l'espoir de faire pression sur le juge.

Elle le savait. Son père ne s'inquiétait pas pour lui. Mais pour elle. Comme toujours…

— Mais ce Mills est en prison en attendant son procès, dit-elle. Il ne peut faire de mal à personne de sa cellule. Ce n'est qu'un dealer de bas niveau…

— C'est le plus gros narcotrafiquant de River City, intervint Tyce. Et sans doute aussi de l'État.

— Vous semblez presque impressionné.

Il rit mais il n'y avait aucun amusement dans sa voix.

— Rien de ce que fait Luther Mills ne m'impressionne, lui assura-t-il. Il ne me surprend même plus.

Bella aurait aimé pouvoir en dire autant mais tout dans cette situation la surprenait, à commencer par Tyce Jackson.

Il lui jeta un bref coup d'œil.

— Luther Mills est capable de tout.

Elle frissonna, et il essaya à nouveau d'enlever son blouson.

— Vous avez froid. Prenez ça.

— Je n'ai pas froid, dit-elle. J'ai peur.

— Si vous craignez que l'entourage de Mills vous fasse du mal, ne vous inquiétez pas, dit Tyce. Je suis chargé de vous protéger.

Pourtant, Bella ne se sentait pas particulièrement en sécurité avec lui. Ce Tyce la déstabilisait profondément.

Elle détestait qu'il l'appelle « princesse ».

Il était si grand et semblait redoutable. Il ne lui serait sans doute pas difficile d'effrayer les sbires du narcotrafiquant.

Mais qu'en était-il d'elle ?

Qui la protégerait de Tyce Jackson ?

Bradford Holmes n'avait jamais regretté toutes ces années passées à présider des procès criminels – jusqu'à maintenant. Sa main tremblait si fort qu'il laissa tomber la photo sur la grande table de la salle de conférences de la Payne Protection Agency.

Le chef Lynch secoua la tête.

— Je suis désolé, Votre Honneur.

Le juge ne se sentait pas très honorable à cet instant, pas après avoir mis sa fille en danger. Certes, ce n'était pas sa faute si elle était menacée – mais celle de Luther Mills. Pourtant, il n'était pas fier de la façon dont il avait géré l'affaire. Malgré ses efforts, il n'avait visiblement pas réussi à faire comprendre à Bella la gravité de la situation. Quand elle l'avait appelé, un instant plus tôt, depuis le smartphone de Tyce Jackson, elle ne voyait pas du tout pourquoi il lui fallait quitter sur-le-champ le gala qu'elle avait passé des mois à organiser.

Avec ses cheveux blonds et ses yeux verts, sa douceur

et sa générosité, Isabella ressemblait tellement à sa défunte mère que le cœur de Bradford se serrait chaque fois qu'il posait le regard sur elle. Et être obligé de la contrarier le ravageait. La pauvre avait déjà tellement souffert lorsqu'elle avait perdu sa mère, il y a cinq ans.

Lui-même ne se remettait pas de la mort de sa femme. Mais Elizabeth avait été plus qu'une épouse. Elle avait été sa meilleure amie. Son âme sœur. Sans Bella, il n'aurait peut-être pas eu envie de continuer.

Et si, à présent, il perdait sa fille chérie…

Il n'était pas sûr de pouvoir vivre sans elle.

— Comment cette photo vous est-elle parvenue ? demanda le chef de police. Quelqu'un vous l'a apportée ? Chez vous ou au bureau ? Y avait-il une enveloppe ?

— Vous pensez qu'elle a été postée de la prison, le cachet de la poste faisant foi ? Non, bien sûr que non.

Luther Mills était trop intelligent pour commettre ce genre d'erreur. En tant que juge de son procès à venir, Bradford devait rester impartial. S'il en avait la certitude, il ne pouvait pas déclarer à voix haute que Mills était derrière cet acte malveillant. Il n'en avait aucune preuve.

Le chef de police non plus n'avait aucune preuve. Il n'avait que des soupçons. Il suspectait que Luther Mills était derrière les menaces visant toutes les personnes impliquées dans son prochain procès. Lynch se doutait également que quelqu'un au sein de son département renseignait Mills. Et également au sein du bureau du procureur.

Voilà peut-être comment Bradford avait reçu la photo. Quelqu'un l'avait sans doute posée sur son bureau.

Il n'arrivait plus à regarder le portrait.

Bella y était pourtant belle – comme toujours. Le cliché avait été pris via la fenêtre de son appartement, donc celui qui l'avait immortalisée savait où elle habitait. Ce détail était d'autant plus terrifiant qu'il avait tailladé le cliché : sur son visage, sa gorge et son corps…

Rien n'était écrit sur la photo. Mais Bradford avait reçu tout le message cinq sur cinq.

Sa fille était en danger.

3

Le niveau de décibels au gala était peut-être plus élevé qu'elle n'en avait conscience. En tout cas, les oreilles de Bella bourdonnaient si fort qu'elle ne parvenait pas à suivre la discussion. Elle voyait bouger les lèvres des personnes assises autour de la table mais elle n'en saisissait pas un traître mot.

En revanche, l'inquiétude peinte sur le visage de son père ne lui avait pas échappé. Dès qu'elle était entrée avec Tyce Jackson dans la pièce, il s'était précipité vers elle, le regard sombre.

Elle lui avait rendu ses baisers. Elle n'avait pas compris ses explications, ses excuses, mais elle avait deviné la profonde culpabilité dont il était la proie.

Elle avait tenté de l'apaiser.

— Ce n'est pas ta faute, papa, lui avait-elle chuchoté à l'oreille.

Luther Mills était le seul coupable. Tyce lui avait dit qu'il était peut-être le plus gros narcotrafiquant du Michigan. Avait-il pour autant tous les pouvoirs ? La capacité de s'attaquer à n'importe qui ?

La photo qui traînait sur la table l'avait glacée. Vu le nombre d'entailles sur son visage et sur son corps, elle avait eu du mal à se reconnaître.

Quelqu'un avait envoyé ce cliché à son père. Quelqu'un

menaçait de la tuer dans l'espoir de faire pression sur lui. Elle était réellement en danger.

Comme tous ceux présents dans la salle de conférences. Du coup, le ton montait autour de la table. Si elle ne distinguait pas les paroles, elle voyait les visages rouges de colère. Certains se levaient et quittaient la pièce en claquant la porte.

Heureusement, quand Lynch, le chef de police, revint après s'être absenté un moment, son acouphène cessa.

Il donna des ordres :

— Tout le monde bénéficiera d'un garde du corps jusqu'à la fin du procès, jusqu'à ce que Luther Mills soit condamné à perpétuité.

Son père secoua la tête et déclara :

— Déontologiquement, je n'ai pas le droit d'assister à cette discussion.

— Votre présence n'est pas nécessaire, répondit le chef de police. Votre fille est menacée. Pas vous.

Bella frissonna en jetant un coup d'œil sur la table. Mais la photo avait disparu. Lynch l'avait-il empochée ? Comme élément de preuve ?

— Elle ne voulait même pas quitter sa fête, grommela Tyce.

Il la faisait passer pour une idiote, et elle rougit. C'est vrai, elle n'avait pas mesuré à quel point le criminel que son père allait juger était dangereux.

— Nous n'allons pas cesser de vivre à cause de ces menaces ! s'emporta une rousse en se tournant vers le chef.

Bella ignorait qui elle était. Les bourdonnements dans ses oreilles l'avaient empêchée d'entendre les présentations, s'il y en avait eu. Peut-être tout le monde connaissait-il tout le monde. Elle était la seule à être totalement étrangère à ce procès, à cette affaire.

— Et comment justifier la présence de nos gardes du

corps ? poursuivit la rouquine. Et comment les autres policiers vont-ils prendre le fait que vous ne leur faites pas confiance pour nous protéger, moi, l'inspecteur Dubridge ou même Mme Gerber ?

Bella sentit un frisson lui parcourir l'échine. Le chef de la police se méfiait de ses propres hommes, Luther Mills ayant réussi à en corrompre quelques-uns. Elle jeta un coup d'œil en biais à Tyce Jackson. Si Luther Mills pouvait acheter un policier, lui serait-il si difficile de soudoyer un garde du corps ?

— Vous me faites passer pour votre petit ami, lui rappela le brun à côté de la rousse. L'idée est excellente. Peut-être devriez-vous tous prétendre la même chose.

Un collègue de la rouquine se mit à rire.

— Cela fonctionnera pour elle, dit-il. Tout le monde dans le service sait qu'elle avait le béguin pour Hart Fisher, même à l'époque où il était marié. Mais pour les autres, ce genre de scénarios sera plus difficile à défendre.

Bella hocha la tête. Personne ne croirait qu'elle sortait avec un homme comme Tyce Jackson, d'autant que la plupart des gens pensaient qu'elle était plus ou moins fiancée avec Michael. Ils s'affichaient ensemble depuis si longtemps. Sans doute ferait-elle mieux d'épouser quelqu'un comme lui, quelqu'un qui se souciait plus d'elle que de sa fortune. Les gars comme Tyce Jackson ne s'intéressaient qu'à son argent, du moins ceux qu'elle avait rencontrés au cours de ses études.

— Vous n'êtes pas mon genre non plus, assura Tyce comme s'il lisait dans ses pensées.

— Et il n'est pas question que quiconque imagine que je suis amoureuse du type que vous avez désigné pour me protéger, lança Bella.

Le chef de police poussa un gémissement de frustration :

— Vous êtes des professionnels. Trouvez une solution !

— Peut-être pourrions-nous nous présenter comme des spécialistes du monde de la nuit, proposa Tyce avec un regard désobligeant à Bella.

Elle le fusilla d'un œil noir avant de se lever. Elle voulait s'en aller. Elle en avait assez. Cette situation était ridicule.

Son père la saisit par le bras.

— Bella…

— Je n'ai pas besoin d'un garde du corps, dit-elle.

Elle n'avait surtout pas besoin de Tyce Jackson.

— Ce trafiquant de drogue essaye seulement de te faire peur, dit-elle.

— Il ne s'agit pas de menaces en l'air, répliqua son père. Tu as vu cette photo. Tu es en danger. Il te faut une protection rapprochée.

— Non, répliqua-t-elle en secouant la tête.

— Alors, es-tu prête à t'installer dans une maison sécurisée loin de River City ?

Essayait-il de l'éloigner ?

Cinq ans auparavant, elle avait renoncé à poursuivre ses études à l'université, parce qu'elle ne supportait pas l'idée d'être loin de lui, surtout après avoir perdu sa mère. Elle craignait qu'il ne lui arrive quelque chose. Elle avait son propre appartement mais elle le voyait chaque jour, chez lui ou à son bureau.

— Tu sais bien que c'est impossible, papa.

Depuis la mort de sa mère, elle poursuivait les activités de celle-ci au sein de plusieurs associations caritatives. Il n'était pas question pour elle de se soustraire à ses responsabilités.

— Alors tu auras un garde du corps, conclut son père. Tyce Jackson te protégera. Il est excellent dans son domaine.

Elle considéra Tyce d'un œil dubitatif. Certes, il était grand et musclé mais rien ne prouvait son efficacité. Il se tenait à l'écart avec Lynch pour une conversation privée et apparemment animée.

— Personne ne le prendra pour autre chose que mon garde du corps, dit-elle.

— Il le faut, insista son père. D'après le chef de police, il est important de ne pas alerter les taupes qui sévissent dans son service et au bureau du procureur. Sinon, elles seront plus difficiles à identifier et à arrêter. Comme l'auteur de ces menaces…

— Il ignore donc d'où elles émanent ? Je croyais que…

— Nous n'avons aucune preuve tangible. Seulement une intime conviction. Ceux qui informent Mills ne doivent pas se douter que nous connaissons leur existence. Tu dois faire croire que Tyce est ton petit ami.

— Mais j'ai déjà un petit ami.

Son père secoua la tête.

— Michael et toi n'êtes pas vraiment fiancés, et tu sais pourquoi.

Certes, si Michael était un peu plus âgé qu'elle, il manquait pourtant de maturité. Son père avait raison sur ce point. Mais il jouissait d'une fortune personnelle et n'était donc pas intéressé par la sienne. En tout cas, tous deux se connaissaient depuis si longtemps que Bella lui devait une explication avant de s'afficher avec un autre. De nouveau, elle glissa un œil vers Tyce Jackson.

Elle n'avait aucune envie de se montrer au bras de ce type.

— Le chef s'entretient avec Jackson, poursuivit le juge. Pour l'informer de son nouveau rôle.

— De son nouveau rôle ? En tant que garde du corps ? Ou de petit ami ? De quoi parles-tu ?

Il secoua la tête, et Bella remarqua la pâleur de son visage. Il était épuisé. Elle cessa donc de le harceler et lui dit :

— Rentre à la maison, papa. Repose-toi.

— Tu acceptes d'avoir un garde du corps, n'est-ce pas ?

Je n'arriverai pas à me détendre tant que je ne te saurais pas en sécurité.

Elle acquiesça avec un soupir. Elle cédait. Mais avant tout, il lui fallait régler deux ou trois petites choses dont elle ne pouvait s'occuper en présence de Tyce Jackson. Elle devait lui fausser compagnie, quitter seule et discrètement la Payne Protection Agency…

— Merci, ma fille, dit son père en l'embrassant sur le front.

Comme il s'éloignait, elle le retint par le bras :

— Es-tu venu ici avec un chauffeur, papa ?

— Non. J'ai conduit moi-même.

— Tu dois être protégé, toi aussi, dit-elle. Demande à l'un de ces gardes du corps de te ramener à la maison.

— Bella, ce n'est pas nécessaire. Une voiture de patrouille m'escorte déjà à chaque fois que je me rends quelque part.

— S'il y a vraiment une taupe au sein de la police de River City, la situation n'a rien de sécurisant. Tu as besoin d'une protection rapprochée, toi aussi, implora-t-elle. Il est tard. Et tu es fatigué. S'il te plaît…

— Très bien, dit-il. Je vais prier Parker Payne de m'assigner un de ses gars. Il me reconduira et restera avec moi.

Elle l'embrassa avec chaleur. Lorsqu'elle s'écarta de lui, elle referma ses doigts sur les clés qu'elle avait sorties de la poche de son manteau. Elle allait bientôt mesurer les qualités professionnelles de ce Tyce Jackson.

Alors que son père se dirigeait vers la porte, le chef interrompit sa conversation avec Tyce pour aller lui parler.

Et Tyce se tourna vers elle.

— Votre père vous a mise au parfum ? demanda-t-il.

Se forçant à sourire, elle hocha la tête.

— Où sont les lavabos ? s'enquit-elle. J'ai besoin de me repoudrer le nez.

Avec un petit rire, il lui désigna un couloir.

— Dernière porte à gauche. Ne traînez pas trop, princesse. Nous n'allons pas tarder à partir.

Elle avait l'intention de s'en aller maintenant mais sans lui. Bien sûr, après avoir vu cette photo, elle était consciente du danger. Elle se montrerait très prudente. D'après ce qu'elle avait entendu lors de la réunion, la priorité de Luther Mills était l'élimination du témoin, Rosie Mendez.

Bella serait donc en sécurité pendant un petit moment, et si Tyce était bon, il la retrouverait facilement. Elle espérait avoir le temps de gérer une affaire qu'elle avait besoin de régler en privé.

— Où va-t-elle ? demanda le chef Lynch en regardant la fille du juge s'éloigner sans son garde du corps. Pourquoi n'êtes-vous pas avec elle, Jackson ?

— Je ne vais pas tenir son sac à main pendant qu'elle va aux toilettes, répliqua-t-il.

Manifestement, Tyce Jackson n'était pas fan de Bella Holmes, comprit le chef de la police. Cela dit, personne ne lui demandait de l'apprécier. Mais seulement de la protéger.

— Que viens-je de vous dire ?

— Que je dois être son garde du corps et la traiter avec respect, répondit-il avec un soupir résigné. Avez-vous prié Spencer de faire de même avec Keeli ?

Au cours de la réunion, Spencer Dubridge avait dénigré Keeli Abbott, en la surnommant « Bodyguard Barbie ». Cela ne valait pas mieux que traiter Bella de « princesse ».

— Je vais lui parler, à lui aussi, répondit le chef avec lassitude. Pourquoi font-ils tous tant d'histoires pour bénéficier d'une protection rapprochée ? Ils savent pourtant à quel point Mills est dangereux.

Tyce fronça les sourcils alors qu'il fixait le couloir.

— Tout le monde sauf la princesse. Elle n'en a aucune

idée. Elle ignore tout de Luther Mills. Elle n'imagine pas à quel point ce type est un danger mortel, même en prison.

— Elle a vu la photo, lui rappela Lynch.

Il regrettait d'avoir laissé traîner sur la table, sous ses yeux, ce cliché effrayant.

Le chef de police avait des filles, lui aussi, des filles qu'il aimait plus que tout. Le juge Holmes devait être bouleversé de savoir son enfant en danger à cause de son métier. Avant le départ du juge, Woodrow Lynch lui avait promis que la Payne Protection Agency assurerait la sécurité de Bella.

— Elle a vu la photo, oui, dit Tyce. Mais je ne suis pas sûr qu'elle l'ait prise au sérieux. Ni qu'elle prenne quoi que ce soit au sérieux, d'ailleurs.

Les gardes du corps devaient souvent porter des jugements rapides sur les gens et les situations pour évaluer une menace. Mais Bella Holmes n'était pas une menace pour lui. Alors pourquoi la jugeait-il si sévèrement ?

Avant que le chef puisse l'interroger davantage, Tyce murmura :

— Je ferais mieux de la surveiller…

Il se dirigea vers le couloir où elle avait disparu.

Woodrow Lynch acquiesça. Tyce n'était manifestement pas content d'être obligé de se faire passer pour le petit ami de Bella Holmes. Pour être crédible, il lui faudrait peut-être juste tenir la minuscule pochette à paillettes de la jeune femme.

Il sourit à cette image. Il s'était interrogé sur les attributions de gardes du corps opérées par Parker. Mais grâce à son épouse, qui était la mère de Parker Payne, Woodrow Lynch avait appris à se fier au sixième sens de la famille Payne. Et personne ne connaissait mieux les personnes impliquées que Parker Payne.

Puisque ce dernier faisait confiance à Tyce pour protéger la fille du juge, Woodrow Lynch se voulait, lui aussi, confiant.

Un frisson glacé parcourut l'échine de Tyce alors qu'il s'engageait dans le couloir. Ou peut-être était-ce l'expression du chef qui l'ennuyait. Tyce l'avait énervé avec ses commentaires sur la princesse. Mais il n'avait pas pu s'en empêcher. Elle était tellement snob qu'il n'avait pas résisté à l'envie de la taquiner un peu. Ou peut-être beaucoup…

Il jeta un coup d'œil par-dessus son épaule. Le chef ne le regardait pas. Ce frisson n'avait donc rien à voir avec lui. Et tout à voir avec Bella Holmes.

Avait-elle menti en prétendant devoir se repoudrer le nez ? Ou peut-être que le mot « poudre » avait pour elle la signification qu'il avait quand Tyce travaillait sous couverture. Peut-être Bella n'était-elle pas la parfaite petite princesse dont elle donnait l'apparence.

Quand il poussa la porte des toilettes, l'endroit était désert. Il n'y avait personne. Pas même une goutte d'eau dans le lavabo.

Où diable était-elle passée ?

Il promena les yeux autour de lui et remarqua l'issue de secours au fond du couloir. Elle s'ouvrait sur une ruelle à l'arrière du bâtiment. Il gémit.

Elle avait filé.

Bon sang !

Il sortit en vitesse dans la nuit. Il devait la retrouver avant que quiconque comprenne qu'il l'avait perdue. Et surtout, avant que l'un des gars de la bande de Luther Mills la trouve.

Il avait eu ce pressentiment dans la salle de bal, et la

photo d'elle prise dans son appartement avait confirmé cette intuition. Quelqu'un la surveillait.

Et ce quelqu'un attendait peut-être qu'elle soit seule pour attaquer…

4

— Camille t'a-t-elle expliqué pourquoi j'avais dû quitter le gala en catastrophe ? demanda Bella à Michael qui arpentait le parquet bien ciré de son salon.

Elle avait pensé lui envoyer un texto mais elle n'en avait pas eu le temps. Ensuite, elle avait oublié parce que Tyce Jackson l'avait distraite.

Michael secoua la tête.

— Je n'ai pas croisé Camille de la soirée. Mais je t'ai vue partir avec ce type. Je ne savais pas que tu étais mêlée à tout ça, toi aussi…

— De quoi parles-tu ? demanda-t-elle en rougissant.

Pour qui prenait-il Tyce ?

— Tu ne bois que du vin de temps en temps, poursuivit-il. Et en général, tu te contentes d'un verre.

— Oui, répondit-elle sans comprendre où il voulait en venir.

En effet, elle s'autorisait un verre de vin à l'occasion. Au-delà, elle n'arrivait plus à réfléchir, et ce soir, plus que n'importe quel autre soir, elle avait vraiment éprouvé la nécessité d'être en possession de toutes ses facultés. Si elle avait pu l'éviter, elle aurait préféré ne pas se retrouver au cœur d'une scène comme celle que Tyce avait provoquée dans la salle de réception du Grand Plaza.

— Pourtant, une seule raison pouvait expliquer la présence de Jax ce soir.

Michael s'arrêta de faire les cent pas pour la regarder avec attention. Depuis qu'elle avait retiré ses stilettos, ils avaient la même taille. Il détestait la voir sur ses « échasses » comme il les surnommait. Mais sa robe longue exigeait des talons aiguilles. Et tant pis si, ainsi perchée, elle avait failli tomber dans sa hâte de fausser compagnie à Tyce Jackson.

Maintenant, son garde du corps devait avoir compris qu'elle n'était pas occupée à se repoudrer le nez dans les toilettes de la Payne Protection Agency comme elle l'avait prétendu. Sans doute était-il furieux, songea-t-elle avec un petit sourire.

Elle s'obligea à se concentrer sur Michael. De quoi parlait-il ?

— Jax ? répéta-t-elle avec perplexité.

— Le dealer, répondit-il comme s'il s'attendait à ce qu'elle le sache. Je me fournis chez lui, moi aussi. Cela dit, ça fait un moment qu'il avait disparu de la circulation. Je pensais qu'il avait été arrêté et envoyé en prison. Ou peut-être tué…

Il haussa les épaules comme si cette éventualité n'avait aucune importance, comme si une vie ne valait rien pour lui.

Bella se demandait souvent ce qui avait de l'importance pour Michael. Comme elle, il était né avec une cuillère en argent dans la bouche. Il vivait de la fortune familiale sans avoir à travailler.

Sans doute Tyce avait-il eu raison de l'appeler « princesse ». Mais elle n'était pas une fille à papa gâtée qui ne faisait rien de ses dix doigts ou qui se moquait du sort des autres. Elle s'efforçait d'être utile à la société, comme sa mère l'avait été. Cette dernière avait consacré sa vie à faire le bien, à collecter des fonds pour soutenir de nobles causes.

Malheureusement, ses combats n'avaient rien pu faire pour la sauver de l'anévrisme cérébral qui l'avait emportée.

Avec un soupir, Bella repoussa ces tristes pensées pour se concentrer sur Michael, un homme qu'elle croyait connaître. Tous deux avaient pratiquement grandi ensemble. Son père était un avocat de renom qui avait fréquenté la faculté de droit avec le sien. Leurs mères avaient été proches comme des sœurs, et au fil des ans, tous quatre avaient noué une solide amitié. Pourtant, son père n'avait jamais été fan de son filleul.

— Tu te fournissais auprès de lui ? demanda-t-elle pour tenter de comprendre. Que lui achetais-tu ?

— Un peu de X, un peu d'Oxy, dit-il. Tu aurais dû me dire que tu en prenais. Nous aurions fait nos emplettes ensemble, Bella.

Il passa un bras autour de sa taille et l'attira à lui.

Elle se tendit comme elle l'avait fait quand Tyce Jackson l'avait serrée contre lui. Michael lui parut soudain aussi inconnu pour elle que Tyce. Peut-être davantage. Avait-elle un jour vraiment su qui était Michael Leach ? Avec ses cheveux blonds soigneusement peignés et ses costumes bien coupés, il lui avait toujours semblé innocent. Mais l'était-il, en réalité ?

— Combien lui dois-tu ? poursuivit-il.

Il la dévisageait comme s'il ne l'avait jamais vue, comme si, lui aussi, la découvrait. Mais pour une raison qui échappait à Bella, il semblait heureux de percevoir chez elle cette nouvelle facette de sa personnalité.

— Tu as certainement une dette importante pour qu'il t'ait sortie du gala comme il l'a fait. Il m'est arrivé à moi aussi de lui devoir de l'argent, ajouta Michael avec regret. Cela dit, Jax ne te laissera pas tomber, ne t'inquiète pas. Bien sûr, il a des comptes à rendre à Luther Mills qui le fournit et qui ne travaille pas gratuitement, tu l'imagines bien. Voilà d'ailleurs pourquoi je pensais que Jax avait été tué quand sa ligne a été coupée. Mills ne fait jamais de cadeaux…

Bella ne comprenait pas un traître mot de ce que lui racontait Michael, mais elle se rendait compte qu'elle n'avait jamais su qui il était vraiment.

— Jax ?

Parlait-il de Tyce ? Certainement puisqu'elle avait quitté l'hôtel avec lui.

— Oui, il travaille pour Luther Mills. Comme tout le monde ou presque.

Cela n'avait aucun sens. Tyce Jackson était garde du corps, pas trafiquant de drogue. Mais Michael semblait si sûr de lui…

Il fallait qu'elle en parle à son père. Ou au chef de la police. Ou au chef de la Payne Protection Agency. Elle devait leur dire ce qu'elle venait d'apprendre, les prévenir.

Mais d'abord, il lui fallait se débarrasser de Michael.

— Je suis désolée, dit-elle. Je ne comprends rien à ce que tu me racontes. Je ne connais aucun Jax.

— J'aurais pourtant juré que c'était lui, répondit Michael, les sourcils froncés.

Elle secoua la tête.

— Je ne serais jamais en affaires avec un dealer. Et je ne me doutais pas que toi, oui…

— Bella…

— Bref, je t'ai demandé de me retrouver ici parce que je crois qu'il est temps de mettre un terme à nos soi-disant relations amoureuses. D'ailleurs, ni toi ni moi n'avons jamais voulu en faire une réalité.

Et maintenant, elle savait pourquoi. Elle ignorait tout de Michael, en réalité. Et lui non plus ne la connaissait pas.

— Bella, si ta décision est liée à ces drogues, sache

qu'elles sont purement récréatives pour moi, assura-t-il. Je ne suis pas toxicomane.

— Je l'espère bien, dit-elle. Je ne voudrais pas qu'il t'arrive quoi que ce soit.

C'était l'une des raisons pour lesquelles elle avait décidé de rompre avec lui ce soir. Pas seulement pour permettre à son garde du corps de se faire passer pour son petit ami mais aussi pour que son ami d'enfance ne devienne pas une cible.

— Alors tu tiens à moi, dit Michael. Moi aussi, je me soucie de toi. Nous sommes faits l'un pour l'autre.

— Je ne t'aime pas, dit-elle. Et tu ne m'aimes pas.

— Bella…

Elle le repoussa comme elle avait repoussé Tyce Jackson.

Elle ne comprenait pas pourquoi il ne voulait pas mettre fin à leurs relations. Il n'avait jamais été amoureux d'elle. Mais peut-être ne souhaitait-il pas décevoir ses parents. S'ils étaient au courant qu'il se droguait, ils devaient être accablés…

— Va-t'en, s'il te plaît, dit-elle avec un soupir.

Il jura. Mais quitta finalement l'appartement.

Bella frissonna en mesurant à quel point elle était seule. Elle jeta un coup d'œil aux baies vitrées. La nuit était tombée, elle ne voyait rien au-dehors. Mais quelqu'un l'avait vue, épiée, photographiée. D'habitude, elle laissait les stores ouverts dans le salon. Elle aimait que la lumière du jour éclaire la pièce assombrie par le parquet et les boiseries. D'autant que les murs étaient peints en gris foncé. Pour égayer l'espace, elle avait recouvert son canapé de blanc.

Peut-être devrait-elle ajouter d'autres lampes, parce que désormais, elle fermerait les stores. Elle traversait la pièce pour le faire sans tarder lorsqu'un violent coup de poing secoua la porte dans le chambranle. Michael était parti quelques instants plus tôt. Sans doute revenait-il dans l'espoir de la convaincre de rester avec lui, de poursuivre cette comédie.

Les parents de Michael ne seraient pas contents de leur « rupture ». Son propre père, en revanche, en serait soulagé.

— Je ne changerai pas d'avis, lança-t-elle avant même d'avoir posé la main sur la poignée.

Michael était habitué à obtenir ce qu'il voulait. Et pour une raison quelconque – peut-être parce qu'il pensait qu'elle se droguait, elle aussi –, il s'imaginait tenir à elle maintenant.

Quand elle ouvrit le battant, elle ne découvrit pas Michael venu plaider sa cause.

Mais Tyce, ses étranges yeux topaze étincelants de fureur.

Elle essaya de lui claquer la porte au nez mais elle buta sur sa botte. Comme il pénétrait de force dans son appartement, elle espéra qu'il ne travaillait pas pour Luther Mills parce qu'il avait l'air hors de lui.

Peut-être allait-il la tuer…

Tyce laissa tomber son sac de sport à l'intérieur, ferma la porte d'un coup de pied et lança :

— Vous êtes folle ou quoi ? Vous savez que vous avez besoin de protection. Alors pourquoi êtes-vous partie toute seule de l'agence ?

Il ne lui avait pas été facile de passer la sécurité de la résidence de grand standing où vivait Bella. Le vigile posté dans le hall s'était montré intraitable, et Tyce avait dû appeler le juge pour qu'il se porte garant de lui. Il n'avait pas demandé à la réception de contacter Bella, certain qu'elle ne l'aurait pas aidé à entrer.

Après avoir emprunté l'élégante cabine d'ascenseur jusqu'à son étage, il avait entendu les éclats de voix dans l'appartement. Au lieu de sonner tout de suite, il s'était dissimulé dans un coin et avait attendu… Il avait vu un blond s'en aller.

Le visage du jeune homme lui disait vaguement quelque chose mais peut-être l'avait-il croisé plus tôt au gala. Il avait toujours été physionomiste. S'agissait-il du fameux Michael dont elle avait parlé à son assistante, celui auprès de qui elle devait s'excuser d'être partie sans un au revoir ?

Au lieu de répondre, Bella le dévisagea intensément. Elle était ravissante, mais voilà longtemps que la beauté n'impressionnait plus Tyce. Il avait appris – douloureusement – à quel point elle pouvait être superficielle. Plus âgé et plus sage maintenant, il aimait les femmes qui ressemblaient à son ancienne collègue de la brigade des mœurs : Keeli Abbott, reconvertie elle aussi en garde du corps. Des femmes fortes, intelligentes, indépendantes…

Cela dit, voilà un moment qu'il ne sortait avec personne. Travailler sous couverture l'avait empêché de nouer des relations amoureuses. Et il avait presque oublié les sensations qu'elles faisaient naître en lui à une époque…

Voilà peut-être pourquoi il réagissait si fort au visage et à la silhouette de Bella, et même à sa façon hautaine de le considérer.

Il préférait cette expression à celle qu'elle avait eue quand elle avait ouvert la porte.

Mais fou de colère, il poursuivit :

— N'avez-vous donc pas écouté un mot lors de cette réunion ?

Elle rougit, et il comprit qu'elle n'avait rien retenu de la discussion avec son père et le chef de police. Sans doute pensait-elle à une fête quelconque ou au blond.

Avec un soupir, il ramassa son sac de voyage.

Elle fronça les sourcils.

— Qu'y a-t-il dans ce sac ? demanda-t-elle.

— Je reste chez vous cette nuit et les suivantes… Jusqu'à la fin du procès.

Il jeta un coup d'œil au canapé. Il était blanc, trop chic, mais au moins il était grand.

— Pourquoi voulez-vous rester ici ? demanda-t-elle.

— Je ne *veux* pas, corrigea-t-il. Je *dois* le faire parce que mon patron me l'a ordonné.

— Quel patron ? répliqua-t-elle.

Elle n'avait vraiment pas compris un traître mot de ce qui s'était dit lors de cette réunion.

— Parker Payne, répondit-il.

Elle secoua la tête.

— Je ne parlais pas de ce patron-là.

Parlait-elle du chef Lynch ? Tyce n'avait jamais travaillé sous les ordres de Woodrow Lynch jusqu'alors. Il avait déjà quitté la police de River City lorsque l'ancien chef du bureau du FBI avait accepté ce poste.

— Parker est mon seul patron, lui assura-t-il. Je ne travaille pour personne d'autre.

— Vous en aviez l'habitude à une époque, en tout cas, dit-elle.

D'une manière ou d'une autre, il ne pensait pas qu'elle parlait de la police de River City. Qu'est-ce qui n'allait pas chez elle ? Il n'avait pas remarqué qu'elle était ivre quand il s'était présenté à la salle de réception du Grand Plaza. Mais peut-être avait-elle bu plusieurs verres avant son arrivée.

— Je ne comprends pas de quoi vous parlez, dit-il.

— On m'a dit que vous travailliez pour Luther Mills.

Il souffla comme si elle lui avait donné un coup de poing dans le ventre.

— Quoi ?

— Vous pensiez que je ne découvrirais pas un jour ou l'autre que vous vendiez de la drogue ?

Il comprit soudain pourquoi il avait reconnu le blond qu'il avait vu quitter son appartement. Il gémit.

Il secoua la tête.

— J'aurais dû me douter qu'une fêtarde comme vous l'apprendrait.

— Vous reconnaissez donc avoir vendu de la drogue pour le compte de Luther Mills, dit-elle. C'est lui qui vous a envoyé ici ? C'est vous qui avez pris cette photo que mon père a reçue ?

— Princesse, je ne perdrais pas mon temps à prendre des photos.

Comme il s'approchait d'elle, elle bondit en arrière.

— Que faites-vous ? balbutia-t-elle, les yeux écarquillés de terreur.

Il ne voulait pas lui faire peur et il recula.

— Je suis votre garde du corps, dit-il. C'est mon travail de vous protéger.

— M… Mais qu'en est-il des… des…

— Des trafics de drogue ? J'étais sous couverture. Avant de devenir garde du corps, j'étais flic. Je ne travaillais pas pour Luther Mills. J'essayais de le faire tomber.

— Pourquoi ne pas témoigner contre lui s'il était votre patron ? demanda-t-elle.

Tyce secoua la tête.

— Il est trop intelligent. Il dirigeait son organisation avec l'aide de beaucoup d'intermédiaires. Ce sont eux pour qui je « travaillais », et j'en ai fait arrêter quelques-uns. Ils n'ont jamais voulu trahir Mills. Votre père les a condamnés. Ils sont en prison.

— Voilà comment vous connaissez mon père.

Tyce acquiesça. Il avait toujours apprécié le juge. Le vieil homme était un dur à cuire en matière de trafics de drogue et surtout de meurtres. Voilà sans doute pourquoi

Luther avait menacé sa fille. Bella était la seule faille du juge Holmes, son maillon faible.

Tyce devait s'assurer que Bella soit bien protégée. Il était son garde du corps.

Uniquement son garde du corps…

Luther ne parvenait pas à dormir, et ce n'était pas uniquement parce que le matelas de la prison était trop mince et inconfortable. Il était la proie d'un mauvais pressentiment.

Tout d'abord, Clint Quarters avait surgi au moment où il était sur le point de se débarrasser du témoin. Et par la suite, Wendy Thompson, l'experte scientifique, avait disparu dans la nature. Et maintenant, l'espionne qu'il avait chargée de surveiller la fille du juge avait signalé un fait étrange. Un inconnu avait débarqué lors de son dernier gala… Un gars qui n'avait pas l'air d'être à sa place dans une réception huppée. Et qui ne ressemblait pas non plus à un flic.

Cela dit, les policiers ne ressemblaient pas toujours à des policiers. Ils n'étaient pas non plus tous intègres. Tant mieux pour Luther qui avait ainsi pu en soudoyer un certain nombre.

Malheureusement, là encore, il n'avait pas été en mesure d'acheter ou de menacer beaucoup d'autres. La plupart travaillaient, ou avaient travaillé, à la brigade des mœurs de River City, comme Clint Quarters. Lorsque Luther avait fait assassiner son indic, Quarters avait démissionné. Ce n'était pourtant pas lui qui l'avait arrêté pour le meurtre de Javier Mendez. Mais l'inspecteur Spencer Dubridge. Et Luther avait bien l'intention de s'occuper de lui.

Il leur ferait payer à tous le fait de l'avoir fait tomber, se promit-il.

Tout d'abord, il devait faire annuler les charges qui

pesaient contre lui. Pour y parvenir, il commencerait par éliminer le témoin, puis par détruire les preuves qui le désignaient comme coupable…

Et si cela ne fonctionnait pas, son espionne l'aiderait à tuer la fille du juge. Mais qui d'autre avait menacé cette dernière à ce gala ?

S'agissait-il d'un policier qui ne ressemblait pas à un policier ? Ou de quelqu'un qui avait été policier ?

Luther ne s'en souciait pas vraiment, au fond. Mais une chose était sûre.

Si ce gars se mettait au travers de son chemin, il allait mourir.

5

Bella sentait la colère monter en elle. Dire qu'elle allait devoir cohabiter avec un garde du corps…

Il dormait si profondément qu'il avait l'air mort. Passer la nuit sur le canapé trop petit l'avait peut-être tué. Ses jambes pendaient dans le vide. Bella avait une chambre d'amis équipée d'un grand lit, mais la veille au soir, furieuse de son irruption chez elle, elle ne lui avait pas proposé de s'y installer. Elle se le reprochait, maintenant.

Pour en avoir le cœur net, elle s'approcha de lui sans bruit. Elle voulait vérifier que sa poitrine se soulevait et s'abaissait à chaque respiration. Il avait enlevé son blouson. Et sa chemise…

Une toison sombre recouvrait son torse musclé. Le souffle court, elle se souvint qu'elle ne lui avait même pas offert un plaid. N'avait-il pas froid ? Il faisait frais dans l'appartement, et voilà d'ailleurs pourquoi elle avait enfilé une robe de chambre. Mais à le voir ainsi torse nu et assoupi, elle fut envahie d'une brusque chaleur.

Comment pouvait-il dormir aussi profondément ? Avait-il pris quelque chose ? De l'alcool ? Une des drogues qu'il vendait ?

Elle ne s'était pas sentie très en sécurité pendant la nuit et avait eu du mal à trouver le sommeil malgré la porte de sa chambre verrouillée à double tour. Elle n'avait pas peur de Luther Mills.

Mais de Tyce Jackson.

Il était si grand, si menaçant. Bien sûr, il était censé la protéger mais…

Un frisson lui parcourut l'échine. Il n'avait toujours pas bougé.

— Comment un homme qui dort comme une souche espère-t-il me défendre ? murmura-t-elle en tournant les talons pour se diriger vers la cuisine.

Une main la saisit soudain, la tira en arrière, et elle poussa un petit cri en tentant de recouvrer son équilibre. À demi couchée sur Tyce, elle sentit son cœur battre fort sous elle. Comme elle se tortillait contre lui pour essayer de se relever, elle sentit sa réaction à sa proximité.

Elle se félicita d'avoir fermé la porte de sa chambre à clé. Mais maintenant, elle se demandait si elle s'était enfermée pour le maintenir à l'extérieur ou pour rester, elle, à l'intérieur.

Pourtant, avec sa barbe et ses cheveux longs, il n'avait rien pour lui plaire. Elle distinguait à peine son visage. Elle ne voyait que ses yeux.

Tyce Jackson n'était pas du tout son genre. Il était trop grand, trop costaud. Trop grossier.

Trop excitant.

Tyce hésita à montrer à Bella Holmes à quel point il était éveillé et à quel point il la désirait. Mais il devina qu'elle l'avait déjà compris quand elle se mit à gigoter contre lui. Comme tout homme normalement constitué, il n'était pas insensible au contact de son corps de femme. Elle était si douce, si chaude…

Elle lui parut surtout très belle, encore plus que la

veille. Son rouge à lèvres avait disparu mais au naturel, ses lèvres finement ourlées étaient d'un rose charmant. Ses pommettes n'avaient pas besoin d'être poudrées pour mettre son teint de pêche en valeur. Quant à ses yeux émeraude, ils étaient de véritables joyaux. Ses cheveux tombaient sur ses épaules comme un voile de soie doré. Ils étaient plus longs qu'il ne l'avait pensé et caressaient sa peau avec une infinie douceur.

— Je… Je croyais que vous dormiez, balbutia-t-elle.

Il secoua la tête. Il n'avait pas fermé l'œil de la nuit, et pas uniquement parce que Bella était si proche et si belle. En réalité, le souvenir de cette photo tailladée l'avait empêché de se détendre. Elle avait été prise par la fenêtre de son appartement. Quelqu'un espionnait Bella pour le compte de Luther.

— Vous aviez les yeux fermés…

Quand il avait entendu la porte de sa chambre s'ouvrir, il avait fait semblant d'être profondément assoupi. Il avait joué avec elle, pour voir ce qu'elle ferait.

Elle l'avait observé pendant un moment. Avait-elle apprécié le spectacle ?

Elle se tortilla à nouveau contre lui, le repoussa et se laissa glisser sur le sol avant de se relever. Apparemment, elle n'avait pas envie de rester sur lui.

Il réprima un gémissement. Cette mission – et surtout, Bella Holmes – n'allait pas être du gâteau.

Un désir impérieux torturait ses reins mais bien sûr, il n'y céderait pas. Il avait appris depuis longtemps à maîtriser ses pulsions et il ne franchirait jamais la ligne jaune avec une cliente, et encore moins avec la fille du juge. Sous aucun prétexte. Si la princesse ne lui inspirait que du mépris, il éprouvait un profond respect pour le juge Holmes.

— Il est temps de vous lever, dit-elle. J'ai un emploi du temps chargé aujourd'hui.

Il referma les yeux.

— N'est-il pas un peu tôt pour se rendre à une fête ? demanda-t-il.

— J'ai un déjeuner important et je dois aussi assurer le suivi de la collecte de fonds d'hier soir.

Il poussa un grognement désapprobateur.

Mais elle continua, impitoyable :

— Et il y a un autre gala ce soir…

Il grogna à nouveau.

— Ça ne va pas marcher, dit-elle.

Il était bien d'accord.

— Dans votre intérêt, je vous conseille de cesser de faire la fête quelque temps et de partir vous cacher quelque part.

— Je ne peux pas, répondit-elle.

— Pourquoi ? Ce n'est pas comme si vous exerciez un vrai métier comme toutes les autres personnes que Luther Mills menace.

Elle pinça les lèvres.

Il l'avait offensée. Depuis leur rencontre, il ne savait que la vexer. Il l'agressait sans le vouloir par sa seule apparence, sa seule existence.

— J'ai des obligations, dit-elle. Des événements auxquels je suis tenue d'assister.

— Serait-ce vraiment la fin du monde si vous n'y alliez pas ?

— De *mon* monde, oui, répondit-elle. L'organisation des galas de charité est mon univers. Et je ne vais pas cesser de vivre à cause de ces menaces. Le procès n'a même pas commencé.

Elle avait raison. Luther attendrait probablement le début des audiences pour passer à l'attaque. Le juge devrait alors se prononcer sur les preuves présentées au tribunal et sur les déclarations du témoin. Les juger recevables ou non. S'en prendre à ce moment-là à sa fille le déstabiliserait.

— Êtes-vous prêt à travailler ? demanda-t-elle.

— En tant que garde du corps ou comme petit ami ?

— En public, vous ne vous comporterez que comme mon petit ami, répondit-elle comme s'il avait besoin de précisions. Mais pour être crédible dans ce rôle, il va falloir changer deux ou trois petites choses…

Il se leva du canapé.

Il avait enlevé sa chemise mais il était resté en jean, se contentant de le déboutonner. Son pantalon avait glissé sur ses hanches, et le regard de Bella tomba là où son érection soulevait le tissu. Elle écarquilla les yeux.

Son beau visage s'empourpra. Elle le fusilla d'un œil noir.

Il se mit à rire.

— Et pour commencer, dit-il, vous devez cesser de me regarder comme si vous me détestiez, princesse. Et de serrer les dents dès que je vous prends le bras.

— Et vous, commencez donc par arrêter de m'appeler « princesse » et de me traiter comme si j'étais une idiote, rétorqua-t-elle.

Il grimaça, il n'était pas certain de pouvoir s'empêcher de la taquiner. Il aimait trop sa réaction.

— Et ce n'est pas tout, ajouta-t-elle.

Lui aussi avait d'autres petites idées. Par exemple, il serait bien qu'elle s'habitue à ce qu'il la touche, peut-être même à ce qu'il l'embrasse… pour leur permettre de se comporter vraiment comme des amoureux.

Mais avant qu'il puisse lui proposer de se sacrifier, elle poursuivit :

— Il va falloir vous faire couper les cheveux et vous raser.

— Quoi ?

Il posa une main protectrice sur sa barbe. Il ne se souvenait même pas de la dernière fois qu'il s'était rasé.

— Je ne distingue même pas les traits de votre visage, asséna-t-elle.

Voilà pourquoi il aimait sa barbe. Après tant d'années à travailler sous couverture, il s'était habitué à cacher ses expressions, ses sentiments, ses…

— Et personne de mon entourage n'a de barbe, ajouta-t-elle.

En effet, il ne se rappelait pas avoir croisé de barbus dans cette salle de réception, la veille au soir. Le blond qu'il avait vu quitter son appartement était imberbe en tout cas.

— Et pour que les gens croient que vous êtes mon *boyfriend*, d'autres choses doivent changer, poursuivit-elle.

Il retint son souffle, se demandant si, pour donner du poids à leur histoire, elle s'apprêtait à lui suggérer de partager une certaine intimité. Il n'osait l'imaginer. Comme la plupart des femmes qu'il avait connues, elle ne s'inquiétait que des apparences et du qu'en-dira-t-on.

— Vous avez besoin de nouveaux vêtements, dit-elle, confirmant ses soupçons. D'un relookage.

— Vous vous trouvez trop belle, trop classe, pour vous afficher au bras de quelqu'un comme moi.

Elle hocha la tête.

— Exactement. Il n'est pas question que quiconque m'imagine en couple avec un trafiquant de drogue.

— Seul votre petit ami me perçoit comme tel, lui rappela-t-il.

— Michael n'est plus mon petit ami. J'ai rompu avec lui hier soir. Voilà pourquoi j'avais quitté la Payne Protection Agency sans vous attendre. Je tenais à lui parler seule à seul.

Tous deux s'étaient-ils contentés de discuter ou avaient-ils fait autre chose ? Tyce sentit un étrange nœud se former au creux de son ventre. Il s'interrogea sur son origine. La jalousie ? Non, sûrement pas.

Il n'était pas jaloux de la princesse. Bien sûr, elle lui

plaisait, elle l'attirait. Elle était sublime. Il faudrait être aveugle pour ne pas être sensible à son ravissant visage ou à sa silhouette de mannequin. Mais elle était aussi très exigeante comme toutes les femmes dans son genre. D'ailleurs, le dénommé Michael n'avait pas paru particulièrement contrarié quand il avait quitté l'appartement. Sans doute était-il soulagé.

— Apparemment, il a plutôt bien pris cette rupture.

— Ne me dites pas que vous écoutiez aux portes !

— Je suis votre garde du corps, princesse. Je suis payé pour regarder ce que vous faites et pour écouter ce que vous dites.

Elle frissonna. Tout à l'heure, il avait senti la chaleur et la douceur de son corps de femme. Elle avait des courbes où il fallait, des courbes parfaites qu'il appréciait beaucoup. Trop.

Il venait de lui rappeler qu'il était son garde du corps. Maintenant, il devait garder à l'esprit qu'il n'était rien d'autre. Elle n'était qu'une cliente, qu'une mission pour lui. Rien d'autre.

Horrifiée, elle murmura :

— Michael n'est peut-être pas le seul à vous avoir reconnu.

— Si l'un d'eux m'a croisé à l'époque où je travaillais sous couverture avec des narcotrafiquants, répliqua-t-il en riant, c'est la preuve que vos amis ne sont pas d'honnêtes citoyens, princesse. Il ne faut pas juger un livre à sa couverture…

Il lui adressait une petite pique. Parce qu'il était barbu et d'un style décontracté, elle le jugeait indigne de s'afficher comme son petit ami. Quelle snob !

Elle le dévisagea.

— Personne ne doit soupçonner qui vous êtes en réalité.

Malheureusement, elle avait raison. De plus, elle n'était

pas la première à l'exhorter à renoncer à son personnage d'infiltration. Sa grand-mère trouvait qu'il ressemblait à un bandit. Chaque fois qu'il déjeunait chez ses grands-parents, elle le suppliait de se raser et de se faire couper les cheveux. Un jour, elle était même allée jusqu'à sortir sa photo de remise des diplômes du camp d'entraînement pour l'US Marine Corps. S'il changeait d'apparence, non seulement il rendrait la princesse heureuse mais il ferait également plaisir à son aïeule.

Avec un gros soupir, il accepta à contrecœur.

— D'accord.

Bella sourit si largement qu'il eut l'impression qu'un grand soleil inondait le salon. Le souffle coupé, il ressentit de nouveau un coup de poing dans le ventre. Dieu, qu'elle était belle.

Elle tapa dans ses mains.

— J'appelle tout de suite le coiffeur de mon père.

Il se renfrogna.

— Il n'y a pas d'urgence.

— Mais si ! répliqua-t-elle avec un coup d'œil à la fine montre en or à son poignet. Avec mon déjeuner qui approche, il n'y a pas un instant à perdre. Je vais lui demander de venir ici. Et quand il aura fini, nous irons vous acheter des vêtements.

Tyce gémit. Dès que son chef lui avait parlé de Bella, il avait compris que la protéger serait « mission impossible ». Mais il n'avait pas mesuré à quel point cette mission le changerait, du moins physiquement. Sur le plan sentimental, en revanche, il n'avait pas l'intention de laisser Bella Holmes jouer avec lui au risque de l'atteindre. Il s'agissait d'un travail. Rien d'autre qu'un travail…

Parker s'empara du smartphone qui vibrait sur son bureau. Il n'avait jamais été aussi débordé depuis qu'il avait ouvert la Payne Protection Agency, il y a près d'un an. La situation qu'il devait gérer était extraordinaire à plus d'un titre. Il n'avait pas été chargé d'assurer la sécurité d'une seule personne mais de toutes celles liées de près ou de loin au procès de Luther Mills.

Ainsi que tous les membres de sa propre équipe…

Luther avait toutes les raisons de vouloir les éliminer, eux aussi. Non seulement ils allaient l'empêcher de mettre en œuvre ses plans criminels mais ils s'assureraient qu'il soit puni pour ses crimes.

— Bonjour, Tyce, dit-il à son correspondant.

La veille au soir, Tyce avait disparu avant que Parker ait eu la possibilité de lui reparler. Mais le chef Lynch avait assuré à Parker qu'il avait bien fait comprendre à Tyce que sa mission – protéger Bella Holmes – était importante.

— Tout va bien ? demanda-t-il.

Il l'espérait. Aucun de ses gardes du corps n'avait la vie facile, il en était conscient. Luther Mills leur donnait à tous du fil à retordre. L'adjointe du procureur, Jocelyn Gerber, était même allée jusqu'à l'accuser d'avoir une taupe au sein de son agence. Parce que les sbires de Luther avaient localisé la maison sécurisée où Clint avait conduit le témoin, elle était certaine qu'un membre de son équipe renseignait le narcotrafiquant. C'était impossible, bien sûr.

— Non, répondit Tyce.

Parker se tendit.

— Qu'est-ce qui ne va pas ?

— Tout !

— Oh ! non !

Parker aurait dû avoir dans la manche un remplaçant pour pouvoir parer à toute éventualité. Mais il avait estimé que Tyce n'aurait besoin de rien ni de personne avant le début du procès.

Clint lui avait réclamé des renforts pour protéger le témoin. En effet, la faire taire définitivement était la priorité absolue de Luther. Il avait déjà attenté plusieurs fois à la vie de Rosie Mendez. Hart avait, lui aussi, sollicité de l'aide pour assurer la sécurité de l'experte scientifique, Luther étant déterminé à détruire toutes les preuves de sa culpabilité avant les audiences.

Tyce était le garde du corps le plus impressionnant physiquement de Parker. Il n'avait pas froid aux yeux. Cela dit, il n'avait pas l'air très intrépide à ce moment précis...

— De quoi avez-vous besoin ? demanda Parker. J'espère que vous n'avez pas appelé la police.

— La police ? répéta Tyce, manifestement perplexe.

— La police n'est pas une option, poursuivit Parker avec un gros soupir. Pas avant que le chef du département ait découvert qui est la taupe de Luther au sein de son service.

La taupe se trouvait dans la police. Pas dans son agence.

— Je n'ai pas besoin de policiers, dit Tyce. J'ai besoin que quelqu'un me remplace pour prendre en charge cette mission.

— Qu'est-ce qui ne va pas ? répéta Parker.

— J'en ai marre, répondit Tyce. J'ai accepté de me faire couper les cheveux et de me raser. Mais je refuse de me déguiser et de prendre le thé avec la petite fille chérie du juge.

Parker ne comprenait rien. La fille de Hart était à l'âge des goûters, des dînettes et des déguisements, mais celle du juge Holmes avait une vingtaine d'années.

— Je ne veux pas être le garde du corps d'une poupée Barbie.

Parker éclata de rire. Il n'avait pas souvent l'occasion

de savourer un petit moment de détente, de s'éloigner de la gravité de la situation, des problèmes.

Tyce parut plus furieux encore.

— Heureux de voir que mes malheurs vous amusent, dit-il.

— Je suis désolé que cette mission vous coûte autant, dit Parker, reprenant son sérieux. Mais malheureusement, vous devez continuer. Je n'ai personne pour vous remplacer. Tous mes gardes du corps assurent déjà la protection rapprochée d'un client.

— Tout le monde va bien ? demanda Tyce anxieusement.

Tyce Jackson aimait se montrer dur et indépendant mais il était aussi doté d'un grand cœur, même s'il faisait de gros efforts pour le cacher.

Parker le savait, lui qui avait été là quand Tyce avait eu le cœur brisé…

— Oui, oui, répondit Parker. Tout le monde va bien.

Pour l'instant.

Clint et Rosie avaient déjà frôlé le pire à de trop nombreuses reprises. Ils l'avaient échappé belle. Comment Luther avait-il su où se trouvait la planque ? Loin de jeter l'éponge, Luther Mills se battrait jusqu'au bout, ils l'avaient tous compris. Et voilà pourquoi tout le monde était en danger.

Si elle n'était pas aussi exposée que le témoin et l'experte scientifique, la fille du juge était également menacée. La photographie que son père avait reçue en attestait. Luther avait quelqu'un qui la surveillait et qui se tenait sans doute prêt à la tuer.

— Faites le maximum pour rester près d'elle, conseilla Parker.

Tyce gémit.

— J'essaye mais il y a déjà eu effusion de sang.

— Quoi ! cria Parker en sautant de sa chaise. Qui est blessé ?

— Moi. Le barbier de son père m'a presque égorgé, grommela Tyce.

Parker entendit un rire en arrière-plan. Bella Holmes s'amusait autant que lui. Tant mieux. Quand elle avait vu cette photo d'elle, la veille, elle avait eu l'air terrifiée. Peut-être avait-elle compris à présent qu'elle pouvait compter sur Tyce pour la défendre.

Mais Parker se demandait qui protégerait Tyce de Bella Holmes…

6

— Il ne vous a pas « presque égorgé », protesta Bella lorsque Tyce termina sa conversation téléphonique avec son patron.

Elle s'entendait bien avec Vito, le coiffeur-barbier qui s'occupait de son père depuis des années.

Vito avait pu se rendre rapidement chez elle, ce qui avait laissé à Bella et Tyce le temps de courir les magasins avant le déjeuner.

Elle jeta un coup d'œil à sa montre. S'ils ne voulaient pas être en retard, il leur faudrait bientôt quitter les cabines d'essayage. Mais elle s'amusait tellement.

Tyce désigna du doigt la fine coupure qui ornait son cou.

— Et ça, c'est quoi ?

— Rien. Je ne vois rien.

En réalité, il avait en effet une mince traînée de sang séché sur la peau. Mais une fois sa chemise neuve boutonnée et sa cravate nouée, elle serait invisible.

— Ce n'est pas rien, protesta Tyce en y passant la main.

Quand il se tourna pour regarder son reflet dans le miroir mural, il resta un instant interdit. Visiblement, il ne reconnaissait pas l'inconnu qui le fixait.

Elle s'attendait presque à ce qu'il sorte son arme de son holster et la pointe vers la glace. Il avait l'air si différent du barbu qui s'était présenté au gala la veille au soir que personne ne le reconnaîtrait, pas même Michael.

Elle ne savait pas précisément quelle apparence avait un dealer mais en tout cas, Tyce ne ressemblait plus à l'homme que Michael avait identifié comme étant Jax, sa taille hors norme mise à part.

Il avait fière allure, avec son pantalon bien coupé, sa chemise et sa cravate. Quant à son visage…

Ses pommettes et ses fortes mâchoires semblaient avoir été sculptées dans du teck. Ses lèvres étaient très sexy, surtout quand il souriait. Non qu'il ait beaucoup souri depuis sa séance avec Vito.

Ce dernier avait taillé la tignasse indisciplinée de Tyce en brosse. Maintenant, ses cheveux noirs étaient épais et doux, comme les poils de son torse qu'elle avait sentis sous ses doigts lorsqu'elle s'était retrouvée couchée contre son torse.

Elle avait été tentée d'y passer subrepticement la main quand elle l'avait aidé à boutonner sa chemise et à placer sa cravate autour de son col. Elle était très consciente qu'il était un homme de chair et de sang. Trop consciente.

Tyce reporta son attention sur elle.

— Votre Vito ne devrait plus avoir le droit d'exercer comme barbier, dit-il. Il est trop vieux, il tremblait comme une feuille.

— C'est votre faute, protesta-t-elle. Vous le rendiez nerveux à force de le regarder fixement et de grommeler.

— Je le rendais nerveux ? répéta Tyce, incrédule. C'était lui qui avait la lame.

— Vous étiez armé, lui rappela-t-elle. Il l'a vu.

— J'aurais dû le menacer de lui tirer dessus.

— Vous êtes un vrai bébé, dit-elle pour le taquiner. Ce n'est qu'un bobo.

— Un bobo ?

— Un petit baiser et il n'y paraîtra plus, assura-t-elle.

Dès que les mots franchirent ses lèvres, elle se maudit de les avoir laissés échapper. Que racontait-elle ? Avait-elle perdu la tête ? Et pourquoi avait-elle tellement envie de l'embrasser, de se hisser sur la pointe des pieds et de coller ses lèvres sur cette petite coupure ? Pourquoi s'imaginait-elle les promener sur sa nuque en s'enivrant de l'odeur de sa peau ?

Tyce la dévisageait, ses yeux topaze plus intenses que jamais.

Mais maintenant, elle y percevait une petite lueur de peur.

Elle recula et leva les mains.

— Ne vous inquiétez pas, lui assura-t-elle. Je plaisantais. Je ne vous toucherai pas, promis. Je ne voudrais pas risquer de vous transmettre mes microbes de princesse.

Il sourit mais il semblait toujours un peu mal à l'aise.

Elle sentit son cœur s'accélérer dans sa poitrine. Il n'était pas question pour elle de se rendre à ce déjeuner pendue au bras musclé de Tyce Jackson en arborant un visage rouge écarlate. Elle n'avait aucune envie d'être la risée du restaurant.

Mais comme elle jetait un œil à sa montre, elle s'écria :

— Si vous avez fini de vous admirer, nous devons y aller. Tout de suite.

Parce qu'elle était pressée, elle ne réfléchit pas. Elle se hissa sur la pointe des pieds pour boutonner le haut de sa chemise. Tandis qu'elle s'activait, ses doigts tremblaient.

Son torse était si musclé, si chaud…

Lorsqu'elle passa la cravate autour du col et la noua, elle ne parvenait plus à respirer tant elle était troublée.

L'expression bougonne de Tyce lui remit vite les idées en place.

— Essayez-vous de me tuer ? demanda-t-il.

Elle ignorait s'il faisait allusion à la force avec laquelle

elle avait serré la cravate ou à sa proximité. En tout cas, le contact de Tyce l'ébranlait, elle, profondément. Ce qui était absurde. Elle n'avait aucune raison d'être troublée par son garde du corps.

Il s'agissait d'une comédie, se rappela-t-elle. Il faisait semblant d'être son petit ami mais en réalité, ils n'avaient rien en commun et n'éprouvaient rien l'un pour l'autre. Seules les menaces de Luther Mills avaient justifié leur rencontre, et une fois le narcotrafiquant condamné, leurs routes se sépareraient pour toujours. Et elle devait s'en féliciter. Rien de bon ne pourrait sortir d'une relation avec lui.

Une migraine lancinante tourmentait Tyce. Il n'avait jamais connu de journée plus harassante que celle qu'il venait de passer avec Bella Holmes. Contrairement à ce qu'il avait cru, elle ne se contentait pas d'assister à des fêtes. Que ce soit au gala de la veille ou à ce déjeuner, elle était à la manœuvre, elle organisait tout. Elle se chargeait d'engager des traiteurs, de discuter avec eux des menus, de contacter des DJ et de prévoir en détail le déroulement de la réception pour que tout soit parfait.

Lorsqu'il avait quitté avec elle les grands magasins, chargé de ses nouveaux vêtements, il avait voulu les payer. Mais Bella avait insisté pour les mettre sur le compte de son père. Comme le juge exigeait qu'elle soit protégée, il lui semblait normal qu'il prenne à sa charge les dépenses liées à ses fonctions de garde du corps. Elle avait d'ailleurs tenu à financer aussi le déjeuner. Et pour le mettre à l'aise, elle lui avait expliqué que ce repas d'affaires comme le gala lui avaient rapporté de l'argent. Elle reverserait les bénéfices à des associations caritatives.

Maintenant, ils rentraient chez elle. Dès que les portes de l'ascenseur s'étaient refermées, elle avait retiré ses talons aiguilles. Ses stilettos au bout des doigts, elle s'appuya contre la cloison de la cabine et ferma les paupières. Ses longs cils projetaient des ombres sur ses joues.

Pour ce déjeuner, elle n'avait pas mis de tenue de soirée. Mais une petite robe en cachemire rouge à la fois très simple et très sexy qui moulait à la perfection ses courbes féminines. Ses talons aiguilles mettaient en valeur ses longues jambes fines et galbées.

Sa cravate était assortie à sa robe. Elle pendait autour du col qu'il avait déboutonné à la minute où ils étaient remontés dans le SUV.

Il avait cru mourir quand elle l'avait nouée à son cou. Pas parce que le nœud était trop serré. Mais parce que Bella avait été si proche de lui que son cœur s'était mis aussitôt à battre la chamade.

Son crâne n'était pas la seule partie de son corps à le tourmenter. Depuis qu'il l'avait surprise en train de le regarder faire semblant de dormir sur le canapé, il était la proie d'un désir impérieux.

Il gémit de frustration.

Sans ouvrir les yeux, elle dit avec lassitude :

— Cessez de faire le bébé. Ce n'était pas si terrible.

Son ton condescendant le hérissa.

— Je ne suis pas un bébé, dit-il.

— Je ne suis pas une princesse.

— Vous l'êtes.

Tout le monde les avait traités comme des rois. Elle l'avait présenté comme « un ami » et personne n'en avait demandé davantage.

Il émanait d'elle un petit côté hautain qui le rendait fou et qui interdisait aux gens de s'approcher trop près d'elle. Était-elle snob ? Ou cherchait-elle ainsi à se protéger ?

Désormais, il lui revenait de la défendre. Il avait donc dû rester dans son sillage toute la journée. Si elle ne l'avait pas ouvertement désigné comme son amoureux, il s'était comporté comme s'il l'était. Chaque fois qu'ils s'étaient déplacés au milieu de la foule, il avait posé la main sur le bas de son dos ou sur son bras. Et à table, il avait souvent mêlé leurs doigts.

Jouer ce rôle faisait partie de son travail. Pendant le repas, il avait observé toutes les personnes présentes dans le restaurant avec attention, s'efforçant de repérer celle qui l'espionnait pour le compte de Luther Mills. La simple idée que l'un de ces gars huppés travaille pour le narcotrafiquant le mettait hors de lui.

L'ex-petit ami de Bella lui avait acheté de la drogue lorsqu'il était en opération d'infiltration. Il fit la grimace en se remémorant cette époque. L'objectif alors n'était pas de causer des ennuis aux consommateurs. Il n'en avait donc poursuivi aucun. Mais maintenant, il le regrettait.

Il aurait vraiment dû arrêter son petit ami. Son ex-petit ami.

Elle l'avait largué.

Pour lui…

Un sourire passa sur ses lèvres à l'idée qu'une femme comme elle le choisisse lui plutôt qu'un fils à papa comme ce Michael. Cela dit, rien n'était réel. Elle jouait un rôle et pour lui, il s'agissait d'une autre mission d'infiltration.

L'ascenseur s'arrêta, et dès que les portes commencèrent à s'ouvrir, elle se redressa. Mais il sortit le premier de la cabine, lui bloquant le passage, au cas où quelqu'un l'attendrait dans le couloir.

Elle poussa un gros soupir, sans doute parce que toute la journée, il n'avait cessé de se comporter ainsi, de s'assurer qu'il n'y avait pas de danger avant de la laisser avancer.

Il ne vit personne tapi dans l'ombre. Pourtant, il la précéda, la protégeant de son propre corps.

— Luther Mills n'habite pas dans mon immeuble, lui rappela-t-elle.

— Non. Il est en prison. Et c'est là que nous voulons qu'il passe le reste de sa misérable vie.

— Vous n'avez donc pas besoin de dormir ici, dit-elle. Je suis en sécurité quand je suis chez moi.

— Avez-vous oublié cette photo ? demanda-t-il, tendant la main pour qu'elle lui remette ses clés.

— Elle a été prise de l'extérieur, dit-elle en fouillant dans son petit sac. Il me suffit de fermer mes stores pour être tranquille.

— Mon travail est de rester près de vous, vingt-quatre heures sur vingt-quatre, sept jours sur sept…

Elle frissonna et le dévisagea de nouveau, ses yeux verts écarquillés de peur.

Il se frotta les joues. Ne plus sentir la barbe qu'il portait depuis des années lui parut étrange.

— Malgré mon relookage, vous n'aimez toujours pas me regarder, n'est-ce pas ?

Avec un sourire triste, elle lui caressa brièvement le visage.

— Au contraire. Et c'est bien le problème…

À ces mots, Tyce se tendit, et son cœur s'accéléra dans sa poitrine alors qu'il réfléchissait à toute vitesse à cette déclaration. Il lui plaisait donc ? Et plus curieux encore, cela lui posait un « problème » ?

Pourquoi ? Lui-même était tellement attiré par elle…

Elle était si belle. Elle avait relevé ses cheveux blonds en un petit chignon plus modeste que celui qu'elle arborait au gala de la veille.

Elle était sexy en diable.

Il se pencha vers elle.

Elle ne disait rien mais il se surprit à murmurer :

— Chut…

Il voulait la rassurer alors que lui-même était la proie d'un trouble puissant.

Ressaisis-toi, s'ordonna-t-il. *Tu as un travail à effectuer. C'est juste une cliente.*

Il n'avait jamais voulu embrasser une mission comme il avait envie d'embrasser Bella. Incapable de résister à la tentation, il effleura ses lèvres des siennes.

Au lieu de reculer ou de le gifler, elle laissa tomber ses clés sur le sol pour nouer les mains autour de sa nuque. Et elle lui rendit ses baisers avec passion.

Sa bouche était aussi douce que la soie. Et chaude comme la braise. Elle l'embrassa avec un abandon qui le surprit.

Où était passée la princesse snob et hautaine ?

Quand leurs langues entamèrent une danse sensuelle, il se délecta de la saveur sucrée de sa bouche. Peut-être provenait-elle du dessert au chocolat. Ou du champagne.

Quoi qu'il en soit, il s'enivra des baisers de Bella. Il éprouvait une telle euphorie qu'il en oublia où ils étaient. Dans le couloir qui menait à son appartement.

Comme il tentait de s'écarter pour ouvrir la porte, elle l'étreignit plus fort et l'embrassa plus profondément, le savourant comme il l'avait savourée.

Il la désirait si fort qu'il avait l'impression que son corps allait exploser s'il ne lui faisait pas l'amour là, maintenant, tout de suite. Ses mains tremblaient alors qu'il les mêlait aux siennes.

En proie à la même émotion, elle frissonnait du même désir.

Il n'avait jamais ressenti une telle attirance auparavant.

Il ne savait pas s'il l'aimait. Il n'était même pas sûr qu'elle lui plaisait.

Pire, il était à peu près sûr qu'il ne lui plaisait pas du tout et qu'elle ne l'aimait pas.

Ce qui ne les empêchait pas de se désirer. Comme des fous.

Et il devinait que s'ils franchissaient cette porte ensemble, il ne gagnerait pas la chambre d'amis ni le canapé du salon.

Mais la chambre de Bella, son lit, et qu'ils ne dormiraient pas.

Alors qu'il se penchait pour ramasser les clés, il entendit soudain du bruit à l'intérieur de l'appartement.

Avec un juron, il l'écarta, loin de la porte.

— Il y a quelqu'un, dit-il sortant son arme.

Bella agrippa son bras, comme pour l'empêcher d'entrer. Mais il devait effectuer son travail, pas l'embrasser.

Il était censé la protéger.

— Reste ici, murmura-t-il.

Puis il poussa la porte du pied. Alors qu'il pénétrait à l'intérieur, il entendit des éclats de verre. Une vitre se brisait dans l'appartement.

Bella se plaqua contre lui comme si elle tentait de le suivre.

— Reste ici, répéta-t-il.

Puis il la poussa doucement à l'extérieur, dans le couloir, et ferma la porte de l'appartement derrière lui. Il la verrouilla pour se retrouver enfermé à l'intérieur – seul avec l'intrus.

L'homme qui avait escorté Bella toute la journée était très grand. Pourtant, il se déplaçait vite et se rapprochait dangereusement.

Il n'était pas question qu'il l'attrape et qu'il l'identifie. Pas encore.

Jamais.

L'irruption soudaine de ce brun dont personne ne savait rien dans la vie de Bella avait justifié cette intrusion chez elle. Bella avait en effet l'habitude de tout noter dans son journal intime. Pourtant, elle n'avait pas écrit un mot sur cet inconnu, quel qu'il soit…

Ne voulant surtout pas se faire pincer, l'intruse se précipita sur le balcon. Pour y accéder, elle avait cassé l'une des baies vitrées. Il longeait tout l'appartement de Bella et débouchait sur l'escalier de secours en fer forgé qui menait dans la rue cinq étages plus bas.

Au lieu d'en dégringoler les marches, elle les descendit jusqu'à l'étage du dessous où une fenêtre avait été stratégiquement laissée ouverte. Elle s'y glissa et la referma.

La cage d'escalier n'était qu'à quelques pas. Mais au lieu de se diriger vers le hall d'entrée de l'immeuble, elle remonta à l'étage qu'elle venait de quitter.

Maintenant que l'homme était à l'intérieur de l'appartement, Bella était seule devant la porte, à l'extérieur.

Sans défense.

Elle tenait sans doute là l'unique occasion de l'atteindre, sa seule chance de donner à Bella Holmes ce qu'elle méritait.

La mort…

Dans d'affreuses souffrances.

Elle tira de sa ceinture une lame qui brilla sous les néons du couloir. Une lame qu'elle comptait bien planter dans le dos de Bella.

7

Que le diable l'emporte !

Bella écumait de rage.

Tyce l'avait enfermée à l'extérieur de chez elle. Mais il n'était pas seul dans l'appartement. Quelqu'un d'autre y était entré par effraction, avait violé son espace et son intimité.

Pourquoi ?

Pour mettre à exécution la menace suggérée par cette horrible photographie ? Dans l'espoir de la défigurer, de lui taillader le visage et… de la tuer ?

Un courant d'air soudain la fit frissonner. Une porte s'était ouverte au fond du couloir. Envahie d'une sourde terreur, elle sentit les poils de sa nuque se hérisser.

Ces derniers temps, elle ne cessait d'avoir peur. Avant même qu'ils aient entendu ce bruit chez elle, son attirance écrasante pour Tyce Jackson l'avait terrifiée. Il était si beau ! Maintenant qu'elle voyait enfin ses traits, elle était tombée sous son charme.

Et ses lèvres… Pleines, douces, elles étaient aussi chaudes qu'elle l'avait imaginé.

Et au souvenir du baiser passionné qu'ils avaient échangé, elle sentit son visage s'embraser.

Pourtant, elle n'éprouvait pas que du désir pour lui. Mais aussi une profonde colère.

Il n'avait pas le droit de l'empêcher d'accéder à son

propre appartement, de l'enfermer à l'extérieur de chez elle ! Heureusement, il ignorait qu'elle avait caché une clé au-dessus de sa porte. Elle se hissa sur la pointe des pieds et promena les doigts sur le chambranle. Dès qu'elle trouva la clé, elle l'introduisit dans la serrure et ouvrit. Au moment où elle poussait le battant, elle jeta un coup d'œil dans le couloir et remarqua une ombre qui s'avançait.

Elle n'avait pas entendu l'ascenseur. Se pouvait-il que quelqu'un ait emprunté l'escalier pour monter à l'étage ? Comme elle n'avait aucune envie de parler à un voisin pour le moment, elle claqua la porte.

Un bras puissant s'enroula alors autour d'elle et la souleva presque de terre. Elle agita les jambes en criant si fort que Tyce la lâcha brusquement et qu'elle faillit tomber. Il la rattrapa au vol et la stabilisa.

— Que fabriques-tu ici ? demanda-t-il. Je t'avais dit de rester dans le couloir jusqu'à ce que j'aie sécurisé l'endroit.

Elle ne se souvenait pas de telles consignes, mais seulement qu'il avait disparu dans l'appartement avec son colt pour rechercher un intrus à l'intérieur.

— J'ignorais combien de temps je devais t'attendre.

— Eh bien, tu aurais dû le savoir…

— Je n'ai jamais eu de garde du corps auparavant et je suis chez moi, lui rappela-t-elle. Je voulais comprendre ce qui se passait.

Et s'assurer qu'il n'était pas blessé. Il n'en avait pas l'air. Mais il avait toujours son arme à la main.

Elle tremblait. Pas seulement parce que quelqu'un s'était introduit chez elle mais surtout parce que Tyce s'était précipité à l'intérieur pour l'affronter, et elle avait craint qu'il ne soit blessé.

— As-tu… neutralisé la menace ? demanda-t-elle en baissant la voix.

— Il n'y avait plus personne. Ils sont partis.

— Ils ? répéta-t-elle, effarée. Ils étaient donc plusieurs ?

— Je n'ai vu personne. Peut-être qu'il n'y avait qu'un intrus. Mais en général, Luther envoie une équipe quand il s'attaque à quelqu'un.

Pourtant, Tyce n'avait pas hésité à entrer, à affronter plusieurs personnes à lui tout seul. Bella mesura soudain les dangers auxquels il était régulièrement confronté en tant que garde du corps et ceux qu'il avait bravés quand il était policier. Elle frissonna d'horreur.

Elle ne pouvait s'imaginer vivre comme lui, constamment sur le qui-vive. Il la terrifiait. Non seulement il risquait sa vie en permanence, mais il lui faisait éprouver une passion qu'elle ne maîtrisait pas et qui la submergeait. Heureusement qu'ils avaient été interrompus avant d'aller plus loin. Elle ne devait pas oublier qu'il était son garde du corps. Pas son petit ami.

Jamais elle ne s'impliquerait avec un homme comme lui, un homme qui se mettait constamment en danger. Elle refusait de finir comme son père, seule, le cœur brisé.

Une profonde colère habitait Tyce. Il n'était pas furieux contre l'individu qui s'était introduit chez Bella. Il était furieux contre lui-même pour s'être laissé distraire au lieu d'effectuer correctement son travail. S'il n'avait pas embrassé la femme qu'il était censé protéger, il aurait entendu l'intrus plus tôt. Il l'aurait peut-être rattrapé et capturé.

En réalité, tout ce qu'il avait vu, c'était une ombre sur le balcon. Il l'avait poursuivie jusqu'à l'escalier de secours. Au lieu de la prendre en chasse, il avait préféré laisser tomber pour aller s'assurer d'abord que Bella était en sécurité. Rien ne disait que l'individu n'avait pas l'intention de profiter du fait que Tyce était dans l'appartement pour s'attaquer à elle.

L'effraction n'était peut-être qu'une simple diversion.

Tyce avait été si énervé contre lui-même que lorsque Bella s'était glissée à l'intérieur, il s'était jeté sur elle… avant de la reconnaître.

Il était chargé de la protéger. Il n'avait pas à s'intéresser à sa beauté, à la saveur de sa bouche. Il devait se concentrer sur les menaces qui planaient au-dessus d'elle… sur sa sécurité.

— Va préparer quelques affaires, nous partons, ordonna-t-il. Je vais te conduire dans une maison sécurisée.

— Une maison sécurisée ?

— Un endroit sûr, dit-il. Cet appartement ne l'est pas. Et encore moins maintenant, avec la fenêtre de ta chambre cassée. Tu es en danger.

Elle frissonna mais secoua la tête.

— Je n'avais pas tiré les stores du salon, dit-elle. Ceux qui sont venus ici avaient donc vu que je n'étais pas là. Ils ne sont pas entrés pour m'attaquer. Par où sont-ils passés ?

— Par la fenêtre de ta chambre. Ils ont cassé la vitre, dit-il. Tes stores étaient fermés. Sans doute t'imaginaient-ils au lit, seule…

Luther aurait pu ordonner à un membre de sa bande de truands de la brutaliser. Voir sa fille blessée affecterait certainement le juge.

Elle se dirigea vers sa chambre, poussa la porte. Dès qu'elle y pénétra, elle poussa un grand cri.

Tyce dégaina son arme et la pointa dans la pièce. Mais Bella était seule. Le miroir mural était cassé. Peut-être s'agissait-il du message que l'intrus avait voulu laisser. En effet, son reflet dans ce miroir brisé ressemblait à la photo que le juge avait reçue d'elle. Dans les deux cas, elle avait le visage tailladé.

Mais elle ne s'intéressait pas à son reflet. Elle regardait

la boîte à bijoux renversée sur la commode. Ses mains tremblaient lorsqu'elle s'en empara.

— Non, non, non, murmura-t-elle, la voix pleine de sanglots.

— Quoi ? demanda-t-il.

— Les boucles d'oreilles de ma mère… et sa broche… elles ne sont plus là, dit-elle alors que des larmes jaillissaient de ses yeux et coulaient sur ses joues. Et son collier de perles non plus…, ajouta-t-elle d'une voix brisée.

Elle était si ravagée qu'elle laissa tomber les bijoux qu'elle avait ramassés.

— Ils ont tous disparu ! cria-t-elle. Disparu !

D'autres parures en pierres précieuses étaient éparpillées sur la commode.

— Seuls ceux qui appartenaient à ta mère ont été dérobés !

Manifestement catastrophée, elle hocha la tête.

— Je… Je les mets généralement au coffre. Je voulais les porter à la banque, hier soir, mais je ne l'ai pas fait. Et je n'en ai pas eu le temps aujourd'hui.

— Je suis désolé, Bella.

Il savait déjà que sa mère était morte parce qu'il était de notoriété publique que Bella avait alors hérité d'une fortune. Qu'elle lui ressemblait beaucoup. Et que sa mère avait beaucoup compté pour elle.

— Il faut appeler la police, dit-elle. Et signaler le cambriolage et le vol.

Il hésita. S'ils prévenaient les flics, il était possible qu'ils s'adressent sans le savoir à l'informateur de Luther. Si la taupe prenait leur déposition, elle apprendrait alors que Tyce travaillait pour la Payne Protection Agency.

Il secoua la tête.

— Nous ne pouvons pas.

— Nous le devons ! insista-t-elle.

Il se demanda de quoi elle s'inquiétait.

— As-tu besoin de porter plainte pour toucher l'assurance ?

— Quoi ? Quelle assurance ?

— Tu n'es pas assurée ?

Elle secoua la tête.

— Je me moque de l'argent. Je veux récupérer mes bijoux. Et la police ne les cherchera pas à moins qu'il n'y ait une plainte déposée.

— Ils ne les chercheront probablement pas, de toute façon, dit-il. Ils sont débordés, tu sais.

Mais peut-être feraient-ils une exception pour la fille d'un juge connu et apprécié…

Bella se mordilla les lèvres.

— Tu penses que je ne récupérerai jamais les bijoux de ma mère ?

Tyce n'avait pas voulu dire ça. Il avait eu envie de lui jurer qu'il les retrouverait lui-même. Cela dit, il refusait de lui promettre quelque chose sans être certain de tenir parole. Et il n'aurait pas le temps de faire le tour de tous les prêteurs sur gages de River City. Ils étaient trop nombreux.

Sa priorité était de s'assurer que Bella était en sécurité. Il aurait voulu la rendre heureuse aussi. Mais ce n'était pas sa responsabilité. Il n'était pas son petit ami. Il n'était que son garde du corps.

Pourtant, il se surprit à dire :

— Je vais appeler Parker et voir ce qu'il peut faire pour retrouver les bijoux.

Elle se jeta dans ses bras, s'accrochant à lui tandis que son visage ruisselant de larmes trempait sa chemise.

— Merci. Merci.

Il se força à la saisir par les épaules et à l'écarter de lui.

— Maintenant, prépare une valise. Nous ne pouvons pas rester ici.

— Pourquoi pas ? Il s'agit d'un simple cambriolage. Le vol était le mobile.

Il n'en était pas convaincu. Il fit un geste vers la commode.

— Pourquoi ne pas avoir emporté les autres bijoux dans ce cas ?

— Ils ne sont pas aussi précieux que ceux de ma mère.

Les sbires de Luther ne pouvaient pas avoir fait la différence. S'ils avaient voulu voler des bijoux pour lui faire peur, ils auraient tout pris.

— Je n'aurais pas dû les porter hier soir, dit-elle. Quelqu'un m'a vue avec et a décidé de me les voler. N'importe qui peut savoir où j'habite, poursuivit-elle.

— Voilà pourquoi nous devons partir d'ici, dit-il. Et t'installer dans une maison sécurisée.

— Mais pourquoi ? Il s'agit d'un vol.

Il montra la baie vitrée cassée.

— Rester serait risqué.

— Je veux appeler la police. Et quelqu'un pour réparer la fenêtre.

— Nous ne pouvons pas appeler la police. Pas question de les prévenir que tu as un garde du corps.

— Mais contacter un vitrier n'est pas interdit, n'est-ce pas ?

— Il paraît difficile de le faire ce soir.

— Alors allons passer la nuit ailleurs, dit-elle. Nous reviendrons demain, une fois la vitre changée.

Il secoua la tête.

— Tu as besoin d'un système d'alarme. Même si Luther ne te menaçait pas, il t'en faudrait un. Vivre seule ici n'est pas sécurisant.

— Je ne suis pas seule en ce moment.

Après ce qui avait failli se passer plus tôt, Tyce n'était pas certain de survivre jusqu'au procès.

Voilà des années que Bradford Holmes n'invitait plus personne chez lui. Sa femme adorait recevoir – comme Bella. Mais Bella ne venait pas lui rendre visite. Elle était ici chez elle.

Depuis la mort de sa mère, elle s'arrêtait de temps en temps au manoir. Mais elle semblait préférer le voir au palais de justice plutôt que dans la maison où elle avait grandi. Voilà pourquoi il avait été surpris quand elle l'avait appelé pour lui annoncer qu'elle venait y passer la nuit.

Il fut encore plus surpris lorsqu'il ouvrit la porte. Sa fille était accompagnée d'un grand et séduisant jeune homme. Bradford l'examina avec attention. L'avait-il déjà rencontré ? Qui était-il ? Et où était passé son garde du corps attitré ?

Il se rendit compte alors que le compagnon de Bella était Tyce Jackson, mais sans sa barbe et ses cheveux longs. Pendant des années, le procureur avait essayé d'inciter Tyce Jackson à se couper les cheveux et à se raser pour témoigner devant le tribunal contre les trafiquants qu'il avait fait tomber. Il avait toujours refusé. Mais Tyce n'avait sans doute jamais rencontré quelqu'un comme Bella auparavant. Comme sa mère, elle avait l'art et la manière d'obtenir ce qu'elle voulait.

Un petit rire s'échappa des lèvres de Bradford.

— Je ne vous avais même pas reconnu.

— Content que vous trouviez ça drôle, grommela Tyce.

Certes Tyce était un géant, mais il n'avait aucune chance contre Bella. Personne ne lui résistait.

Bradford enlaça sa fille et l'attira contre lui. Elle tremblait.

— Que s'est-il passé ? demanda-t-il avec inquiétude.

— Quelqu'un s'est introduit chez elle, répondit Tyce.

Incapable de parler, Bella s'accrochait à lui en sanglotant.

— A-t-elle été blessée ?

Tyce secoua la tête.

Bella avait l'air coupable et malheureuse. Mais pourquoi ? Elle n'avait rien fait de mal.

— Ils ne sont pas entrés par effraction pour m'atteindre, dit-elle d'une voix tremblante. Ils sont entrés pour voler les bijoux de maman, ajouta-t-elle en se remettant à pleurer.

Surpris, Bradford remarqua que Tyce semblait hésiter à la prendre dans ses bras.

Tyce Jackson ?

Tyce avait toujours su garder ses distances, même en tant que policier infiltré ou peut-être surtout en tant que policier infiltré. Certains de ses collègues étaient allés trop loin et avaient mal fini. Ils étaient devenus accros aux drogues qu'ils essayaient de retirer de la rue. Mais pas Tyce. Voilà pourquoi Bradford était heureux que Parker l'ait chargé de protéger Bella.

Mais maintenant, il n'en était plus très sûr, surtout après avoir vu la photo qu'il avait reçue aujourd'hui.

Bradford reporta son attention sur sa fille. Elle était tout ce qui comptait pour lui. Mais comment Luther Mills l'avait-il compris ?

Qui avait dit à Luther que la faiblesse de Bradford était son enfant ? Y avait-il aussi une taupe dans son bureau ? L'assistante du procureur était persuadée qu'il y en avait une aussi au sein de la Payne Protection Agency.

Il prit le beau visage baigné de larmes de Bella entre ses mains.

— Ma chérie, dit-il. Rien de tout ça n'est ta faute.

— Si, papa. J'aurais dû déposer ces bijoux au coffre ou ne pas les porter.

— Ta mère voulait que tu en profites.

Elizabeth avait offert ses bijoux à sa fille avant même sa mort subite, comme si elle avait senti qu'elle n'en aurait plus besoin longtemps. Pourtant, d'après les médecins, personne n'aurait pu prédire l'anévrisme.

— Que j'en profite, dit Bella. Pas que je les perde.

— Tu ne les as pas perdus, intervint Tyce. Quelqu'un te les a volés. Tu ne pouvais pas le prévoir.

Elle prit une profonde inspiration et hocha la tête. Mais ses yeux étaient encore rouges de larmes.

Finalement, elle se détacha de son père.

— Je vais me doucher, dit-elle en prenant son sac des mains de Tyce.

Il en avait deux. L'élégant sac de voyage de Bella et un sac de sport usé.

— Comptes-tu t'installer ici, ma chérie ? demanda Bradford.

Son manoir jouissait du meilleur système d'alarme du marché. Payne le lui avait installé, il y a quelques années.

— Uniquement pour ce soir, répondit-elle. En attendant que la fenêtre soit réparée.

— Et qu'on ait fait poser un système de sécurité, ajouta Tyce.

Bradford essayait depuis des années de convaincre sa fille d'équiper son appartement d'un système d'alarme. Elle avait toujours refusé.

Elle en mesurait enfin l'utilité.

Comme elle prenait son sac, Tyce proposa :

— Laisse-moi t'aider à le monter.

— Je suis quand même capable de porter mon sac.

Tyce, qui avait saisi lui aussi la poignée du sac, la relâcha si brusquement que Bella faillit trébucher.

Apparemment, l'animosité entre eux n'avait pas beaucoup changé. Bradford se demandait s'il s'agissait d'une bonne ou d'une mauvaise chose.

Comme Tyce s'apprêtait à la suivre, Bradford le retint.

— J'aimerais vous parler un instant.

Tyce se tendit et rougit un peu.

— Allons dans mon bureau, suggéra Bradford.

Il ne voulait pas que Bella voie la photo qu'il avait reçue ce jour-là. Le cambriolage de son appartement et le vol des joyaux de sa mère l'avaient déjà bouleversée. Il savait à quel point ces bijoux comptaient pour elle… comme tout ce qui concernait sa mère.

— Je voulais moi aussi vous parler, monsieur, dit Tyce en le suivant à travers le hall. Nous devons absolument convaincre Bella de s'installer dans une maison sécurisée jusqu'à la fin du procès.

— Vous êtes chargé de sa protection, dit Bradford.

Malgré les doutes de l'adjointe du procureur, il faisait plus confiance à Tyce Jackson et à la Payne Protection Agency qu'à quiconque, à l'exception du chef du service de police.

Tyce hocha la tête.

— Je le suis, et ma recommandation est qu'elle aille dans une maison sécurisée.

Tyce avait-il toujours l'intention de la protéger ? À quel point sa fille avait-elle déjà énervé le malheureux ?

— Elle pense qu'il s'agit d'un vol de bijoux, dit Bradford. Croyez-vous que Luther soit derrière cette histoire ? Qu'il a voulu nous envoyer une sorte de message ?

Tyce haussa les épaules.

— S'il était le commanditaire du cambriolage, il aurait tout pris. Pourquoi dérober uniquement les bijoux de sa mère ?

— Ce sont les pièces les plus précieuses, répondit Bradford.

Il avait aimé gâter son épouse. Mais il aimait aussi gâter sa fille. Elle possédait elle aussi des bijoux de prix.

— C'est ce que Bella m'a dit, murmura Tyce.

Mais il fronçait les sourcils comme si quelque chose dans ce scénario le dérangeait.

Et il n'avait même pas encore vu la photo.

Bradford fit le tour de son bureau et souleva le sous-main en cuir. Sur la recommandation du chef, venu le voir quelques heures plus tôt, il l'avait glissée dans une pochette plastique transparente. Woodrow Lynch allait envoyer quelqu'un qu'il connaissait au FBI pour la récupérer et l'analyser. Il ne faisait plus confiance à son propre laboratoire criminel.

Bradford non plus.

Il n'était pas sûr non plus de devoir faire confiance à Tyce Jackson. Sur sa photo, le garde du corps avait les paupières closes. Dormait-il ?

Certes, cela ne voulait pas dire qu'il ne se serait pas réveillé très vite pour bondir au secours de Bella si celle-ci était attaquée.

Mais cette fois, la menace ne la visait pas, elle. Elle le ciblait, lui.

Il tendit le cliché à Tyce, qui l'examina à travers la pochette plastique. On le voyait allongé sur le canapé du salon de Bella, les pieds dans le vide.

Tyce jura :

— Ce fils de pute était là-bas, la nuit dernière… La photo a dû être prise depuis le balcon. Cela prouve que son appartement n'est pas sûr.

— C'est certain, reconnut Bradford.

Tyce avait dû remarquer que la photo avait été démolie, comme celle de Bella. Mais elle n'avait pas été tailladée. Le front de Tyce était juste orné d'un trou comme si la personne qui lui adressait le cliché les prévenait qu'une balle allait bientôt être plantée dans le crâne de Tyce.

8

Luther Mills était furieux. Rien n'allait. Le témoin – la femme qui l'avait vu tirer sur l'informateur de la police – était toujours en vie. Clint Quarters aussi. Et l'experte scientifique refusait de se laisser intimider.

De colère, il faillit lancer son smartphone contre le mur. Mais à la dernière minute, il préféra balancer son oreiller. Il ne pouvait se permettre de casser son appareil. Il était de plus en plus difficile de les faire entrer en douce dans la prison. Les gardiens se montraient moins coopératifs depuis que l'adjointe du procureur, Jocelyn Gerber, avait obtenu du tribunal l'autorisation de consulter les relevés bancaires des employés de l'établissement pénitentiaire pour s'assurer qu'aucun n'acceptait des pots-de-vin.

Jocelyn était ravissante mais elle devenait pénible. Il en était de même pour l'espionne chargée de le renseigner sur la fille du juge… et qui en faisait beaucoup trop.

Pourquoi Bella Holmes n'avait-elle pas porté plainte après le cambriolage de son appartement ? Pourquoi un voisin – et non pas elle – avait-il prévenu les flics à propos de la fenêtre cassée et de la présence d'un intrus sur son balcon ? Avait-elle été conduite loin de chez elle, comme Clint Quarters avait emmené Rosie Mendez ?

Le ventre de Luther se noua de frustration. Il détestait être coincé à l'intérieur de cette cellule et obligé de compter sur les autres pour exécuter ses ordres. Il ne faisait confiance à personne.

Cela dit, ceux qui avaient osé le trahir l'avaient payé de leur vie, comme Javier Mendez. Et tous le savaient. Et une fois Luther libre, son informatrice qui n'en faisait qu'à sa tête subirait le même sort.

En attendant, il devait la recadrer. Il pressa une touche de son téléphone. Dès qu'elle décrocha, il cria :

— Qu'avez-vous fabriqué ?

Pour toute réponse, il n'obtint qu'un silence de mort. La sidération, sans doute. Le fait d'être en prison n'empêchait pas Luther d'être au courant de tout ce qui se passait à l'extérieur.

— Ignorez-vous que je sais toujours tout ? ajouta-t-il.

— De quoi parlez-vous ? balbutia la voix au bout du fil.

— Je vous ai chargée de garder un œil sur elle. Pas d'entrer par effraction dans son appartement !

— Je n'ai pas eu à entrer par effraction, protesta son interlocutrice. J'avais une clé.

Luther jura. Il détestait les gens de mauvaise foi.

— Alors, comment la fenêtre a-t-elle été cassée ?

— Quand je les ai entendus entrer, j'ai dû me réfugier sur le balcon. Bella Holmes était avec le grand brun, l'inconnu du gala, celui que j'ai photographié pour faire peur au juge.

Luther aurait bien aimé avoir un exemplaire de cette photo, mais il ne voulait pas risquer que quelqu'un la trouve dans sa cellule. Pourtant, il avait très envie de savoir qui avait dormi sur le canapé de Bella Holmes.

Mais son informatrice poursuivait :

— Quand je les ai entendus, j'ai cassé une des baies vitrées pour faire croire à un cambriolage. Ils ne se doutent pas que la personne qui s'est introduite chez elle avait une clé et qu'elle est susceptible de revenir pour frapper.

Et manifestement, cette imbécile avait envie de frapper.

Luther ravala un juron. Son espionne était très proche de Bella Holmes, si proche que personne ne soupçonnait son double jeu. Il avait donc besoin d'elle.

— Vous l'attaquerez quand je vous le dirai. Pas avant.

Il mit brutalement fin à cet échange et jeta son smartphone dans un coin. Mais le malaise diffus qui l'habitait était toujours là. Il ne faisait pas confiance à cette fille. Sa haine était palpable, et elle risquait d'être incapable d'attendre qu'il lui en donne l'ordre pour passer à l'action.

Bella Holmes se doutait-elle de l'animosité que nourrissait à son égard celle qu'elle considérait comme une amie ?

Et qui était le type qui avait dormi sur son canapé ? Un garde du corps, forcément. Le témoin était protégé par Clint Quarters. L'experte scientifique par Hart Fisher. Luther connaissait donc le garde du corps de Bella Holmes. Toute l'équipe de Parker Payne était constituée d'anciens policiers.

Qui était-ce ? La prochaine fois qu'il parlerait à son indic, il lui demanderait une description précise. Peut-être prendrait-il le risque de se faire envoyer les fameuses photos…

Bella tenait à rentrer sans délai chez elle. Le manoir où elle avait grandi n'était plus sa maison. Elle avait hâte de réintégrer son appartement et tant pis si la baie vitrée ne serait réparée que dans la matinée. Chez son père, il y avait trop de photos de sa mère. Il avait fait de cette demeure un sanctuaire.

Bella n'avait pas besoin de ces portraits pour se remémorer les traits de sa mère. Il lui suffisait de se regarder dans un miroir. Mais ces photos ravivaient le souvenir des moments les plus heureux de sa vie, des moments qui ne reviendraient jamais. Et la culpabilisaient en lui rappelant qu'elle avait trahi sa mère en perdant ses bijoux.

Elle s'était tellement amusée à relooker Tyce Jackson qu'elle n'avait pas pris le temps de rapporter les somptueuses parures à la banque. Elle aurait dû.

Il était malheureusement trop tard, à présent. Et Tyce avait sans doute raison. Elle ne les reverrait jamais.

— Tu ne manges rien, remarqua son père en désignant son assiette intacte.

Il était assis à une extrémité de la longue table de la salle à manger tandis qu'elle et Tyce avaient pris place l'un en face de l'autre au milieu. La chaise à l'autre bout était vide comme elle l'était toujours depuis la mort de sa mère.

— Nous avons très bien déjeuné, dit Bella.

Pourtant, Tyce n'avait, lui, aucun mal à finir son assiette. La cuisinière était un vrai cordon-bleu. Bella s'en était assurée lorsqu'elle l'avait embauchée. Elle tenait à ce que son père se nourrisse. Il avait beaucoup maigri après la mort de sa mère.

Bella avait craint qu'il ne se laisse mourir, le cœur brisé. Voilà pourquoi elle refusait de tomber amoureuse au point de risquer d'être détruite par la perte de son amour.

Elle repoussa son assiette, se sentant nauséeuse.

Son père couvrit sa main de la sienne.

— Cesse de te reprocher la disparition de ces bijoux, ma chérie. Ta mère comprendrait.

Sa mère était en effet aimante, généreuse, indulgente…

Bella jeta un œil à la chaise vide, le cœur serré.

Sa mère était morte.

Son père étreignit un peu plus fort sa main.

— Je ne supporterais pas qu'il t'arrive malheur, dit-il. Tyce a raison. Tu dois t'installer dans une maison sécurisée jusqu'à la fin du procès.

Elle fusilla Tyce du regard, consciente qu'il avait effrayé son père pour le pousser à prendre cette décision.

— C'était un cambriolage, dit-elle. Cet individu ne voulait que voler mes bijoux.

Son père secoua la tête :

— Tu oublies les photographies…

— *Les* photographies ? répéta-t-elle. Il y en a eu d'autres ?

Les deux hommes échangèrent un regard mais aucun ne répondit. Elle les dévisagea tour à tour.

— Arrêtez de me protéger. Je veux les voir.

— J'en ai reçu une nouvelle, reconnut son père.

— Tu n'as pas besoin de la voir, dit Tyce. Ce n'est pas toi qui es visée.

Elle bondit de sa chaise.

— Papa ? Est-ce toi qui es menacé ?

— Non, lui assura-t-il. Luther Mills est trop intelligent pour me cibler directement.

Le narcotrafiquant savait surtout que son père n'en serait pas effrayé. Depuis la mort de sa femme, il ne se souciait plus que de sa fille.

— Alors qui ? demanda-t-elle. Toi, Tyce ?

— Aucune importance, répondit-il en haussant les épaules.

— Je veux voir cette photo, insista-t-elle.

— C'est un élément de preuve, répondit Tyce.

— Mais si tu l'as vue, elle est encore ici.

Tyce ne l'avait pas quittée d'une semelle. Elle réfléchit et sut où se trouvait le cliché.

Comme elle se levait et sortait précipitamment de la salle à manger, elle entendit Tyce dire à son père :

— Finissez votre repas, monsieur. Je m'en occupe.

Elle hâta le pas, ses talons claquant sur le parquet pour empêcher Tyce de la rattraper. Elle devait savoir.

Elle courut vers le bureau de son père. Lorsqu'elle découvrit la photographie, elle en resta muette.

— Ce n'est qu'une photo, dit Tyce dans son dos.

À travers le plastique, elle toucha le trou percé sur son front.

— C'est grave, murmura-t-elle.

La mort de Tyce Jackson lui serait insupportable. Il y a peu de temps, avant qu'ils aient entendu l'intrus, elle avait adoré l'embrasser, le toucher. Elle aurait voulu continuer.

Mais quelque chose avait changé depuis le cambriolage. Il ne la regardait plus comme avant. Il avait pris ses distances.

Pourquoi ? Essayait-il de la protéger ou de se protéger, lui ?

Elle montra la photo.

— C'est pour cette raison que tu préfères me conduire dans une maison sécurisée. Tu as peur ?

Imaginer qu'elle puisse être ciblée terrifiait Tyce. Si Luther mettait à exécution la menace explicitée par ce cliché, Tyce ne serait plus là pour la protéger quand Luther s'attaquerait à elle. Et tôt ou tard, il s'en prendrait à elle.

Malgré tous les efforts de Luther pour éliminer le témoin et l'experte scientifique, l'équipe de Parker, composée des meilleurs, garantissait à tous la sécurité. Et parce que Tyce en faisait partie, il veillerait sur Bella. Au prix de sa propre vie s'il le fallait.

— Tu as peur ? répéta-t-elle.

— J'ai connu des situations bien plus dangereuses que celle-ci, princesse, répliqua-t-il en riant.

Des années durant, il avait vécu sous couverture, si profondément impliqué que ses collègues de la brigade des mœurs n'auraient pas été en mesure de le retrouver et encore moins de l'aider, s'il en avait eu besoin. Or, il en avait eu besoin. À plusieurs reprises, il avait été en conflit ouvert avec des complices de Luther qui le prenaient pour un rival.

Il s'efforçait seulement de se rapprocher de Luther pour le faire tomber. Et il avait souvent frôlé la mort.

Il secoua la tête, refusant de songer aux grosses frayeurs qu'il avait connues alors.

— À quoi penses-tu ? demanda Bella en s'approchant de lui.

Il ne pouvait rien lui en dire. Il n'en parlait à personne.

— Je me remémorais cette séance de rasage, ce matin. Es-tu certaine que le barbier de ton père n'a pas pris cette photo ?

— S'il avait su que tu ferais un drame de cette petite coupure, il l'aurait peut-être prise, répondit-elle.

Mais à son regard, il comprit qu'elle n'était pas dupe.

Contrairement à l'image qu'on se faisait d'elle, elle n'était pas idiote. Loin de là. Ces rumeurs avaient sans doute pour origine la jalousie de sa richesse et de sa beauté.

Tyce songeait au cambriolage. Pourquoi seuls certains joyaux avaient-ils été dérobés ?

Luther n'aurait pas organisé ce vol. Le narcotrafiquant n'avait pas de temps à perdre. Et il n'en savait pas assez sur Bella pour deviner qu'elle tenait beaucoup aux bijoux de sa mère.

Alors, cette intrusion avait-elle été le fruit du hasard ? Le cambrioleur connaissait-il la valeur des joyaux, savait-il lesquels étaient les plus précieux ? Ou le voleur était-il assez proche de Bella pour mesurer à quel point la disparition des bijoux de sa mère la bouleverserait ?

Tyce espérait que ce n'était pas le cas. Parce que beaucoup de personnes – et pas uniquement Luther Mills – voulaient faire du mal à Bella.

— Une petite coupure ? demanda le juge. Quelle coupure ?

Tyce ne l'avait pas entendu les rejoindre dans le bureau. Il était déjà trop distrait par la présence de Bella.

— Ce n'est rien, dit Bella. Vito a légèrement entaillé Tyce quand il l'a rasé.

Tyce caressa sa mâchoire. Les poils commençaient déjà à repousser. Mais à l'avenir, il les raserait lui-même plutôt que de laisser le vieux barbier s'en charger.

— Je n'aurai pas besoin de me raser là où nous allons, dit-il.

— Où allez-vous ? s'enquit le juge.

— Dans une maison sécurisée, répondit Tyce.

Située au milieu de nulle part pour que personne ne puisse à nouveau le surprendre ou le prendre en photo à son insu.

Bella secoua la tête.

— J'ai trop à faire pour quitter la ville maintenant.

— De quoi parles-tu ? demanda-t-il. De faire la fête ?

Il voulait l'énerver.

Comme il s'y attendait, elle le fusilla du regard. Mais à sa grande surprise, elle était d'accord avec lui.

— Oui, à organiser des fêtes. Et si tu veux continuer à être mon garde du corps tu devras être chaque jour rasé de près. Mais si tu as trop peur, ajouta-t-elle en levant la pochette en plastique avec la photo, tu peux demander à quelqu'un d'autre de prendre le relais.

Sans attendre de réponse, elle quitta la pièce à pas vifs.

Tyce enfonça les mains dans ses poches pour s'interdire de l'attraper au passage. Elle était tellement exaspérante, belle et… effrayante.

Il était effrayé. Et le juge dut le voir parce qu'il demanda :

— Voulez-vous être remplacé ?

Le juge pensait-il que Tyce était incapable de protéger

sa fille ? Ou craignait-il qu'un garde du corps fauché ne s'approche trop près de sa petite héritière ?

Tyce résolut de mettre les pieds dans le plat.

— Avez-vous envie de me remplacer ? demanda-t-il.

Le juge jeta un coup d'œil à la pochette en plastique sur son bureau.

— Vous aurez juste une photo de mon remplaçant, dit Tyce. Avec cette balle dans le crâne.

Pourtant, il n'en était pas si sûr.

Luther Mills avait une autre raison de vouloir sa mort qui n'avait rien à voir avec Bella Holmes. En fait, Tyce était surpris de ne pas avoir reçu une balle dans le crâne depuis longtemps.

9

Bella avait gagné le bras de fer contre son père et Tyce. Elle était rentrée chez elle avec ce dernier. Et tous deux avaient assisté à tous les événements qu'elle avait planifiés.

Pourtant elle ne se sentait pas victorieuse.

Mais frustrée.

Son appartement était loin d'être exigu, mais il lui paraissait plus petit depuis que Tyce y vivait avec elle. Il occupait désormais la chambre d'amis. Et il avait installé ce système d'alarme qu'il jugeait indispensable à sa sécurité. Système qu'elle avait déclenché à plusieurs reprises par mégarde. Comme la nuit dernière, par exemple, quand elle avait ouvert la fenêtre de sa chambre pour aérer.

Tyce s'était précipité, l'arme au poing, vêtu uniquement de son boxer. Mais il ne l'avait même pas regardée. Comme si rien ne s'était passé entre eux, comme s'il ne l'avait jamais embrassée, jamais touchée…

Peut-être avait-elle imaginé ce moment d'égarement.

Et peut-être son père avait-il exagéré les menaces de Luther Mills parce que ces quinze derniers jours avaient été très calmes. Cela dit, Bella avait vu les photos adressées à son père. La photo d'elle, le visage tailladé, et celle de Tyce… un trou au milieu du front.

— Pourquoi me regardes-tu comme ça ? demanda Tyce en se levant du canapé. J'ai une tache sur le nez ?

Bella secoua la tête. Il était très séduisant. Il détestait s'habiller mais il était beau à couper le souffle dans son smoking. Il tira sur le nœud papillon, tentant de le desserrer.

Elle rit et secoua la tête.

— Laisse ce nœud tranquille. Tu l'as bien attaché.

Désormais, il préférait s'en charger lui-même. Chaque fois qu'elle avait voulu l'aider à nouer sa cravate, il s'était écarté d'elle comme s'il craignait qu'elle veuille l'étrangler avec.

Et il est vrai qu'elle y avait parfois pensé. Peut-être même un peu plus souvent que parfois…

Il était tellement exaspérant à continuer à l'appeler « princesse ». Mais le pire avait été le moment où l'alarme s'était déclenchée en plein milieu de la nuit. Et qu'il était entré dans sa chambre sans la regarder.

Pourtant, il était son garde du corps, non ? Chargé de s'assurer qu'elle allait bien, non ? Comment y parvenir s'il ne lui faisait jamais l'aumône d'un regard ?

Elle, en revanche, ne se gênait pas pour admirer son torse musclé, ses fesses bien fermes moulées dans son boxer.

Et maintenant, il l'ignorait toujours alors qu'elle portait l'une de ses tenues les plus seyantes. Une robe bustier couleur émeraude qui mettait en valeur le vert de ses yeux et l'or de ses cheveux. Il ne l'avait même pas complimentée.

Sans doute tenait-il à ce qu'elle n'oublie pas qu'il n'était pas vraiment son petit ami. Il n'était que son garde du corps.

— Veux-tu que je t'aide ? proposa-t-elle alors qu'il se battait avec son nœud papillon.

— Je vais y arriver, répliqua-t-il.

Bella jeta un coup d'œil à sa montre. En or et en nacre, elle avait appartenu à sa mère. Le cambrioleur ne l'avait pas emportée parce qu'elle quittait rarement son poignet.

— Nous allons être en retard, dit-elle.

— N'est-ce pas tendance de l'être ? répliqua-t-il.

— Pas quand c'est toi qui reçois.

— Tu ne cesses de recevoir…

Elle savait qu'elle organisait trop d'événements. Mais tant d'œuvres de bienfaisance méritaient son soutien. Voilà pourquoi elle refusait rarement de présider un gala de charité.

— Et tu adores les fêtes, non ? poursuivit-il.

Pour elle, c'était bien plus que des fêtes et elle espérait qu'il l'avait compris à présent. Mais manifestement, il se souciait davantage de ceux qui la menaçaient que de ce qu'elle faisait de sa vie.

Pourtant, ils ne s'étaient pas contentés d'assister à des galas. Tyce l'avait également emmenée chez des prêteurs sur gages dans l'espoir d'y retrouver les bijoux de sa mère.

Il lui avait expliqué que lorsqu'il travaillait dans la police, il avait constaté que les cambrioleurs se dépêchaient d'apporter les biens volés aux prêteurs sur gages du coin. Ils les échangeaient contre de l'argent liquide afin de se procurer de la drogue. Mais jusqu'ici, cette piste n'avait rien donné.

— Je suis désolé, grommela-t-il, d'un ton bourru. Je regrette que nous n'ayons pas retrouvé tes joyaux.

Elle poussa un soupir fataliste. Tyce l'avait prévenue qu'elle ne les reverrait sans doute jamais.

— Tu te doutais qu'ils ne seraient pas là, dit-elle. Pourquoi ?

— Parce que je ne suis pas sûr que le voleur les ait pris pour en tirer de l'argent. Je crains qu'il n'ait juste voulu te nuire.

Cette éventualité la mit mal à l'aise. Mais elle secoua la tête.

— Personne ne cherche à me nuire.

— Sauf Luther Mills.

— D'après ce que mon père et toi avez dit à son sujet, le vol de bijoux ne fait pas partie de son mode opératoire.

— C'est vrai, reconnut-il.

— Tu penses donc que quelqu'un d'autre me veut du mal ?

Elle frissonna à cette horrible pensée. Elle veillait à toujours être gentille avec tout le monde. Alors qui ?

Tyce s'approcha d'elle et pencha son visage vers le sien.

— Je ne laisserai personne s'attaquer à toi. Ne t'inquiète pas.

En réalité, Tyce lui-même était susceptible de lui faire beaucoup de mal. Elle n'avait jamais été aussi attirée par un homme. Et malheureusement, il ne semblait pas partager ses sentiments.

Incapable de s'en empêcher, elle se hissa sur la pointe des pieds et noua ses bras autour de son cou. Lorsque ses seins s'écrasèrent contre son torse musclé, une onde de chaleur la parcourut. Elle avait tellement envie de lui qu'elle ne parvenait plus à se maîtriser.

Il se tendit et planta ses étonnants yeux topaze dans les siens. Ils brillaient. De désir ?

Partageaient-ils la même faim ?

Mais il recula et murmura :

— Tu ne veux pas être en retard.

En effet, elle ne voulait pas être en retard. Mais sa façon de l'ignorer la blessait.

Il dut s'en rendre compte parce qu'il l'attira soudain pour la plaquer contre lui. Elle sentit son érection. Il la désirait, lui aussi. Avec un juron, il baissa la tête et captura sa bouche. Il l'embrassa profondément, avidement, passionnément.

Elle frissonna, soulevée par de délicieuses sensations.

Affolée, elle rêvait de sentir ses mains partout sur elle. Et les siennes partout sur lui. Les doigts fébriles, elle défit son nœud papillon avant de commencer à déboutonner sa chemise.

Quand elle découvrit son torse magnifiquement musclé, elle y enfouit son visage avec un soupir de joie.

De nouveau, il tenta de l'arrêter.

— Nous allons être en retard, la prévint-il.

Elle s'en fichait.

Il le sentit sans doute parce qu'il la prit dans ses bras et la porta jusqu'à sa chambre. Les bras noués à son cou, elle laissa tomber ses escarpins sur le sol. Quand il la posa sur le tapis, il ouvrit lentement la fermeture Éclair de la robe qui tomba mollement à ses pieds.

Il la dévora de ses yeux topaze brillant de désir.

— Tu es si belle…

— Je ne pensais pas que tu l'avais remarqué, dit-elle.

— Je remarque tout.

Parce qu'il était garde du corps ? Ou parce qu'il était attiré par elle ?

Elle laissa sa chemise glisser de ses larges épaules. Puis elle s'attaqua à son ceinturon.

Le souffle court, il lui saisit les mains.

— Bella…

Allait-il l'arrêter ? La repousser, s'éloigner, une fois de plus ? S'il refusait d'aller plus loin, maintenant, elle en serait anéantie.

Mais comme elle l'espérait, il la porta jusqu'au lit et l'étendit sur la couche avec précaution. Il promena alors ses lèvres sur son corps de femme, embrassant chaque parcelle de sa peau. Lorsqu'il entreprit de suçoter la pointe de ses seins, elle se cambra, serrant sa tête contre sa poitrine. Mais quand il s'aventura à glisser ses doigts dans sa culotte, à caresser avec douceur son clitoris, elle se mit à crier et s'agrippa à ses épaules.

Elle avait envie de lui. Maintenant.

— Tyce !

Au lieu de la pénétrer, de la rejoindre pour que leurs corps ne fassent plus qu'un, il s'écarta du lit.

Au désespoir, elle l'implora :

— Viens, je t'en prie !

Elle ne s'était jamais abaissée à supplier quelqu'un pour quoi que ce soit. Mais l'idée qu'il la repousse à nouveau ou se comporte comme s'il ne voyait pas qu'elle se consumait pour lui était insupportable.

Pourtant, il la regardait maintenant. Ses prunelles topaze se promenaient sur elle comme ses mains et sa bouche l'avaient fait. Tout en la dévorant des yeux, il retira son ceinturon, son pantalon. Enfin, il se tourna vers elle. Il ne portait plus que son boxer, qui ne dissimulait rien de son impressionnante érection.

Elle lui ouvrit les bras. Elle avait hâte de l'étreindre, hâte qu'il l'entraîne vers le ciel. Mais il se pencha, ramassa son pantalon pour y prendre son portefeuille et en tirer un préservatif.

Et enfin, il enleva son boxer.

Le souffle court, elle admira son corps d'homme. Il était si grand. Si musclé et si fort. Saisie d'une irrésistible envie de le toucher, elle tendit les mains vers lui.

S'il recula, comme il l'avait fait tant d'autres fois auparavant, cette fois ce fut uniquement pour dérouler le préservatif sur son sexe dressé. Il s'avança alors vers elle, la rejoignant sur le lit. Doucement, il lui retira sa culotte et s'allongea sur elle.

Bella avait si faim de lui qu'elle enroula aussitôt les jambes autour de ses hanches et s'arqua contre lui.

Il la caressa de nouveau, s'assurant qu'elle était prête à l'accueillir au creux de son ventre.

Elle était si affamée de lui qu'elle cria :

— Viens ! Prends-moi !

Sans se faire prier davantage, il se glissa en elle et se

mit à aller et venir entre ses cuisses, doucement d'abord, comme s'il craignait de lui faire mal. La sueur perlait à son front, une veine se contractait sur sa tempe.

Quand elle se cambra en l'appelant, il s'enfonça plus profondément tandis qu'il l'embrassait à pleine bouche. Il accéléra le rythme. Elle toucha le ciel mais il n'avait pas fini. Il se mit sur le dos et la tint à califourchon sur lui pour lui permettre de s'empaler sur lui.

Penchée en avant, elle se mit alors à le chevaucher, allant et venant sur lui. Ses longs cheveux blonds caressaient son torse.

Les mains de Tyce glissèrent de ses hanches jusqu'à ses seins. Il les prit dans ses paumes, en excitant la pointe des pouces.

Une vague de plaisir la souleva soudain et elle se mit à crier. Elle n'avait jamais connu de jouissance aussi intense.

Les mains sur ses hanches, il la guida pour qu'elle le suive jusqu'au moment où, foudroyé à son tour, il laissa échapper un gémissement rauque.

Elle s'effondra sur son torse, à bout de souffle, inondée de plaisir.

Mais très vite, Tyce recouvra ses esprits, son sang-froid.

— Je vais me doucher, dit-il en la soulevant. Ne traînons pas. Nous devons y aller.

— Aller où ? demanda-t-elle, complètement perdue.

— As-tu oublié la fête que tu as organisée ?

Bella l'avait complètement oubliée, oui. Elle avait tout oublié sauf son désir pour lui.

Elle se précipita hors du lit pour se recoiffer et se remaquiller. S'il l'avait de nouveau enlacée, elle aurait oublié la fête. Mais il prenait déjà ses distances.

Elle ressentit un pincement au cœur lorsqu'elle comprit qu'il regrettait probablement déjà ce qu'ils venaient de faire. Son seul regret à elle était de prendre conscience qu'il ne voudrait peut-être pas recommencer.

Tyce s'efforçait de s'intéresser au délicieux repas qui venait d'être servi dans la salle de bal du River City Grand Plaza.

En vain.

S'il s'était profondément investi au sein de la brigade des mœurs, autrefois, il n'avait jamais oublié qui il était vraiment. Il avait toujours su qu'il était flic, que son travail consistait à capturer les délinquants. Il ne s'était jamais laissé happer par sa couverture au point d'oublier qui il était… jusqu'à maintenant.

Cette fois, il finissait par croire qu'il était vraiment le petit ami de Bella et elle, sa chérie. Mais cette éventualité était absurde, en réalité.

Ils n'avaient rien en commun. Leurs mondes étaient trop différents pour que l'un s'intègre à celui de l'autre.

L'univers de Bella tournait exclusivement autour des fêtes et des galas. Et elle ne se contentait pas d'y assister. Elle les organisait, les planifiait, passant des heures interminables au téléphone avec les traiteurs et son assistante.

Tyce Jackson aimait sa vie tranquille et solitaire. Il détestait les réceptions, les mondanités, les bavardages.

Comme il accompagnait Bella partout, les gens devenaient curieux à son sujet et tentaient d'apprendre qui il était.

Bella le tirait généralement d'affaire. Si quelqu'un commençait à jouer les grands inquisiteurs, elle le remarquait vite et intervenait aussitôt. Le reste du temps, elle se déplaçait de grand patron en grand patron comme un papillon voletant de fleur en fleur. Elle était tellement belle.

Il la désirait encore plus maintenant qu'ils avaient fait l'amour, car il savait à quel point le sexe était torride entre eux.

La façon dont elle bougeait sous lui l'avait rendu fou…

Il força son esprit à revenir au présent et se concentra sur Bella qui charmait tous ceux qu'elle croisait, de son sourire ensorcelant.

— Vous ne la quittez jamais des yeux, remarqua une femme d'un certain âge. Vous semblez amoureux de notre protégée.

— De votre protégée ? répéta-t-il, perplexe.

— Nous chérissons notre Bella comme si elle était notre enfant, répondit son interlocutrice en souriant. Vous êtes sans doute la raison de son retard, ce soir.

Son nœud était à nouveau trop serré et il tira dessus.

La vieille dame rit de sa réaction et demanda :

— Comment vous êtes-vous rencontrés, Bella et vous ?

— Par son père, répondit Tyce.

— Vous connaissez le juge ? demanda-t-elle, manifestement sceptique.

Malgré ses cheveux courts et son visage rasé de près, il n'avait toujours pas réussi à se fondre dans le monde de Bella. Il n'était pas des leurs et ils le sentaient tous.

Il sursauta presque lorsqu'un bras glissa dans le creux du sien. Se pressant contre lui, Bella répondit à sa place :

— Tyce et mon père sont de vieilles connaissances.

C'était vrai, dans une certaine mesure. Ils se connaissaient professionnellement. Mais jusqu'à la nuit du cambriolage, Tyce n'était jamais allé au domicile du juge.

— Désolée, madame Kreiser, mais j'ai très envie de danser maintenant, dit Bella en le tirant vers la piste de danse.

— Je ne danse pas, lui rappela Tyce.

— C'est un slow, répliqua-t-elle. Mets tes bras autour de moi.

Elle leva les yeux vers lui. Si elle arborait un sourire aussi étincelant que sa robe, il n'atteignit pas tout à fait ses yeux. Elle était tendue et nerveuse, et…

Peut-être craignait-elle qu'il la plante au beau milieu de la piste de danse. Mais elle avait tort de s'inquiéter. Il la désirait de nouveau si fort qu'il n'avait plus la volonté de s'écarter.

Il se demandait encore comment il avait réussi à lui résister la nuit où elle avait déclenché l'alarme et qu'il s'était précipité dans sa chambre. Il avait dû se forcer à détourner la tête. Elle était si belle dans sa fine chemise de nuit en soie.

Il glissa son bras autour de sa taille et l'étreignit contre lui. Il n'avait jamais été autant attiré par quelqu'un.

Après avoir fait l'amour avec Bella, il avait espéré que ce désir impérieux se calmerait mais, au contraire, il s'intensifiait.

Au cours de ses années dans la police, Tyce s'était souvent vu confier des missions d'infiltration dangereuses. Mais jouer l'amoureux de Bella Holmes était la plus risquée à ce jour.

Elle ne menaçait pas sa vie.

Mais son cœur.

Le grand brun devait mourir. Tant qu'il était vivant, Bella Holmes resterait hors d'atteinte. Il était toujours collé à elle.

Luther Mills n'avait pas encore donné l'ordre de les tuer. Pas encore. Mais attendre n'était pas une option.

Bella avait été la reine du bal trop longtemps. Il lui

suffisait de sourire pour avoir tout. L'argent, les bijoux, les hommes…

Tout le monde l'adorait à River City. Pourtant, elle n'avait rien fait pour mériter d'être si bien traitée. Elle avait seulement eu la chance d'être une fille à papa. Ce n'était pas juste.

Mais une fois cet homme écarté, la belle vie de Bella Holmes prendrait fin.

10

Bella n'arrivait jamais en retard aux galas qu'elle organisait et elle ne les quittait jamais la première. Sauf ce soir. Ce soir, elle était arrivée en retard parce qu'elle avait fait l'amour avec son garde du corps. Et maintenant, elle avait hâte de s'en aller, de rentrer, pour recommencer.

Elle avait craint que Tyce prenne ses distances, lui fasse comprendre qu'il regrettait d'avoir couché avec elle. Mais quand ils avaient dansé ensemble, il l'avait serrée si fort contre lui qu'elle avait su qu'il partageait le même désir.

Camille la rattrapa au moment où elle sortait de la salle.

— Bella ! Où vas-tu ?

Elle devait retrouver Tyce dans le hall. Il n'était pas loin. En règle générale, il restait toujours à ses côtés. Mais elle l'avait convaincu qu'elle ne courait aucun risque dans l'immense salon animé tandis qu'il allait chercher le SUV.

Camille, qui tenait à lui parler, l'avait poursuivie.

— Je pars, je rentre, répondit-elle à son assistante.

En réalité, Camille était surtout une amie, une amie de longue date. Leur amitié avait commencé bien avant leur collaboration professionnelle.

— Mais tu ne peux pas planter tes invités comme ça !

— Je leur ai dit de profiter de la soirée, lui rappela Bella.

Après son slow avec Tyce, elle avait pris le micro pour remercier tout le monde d'être venu, d'avoir fait preuve de tant de générosité et elle avait encouragé ses hôtes à continuer à faire la fête jusqu'à l'aube. Quant à elle, elle avait l'intention de finir la nuit dans un cadre plus intime, seule avec Tyce.

Elle sourit au souvenir du plaisir qu'il lui avait donné tout à l'heure et de celui qu'ils partageraient bientôt.

— Et les traiteurs et les serveurs et les barmans ? reprit Camille d'un ton affolé.

— Ils ont tous été payés et ont eu droit à un bon pourboire, dit Bella. Je me sens d'humeur généreuse, ce soir. Et bien sûr, j'ai ajouté une prime importante à ton salaire, Camille. Tu travailles dur, ces derniers temps, j'en suis bien consciente.

Son amie éclata de rire.

— C'est toi qui travailles très dur et voilà pourquoi je m'inquiète pour toi.

— Tu t'inquiètes pour moi ? répéta Bella, surprise.

Elle connaissait Camille depuis longtemps. Elles avaient fréquenté la même école privée et la même université jusqu'à ce que Bella abandonne ses études à la mort de sa mère.

— Tu n'es plus toi-même depuis que ce grand brun est entré dans ta vie, ajouta son amie à voix basse.

Pourtant, Tyce n'était que son garde du corps. Pas son amoureux. Elle n'était pour lui qu'une mission, une cliente.

— Je suis désolée, dit Bella. Il n'y a pas lieu de te tourmenter.

Mais lui parler des menaces dont elle faisait l'objet et de la protection rapprochée dont elle bénéficiait ne ferait que l'angoisser davantage.

— Je ne comprends pas, poursuivit Camille. Tu viens de rompre avec Michael et maintenant, cet inconnu ne te quitte plus. Que te veut-il ? Te menace-t-il ? ajouta-t-elle.

— Mais non ! assura Bella en riant. Je ne risque rien avec lui.

Sauf si elle tombait amoureuse de lui…

— Qui est-ce ? demanda Camille.

— Un ami de mon père.

— Michael est un ami de ton père, rectifia Camille.

— Non, la corrigea Bella. Mon père n'a jamais considéré Michael comme un ami. Il ne l'apprécie pas.

— Tu l'as connu toute ta vie. Alors que tu n'avais jamais fait la moindre allusion à ce brun auparavant.

— J'ai fait la connaissance de Tyce récemment, répondit Bella, ce qui était tout à fait véridique.

Camille s'enquit d'un ton sceptique :

— Et au premier regard, ça a été le coup de foudre ?

Bella se souvint de Tyce entrant dans la salle de réception du Grand Plaza avec son épaisse barbe, ses cheveux longs et ses bottes de moto.

En réalité, il l'avait terrifiée mais elle s'ordonna de sourire.

— Exactement. Un vrai coup de foudre.

À ces mots, Camille écarquilla les yeux.

— Tu es amoureuse de lui ?

Bella se sentit obligée de hocher la tête.

— Et voilà pourquoi tu me trouves différente. Je n'avais jamais été troublée à ce point par un homme, auparavant.

C'était vrai. Mais était-ce de l'amour ?

Non, elle n'était pas amoureuse de Tyce Jackson, comprit-elle. Elle le connaissait à peine. Elle éprouvait du désir, oui…

L'amour demandait du temps, une vraie intimité. Et elle doutait que Tyce soit capable de lui donner l'un ou l'autre. Elle non plus d'ailleurs. Elle avait si peur d'aimer quelqu'un puis de le perdre. Et d'en être dévastée…

— Es-tu sûre qu'il s'agit d'amour ? demanda Camille.

— Sûre et certaine…

Camille semblait perplexe.

— Je n'appréciais pas beaucoup Michael. Mais au moins tu le connaissais depuis longtemps…

Bella ne le connaissait pas du tout, en réalité. Elle avait ignoré des années durant qu'il consommait de la drogue.

— Alors que tu viens juste de rencontrer ce type, poursuivit Camille. Alors, sois prudente.

Bella devinait qu'elle finirait fatalement par souffrir. Une fois le procès terminé, elle n'aurait plus besoin de garde du corps. Tyce passerait à une autre mission et… l'oublierait. Elle aussi. Ce n'était pas comme si elle était vraiment amoureuse de lui.

Parker était tourmenté par ce sixième sens qu'il avait hérité de sa mère. Il était la proie d'un mauvais pressentiment. Il devinait qu'un grand malheur était sur le point de se produire. Mais sur qui tomberait-il ?

Rosie Mendez et Clint Quarters étaient à l'abri du danger. Seul le chef de la police et Penny, la mère de Parker – qui savait tout – connaissaient l'endroit où ils se cachaient jusqu'au procès. Wendy Thompson, l'experte scientifique, avait enfin accepté d'attendre le procès dans une maison sécurisée, une maison sécurisée dont très peu de gens soupçonnaient l'existence… au cas où Jocelyn Gerber aurait eu raison et qu'une taupe opérait au sein de l'agence. Luther n'avait aucun moyen de les atteindre. Mais ses nombreuses tentatives pour les faire éliminer avaient finalement convaincu Rosie et Wendy d'être prudentes.

Peut-être Parker avait-il besoin de s'entretenir de nouveau avec Luther, pour tenter de cerner ce que préparait le narcotrafiquant. En tout cas, ce dernier ne renoncerait pas à ses sinistres projets, Parker en était certain. Il avait sans doute planifié quelque chose d'où le mauvais pressentiment de Parker.

Tant que Luther Mills n'aurait pas été condamné et enfermé à vie, il resterait une menace.

Son angoisse s'intensifiant, Parker finit par s'emparer de son smartphone. Il composa le numéro, le cœur serré.

— Que se passe-t-il ? lança Tyce en prenant l'appel. Tout va bien ?

Il était évidemment au courant de toutes les attaques que les autres avaient subies.

— Je vous appelle pour vous le demander, répondit Parker. Tout va bien de votre côté ?

— Pourquoi cette question ? Le juge a reçu une autre photographie ?

— Non, non.

— Alors pourquoi semblez-vous si inquiet ?

Parker avait essayé de lui cacher ses angoisses mais Tyce était doué pour décrypter les gens.

— Je ne sais pas, avoua-t-il. Je suis la proie d'un mauvais pressentiment…

Tyce avait dû entendre parler du sixième sens légendaire de Payne. Sa mère, Penny, et le demi-frère de Parker, Nick, qui n'était pourtant pas le fils de Penny, l'avaient toujours eu. Et depuis l'ouverture de leurs propres franchises de la Payne Protection Agency, son frère Cooper et lui en étaient dotés aussi.

— Tout va bien du côté de la princesse, assura Tyce. Le cambriolage visait certainement les bijoux de sa mère et rien d'autre.

— Les avez-vous retrouvés ? demanda Parker.

— Pas encore, reconnut Tyce. Mais les voleurs se sont emparés des joyaux les plus précieux et ils se doutent qu'aucun prêteur sur gages ne leur offrira ce qu'ils valent.

— Je vais enquêter de mon côté, proposa Parker.

— Merci. La disparition de ces bijoux ennuie vraiment Bella.

— Il y a quelqu'un d'autre qui la dérange ? demanda Parker. À part vous ?

Tyce ricana, un peu mal à l'aise.

— Vous lui donnez toujours du fil à retordre ? insista Parker.

Tyce ne répondit pas. Un silence de mort tomba.

— Vous êtes là ? demanda Parker.

— Oui, oui, mais je dois y aller, répondit Tyce. Je l'ai laissée seule, le temps d'aller récupérer le SUV sur le parking.

— Quoi ! s'écria Parker. Il ne faut jamais la laisser seule. Elle est toujours en danger.

— Elle est dans une salle de bal au milieu d'un millier de personnes, répliqua Tyce. Tout va bien.

Pour elle, peut-être. Mais pour lui ?

Quelque chose tourmentait Tyce. Parker l'entendait dans sa voix. Et son mauvais pressentiment s'intensifia. Un grave malheur était sur le point de se produire…

Et Parker était à peu près sûr qu'il atteindrait Tyce.

Tyce savait qu'il ne fallait pas prendre le sixième sens de Parker à la légère. Son côté médium était légendaire. Légendaire parce que ses intuitions se vérifiaient toujours.

Il mit fin à sa conversation avec son patron et éteignit son portable. Il ne pouvait s'empêcher de se demander si le malheur pressenti par Parker ne s'était pas déjà produit. Était-il trop impliqué avec Bella Holmes ?

Il était sorti chercher le SUV parce qu'il n'avait pas voulu attendre que le voiturier s'en charge. Il était pressé de ramener Bella dans son appartement et de la coucher dans son lit.

Il la désirait si fort qu'il en avait mal.

Avoir quelqu'un dans la peau à ce point était dangereux,

toxique. Il avait appris depuis longtemps qu'il valait mieux être indépendant, autosuffisant. Pour ne pas souffrir.

Bella ne lui ferait pas de mal parce qu'il veillait à ne pas tomber amoureux d'elle. Ce qui s'était passé entre eux plus tôt l'ennuyait uniquement parce que son comportement n'était pas professionnel. Il devait la protéger, pas la…

Il avait eu tort de la laisser seule. Elle était vulnérable, à la merci de ses ennemis. Tyce sauta au volant du SUV et démarra. Il fallait qu'il revienne au plus vite vers elle, pour s'assurer que rien ne lui était arrivé.

Parker et son mauvais pressentiment lui avaient rappelé la menace qui planait au-dessus d'elle. Une chance, vu que Tyce avait commencé à baisser sa garde, au point de céder à son désir pour elle. Cela ne se reproduirait plus.

La vie de Bella était en jeu. La sienne aussi.

Il ne s'inquiétait pas pour lui-même. Il avait survécu à des missions d'infiltration bien plus dangereuses que celle-ci. Mais là, il avait commis l'erreur de laisser ses sentiments l'envahir. Cela ne lui avait jamais réussi. Aucune de ses ex-petites amies n'avait voulu nouer une vraie relation avec lui et Bella non plus ne le souhaitait pas. Elle était si belle et si riche que tous les hommes étaient à ses pieds. Tôt ou tard, elle jetterait son dévolu sur un fils à papa.

Pourvu qu'elle soit restée dans la salle de bal avec ses invités. Elle y était en sécurité. Mais alors qu'il se garait devant l'hôtel, il la vit dans le hall, de l'autre côté des portes vitrées.

Son cœur se serra : n'importe qui pouvait la prendre pour cible.

Les serveurs ne sauraient pas la protéger des hommes de Luther. L'un d'eux était peut-être complice du narcotrafiquant.

Comme elle poussait le tourniquet pour le rejoindre, il bondit du SUV pour lui ouvrir la portière.

Mais soudain, des coups de feu claquèrent.

— Couche-toi ! cria-t-il.

Parker avait raison. Un malheur s'était produit.

Touché à l'épaule, il s'effondra.

Une vive douleur le traversa mais il se força à se relever, à courir vers Bella et à la coucher sur le sol.

Était-il trop tard ? Avait-elle déjà été blessée ? Ou pire ?

11

Bella fut projetée violemment sur le sol et poussa un hurlement. Autour d'elle, les gens s'enfuyaient en criant mais elle, elle ne pouvait pas partir.

Tyce avait été touché. Elle l'avait vu s'effondrer au moment où il sautait du SUV pour lui ouvrir la portière. Mais très vite, il s'était relevé. Pour s'élancer vers elle.

Il l'avait plaquée à terre afin de la protéger de son propre corps. Elle n'avait pas été blessée…

Elle ne ressentait aucune douleur mais elle était terrifiée en songeant à lui. Avait-il été atteint uniquement à l'épaule ? Ou avait-il pris d'autres balles ?

Elle prit une profonde inspiration et cria :

— Tyce ! Tyce !

Comme elle roulait sur elle-même pour se dégager, elle le découvrit étendu à côté d'elle.

Elle se pencha sur lui. Il avait les yeux clos. Paniquée, elle lui saisit le poignet pour chercher son pouls. Il était couvert de sang. Elle en voyait partout, le long de son bras, sur sa main et sur le bitume sur lequel ils étaient tombés.

Combien de fois avait-il été touché ? s'interrogeait-elle avec angoisse.

— Au secours ! Appelez une ambulance !

Elle n'était pas certaine que quelqu'un l'ait entendue. Dès le début de la fusillade, tout le monde avait détalé, les invités qui attendaient leurs véhicules, comme les voituriers qui les leur amenaient.

Elle promena les yeux sur le trottoir pour retrouver son sac. Il avait dû lui échapper des mains quand Tyce l'avait fait chuter.

Il lui avait probablement sauvé la vie. Mais la protéger lui avait-il coûté la sienne ?

Tyce n'arrivait pas à croire qu'il avait perdu connaissance. Il faisait un bien piètre garde du corps…

Bien sûr, il n'était resté inconscient que quelques instants. L'impact de son épaule blessée sur le béton lorsqu'il avait renversé Bella avait été si douloureux que son cerveau avait disjoncté. Pourtant, il se reprochait ce moment de faiblesse. Il avait le devoir de la protéger en toutes circonstances, envers et contre tout.

Au lieu de quoi, c'est elle qui avait dû l'aider, elle qui avait appelé la police et l'ambulance.

S'il avait été en pleine possession de ses moyens, il ne l'aurait évidemment pas laissée faire. Il l'aurait chargée dans le SUV et il aurait filé en vitesse. Et quelqu'un d'autre aurait appelé la police. Ainsi, il n'aurait pas eu à leur parler. Il n'aurait pas eu à risquer que quelqu'un le reconnaisse ou ne lui pose trop de questions.

L'ambulance lui avait épargné cette situation en l'emportant loin de la scène avec Bella.

Durant tout le trajet, il ne cessa de lui répéter qu'il allait bien. Mais elle ne se détendit que lorsque le médecin des urgences le lui confirma.

— Je t'avais dit que ce n'était rien, lui rappela Tyce.

— Tu as quand même eu besoin de plusieurs points de suture et d'un rappel contre le tétanos, répliqua-t-elle.

Il détestait les piqûres, ce qui avait souvent compliqué son travail d'infiltration en tant que trafiquant. Heureusement, il n'avait jamais eu à se droguer pour donner le change. Certains de ses collègues y avaient été contraints pour apporter un peu plus de crédibilité à leurs personnages. Il n'avait pas voulu finir comme eux, accro aux stupéfiants.

Le vaccin contre le tétanos avait été une épreuve, et les points de suture l'avaient achevé. Il attrapa sa chemise, déchirée et tachée de sang.

— Partons.

— Pas si vite, lança une voix grave en écartant le rideau qui le séparait des autres patients des urgences.

Tyce n'était plus policier depuis longtemps aussi fut-il surpris de voir surgir Woodrow Lynch, le chef de la police. Bien sûr, d'une certaine manière, Tyce travaillait pour lui puisque Lynch avait engagé la Payne Protection Agency pour mener à bien cette mission. Quoi qu'il en soit, le chef Lynch n'était pas venu seul.

Il était accompagné de Parker, le vrai patron de Tyce, et du juge Holmes qui se précipita vers sa fille.

— Comment vas-tu, ma chérie ? demanda-t-il en l'étudiant avec attention.

D'une main tremblante, il essuya le sang sur la joue de Bella. Il ne s'agissait pourtant pas du sien. Mais de celui de Tyce.

— Très bien, assura-t-elle. Je n'ai rien. Pas même une égratignure.

Par chance, elle était bien emmitouflée dans son manteau quand Tyce l'avait jetée au sol. Cela dit, elle était certaine d'être couverte de bleus.

— Tyce m'a protégée des coups de feu. Il m'a sauvé la vie.

Elle n'aurait jamais dû se retrouver à proximité d'un tueur, se reprochait Tyce. Il ne l'avait pas correctement protégée.

— Vos hommes ont-ils retrouvé le tireur ? demanda-t-il au chef de police.

Quand Bella et lui étaient partis à bord de l'ambulance, ils étaient toujours à sa recherche.

Le chef secoua la tête.

— L'avez-vous vu ?

— Malheureusement pas.

Et après la fusillade, il était trop inquiet pour Bella pour observer les alentours. La protéger avait été sa priorité. Heureusement, avec le SUV entre elle et l'agresseur, elle avait été à l'abri des balles.

— Des douilles ont été récupérées en face de l'hôtel, dit le chef, confirmant les soupçons de Tyce.

— De l'autre côté de la rue ? répéta Parker, les sourcils froncés de confusion. Mais votre SUV était garé avec la portière passager côté hall, non ?

Tyce hocha la tête pour le lui confirmer.

— Pour permettre à Bella d'y grimper directement.

— Alors, comment le tireur pensait-il l'atteindre ? demanda Parker, ses yeux bleus assombris par la suspicion.

— Les gars de Luther sont loin d'être des tireurs d'élite, lui rappela Tyce.

Heureusement pour les hommes de Parker. Sinon l'un d'entre eux aurait été tué.

— Mais ils ne sont pas tous idiots non plus, répliqua Parker. Comment espéraient-ils la frapper à cette distance avec votre SUV entre eux ?

Tyce haussa les épaules puis grimaça alors que le mouvement tirait sur sa plaie.

— Tout va bien ? demanda Bella.

Elle s'inquiétait pour lui.

Elle n'était pas la seule. Comme Tyce détournait le regard, il s'aperçut que les trois hommes le fixaient maintenant avec attention.

— Je vais bien, assura-t-il. Je m'en sors avec quelques points de suture.

Et la prise de conscience indispensable qu'il était le garde du corps de Bella. Pas son petit ami. Il devait la protéger et donc se concentrer sur sa mission. Et non sur ses atouts féminins.

Ni sur cette attraction irrésistible entre eux.

Les trois hommes continuaient de le dévisager.

— Combien y avait-il de tireurs ? demanda Parker.

— Un seul, répondit Tyce.

Une vraie chance puisque, distrait, il n'avait même pas eu la possibilité de dégainer son arme pour riposter.

Parker secoua la tête.

— Impossible.

— J'en suis sûr, insista Tyce.

Le chef de la police lui donna raison.

— Les experts scientifiques ont confirmé la présence d'un seul tireur.

— Depuis quand Luther envoie-t-il un seul gars pour faire le sale boulot ? demanda Parker.

— L'homme qui a failli abattre le témoin travaillait seul, lui aussi, rappela le chef à son beau-fils.

— Parce qu'il était policier, répliqua Parker. Et qu'il pouvait, du coup, s'approcher d'elle sans éveiller les soupçons.

Heureusement, son garde du corps, Clint Quarters – un ami de Tyce –, s'était méfié. Grâce à sa présence d'esprit, il avait sauvé Rosie Mendez.

Le juge reporta son attention sur Parker. Le visage sombre, il réfléchissait.

— Vous ne croyez pas que cette attaque est liée à Luther Mills ?

— Je n'ai pas dit ça, répondit Parker.

— Mais vous ne pensez pas que ma fille était visée.

— Je n'ai pas dit ça non plus, répliqua Parker. Je passe en revue toutes les hypothèses.

— Et votre conclusion est que le tireur ne ciblait pas Bella, dit le juge. Mais vous, ajouta-t-il en se tournant vers Tyce.

Tyce regarda son patron.

— Le pensez-vous ?

Parker haussa les épaules.

— C'est possible.

Mais le juge refusait d'en démordre.

— Je suis sûr que vous vous êtes fait des ennemis lorsque vous travailliez dans la police, dit-il à Tyce. L'un d'eux a voulu vous tuer… par vengeance.

Tyce comprit que le juge préférait cautionner n'importe quelle hypothèse plutôt que d'accepter que ses activités professionnelles aient mis sa fille en danger. Mais l'important était que personne ne perde de vue l'essentiel.

Il fallait protéger Bella. Le reste était accessoire.

Tyce s'était rasé avant de s'habiller et de faire l'amour avec Bella. Les poils de sa barbe n'avaient pas encore eu le temps de repousser.

— Depuis que votre fille m'a relooké, personne appartenant à mon passé ne peut me reconnaître.

Et pas uniquement à cause de ses cheveux coupés court et de son visage imberbe.

Il avait changé au-delà de son apparence. Lui-même se sentait différent. Quand il travaillait sous couverture pour la police, il avait appris à étouffer, à nier ses émotions. Sinon elles l'auraient détruit. Et même après avoir quitté la police, il avait préféré ne pas les ranimer. Pourtant, d'une manière ou d'une autre, Bella avait réussi à leur redonner vie.

Le chef se mit à rire.

— Il a raison, dit-il au juge. Sa propre mère ne le reconnaîtrait plus.

Tyce tressaillit. Son changement physique n'était pas la raison pour laquelle sa mère ne le reconnaîtrait pas. Elle ne le reconnaîtrait pas parce qu'elle l'avait abandonné à la naissance. Et ne l'avait jamais revu depuis.

Cela dit, d'une certaine façon, elle lui avait rendu service parce que ses grands-parents l'avaient alors élevé. Tyce avait veillé à ne jamais les décevoir. Comme les femmes avec qui il sortait autrefois, sa mère aimait les mauvais garçons et avait mal tourné. Il n'était même pas sûr qu'elle soit encore en vie. Depuis des années, aucun membre de la famille n'avait plus la moindre nouvelle d'elle.

Avec un soupir, il repoussa ces images du passé. Sa mère n'avait plus d'importance. Garder Bella en sécurité était la seule chose qui comptait à ses yeux, maintenant.

Revenant au présent, il répondit :

— Luther a probablement compris que j'étais le garde du corps de Bella et il a cherché à me neutraliser.

Le narcotrafiquant avait essayé de faire tuer les autres gardes du corps et pas uniquement parce qu'ils avaient eu l'audace de se mettre en travers de son chemin.

La vengeance poussait Luther Mills à tuer tous les anciens flics qui avaient contribué à son arrestation.

Mais il avait une raison supplémentaire de vouloir la mort de Tyce. Lorsque Tyce l'avait fait tomber, Luther n'avait jamais accepté qu'il ne fît que son travail. Il l'avait pris personnellement et il l'avait considéré comme une trahison.

— Vous auriez dû vous douter que j'en entendrais parler ! hurla Luther dans l'appareil. Êtes-vous cinglée ou quoi ? À quoi pensiez-vous en lui tirant dessus ?

Cette fille était si bête qu'à cause d'elle, le plan de Luther risquait de voler en éclats. La fusillade allait effrayer le juge – le pousser peut-être à mettre sa fille sous cloche ou plutôt dans une maison sécurisée, comme le témoin et l'experte scientifique. Luther n'avait pas encore pu les localiser et voilà pourquoi il devait savoir en permanence où se trouvait Bella Holmes. Il devinait qu'il aurait besoin de l'utiliser très prochainement comme moyen de pression.

Le procès n'allait plus tarder à s'ouvrir, maintenant. Un frisson d'appréhension lui parcourut l'échine à cette prise de conscience. Tout aurait dû se passer autrement. En principe, il aurait dû réussir à faire annuler les charges qui pesaient contre lui. Il avait engagé le meilleur avocat.

Et l'avocat n'était pas la seule personne qu'il avait grassement payée dans l'espoir d'atteindre ses objectifs.

Il avait des taupes au sein du département de police et du bureau du procureur de la République.

Et cette idiote d'espionne allait tout gâcher…

— Vous n'êtes pas censée la tuer, cria-t-il. Pas encore.

Pas tant que Luther avait besoin d'elle.

— Je n'essayais pas de *la* tuer, répondit-elle. Mais de *le* tuer.

— Le brun est toujours dans le paysage ?

— Oui. Et il doit mourir. Sinon votre plan ne fonctionnera jamais.

Luther était plutôt d'accord avec elle, mais ce type était l'un des gardes du corps de Parker Payne. S'il lui arrivait malheur, Payne le remplacerait par un autre dans la seconde. Ou la mettrait dans une de ses maisons sécurisées…

— Je ne vous ai pas encore ordonné de vous débarrasser de lui, lui rappela Luther. Nous ne savons même pas ce qu'il est pour elle…

— Son petit ami.

Luther perçut la jalousie qui teintait la voix de son interlocutrice et grimaça. Son imprévisibilité s'expliquait.

Les personnes jalouses agissaient rarement de manière rationnelle.

— À quoi ressemble-t-il ?

— Il est grand. Vraiment très grand, brun et il a des yeux d'une couleur bizarre…

Le sang de Luther se glaça.

— Avez-vous entendu comment elle le nomme ? Son prénom ?

Les deux femmes étant très proches, il était certain que son espionne le savait.

D'un ton méprisant, elle répondit :

— Tyce.

Tyce Jackson.

Luther ricana.

Ce n'était pas la première fois que Tyce Jackson s'attaquait à lui. Luther aurait dû le punir sévèrement à la première tentative. Il avait fait preuve d'une mansuétude coupable. Pourtant, il n'avait pas l'habitude de montrer la moindre indulgence envers ses ennemis.

En tout cas, si Tyce continuait à lui chercher des ennuis, il allait mourir.

Il aurait dû mourir depuis longtemps – pour l'avoir trahi.

— A-t-il été blessé par le coup de feu ? demanda Luther.

— Oui.

Luther ressentit un étrange pincement au cœur. De satisfaction, bien sûr. Mais aussi de regret de ne pas avoir appuyé lui-même sur la gâchette.

— Gravement ?

— En tout cas, il a été évacué à bord d'une ambulance.

Une ambulance ?

La prochaine fois, il fallait que Tyce Jackson quitte la scène à bord d'un corbillard.

12

L'expression peinte sur le visage de Tyce hantait Bella. Pas celle qu'il avait eue quand une balle l'avait blessé à l'épaule ou lorsqu'il avait perdu connaissance après l'avoir plaquée au sol pour la protéger de son propre corps.

Mais celle qu'elle avait vue sur ses traits à l'hôpital quand le chef avait dit en riant que la propre mère de Tyce ne le reconnaîtrait pas.

Par la suite, alors qu'ils retournaient chez elle à bord d'un autre SUV, elle avait tenté de l'interroger sur sa réaction. Mais il avait fait mine de ne pas avoir entendu. Elle ne comprenait pas pourquoi. Peut-être était-il trop focalisé sur le rétroviseur, peut-être voulait-il surtout s'assurer qu'ils n'étaient pas suivis.

Désormais, d'autres gardes du corps les escorteraient dans leurs déplacements. Si elle n'avait pas accepté leur présence, elle aurait dû se terrer chez son père ou dans une maison sécurisée.

Bien sûr, elle aurait pu refuser d'être protégée. Mais par égard pour son père, elle avait cédé. Il s'inquiétait beaucoup trop pour elle. Depuis qu'il avait appris que des menaces planaient au-dessus d'elle, il avait terriblement vieilli. Son visage était plus ridé, ses cheveux plus gris. Et il avait maigri comme s'il ne se nourrissait plus convenablement.

S'installer dans une maison sécurisée n'était pas une

option parce qu'elle n'aurait alors plus la possibilité de le voir. Et il n'avait qu'elle dans la vie.

Et Tyce, qui avait-il ?

Certes, ils avaient fait l'amour, elle en savait très peu sur lui. D'ailleurs, ils n'avaient pas « fait l'amour ». Ils avaient couché ensemble. Il ne lui avait pas montré beaucoup d'amour.

Et elle non plus ne l'aimait pas. Comment l'aurait-elle pu ? Elle ne le connaissait pas.

Voilà pourquoi, dès qu'ils réintégrèrent son appartement, elle redemanda :

— Pourquoi as-tu fait cette tête quand le chef a parlé de ta mère ?

— Quelle tête ? demanda-t-il, évitant son regard.

— Comme si tu avais pris une autre balle.

— J'ai mal, grogna-t-il avant de se laisser tomber sur le canapé.

Ce qui n'avait rien de surprenant. Il avait refusé les antalgiques qui lui avaient été proposés à l'hôpital, sans doute pour garder les idées claires pour conduire. Et pour mieux la protéger…

— As-tu perdu ta mère ? demanda-t-elle.

Peut-être avaient-ils un point commun, après tout.

— C'était il y a longtemps.

Elle vint s'agenouiller devant lui, posa les mains sur ses cuisses.

— Je suis désolée.

En mesurant l'intense émotion qui l'envahit à ce simple contact, elle regretta de l'avoir touché. Elle s'était tellement inquiétée pour lui pendant la fusillade qu'elle avait presque oublié ce qui se serait passé sans ces coups de feu.

Ils seraient probablement dans son lit, à se donner mutuellement du plaisir. Il était tard, à présent. L'appartement était plongé dans la pénombre. Seule une petite lampe était allumée sur la table basse.

— Pourquoi es-tu désolée ? lança Tyce.

— À cause de la mort de ta mère.

— Elle n'est pas morte. Du moins, je ne le pense pas. Je ne l'ai jamais vue. Elle m'a quittée à ma naissance. Après l'accouchement, elle m'a laissé dans le service de soins intensifs néonatals et elle est partie.

— Elle t'a abandonné ? s'exclama Bella, choquée.

Il haussa les épaules.

— Sans doute pensait-elle que je ne survivrais pas. Personne ne le croyait. Sauf ma grand-mère, ajouta-t-il avec un sourire. Elle était restée avec moi. Elle avait prié pour moi.

— Tu étais prématuré ? demanda Bella.

— Ma mère n'avait pas dit à ses parents qu'elle était enceinte. Ils n'ont pas eu la possibilité de l'aider pendant sa grossesse. Elle était jeune et traînait avec de sales types…

Son géniteur en était-il un ? se demanda Bella. Elle avait envie de lui demander.

Mais parler de sa mère l'avait déjà bouleversé. Elle préférait ne pas en rajouter.

— As-tu voulu travailler pour la police pour cette raison ? s'enquit-elle.

— Je travaillais déjà comme indic pour eux lorsque j'étais au lycée, répondit-il. Ensuite, j'ai intégré les Marines. Après cinq ans dans l'armée, je suis entré à l'école de police. À l'époque, j'espérais changer le monde. Mais après quelques années au sein de la brigade des mœurs, j'ai compris que les problèmes étaient trop nombreux et qu'ils me dépassaient.

— Arrêter Luther Mills ne résout rien, alors.

— Non, reconnut-il. Mais sa condamnation facilitera

la vie des habitants de River City. Voilà pourquoi il est si important qu'il paye enfin pour ses crimes.

À la passion qui teintait sa voix, elle comprit que faire tomber Luther Mills était devenu pour lui une affaire personnelle.

— Il payera, assura-t-elle. Mon père y veillera.

— Pas si tu es menacée.

— Alors il se récusera.

— C'est l'objectif de Luther, dit Tyce. Il a probablement un autre juge ou deux dans la poche. Mais ton père ne s'est jamais laissé corrompre, lui.

Comme il considérait les mains de Bella sur ses genoux, ses yeux topaze s'assombrirent de désir. Même s'il ne l'aimait pas, il avait faim d'elle… autant qu'elle avait faim de lui.

— Tu es en danger, ajouta-t-il.

Elle hocha la tête. Tomber amoureuse était dangereux…

— Je dois rester concentré, poursuivit-il. Cesser de me laisser distraire.

— Tu t'es laissé distraire ? demanda-t-elle.

— Tu le sais très bien. Quand nous dansions, j'avais hâte de te ramener ici, de refaire l'amour avec toi.

La gorge serrée, elle se rendit compte que si elle en avait terriblement envie, elle ne devait pas oublier qu'à cause de cette « distraction », Tyce avait été pris pour cible.

— Je suis désolée, répéta-t-elle.

— Ce n'est pas ta faute. Je dois effectuer mon travail, voilà.

Il était son garde du corps. Uniquement son garde du corps.

Elle devait garder cette réalité à l'esprit. Il se comportait en petit ami pour les besoins de sa couverture. Il ne s'agissait que d'une comédie.

Prenant appui sur ses genoux, elle se leva pour s'éloigner de lui.

Mais il la saisit par le poignet, la fit pivoter vers lui avant de capturer sa bouche.

La passion la submergea soudain. Ses jambes se dérobèrent sous elle, et elle serait tombée s'il ne l'avait pas rattrapée.

Elle se souvint soudain de sa blessure.

— Pose-moi, dit-elle. Tu es blessé.

— J'ai mal, reconnut-il. Mais cette souffrance n'a rien à voir avec mon épaule et tout à voir avec toi. C'est ta faute si je ne peux pas me concentrer, ajouta-t-il en la portant jusqu'à la chambre.

Au lieu de s'excuser, elle roula sur le lit avec lui. Les draps étaient encore imprégnés du parfum de leurs ébats de l'après-midi.

Bella le désirait encore plus en ce moment qu'alors. Peut-être parce qu'elle avait craint de l'avoir perdu. Pendant ces instants horribles, elle avait cru qu'il était mort.

Elle s'accrochait à lui maintenant, l'embrassant à pleine bouche tout en faisant glisser la veste de ses épaules et en déboutonnant sa chemise tachée de sang. Elle avait besoin de lui retirer tout ce qui la séparait de sa peau, de son corps d'homme.

Mais il s'écarta d'elle et finit d'arracher ses vêtements lui-même, jusqu'à ce qu'il ne porte rien d'autre que le pansement sur son épaule. Une terrible pensée la traversa alors.

Il pouvait mourir en venant à son secours.

— Bella, murmura-t-il en penchant son visage vers l'arrière pour planter les yeux dans les siens. Ce n'est pas ta faute.

Non. C'était la faute du tireur qui avait pressé la détente. Pourtant, Tyce avait été blessé en voulant la protéger. Et il tentait encore de la protéger maintenant, d'apaiser sa culpabilité.

Mais il était trop tard. Elle était déjà tombée éperdument amoureuse de lui.

À la hâte, elle se déshabilla à son tour. Elle avait besoin de sentir sa peau contre la sienne, d'être nue dans ses bras…

Il l'embrassa et la caressa comme il l'avait fait quelques heures plus tôt, et, très vite, elle s'envola. Elle n'avait jamais ressenti une telle passion, pas même la première fois avec lui.

Et maintenant, elle avait conscience qu'elle l'aimait.

Elle ne pouvait pas le lui dire. Il serait horrifié. Mais elle le lui montra. Elle l'embrassa et le caressa partout.

De son côté, il lui fit l'amour avec la langue.

En proie à un indicible plaisir, elle se mit à gémir puis à crier. Tyce était un merveilleux amant.

Dommage qu'il ne l'aime pas…

Au moins, la désirait-il. Il déroula un préservatif sur son sexe et se glissa en elle. Quand il la pénétra, elle éprouva un sentiment de plénitude. Elle ne s'était jamais sentie aussi complète, aussi entière, qu'avec lui. Aussi vivante aussi. Puis il se mit à bouger, à aller et venir entre elle. Et tous deux s'élancèrent vers le ciel, vers l'extase.

Il captura sa bouche pour l'embrasser, les yeux dans les yeux comme il le faisait toujours. Il la regarda alors qu'elle explosait de plaisir en criant son nom.

Il ferma les paupières au moment où la jouissance le frappait à son tour. Un gémissement guttural s'échappa de ses lèvres lorsqu'il s'abattit sur elle.

Sans un mot, il s'écarta d'elle et quitta la pièce.

Elle ne s'attendait pas à ce qu'il revienne. Sans doute allait-il dormir dans la chambre d'amis. Mais, quelques instants plus tard, des bras puissants s'enroulèrent autour d'elle.

Elle soupira et se détendit. Mais elle ne se sentait pas complètement en sécurité. Pas même dans ses bras.

Parce qu'elle savait qu'il pouvait lui faire du mal… Maintenant qu'elle était tombée amoureuse de lui.

Avait-il perdu la tête ? Pourquoi avait-il été incapable de garder ses distances ? Il n'aurait pas dû la toucher. Et après lui avoir fait l'amour, il aurait mieux fait d'aller finir la nuit dans la chambre voisine. Au lieu de quoi, il était retourné dans son lit et l'avait prise contre lui.

Et maintenant, elle dormait dans ses bras, blottie contre son torse.

Si chaude, si douce, si belle.

Il était trop faible pour lui résister… Pour résister à l'attirance entre eux. Mais il ne devait pas oublier qu'ils ne partageraient jamais rien d'autre que du plaisir. Ils n'avaient rien en commun. S'ils avaient tous les deux perdu leur mère, Bella regrettait la sienne, une femme qui l'avait aimée.

Et lui, regrettait-il la sienne ? Il n'avait pas souffert de grandir sans cette inconnue qui l'avait mise au monde. Il avait sans doute eu une vie meilleure parce qu'elle l'avait quitté.

Mais si ses grands-parents l'avaient entouré et aimé, l'éducation qu'ils lui avaient donnée était à des années-lumière du cocon privilégié de Bella Holmes. Peut-être devait-il lui montrer à quel point leurs vies étaient différentes, pour qu'elle sache qu'il ne rentrerait jamais dans la sienne.

— Merci d'être venu, déclara le juge Holmes en offrant un fauteuil à son visiteur.

Parker Payne hocha la tête.

— Pas de problème, Votre Honneur. Je suis sûr que vous vous inquiétez pour votre fille. J'ai envoyé des agents supplémentaires pour la protéger.

— Elle aurait dû s'installer chez moi, au manoir, dit le juge.

Avec Bella sous son toit, peut-être aurait-il pu dormir. Il avait si peur de la perdre comme il avait perdu sa mère.

— Elle a refusé, lui rappela Parker.

Sans doute Bella n'avait-elle pas voulu l'exposer au danger. Cela dit, il n'était plus le seul pour qui elle s'inquiétait. Que son garde du corps ait été pris pour cible l'avait visiblement secouée.

Et sa réaction ennuyait Bradford.

— Je ne suis pas sûr que Tyce Jackson soit l'homme qu'il faut pour la protéger, dit-il.

— Pourquoi ? demanda Parker. Rien ne lui est arrivé.

Peut-être physiquement mais sentimentalement, il n'en était pas si sûr... Il craignait qu'elle ne tombe amoureuse de lui. Il se faisait passer pour son petit ami pour lui assurer une protection rapprochée en toute discrétion mais maintenant, elle le regardait comme s'il était son héros.

Peut-être était-il tout bonnement jaloux. Depuis l'enfance, elle le voyait, lui, comme son héros. Mais à présent, c'était lui qui la mettait en danger et Tyce Jackson qui la protégeait.

— Tyce est l'un des meilleurs gardes du corps de l'équipe, assura Parker. Il a déjà pris une balle pour elle. Il n'hésitera pas à recommencer.

— Le procès va bientôt débuter. Il va être mis à dure épreuve.

— Tyce donnerait sa vie pour elle, répéta Parker.

Mais Bradford avait vu à quel point sa fille avait été bouleversée lorsque Tyce avait été blessé. Comment réagirait-elle s'il mourait ? Serait-elle aussi dévastée qu'elle l'avait été lorsqu'elle avait perdu sa mère ? Comme Bradford l'avait été quand il avait perdu sa femme ?

Il commençait à le craindre. Manifestement, sa fille était tombée amoureuse de ce garçon et vu le métier extrêmement dangereux qu'exerçait Tyce, son bonheur semblait menacé.

13

Bella frissonna tandis qu'elle regardait les rues à travers la vitre de sa portière. Des graffitis couvraient les devantures des commerces. La plupart étaient barricadés.

— On va chez un autre prêteur sur gages ? demanda-t-elle.

Elle doutait que son voleur ait pris le risque de s'aventurer dans un quartier aussi louche avec des bijoux de prix en poche.

Comme Tyce secouait la tête, elle se demanda si, après la fusillade de la veille, il tentait de l'installer dans une maison sécurisée. Elle avait pourtant réitéré son refus de quitter son appartement… Mais elle comprit vite que l'hypothèse était absurde. Comment imaginer une maison sécurisée dans un endroit pareil ?

Il se tourna vers elle.

— Tu avais l'air curieuse d'en apprendre davantage sur moi. Alors, je vais te montrer d'où je viens. J'ai grandi ici, je traînais avec ce genre de gamins, ajouta-t-il en montrant du doigt un groupe d'adolescents.

Le plus âgé n'avait sans doute pas quinze ans mais tous étaient armés. Au passage du SUV, deux d'entre eux brandirent leur calibre dans leur direction comme s'ils voulaient leur tirer dessus, uniquement parce qu'ils s'ennuyaient.

— À l'époque où tu y vivais, le coin était-il aussi mal famé ?

— Il était pire. À présent, les policiers ratissent le quartier. Il y a dix ans, ils n'osaient même pas s'y aventurer. Il s'agissait d'une zone de non-droit.

Elle frissonna de nouveau. Comment avait-il survécu ?

Il s'engagea dans une rue un peu plus loin. Entre plusieurs immeubles délabrés, elle découvrit des pavillons bien entretenus aux pelouses tondues avec soin.

Il s'arrêta devant l'un d'eux.

— J'ai passé ma jeunesse dans cette maison, dit-il. Mes grands-parents y vivent toujours.

Bella devinait qu'il ne l'avait pas amenée chez eux pour lui présenter sa famille. Il avait autre chose en tête.

Il se gara, coupa le moteur et sortit lui ouvrir la portière. Alors qu'elle descendait du véhicule, elle entendit des coups de feu à proximité. Des aboiements de chiens derrière des clôtures voisines. Et plus près encore, les pleurs d'un bébé. Ses cris avaient quelque chose de poignant.

Hurlait-il de faim ? De désespoir ? Tyce avait-il pleuré ainsi quand sa grand-mère l'avait installé chez elle et qu'il avait compris que sa mère ne reviendrait pas ?

— Nous attendent-ils ? demanda-t-elle.

Il secoua la tête.

— Je ne sais jamais quand j'aurai la possibilité de venir, donc je ne les préviens pas de mes visites.

Il monta avec elle les marches du porche. Alors qu'il frappait à la porte, il cria :

— C'est moi, Grand-Pa. Il a une arme à feu, ajouta-t-il à l'attention de Bella, et je préfère m'assurer qu'il ne l'utilisera pas contre nous. Il ne voit plus aussi bien qu'avant.

La porte s'ouvrit, et un vieil homme apparut.

— Je vois très bien ! Enfin, j'ai un doute, tout à coup. J'ai du mal à croire que tu te sois enfin fait couper les cheveux.

Il prit Tyce dans ses bras et lui tapota le dos.

Manifestement, il avait travaillé dur toute sa vie. Et à

voir l'état de sa maison et de sa cour, il continuait à bricoler pour embellir son lieu de vie.

Repoussant Tyce, il reporta son attention sur Bella.

— Maintenant, je suis sûr que ma vue baisse et modifie la réalité. Mon petit-fils n'aurait jamais séduit une femme aussi belle que vous, impossible. Vous a-t-il kidnappée, mademoiselle ? Avez-vous besoin de mon téléphone pour appeler les secours ?

— Très drôle, grommela Tyce.

Bella éclata de rire, et le vieillard la serra contre lui.

Il sentait le tabac et la cannelle.

— Entrez, entrez, dit-il. Ma femme finit de préparer le dîner.

La maison était impeccablement entretenue. Et de délicieuses fragrances y flottaient. Bella se mit à saliver.

Il les entraîna vers la cuisine, meublée de bois et équipée de vieux appareils électroménagers. Mais comme le reste, tout était propre et bien entretenu.

Une femme aux cheveux blancs se détourna de ses fourneaux. En reconnaissant son petit-fils, ses yeux bleus pétillèrent, et un sourire émerveillé éclaira son visage ridé.

— Tu t'es rasé ! s'exclama-t-elle avec un cri de joie. Tu t'es enfin rasé. Que tu es beau ! Et qui nous as-tu amenée pour dîner ?

— Une cliente.

— Je suis Bella. Bella Holmes. Ravie de vous rencontrer.

— Vous êtes sans doute la raison pour laquelle il s'est finalement rasé, alors tout le plaisir est pour moi.

La grand-mère de Tyce étreignit Bella comme si elle avait deviné combien sa mère lui manquait et combien elle avait besoin d'une présence maternelle dans sa vie.

Bella eut l'intuition que Tyce l'avait conduite ici pour l'effrayer. Mais ce vieux couple l'attendrissait. Consciente qu'ils avaient élevé Tyce pour qu'il devienne l'homme qu'il était, qui l'avaient aidé à survivre dans ce quartier dangereux de River City, Bella leur sourit avec chaleur.

Tyce comprit qu'il avait commis une grave erreur. En amenant Bella ici – là où il avait grandi –, il avait voulu lui prouver qu'ils venaient de deux mondes très, trop, différents. Mais elle ne semblait pas du tout consciente du linoléum usé, de la vétusté des appareils électroménagers ni des meubles de bric et de broc. Ou si elle l'avait remarqué, elle s'en fichait.

Il l'en aima que davantage et il l'aimait déjà trop. Elle n'avait rien d'une enfant gâtée.

Quand il avait commencé à l'appeler « princesse », il la prenait pour une écervelée et une égoïste qui ne s'intéressait qu'aux fêtes et aux plaisirs futiles de la vie. Mais maintenant qu'il avait appris à la connaître, il savait à quel point elle était travailleuse, à quel point elle se souciait des autres et en particulier, de son père.

— Dévores-tu des yeux toutes tes clientes ? demanda sa grand-mère avec malice.

Il dévorait Bella des yeux, oui. Avec elle, il oubliait sa blessure, le danger. Avec elle, il découvrait le plaisir extrême, l'extase.

Mais aussi, la peur.

Cette histoire ne durerait pas, ne pouvait pas durer. Il craignait de souffrir quand elle le jetterait.

Il détourna son regard pour reporter son attention sur sa grand-mère qui posait sur la table un plat fumant. Il ne rendait pas visite à ses grands-parents aussi souvent qu'il le devrait.

Bella, elle, prenait toujours du temps pour son père. Tyce se promit de l'imiter. Ses grands-parents vieillissaient.

Cela dit, malgré le poids des ans, ils avaient l'air heureux.

Grand-Ma lui tapota la joue.

— J'aime voir ton beau visage. Cela me rappelle l'époque où tu étais Marine. Comme ton grand-père.

— Je ne l'ai été que quelques années, protesta Tyce. Grand-Pa était un vrai Marine, lui.

— Marine un jour, Marine toujours, affirma son grand-père.

— Mes deux beaux militaires, dit la grand-mère en riant.

Bella les regardait avec tendresse.

— Mes parents étaient un peu comme vous deux, dit-elle.

— Étaient ? répéta Grand-Ma. Ont-ils divorcé ?

La tristesse assombrit les beaux yeux verts de Bella.

— Ma mère a été emportée par une rupture d'anévrisme.

La vieille dame lui prit la main et la serra dans la sienne.

— Je suis désolée, ma pauvre enfant.

— C'était il y a près de cinq ans.

— Mais ça fait toujours mal, dit Grand-Ma d'un air entendu.

Sa mère manquait-elle toujours à sa grand-mère ? se demanda soudain Tyce. Ils ne parlaient jamais d'elle.

Sans eux, il aurait peut-être fini comme quelqu'un d'autre… comme son frère de sang.

Il réprima un frisson.

Grand-Pa et Grand-Ma s'assirent chacun à un bout de la table, Bella et lui entre eux.

Quand il était dans les Marines, il avait essayé de donner de l'argent à ses grands-parents. Mais ils avaient refusé d'un air offensé. Il ne faisait pas jamais allusion à sa mère pour ne pas les blesser ni à l'argent pour ne pas les vexer.

Bella embrassa Grand-Ma pour la réconforter à son tour.

— Je suis désolée, dit-elle. Avoir une enfant et ne pas savoir où elle est…

Tyce tressaillit lorsque sa grand-mère se tourna vers lui avec surprise.

— Tu lui as dit ?

Elle n'avait pas l'air contrariée. Mais plutôt heureuse qu'il l'ait fait.

— Je suis désolée, répéta Bella. Je n'aurais pas dû en parler.

— Vous êtes quelqu'un de bien, dit Grand-Ma. J'ai toujours su que Tyce avait besoin d'une femme comme vous, ajouta-t-elle avec un clin d'œil à son petit-fils.

Il se tendit. Que diable pensait sa grand-mère ? Qu'il avait amené Bella ici pour obtenir la bénédiction de sa famille ? Bien sûr, Grand-Ma l'imaginait puisqu'il n'avait jamais emmené de femme à la maison avec lui jusqu'alors. Ce n'était pas faute d'avoir essayé, mais aucune de ses anciennes copines n'avait voulu mettre un pied dans ce quartier.

— Bella est une cliente, répéta Tyce. Je suis son garde du corps. Seulement son garde du corps.

Le visage de Bella s'assombrit.

Et il regretta de l'avoir blessée. Mais il valait mieux qu'elle accepte la vérité maintenant avant de commencer à nourrir des sentiments pour lui. Hypothèse d'école, bien sûr. Elle n'en aurait jamais. Elle s'amusait avec lui…

Bien sûr, elle s'efforçait d'être gentille avec ses grands-parents. Elle avait été bien élevée, mais elle n'était pas vraiment à l'aise ici. Et depuis qu'il l'avait amenée, lui non plus.

— Pourquoi avez-vous besoin d'un garde du corps ? demanda Grand-Ma à Bella. Je ne peux pas imaginer quelqu'un voulant vous faire du mal.

— Mon père est juge…

— Le juge Holmes, intervint Tyce.

— C'est un homme bien, dit Grand-Pa.

— Oui, approuva Bella avec un sourire. Il présidera

bientôt le procès d'un trafiquant de drogue. Et ce narcotrafiquant le menace.

— Luther Mills, murmura grand-mère.

Comme Tyce hocha la tête, la vieille femme se tourna vers lui :

— Demande-lui où est ta mère. Il le sait probablement.

— Souhaites-tu que je le fasse ? lança Tyce.

— As-tu envie de la revoir ? répliqua Grand-Ma.

Il ouvrit la bouche pour dire « non », puis il reconnut :

— Je ne sais pas, je ne m'étais jamais posé la question.

Pourtant, vu à quel point sa mère manquait à Bella, peut-être serait-il heureux de faire la connaissance de la sienne… D'un autre côté, si sa mère était sortie de la drogue, ne serait-elle pas rentrée à la maison ?

— Réfléchis-y, dit Grand-Ma. Et fais ce qui est bien pour toi.

Il jeta alors un coup d'œil à Bella. Elle était ce qui était bien pour lui. Elle était ce qu'il voulait. Trop.

— D'accord, Grand-Ma. C'est promis. Nous ferions mieux d'y aller maintenant, dit-il à Bella.

Il voulait quitter ce quartier avant la tombée de la nuit, d'autant plus qu'il avait prié les autres gardes du corps de ne pas les suivre. Ils auraient attiré l'attention sans offrir une quelconque protection. Il avait laissé un message à Parker pour lui dire qu'il préférait se passer de renforts ce jour-là.

Au moment de partir, Bella embrassa ses deux grands-parents avec force.

Son grand-père murmura à Tyce :

— Elle est spéciale, Tyce. Comme ta grand-mère. Dès que je l'ai vue, j'ai su qu'il ne fallait pas la laisser s'échapper.

Tyce se contenta de hocher la tête et de rejoindre Bella sur le seuil de la maison. Il l'entraîna vers le SUV. Alors qu'il lui ouvrait la portière passager, elle lui lança :

— Ne t'inquiète pas. Je sais que ton grand-père a mal

compris la raison pour laquelle tu m'as amenée ici. Tu voulais me faire peur pour que je prenne mes jambes à mon cou.

Lui faire peur ?

Il n'avait pas voulu lui faire peur. Mais seulement lui faire comprendre qu'ils n'avaient rien en commun. Mais alors qu'il s'éloignait du trottoir, il vit ses grands-parents debout dans l'embrasure de la porte. Et il se souvint alors de leur histoire. Ils n'avaient rien en commun non plus lorsqu'ils s'étaient rencontrés. Ce qui ne les avait pas empêchés de s'aimer et d'être heureux.

Mais entre Bella Holmes et lui, tout était différent. Ils ne finiraient pas leur vie ensemble. Tyce devait se contenter d'effectuer son travail, pour qu'elle garde la vie sauve.

Ils devaient mourir. Maintenant. Tous les deux.

Luther Mills ne lui en avait pas donné l'ordre, mais elle s'en fichait. De toute façon, le narcotrafiquant était en prison. Il ne pourrait rien faire pour l'en empêcher.

Personne ne le pourrait.

Voilà pourquoi Tyce Jackson devait mourir. Maintenant. Avant qu'il comprenne qui était l'auteur des coups de feu. Se servir d'une arme avait été une erreur. Et si quelqu'un l'avait vue ?

Ou pire, si Tyce Jackson l'avait reconnue ? Heureusement, une autre priorité l'animait alors. Il s'était précipité vers Bella, déterminé à sauver sa demoiselle en détresse.

Cette fois, il ne s'en tirerait pas avec une balle dans l'épaule. Cette fois, il allait mourir. Tous deux allaient mourir. Ils n'avaient aucune chance de survivre au piège qu'elle leur avait tendu.

14

Le soleil était couché depuis un bon moment, et Bella ne voyait pas grand-chose derrière sa vitre. Mais elle devinait que Tyce ne la reconduisait pas chez elle. Il y aurait eu plus de lumières alentour. Son immeuble était proche du centre-ville.

— Où allons-nous, maintenant ? demanda-t-elle. En prison ? Veux-tu me montrer où nous risquons de nous retrouver si nous restons ensemble ?

— La prison ne se trouve pas par ici, répondit-il. Et surtout, je ne te laisserais jamais t'approcher de Luther Mills.

— Vas-tu lui parler ? L'interroger sur ta mère ?

— Je doute qu'il sache ce qu'elle est devenue. Luther n'est pas beaucoup plus vieux que moi.

— Et c'est pourtant déjà le plus gros narcotrafiquant de l'État !

— Impressionnée ? demanda Tyce.

Elle avait surtout peur. Mais elle n'allait pas l'avouer et lui donner la satisfaction de savoir qu'il était parvenu à ses fins.

— Je m'ennuie, dit-elle, exaspérée, essayant de se comporter comme la princesse qu'il l'accusait d'être.

— Mes grands-parents t'ont ennuyée ?

— Pas du tout, dit-elle. Ils sont formidables. C'est

toi qui m'ennuies. Tu répètes toujours les mêmes choses comme un disque rayé dans l'espoir de m'éloigner de toi.

Peut-être avait-il peur, lui aussi. Mais elle était trop en colère pour éprouver la moindre empathie à son égard. Il avait gâché les bienfaits de ce délicieux dîner en compagnie du couple adorable qui l'avait élevé.

— Ce n'est pas pour t'éloigner de moi que je t'ai conduite ici, dit-il.

Elle se rendit compte alors qu'il avait arrêté le SUV.

— Où sommes-nous ?

Sans répondre, il sortit de l'habitacle. Il faisait nuit noire. Elle ne voyait rien. Ni où ils étaient ni où il allait.

Un peu inquiète, elle ouvrit sa portière. Mais comme Tyce lui tendait la main pour l'aider à descendre, elle l'ignora.

Pourtant, elle était trop curieuse pour rester à l'intérieur du SUV. Elle voulait voir où il l'avait emmenée. Elle le suivit, et il l'entraîna dans les bois.

Bientôt, elle découvrit une étendue d'eau qui scintillait sous le clair de lune. Un lac ? Sur l'une des rives se dressait une maisonnette en bois.

— C'est ici que je vis, dit Tyce.

— Tu possèdes un chalet au bord du lac ?

— Et alors ? Pensais-tu que je n'avais pas les moyens de m'offrir un tel logement, princesse ?

L'amertume du ton lui fit comprendre qu'elle l'avait offensé.

— Je n'ai jamais dit ça. C'est toi qui essayes de me convaincre que nous n'avons rien en commun. Alors pourquoi m'amener ici ?

— La maison n'a rien d'un palace. Mais je m'y sens bien.

Des clés tintèrent dans le noir, et une porte s'ouvrit.

— Y a-t-il des rats et des chauves-souris à l'intérieur ?

— Non, je ne pense pas, dit-il en riant.

Dès qu'il actionna l'interrupteur, une douce lumière se répandit sur la terrasse et à l'intérieur du chalet.

L'endroit n'était pas grand. Une vraie maison de poupée qui se résumait à une kitchenette, un coin salon et un grand lit. Mais comme chez ses grands-parents, tout était bien entretenu et propre.

— Tu vis ici ? demanda-t-elle.

— Oui. Comme tous ceux qui ont travaillé à la brigade des mœurs, j'ai ressenti un jour le besoin d'un havre de paix où me ressourcer.

Très grande, la cheminée en pierre suffisait certainement à chauffer la maisonnette en hiver.

— Il y a une salle de bains ? demanda-t-elle.

Il lui désigna une porte près de l'entrée, une porte qu'elle avait prise pour un placard. Minuscule, la salle d'eau abritait un lavabo et une petite douche à l'italienne.

— Nous sommes loin de ta salle de bains spa, dit-il.

— Je ne vais pas m'excuser de vivre dans un bel appartement, répliqua-t-elle, sur la défensive.

Il lui arrivait souvent de se sentir coupable parce qu'elle était née avec une cuillère en argent dans la bouche. Elle n'avait eu aucun effort à faire pour jouir d'un tel luxe. Voilà pourquoi elle travaillait dur pour la communauté, pour financer des associations caritatives et aider les personnes dans le besoin.

Il secoua la tête.

— Je ne te demande pas de t'excuser. Je te montre à quel point nos vies sont différentes, voilà tout.

— Inutile de le répéter en boucle. J'ai compris. Tu ne t'intéresses pas à moi.

— J'aurais aimé que ce soit vrai, répondit-il.

Il posa les mains sur ses épaules et la fit pivoter vers lui. Puis il l'embrassa. Ses lèvres jouèrent avec les siennes avant de capturer sa bouche pour un baiser passionné.

Bella aurait voulu l'écarter, le repousser. Mais sans comprendre comment, elle s'enflamma et se retrouva à l'étreindre avec force. Submergée par un désir irrépressible, elle entreprit de lui arracher ses vêtements.

Il la déshabilla avec la même fougue. Il avait tellement hâte de la prendre qu'il ne la porta pas jusqu'au lit, mais lui fit l'amour debout, au milieu du salon.

Elle s'accrocha à lui, traversée par de délicieuses ondes de plaisir. Très vite, elle le supplia d'aller jusqu'au bout sans attendre, de lui faire toucher le ciel. Mais il prit son temps, faisant grimper la température encore et encore.

Quand, enfin, il la plaqua contre le mur et la pénétra, elle tremblait de tout son corps. Un autre orgasme la fit crier. Accrochée à ses épaules, elle ne savait plus où elle était ni même qui elle était.

Alors qu'elle s'effondrait, pantelante, contre lui, il l'emporta dans la salle de bains. Serrés l'un contre l'autre, peau contre peau, ils se douchèrent avant de refaire l'amour.

Bella savait qu'elle était folle amoureuse de lui. Certes, ils étaient différents, mais elle l'aimait. Peut-être parce qu'ils étaient différents. Mais elle avait conscience qu'il ne partageait pas ses sentiments.

Il la désirait, il ne l'aimait pas.

Tyce avait emmené Bella chez lui pour lui montrer à quel point sa maison était petite et modeste. Peu de gens savaient où elle se trouvait. Voilà pourquoi il n'avait pas voulu la présence d'autres gardes du corps. Si les certitudes de Jocelyn Gerber concernant une taupe au sein de la Payne Protection Agency se confirmaient, la taupe en question était forcément issue des équipes des frères de

Parker. Les hommes de Parker étaient fiables, eux. Tyce les connaissait tous.

Mais maintenant que Bella était ici, il n'avait plus envie qu'elle parte. Endormie sur son lit, elle semblait à sa place. Le soleil du matin jetait une lueur dorée sur sa peau nue.

Elle s'étira et tendit la main comme si elle le cherchait. Mais il s'était levé et s'activait devant les fourneaux à faire griller du bacon.

— As-tu faim ? demanda-t-il.

— Je meurs de faim !

Lui aussi était affamé mais d'elle. Il ne parvenait pas à assouvir cette faim-là.

Ils avaient fait l'amour plusieurs fois dans la nuit, incapables de se lasser l'un de l'autre. Quand elle repoussa les draps, il coupa le feu sous sa poêle, retira sa chemise et son jean pour la rejoindre dans le lit.

Elle se mit à rire mais comme lui, elle semblait insatiable. C'est elle qui finit par le pousser sur le dos pour s'empaler sur lui et le chevaucher. Il la saisit par les hanches pour accélérer le rythme et tous deux touchèrent le ciel avec un cri d'extase.

Quand il sortit de sa douche, un peu plus tard, elle s'activait aux fourneaux. En la voyant, il ne put réprimer un sourire.

— Tu sais cuisiner ?

— Oui, dit-elle. Ma mère m'a appris.

Lorsqu'il l'avait rencontrée, Tyce avait pensé qu'elle n'avait qu'à claquer des doigts pour avoir tout ce qu'elle voulait : de l'argent, des vêtements et des bijoux. Il l'avait prise pour une enfant trop gâtée par la vie. Mais maintenant, il savait qu'elle n'aurait jamais la seule chose qu'elle désirait vraiment : sa mère.

— Elle te manque.

Ce n'était pas une question, mais elle hocha la tête.

— Tu ne peux pas lui rendre la vie, tu sais…

Elle fronça les sourcils.

— Que veux-tu dire ? Je n'essaye pas de lui rendre la vie.

— Tu essayes d'être elle. De poursuivre ses œuvres caritatives à sa place.

— Pas du tout !

— Alors, interromps ton programme de fêtes et de galas jusqu'au procès. Reste ici, tu ne risques rien.

— Quoi ?

— Tu serais en sécurité chez moi.

Mais il se demandait si lui, en revanche, ne serait pas en grand danger. Si elle s'installait chez lui, il s'habituerait à sa présence. Et quand elle partirait, il serait anéanti.

Comme elle secouait la tête, il grimaça.

— Pourquoi non ? lança-t-il. Ce n'est pas assez bien pour toi ?

— Ce n'est pas ça, et tu le sais, dit-elle. J'ai un travail.

— Ah oui, tes fêtes, répondit-il d'un ton désobligeant.

Il était déjà si amoureux d'elle qu'il était jaloux qu'elle lui préfère ses galas. En proie à un profond ressentiment, il comprit qu'il devait mettre fin à cette mission avant d'aller plus loin.

— Ce n'est pas l'important pour moi, répliqua-t-elle.

— Vraiment ? Veux-tu me faire croire que tu n'aimes pas te parer de tes plus beaux atours pour être le centre d'attention ?

Elle rougit.

— Non, ce n'est pas… Et d'ailleurs, cela ne te regarde pas. Tu es censé me protéger. Si tu n'es pas capable de le faire ailleurs qu'ici, peut-être vaut-il mieux que je sollicite les services d'un autre garde du corps.

Il ressentit à nouveau la morsure de la jalousie. Et il lui en voulut de le rendre si bête.

— Cela vaudrait probablement mieux, reconnut-il.

Au fond de lui, il espérait qu'elle protesterait, qu'elle lui dirait qu'elle avait besoin de lui, contrairement aux autres femmes qu'il avait connues avant elle. Les autres ne voulaient que du sexe, que du plaisir. Elles se servaient de lui.

Mais elle ne répondit pas. Elle se contenta d'éteindre sous la poêle et de se diriger vers la porte.

Elle marchait lentement, comme si elle attendait, espérait, qu'il l'arrêterait, mais il ne le fit pas.

Il valait vraiment mieux se quitter…

Avant que l'un d'eux souffre.

— Comment ça « disparu » ? cria Luther dans le téléphone. Votre boulot était de garder un œil sur elle. Où est-elle passée ?

— Je ne sais pas, répondit son informatrice.

— Mais ce n'est pas vrai ! cria-t-il.

Surpris, un gardien jeta un coup d'œil dans sa cellule. Il le payait depuis des mois aussi l'homme continua-t-il sa ronde, comme s'il n'avait rien vu, rien entendu.

Apparemment, son indic non plus n'avait rien vu, rien entendu.

— Elle ne peut pas s'être évaporée dans la nature comme par enchantement ! hurla Luther.

Il le craignait, pourtant. Le témoin et l'experte scientifique avaient toutes deux disparu, elles aussi… dans une maison sécurisée que personne n'avait réussi à localiser.

Cela n'aurait pas dû arriver. Pas cette fois. Il avait besoin de la fille du juge.

— Bella Holmes est trop sociable pour rester cachée longtemps, le rassura son informatrice. Elle a toujours besoin d'être au centre de l'attention. Elle a un gala ce soir. Il lui faudra retourner à son appartement pour y chercher sa robe.

Luther perçut quelque chose dans la voix qu'il n'avait jamais entendu auparavant, quelque chose qui ressemblait à de l'excitation, à une joie mal dissimulée.

— Qu'avez-vous fait ? demanda-t-il avec méfiance. Vous semblez avoir hâte qu'elle rentre chez elle… Je parie que vous avez concocté quelque chose de stupide…

Cette fille était folle à lier. Luther regrettait d'avoir fait confiance à quelqu'un d'aussi cinglé.

— Pas stupide du tout, répliqua-t-elle. J'attendais ce moment depuis longtemps.

— Je ne veux pas qu'elle meure, dit Luther.

Une fois morte, Bella Holmes ne lui serait plus d'aucune utilité. Il n'aurait plus la possibilité de se servir d'elle pour faire pression sur son père. Et il ne pouvait pas compter sur le juge se récusant pour faire face à son chagrin. Après la mort de sa femme, il s'était encore plus investi dans son travail.

— Peut-être que le garde du corps seul mourra, répondit son interlocutrice. Cela dit, je n'en suis pas sûre.

L'excitation bouillonnait maintenant, comme si elle était trop grande pour même être contenue.

— De quoi parlez-vous ?

— De mon piège.

— Je vous interdis de le faire fonctionner !

Il n'avait aucune affection pour Tyce Jackson, mais si quelqu'un devait éliminer Tyce, Luther voulait que ce quelqu'un soit lui, pas cette folle.

— Trop tard, ricana-t-elle d'un ton joyeux. Ils sont là.

— Arrêtez-les ! Empêchez que cela se produise !

— J'espère que vous avez accès au journal télévisé. Vous verrez alors une grosse explosion !

Luther écumait de rage.

Si le plan de Luther était réduit à néant par sa faute, elle allait le payer cher.

Si la fille du juge mourait, la catastrophe annoncée serait inéluctable…

15

Sur le moment, la réflexion de Tyce l'avait blessée mais maintenant, Bella était furieuse contre lui. Il l'escortait depuis des semaines mais en réalité, il ne la connaissait pas du tout. Ne comprenait-il pas que ce qu'elle faisait n'avait pas pour objectif d'attirer l'attention sur elle ? Ni de ressusciter sa mère ? Mais d'honorer sa mémoire…

Comment pouvait-il se méprendre à ce point sur elle et la désirer autant qu'il l'avait désirée, ces deux derniers soirs ? Elle ne l'intéressait que pour le sexe, ou pire, peut-être espérait-il lui soutirer de l'argent. Ce ne serait pas le premier.

Elle le détestait.

— J'aimerais appeler Parker, ordonna-t-elle sur le ton de princesse qu'il l'accusait d'être. Donne-moi ton téléphone.

Elle n'avait pas pris son chargeur avec elle et la batterie de son appareil était à plat.

— Nous sommes presque arrivés chez toi, dit-il.

Il venait de se garer sur le parking en face de l'immeuble.

Mais elle ne voulait pas attendre un instant de plus pour passer ce coup de fil. Et se débarrasser de Tyce Jackson…

— Ton smartphone est à plat, lui aussi ? demanda-t-elle.

— Non, mais il n'y a pas le feu.

— Demander à Parker de désigner un autre garde du

corps pour me protéger vaut mieux pour tout le monde. Nous sommes tous les deux d'accord sur ce point, non ?

Peut-être avait-il changé d'avis. Peut-être ne voulait-il plus être relevé de ses fonctions, finalement.

Mais il répondit, anéantissant ses espoirs :

— Oui, nous sommes d'accord, je maintiens ma position. Mais jusqu'à ce que Parker envoie quelqu'un d'autre, il m'appartient d'assurer ta protection. Tu téléphoneras donc de chez toi.

— Bien, dit-elle d'un ton pincé en ouvrant sa portière.

Mais avant qu'elle sorte, il bondit hors de l'habitacle et contourna le véhicule pour se positionner entre elle et la circulation. Si quelqu'un tentait de nouveau de leur tirer dessus, il ferait écran. Mais il n'y avait personne.

À moins que des tueurs soient là mais hors de vue…

Un étrange frisson parcourut l'échine de Bella. L'individu qui avait pris ces photos pour les envoyer ensuite à son père était-il là ? Mais peut-être avait-elle peur d'autre chose. Peut-être craignait-elle de perdre Tyce en tant que garde du corps.

Elle n'avait pas envie que quelqu'un d'autre la protège. Et elle n'avait jamais désiré un homme comme elle désirait Tyce. Entre eux, le sexe était fabuleux. Mais il avait raison. Ils étaient trop différents. Il ne comprendrait jamais sa façon de vivre, il ne la respecterait jamais.

Qu'il ait fait partie des Marines et servi son pays l'impressionnait beaucoup. Qu'il soit devenu policier et ait risqué sa vie pour chasser les dealers des rues aussi. Et parce qu'il était son garde du corps, il avait pris une balle qui la visait, elle. Il menait une existence très dangereuse.

Et voilà pourquoi, elle avait eu tort de nouer des relations personnelles avec lui. Et surtout, elle n'aurait jamais dû tomber amoureuse de lui. Mais le mal était fait et à présent, elle n'avait vraiment pas envie d'un autre garde du corps.

Malheureusement, elle n'avait pas le choix, en réalité. Tyce ne voulait plus de cette mission. Et elle n'allait pas s'humilier en le suppliant de continuer à la protéger ou pire, à lui faire l'amour.

Alors elle redressa le menton et refoula les larmes qui brûlaient ses paupières.

Elle refusait de pleurer pour un homme qui avait si peu de respect ou d'estime pour elle. Elle accéléra le pas et se précipita vers son immeuble. En passant, elle se força à sourire au vigile en faction devant le bâtiment puis au concierge assis à son bureau dans le hall en marbre. Elle se dirigea à pas vifs vers les ascenseurs. Bien sûr, Tyce la suivit.

Heureusement, personne d'autre n'attendait la cabine. Ils n'avaient pas besoin de parler, mais Tyce remarqua :

— Tu sembles bien pressée de te débarrasser de moi.

— Et inversement, répondit-elle sèchement.

— Bella…

Comme son smartphone vibrait dans sa poche, il s'interrompit. Il s'empara de l'appareil et regarda l'écran, les sourcils froncés.

— Tu ne réponds pas ? demanda-t-elle.

— Ce numéro n'est pas répertorié dans mes contacts.

— Tu devrais pourtant prendre l'appel, dit-elle. Tes grands-parents ont peut-être utilisé le téléphone de quelqu'un d'autre.

— Je n'y avais pas pensé…

Après avoir perdu si brutalement sa mère, elle s'inquiétait tout le temps pour son père. Mais Tyce n'avait jamais connu le deuil d'un proche et n'avait donc pas les mêmes peurs.

Mais il glissa un doigt sur l'écran.

— Tyce Jackson.

Tandis qu'il écoutait son correspondant, elle vit une

ribambelle d'émotions passer sur son visage. De la surprise, de la révulsion, de la colère et enfin, de la terreur…

L'ascenseur s'arrêta à l'étage avec un petit tintement, et les portes s'ouvrirent. Bella sortit avant qu'il bondisse devant elle et elle se hâta vers son appartement.

Mais avec un juron, il se jeta sur elle et la tira en arrière.

— Nous devons sortir d'ici au plus vite, dit Tyce en la ramenant vers la cabine. Et quitter tout de suite le bâtiment.

— Pourquoi ? Que se passe-t-il ?

— Je ne sais pas exactement, répondit-il en appuyant sur le bouton du rez-de-chaussée. Mais je vais appeler Parker pour lui demander des renforts. J'ai eu tort de les annuler hier soir. Tu resteras avec l'agent de sécurité.

Un tintement retentit alors que les portes s'ouvraient sur le hall. Le vigile et le concierge les regardèrent d'un air interrogateur.

— Faites évacuer au plus vite le bâtiment, leur cria-t-il. Déclenchez les alarmes incendie, s'il le faut, mais faites sortir tout le monde. Maintenant !

— Que se passe-t-il ? répéta Bella, gagnée par l'affolement.

— Il y a une bombe dans ton appartement, répondit-il.

— Une bombe ?

Tyce hocha la tête.

— C'est ce que mon correspondant vient de m'annoncer au téléphone. Je vais voir si c'est vrai. Mais en attendant, prenons les précautions nécessaires.

Le concierge acquiesça et actionna l'alarme.

— Dois-je appeler la police ? dit-il.

Tyce brandit son téléphone.

— Je suis déjà en train de demander des renforts.

Il contactait la Payne Protection Agency. Il avait aussi besoin d'une équipe de démineurs.

Bella s'agrippa à son bras.

— Tu ne peux pas retourner là-haut. C'est trop dangereux.

Mais il se libéra doucement de son emprise.

— Ce n'est peut-être pas vrai. Ce n'est peut-être qu'un piège.

Mais il ne croyait pas lui-même en cette dernière hypothèse. Elle vit la terreur dans ses yeux.

— Reste ici avec le vigile, répéta-t-il. Quoi qu'il arrive, ne pars avec personne d'autre que Parker.

Le smartphone collé à l'oreille, il discutait avec ce dernier.

Tyce se dirigea vers la cage d'escalier. Une sirène hurlait dans le bâtiment, et les ascenseurs ne fonctionnaient plus. S'il y avait vraiment un engin explosif chez elle, Tyce ne pourrait pas s'échapper rapidement. Ses chances de survie seraient minces…

Ces larmes qu'elle combattait depuis un moment finirent par l'emporter. Elles jaillirent de ses yeux et ruisselèrent sur son visage.

Non. Elle ne voulait pas perdre Tyce.

Tyce aurait préféré que le concierge attende quelques instants avant d'actionner l'alarme. Parce que maintenant, il devait se frayer un chemin dans la cage d'escalier, à contre-courant des gens qui descendaient. Heureusement, la plupart des occupants de l'immeuble étaient au travail. En plein cœur de la nuit, la situation aurait été pire. Il y aurait eu plus de monde dans l'immeuble, plus de personnes à évacuer.

Il espérait surtout qu'il n'y avait pas de bombe. Mais s'il n'y en avait pas, il s'agissait alors d'un piège destiné à l'éloigner de Bella pour s'attaquer à elle.

Heureusement, Parker lui avait assuré qu'il était tout près. Il était déjà au volant de son SUV quand Tyce l'avait appelé. Il ne devrait pas tarder à arriver. Comme Bella, il aurait préféré que Tyce l'attende avant de monter à l'appartement.

Lorsqu'il était dans les Marines, Tyce avait reçu une petite formation de déminage. Il savait quoi chercher et comment désarmer certains engins explosifs artisanaux. Mais ces rudiments suffiraient-ils à neutraliser la menace ? Rien n'était moins sûr…

L'avertissement était vague mais avait du sens. Piéger l'appartement était la seule façon de les tuer, Bella et lui, avec certitude dès qu'ils ouvriraient la porte.

La porte…

Il frissonna en pensant que Bella avait été sur le point de glisser sa clé dans la serrure… Il aurait pu la perdre à ce moment-là.

Lui-même ne devait pas prendre le risque d'entrer par là. Aussi, une fois parvenu à son étage, il ouvrit la fenêtre de la cage d'escalier. De là, il sauterait sur le balcon. Sans doute, en pénétrant dans l'appartement par les baies vitrées, allait-il déclencher une alarme. Tant pis.

Il se rendit compte soudain qu'aucune sirène ne hurlait à l'intérieur. Or, personne n'aurait pu entrer par effraction chez Bella sans déclencher le système d'alarme. L'appartement n'avait pas été piégé.

Il avait été trompé.

Pourquoi Tyce avait-il cru son interlocuteur ? Bien sûr, ce dernier avait l'air sincère. Inquiet. Et cela aurait dû lui mettre la puce à l'oreille. Pourquoi un homme qui souhaitait sa mort aurait-il voulu lui éviter de tomber dans un piège ?

Il devait bien rire à présent et, plus grave encore, il devait être en train d'ordonner à ses gars de s'attaquer à Bella, maintenant qu'ils avaient le champ libre. Un vigile isolé et un concierge corpulent seraient incapables de la protéger. Tyce ne pouvait qu'espérer que Parker serait bientôt là.

Comme Tyce se hissait sur le bord de la fenêtre de la

cage d'escalier, il aperçut une silhouette qui se déplaçait dans l'appartement. Quelqu'un était à l'intérieur…

Peut-être l'appel n'était-il pas un piège, après tout. Tyce bondit sur le balcon. Il avait besoin d'ouvrir une des baies vitrées pour pénétrer chez Bella avant que l'intrus s'échappe. Il ne parvenait pas à distinguer ses traits mais comme cette personne, quelle qu'elle soit, était entrée sans déclencher l'alarme, il s'agissait sans doute d'un proche de Bella. En tout cas, de quelqu'un qu'elle connaissait.

Quelqu'un en qui elle avait confiance puisqu'elle lui avait laissé une clé et le code…

Les baies vitrées étant toutes fermées, Tyce dut donc se résoudre à casser une vitre. Il dégaina son arme et se servit de la crosse pour frapper le verre. Mais avant même qu'il l'atteigne, il vola en éclats.

La force de l'explosion le projeta en arrière. Il espéra atterrir sur le balcon et non s'écraser dans la rue, dix étages plus bas…

Ce fut sa dernière pensée consciente.

Quand il avait reçu le coup de fil de Tyce, Parker était tout près mais pas assez. Alors qu'il s'arrêtait devant la résidence de Bella Holmes une pluie de verre et de débris se déversa sur le pare-brise de son SUV.

Avec un juron, il abandonna son véhicule au milieu de la rue et s'élança.

Des gens qui se précipitaient hors de l'immeuble en criant faillirent le renverser. Mais il parvint à entrer dans le bâtiment. Il vit un homme qui tenait Bella par le bras pour l'entraîner vers la sortie. Mais elle se débattait, cherchant visiblement à se libérer de son emprise.

Tyce avait sans doute raison. L'engin qui avait explosé n'était qu'une diversion.

Parker sortit son arme et la pointa sur le type.

— Lâchez-la !

Le gars recula, les mains en l'air.

— Je ne faisais qu'obéir.

— À qui ? À Luther ?

Avaient-ils enfin trouvé quelqu'un qui reconnaissait avoir reçu des ordres de Luther ? Aucun des membres de la bande du narcotrafiquant arrêtés ces derniers mois n'avait eu le courage de témoigner contre Mills. Pas même pour négocier à la baisse sa propre peine de prison.

Son interlocuteur haussa les épaules.

— Je ne connais pas son nom.

— Tyce, intervint Bella. C'est Tyce qui lui a demandé de veiller sur moi. Mais Tyce est là-haut ! L'explosion vient sûrement de mon appartement. Et il y était remonté.

Parker jura. Il avait dit à cet imbécile d'attendre les renforts. Mais bien sûr, Tyce n'avait pas écouté.

— Je sens qu'il lui est arrivé malheur, murmura Bella, d'une voix tremblante.

Des sirènes retentissaient dans le hall. Pire, il était à présent envahi de fumée. L'immeuble était en feu.

— Nous devons vous faire sortir d'ici, dit Parker en tendant la main vers elle.

Elle secoua la tête.

— Pas sans Tyce. Il faut aller le chercher.

Des larmes coulèrent sur son visage, et elle essaya de le repousser.

— C'est trop dangereux, répliqua-t-il.

— Vous pensez qu'il est trop tard, lança-t-elle d'un ton accusateur. Vous pensez qu'il est mort.

Si Tyce était à l'intérieur de l'appartement lorsque la bombe avait explosé, Parker n'était en effet pas certain que son ami ait pu survivre.

Tyce était-il mort ?

16

Tyce était-il mort ?

Visiblement, son patron le pensait, songea Bella, catastrophée. Il l'avait forcée à sortir du hall avec lui. Ils se tenaient sur le trottoir alors que les pompiers arrivaient.

— Il y a au moins une personne encore à l'intérieur, lança Parker au capitaine des soldats du feu. Peut-être plus.

— Que s'est-il passé ? demanda son interlocuteur en évaluant le bâtiment d'un œil professionnel.

— Nous soupçonnons un engin explosif, répondit Parker.

L'homme le dévisagea avec attention.

— Je vous reconnais, dit-il. Il n'y a pas longtemps, une voiture piégée a failli vous tuer.

Parker hocha la tête, le visage pâle.

— Et a coûté la vie à plusieurs de nos employés.

Bella se sentit blêmir. Pourtant elle n'aurait pas dû être surprise. Le travail de Tyce était évidemment très dangereux. Mais ce n'était pas lui que ciblait Luther Mills.

Le poseur de bombe avait espéré la tuer, elle.

Il n'était pas possible que Tyce soit mort.

— Vous devez aller le chercher, dit Bella au capitaine des pompiers. Je vous en supplie.

Mais il secoua la tête.

— Tant que l'équipe de déminage ne nous y aura pas autorisés, nous ne pouvons pas entrer dans l'immeuble.

Il aura sans doute explosé avant, se dit-elle. *Avec Tyce à l'intérieur.*

S'il était blessé là-haut, il avait besoin d'aide, maintenant.

— Je vous en prie, implora-t-elle. Ne le laissez pas mourir.

— Il est sans doute déjà trop tard, mademoiselle, répondit le chef des soldats du feu. Et je ne peux pas risquer la vie de mes gars.

Il n'était peut-être pas prêt à risquer sa vie ou celle de ses hommes, mais Bella était prête, elle, à risquer la sienne. Elle ne serait pas en mesure de soulever Tyce pour le porter hors du bâtiment, mais peut-être parviendrait-elle à le mettre à l'abri quelque part jusqu'à l'arrivée des secours. Elle devait à tout prix entrer et monter chez elle.

Elle n'eut pas à attendre longtemps. Lorsqu'un autre SUV arriva, Parker Payne s'écarta d'elle pour se diriger vers le véhicule. Elle profita de son inattention pour courir vers l'immeuble.

Les pompiers étaient occupés à sortir leur matériel, la police à repousser la foule, et personne ne la vit retourner dans le hall. Il était rempli de fumée et elle se mit à tousser tandis que ses yeux se remplissaient de larmes.

Une puissante sirène hurlait toujours. Il n'était pas possible que Tyce soit blessé quelque part sans personne pour l'aider.

Elle lui porterait secours.

Elle tâtonna jusqu'à la cage d'escalier. Mais lorsqu'elle en ouvrit la porte, elle s'aperçut que la fumée y était plus épaisse encore. Plus elle gravissait les marches, plus la situation empirait.

Elle avait de plus en plus de mal à respirer et elle ne voyait plus rien. Voilà pourquoi elle entra en collision avec quelqu'un qui dévalait l'escalier.

— Tyce ? lança-t-elle, pleine d'espoir.

Mais peut-être ne s'agissait-il pas de Tyce, songea-t-elle soudain. Mais… du poseur de bombe.

Terrifiée, elle recula, mais son pied glissa. Elle eut beau agiter les bras pour tenter de recouvrer son équilibre, elle bascula en arrière dans la fumée.

Tyce rattrapa Bella au vol, au moment où elle allait tomber. Le geste lui arracha un cri de douleur car il s'était brisé la clavicule contre la balustrade du balcon lorsque l'explosion l'avait propulsé en arrière.

Dès qu'il avait repris connaissance, il s'était précipité dans l'appartement pour essayer de retrouver la personne qu'il y avait aperçue. Il lui avait fallu du temps parce que les pièces étaient remplies de fumée. Et il n'y avait personne.

L'intrus avait dû s'échapper. À moins que Tyce ne se soit trompé. Peut-être n'avait-il vu que son propre reflet sur la vitre.

En tout cas, il n'avait pas imaginé l'explosion. Quelqu'un avait tendu un piège et failli le tuer. Il espérait surtout que Bella était en sécurité, que Parker était arrivé à temps. Mais en descendant la cage d'escalier, il heurta quelqu'un dans la fumée. Et il la reconnut d'instinct.

Elle se débattit.

— Lâchez-moi ! cria-t-elle d'une voix rauque à cause de la fumée.

— C'est moi !

Il devait la sortir de là. Maintenant. Alors il la prit dans ses bras et dégringola les marches en vitesse. Une fois dans le hall, il préféra éviter la sortie principale qui donnait sur la rue. Le poseur de bombe était peut-être là-bas, à les attendre. Pour voir si son piège avait fonctionné. Tyce ne voulait pas que leur agresseur sache qu'ils avaient survécu.

Pas encore. Pas avant de savoir à qui il pouvait se fier.

Il poussa l'issue de secours à l'arrière du bâtiment. Elle s'ouvrait sur une ruelle. Bella le reconnut enfin.

— Tyce, chuchota-t-elle Tu es vivant, Dieu merci. Mais tu es blessé.

Des éclats de verre l'avaient coupé au visage. Du sang coulait sur ses joues. Mais quelques égratignures n'allaient pas l'arrêter. Une balle serait plus dangereuse. Et le poseur de bombe était sûrement tapi dans l'ombre, prêt à faire feu.

— Nous devons sortir d'ici, aller dans un endroit sûr.

— Ma voiture est garée là-bas, dit-elle en montrant le parking de l'autre côté de la ruelle.

Sa gorge le brûlait à cause de toute la fumée qu'il avait inhalée. Il reprit son souffle et se redressa, il remarqua que Bella s'arrêtait à côté d'un SUV.

— Où est ta décapotable rouge ?

— Quelle décapotable ?

— J'ai vu une photo de toi au volant d'un cabriolet…

Elle secoua la tête.

— Ce n'était pas le mien. Le journaliste qui a fait ce reportage voulait donner une image de moi en accord avec le papier.

L'article la dépeignait comme une fêtarde écervelée, se souvint Tyce. Il avait cru qu'elle en était une, à l'époque. Maintenant, il se demandait sur quoi d'autre il s'était trompé.

Et qui d'autre se trompait sur elle.

— As-tu les clés ? demanda-t-il.

— Non, dit-elle en secouant la tête. Tu conduisais ton propre véhicule et…

— Pas grave, je vais la démarrer autrement.

Il avait appris à voler des voitures dans sa jeunesse. Ses grands-parents n'avaient pas réussi à l'éloigner de toutes les mauvaises influences du quartier. Il sortit son cran d'arrêt et s'en servit pour ouvrir la portière. L'alarme se déclencha, mais il souleva à la hâte le bas du tableau de bord pour atteindre les fils et les fusibles.

Très vite, la sirène se tut, et les phares cessèrent de clignoter. Puis sous le regard étonné de Bella, il glissa la lame dans le contact et démarra.

— Monte, dit-il. Nous devons sortir d'ici en vitesse. Au cas où le poseur de bombe aurait entendu l'alarme…

— Luther Mills, dit-elle.

Tyce secoua la tête.

— Ce n'était pas lui le poseur de bombe. C'est lui qui m'a appelé pour me prévenir du danger.

Bella écarquilla les yeux et pâlit. Il l'aida à s'asseoir, sauta au volant et enclencha la marche arrière.

Il devait réfléchir et découvrir qui voulait sa mort et celle de Bella Holmes.

En regardant le journal télévisé, Bradford avait appris l'explosion dans une résidence du côté ouest de River City. Et quand il avait vu les images sur l'écran, il avait reconnu l'immeuble de Bella. Avait-elle survécu ?

— Où est-elle ? cria-t-il, paniqué, en se frayant un chemin à travers la foule pour rejoindre Parker Payne.

— Je ne sais pas, répondit ce dernier.

Son cœur se serra.

— Était-elle à l'intérieur au moment de l'explosion ?

— Non. Tyce l'avait redescendue dans le hall.

— Qu'est-il arrivé ? demanda Bradford.

— Quelqu'un a prévenu Tyce que l'appartement était piégé.

Le juge avait, lui, reçu des informations qui l'avaient effaré.

— Où est Tyce ? demanda-t-il.

— Il était remonté chez Bella lorsque l'explosion s'est produite. Et apparemment, il n'est toujours pas redescendu…

— Et ma fille ? insista Bradford. Où est-elle ?

Parker se tourna vers l'immeuble. Peut-être attendait-il que Tyce apparaisse comme par magie. Ou Bella ?

— Je ne sais pas, répéta-t-il.

— Elle est retournée à l'intérieur ?

— Elle voulait aller chercher Tyce, reconnut Parker. Peut-être a-t-elle réussi à se glisser dans le bâtiment au milieu de l'agitation générale.

Les portes du hall s'ouvrirent et Bradford retint son souffle. Mais seuls les pompiers apparurent, chargés de leur équipement.

Parker leur demanda :

— Avez-vous trouvé quelqu'un ? Y avait-il quelqu'un à l'intérieur ?

L'un des pompiers retira son masque et répondit :

— Non. Dieu merci. Aucune victime n'est à déplorer.

Bradford n'en était pas si sûr. Ce n'est pas parce que les corps n'avaient pas encore été retrouvés que personne n'était mort.

— À quoi était due l'explosion ? s'enquit Parker.

— Apparemment, quelqu'un avait laissé le gaz allumé dans l'appartement où l'incendie s'est déclaré. Une cheminée à gaz est sans doute à l'origine du sinistre.

Parker, sceptique, fronça les sourcils. De toute évidence, il ne croyait pas à la thèse de l'accident.

— Deux personnes manquent à l'appel, dit-il.

— J'ai entendu une alarme de voiture se déclencher près de la ruelle, répondit le pompier. Vos personnes disparues sont peut-être liées à cette sirène…

Haussant les épaules, il se dirigea vers son camion.

Parker secouait la tête comme s'il n'y croyait pas non plus.

— Cela n'a pas de sens.

— Ce qui n'a pas de sens est que vous ayez désigné Tyce Jackson pour protéger ma fille !

Bradford ne parvenait plus à contenir la rage qui bouillonnait en lui. Pendant des années, il avait gardé son sang-froid, retenant sa colère face à la mort absurde de sa femme. Mais maintenant, il ne pouvait plus se maîtriser – pas quand il s'agissait de Bella.

Parker se tourna vers lui, bouche bée.

— Que dites-vous ? Tyce est un sacré bon garde du corps. Il a protégé votre fille d'une balle et maintenant, d'une explosion.

Tout cela était vrai. Bradford connaissait Tyce depuis longtemps et l'avait toujours considéré comme un honnête homme. Mais pourquoi avait-il gardé pour lui un secret aussi important ? Les gens honnêtes ne cachaient pas des faits aussi énormes.

— Vous ne savez pas, dit Bradford.

Et que Parker n'ait aucune idée de qui était vraiment Tyce Jackson l'inquiéta davantage encore.

— Je ne sais pas quoi ? demanda Parker. De quoi parlez-vous ?

— Luther Mills et Tyce Jackson, répondit Bradford.

Il sentit une vague de nausées lui soulever l'estomac, similaire à celle qui l'avait soulevé lorsque l'adjointe du procureur lui avait appris ce que l'un des membres de la bande de Luther lui avait révélé.

— Eh bien, quoi ? demanda Parker.

— Tyce Jackson et Luther Mills sont frères, répondit Bradford.

Cela ne signifiait pas forcément qu'ils étaient proches ni que Tyce travaillait pour lui. Mais si le garde du corps n'avait rien à cacher, pourquoi n'avait-il pas dit qu'il était lié à celui qui menaçait Bella et tous les autres ? Avant de parler à Bradford, Mme Gerber avait consulté les actes de naissance pour obtenir confirmation. Leurs liens de sang étaient avérés. Ils étaient demi-frères.

Bradford était accablé. Il avait confié la vie de sa fille au frère de Luther Mills. Et maintenant, ils étaient introuvables.

17

Bella avait l'impression d'être harcelée, comme si elle se trouvait à la barre des témoins. Garé devant son chalet, Tyce la bombardait de questions.

Elle secoua la tête.

— Je ne comprends pas ce que tu cherches à savoir.

— C'est pourtant simple. Qui a accès à ton appartement ?

— Pas mal de gens. Le concierge, toi… Mon père aussi.

— Et ton assistante ?

— Camille ? Oui, Camille aussi a une clé.

— Pourquoi lui en as-tu donné une ?

— Il le fallait. Elle apporte mes vêtements chez le teinturier, elle se charge de faire la plupart de mes courses…

— Je pensais qu'elle était ton amie.

— Elle l'est, répondit Bella.

— Mais elle est aussi ton employée…

— Et alors ? Parker Payne n'est-il pas, lui aussi, à la fois ton ami et ton patron ?

— C'est vrai, admit-il avec un soupir.

Camille et elle étaient amies depuis des années, mais toutes deux consacraient tant de temps à l'organisation des galas de charité et autres réceptions qu'elles avaient un peu perdu celui de se voir pour le plaisir.

Comme Tyce jetait un coup d'œil à son smartphone, elle vit apparaître les appels manqués de son patron.

— Mais tu ne lui fais pas confiance ? demanda-t-elle avec étonnement.

— Je ne sais plus à qui faire confiance, reconnut-il.

Luther Mills l'ayant prévenu de la présence d'un engin explosif chez elle, il y avait de quoi être désorienté, comprit-elle. Elle voulait l'interroger à ce sujet, mais elle tenait d'abord à clarifier les choses concernant Camille.

— Moi, j'ai totalement confiance en Camille. Jamais elle ne tenterait de me nuire.

— Et qu'en est-il de ton ex, le drogué ? Celui qui m'a reconnu parce que je lui fournissais de la came quand je travaillais sous couverture. A-t-il une clé de chez toi ?

— Oui, avoua-t-elle. Mais je connais Michael depuis toujours. Lui non plus ne me ferait jamais de mal.

— Tu l'as largué, lui rappela Tyce.

— Parce que tu m'avais demandé de le faire.

— Si tu n'avais pas eu besoin d'un garde du corps, serais-tu restée avec lui ?

La question la déconcerta. Aurait-elle continué longtemps cette relation bancale ? Avant de tomber amoureuse de Tyce, elle n'avait aucune idée de ce qui manquait à son arrangement avec Michael. L'amour ?

Mais l'amour était également le grand absent dans sa relation avec Tyce. Du moins l'amour mutuel, partagé.

— Je ne sais pas, répondit-elle honnêtement.

Tyce cherchait à comprendre qui était responsable de l'explosion. Pour lui, Luther Mills n'était pas coupable. Pour elle, il l'était. Mais au dernier moment, le narcotrafiquant avait préféré tout annuler et prévenir Tyce pour une raison qui leur échappait dans l'immédiat.

— Ton assistante ou Michael seraient-ils capables de découvrir le mot de passe du système d'alarme ? S'agit-il de la date de ton anniversaire, par exemple ?

Bella rougit.

— De celui de ma mère.

Il jura.

— L'un d'eux la connaît ?

— Tous deux la connaissent. Ils passent toujours cette journée avec moi.

— As-tu d'autres ex ? poursuivit-il.

Elle se demandait maintenant s'il l'interrogeait pour les besoins de l'enquête ou pour assouvir sa curiosité personnelle.

— Quelques-uns, oui. Mais ils sont peu nombreux.

— Les choisissais-tu aussi mal que lorsque tu as jeté ton dévolu sur ce Michael ?

En effet, la plupart de ses ex s'intéressaient plus à son argent qu'à elle.

— Je ne nie pas que mon jugement en matière d'hommes n'est pas très sûr. Du moins, ces derniers temps.

Il pressa une main sur son cœur comme si elle l'avait blessé.

— Un point pour toi, princesse. Cela dit, je ne suis pas un ex. Je ne suis pas ton petit ami. Pas vraiment.

Il était son garde du corps et de temps en temps, son amant.

— Parle-moi de ces autres ex, poursuivit-il.

— Aucun d'eux n'avait la clé de chez moi, répondit-elle.

— Savaient-ils que tu en cachais une au-dessus de la porte ?

Rouge de honte, elle hocha la tête. Qu'elle avait été bête !

— Donc n'importe qui pourrait l'avoir prise, dit-il. Et tous ceux qui te connaissent depuis cinq minutes ont compris que tes mots de passe sont liés à ta mère…

— Je suis désolée d'être si prévisible.

— Moi aussi, dit-il. Cela te rend vulnérable.

Avait-il raison ? Un proche l'avait-il trahie ?

À qui pouvait-elle faire confiance ?

À son père.

Elle l'avait oublié ! se rendit-elle compte, catastrophée. Elle s'était tellement inquiétée pour Tyce qu'elle n'avait plus pensé à lui. Il devait être affolé.

— J'ai besoin d'appeler mon père, dit-elle.

Tyce avait raison. Elle avait accordé trop facilement sa confiance. Et si se fier à Tyce était une terrible erreur ?

Tyce vit la peur et le doute assombrir le visage de Bella et il en fut ravagé. Il fallait absolument qu'elle lui fasse confiance. Sa vie en dépendait, parce que quelqu'un d'autre – et un proche certainement – voulait sa mort.

Lorsque son téléphone vibra de nouveau, il prit l'appel.

— Oui, Parker…

Son patron et néanmoins ami semblait hors de lui :

— Où êtes-vous ? Ou dites-moi plutôt, qui êtes-vous ?

— De quoi parlez-vous ?

— De Luther Mills. Quelqu'un vient d'apprendre à l'adjointe du procureur, qui l'a répété au juge, qu'il était votre frère ! Je suis outré d'être le dernier informé !

Parker criait si fort que Bella dut l'entendre. Elle posa la main sur la poignée de sa portière comme si elle s'apprêtait à sauter de la voiture pour s'enfuir en courant.

— La rumeur prétend en effet que nous avons le même père, dit Tyce. Ce n'est qu'une rumeur.

Tyce n'avait jamais rencontré son soi-disant géniteur, un trafiquant de drogue qui s'était fait tuer, des années plus tôt.

— Vous savez ce que j'éprouve envers Luther, rappela Tyce à Parker et à Bella. J'ai passé des années sous couverture à essayer de le faire tomber.

Mais Luther avait découvert son double jeu et l'avait empêché de réunir assez de preuves pour porter des accusations contre lui. Il aurait pu le faire tuer, en prime. Il l'en avait d'ailleurs menacé, mais il l'avait épargné finalement. Était-ce pour la même raison qu'il l'avait prévenu du danger ?

Non, comprit-il. Luther avait voulu sauver Bella. Une fois morte, elle perdrait toute utilité à ses yeux. Il avait besoin qu'elle soit en vie pour faire pression sur le juge.

— Parce que vous avez gardé ces liens de sang secrets, le juge est furieux que vous protégiez sa fille, dit Parker.

— Le juge Holmes me connaît, répliqua Tyce. Il sait que je me bats depuis des années pour éliminer Luther Mills.

— Peut-être, mais il n'a pas apprécié d'avoir été averti par un tiers et non par vous d'un élément aussi important, dit Parker. Moi non plus.

— Jocelyn Gerber cherche à salir la Payne Protection Agency. Elle tente de démontrer par tous les moyens qu'il n'y a pas de taupe dans son bureau. Voilà pourquoi elle veut semer le doute dans l'esprit des gens qui me connaissent.

Le juge était certainement dans le bureau de Parker parce que Tyce entendait une autre voix en arrière-plan.

— Holmes aimerait être certain que Bella va bien, reprit Parker. Qu'elle n'a pas été blessée lorsqu'elle est retournée dans le bâtiment en feu.

— Elle va bien, répondit Tyce. Mais elle aurait pu se faire tuer. Cet engin explosif a été installé par l'un de ses proches qui avait la clé de chez elle.

De nouveau, le juge répliqua quelque chose en arrière-plan, et Parker finit par ordonner à Tyce :

— Ramenez immédiatement Bella chez son père, au manoir. Je vais demander à un autre garde du corps de prendre le relais.

— Vous me virez ? lança Tyce.

Il avait cru qu'ils étaient amis. Apparemment, Parker ne souhaitait plus l'être. Comment les deux hommes pouvaient-ils se demander pourquoi il ne leur avait jamais parlé des liens de sang supposés qu'il avait avec Luther ?

Leurs réactions, si prévisibles, expliquaient qu'il ait préféré garder le silence.

— Non, je ne vous vire pas, répondit Parker d'un ton peu convaincant. Je vous retire cette mission.

Tyce avait déjà convenu avec Bella qu'il ne devrait plus la protéger. Mais il n'avait accepté que parce qu'il était en train de tomber amoureux d'elle…

Et il était trop tard. Il l'aimait déjà trop, se souciait trop de son sort, pour renoncer à veiller sur elle. Il n'était pas question de laisser un autre se charger de sa protection. Il s'apprêta donc à mettre un terme à cet échange.

Comme s'il devinait ce qu'il allait faire Tyce, Parker cria :

— Il faut également qu'on parle, tous les deux.

Tyce le savait, mais il devait d'abord s'entretenir avec quelqu'un d'autre. D'un doigt, il se déconnecta.

Parker avait crié si fort que Bella avait dû entendre l'essentiel. Elle se tourna vers Tyce :

— Je veux m'en aller. Je dois voir mon père.

Le juge était la seule personne en qui Tyce avait confiance pour assurer la sécurité de Bella. Il était le seul à l'aimer comme lui. Lutter contre ses sentiments avait été vain, comprit-il. Même si leurs mondes étaient différents, il était tombé amoureux d'elle. Tout comme son grand-père était tombé amoureux de sa grand-mère – instantanément, profondément et irrémédiablement.

Et il était prêt à tout pour la protéger, y compris renoncer à elle.

Au cours des dernières semaines, Luther avait été surpris par les visites qu'il avait reçues. Il avait cru halluciner, par exemple, en découvrant le témoin, Rosie Mendez, au parloir. Que plusieurs gardes du corps ou cette adjointe du procureur aussi pénible que sexy aient fait le déplacement l'avait également stupéfait.

Mais alors qu'il s'installait sur la chaise et décrochait le récepteur, il reconnut l'homme qui prenait place de l'autre côté de la cloison de verre et en resta médusé. Et pas uniquement parce qu'il avait rasé sa barbe et coupé ses cheveux.

— Tu es le premier membre de la famille à venir me voir, dit-il à Tyce Jackson.

— Je ne suis pas de ta famille, Luther.

— Nous avons le même père.

— Ce n'est qu'une rumeur.

Tant de femmes en manque avaient couché avec le dealer en échange d'une dose que Luther aurait été bien en peine d'évaluer le nombre de ses frères et sœurs. Il n'était même pas certain de connaître le nombre de ses propres enfants.

— Nous n'avons aucune certitude, poursuivit Tyce.

— Je t'ai proposé de comparer nos ADN, lui rappela Luther.

Quand il avait appris que Tyce avait infiltré son organisation, il l'avait fait venir. Au départ, il pensait le tuer, purement et simplement. Il réservait toujours ce sort aux traîtres. Mais quand il l'avait vu, il l'avait épargné. Luther n'avait pas besoin de test ADN pour savoir qu'ils étaient frères. Tyce était le portrait craché de leur père. Cela dit, Tyce n'avait hérité que des traits de leur géniteur, pas de sa cruauté.

Contrairement à Luther.

— Je n'ai rien à faire de tes tests, lui dit Tyce.

Luther se mit à rire.

— Parce que tu sais aussi bien que moi que nous sommes du même sang.

Dommage que leurs liens de parenté n'aient pas permis à Luther d'imputer ce meurtre à son frère. Cela lui aurait beaucoup plu. Mais avec des mères différentes, leurs ADN n'étaient pas identiques. Ils ne se ressemblaient même pas, ce qui était bien dommage. Avec ses cheveux coupés court et le visage bien rasé, Tyce était beau gosse.

— Est-ce pour cette raison que tu m'as prévenu de la présence de l'engin explosif ? demanda Tyce. Par amour fraternel ?

Luther s'esclaffa plus fort. L'imaginer mû par l'amour était à mourir de rire.

Tyce sourit.

— Tu te moques bien de mon sort. En revanche, tu as besoin que Bella Holmes reste en vie. Ainsi elle te permet de menacer le juge.

Tout le monde semblait au courant de son plan. Pas étonnant que rien ne se soit pas déroulé comme Luther l'avait souhaité.

— Je ne sais pas de quoi tu parles, dit-il.

— Qui est l'espion ? demanda Tyce. Qui surveille Bella ?

— Je n'ai rien à voir avec cette histoire.

— Qui que soit ton espion, il a failli bousiller ton plan, lui rappela Tyce. Tu ne peux pas lui faire confiance. Alors dis-moi de qui il s'agit. Je m'en occuperai…

Luther haussa à nouveau les épaules.

— Ça pourrait être n'importe qui…

— Tu sais qui c'est et tu sais surtout que cette personne est ingérable. Elle se moque de tes ordres. Sinon tu ne m'aurais pas appelé pour me prévenir.

— Je t'ai prévenu parce que tu es mon frère, dit Luther comme s'il se souciait vraiment de lui.

— Arrête, dit Tyce.

— Hé, je n'en suis pas fier non plus, mec. Tu as mal tourné, tu es devenu flic. Notre père doit se retourner dans sa tombe.

— Je ne suis plus policier, répliqua Tyce. Et ce n'est

pas pour ça que tu m'as prévenu. Tu ne souhaites pas la mort de Bella Holmes. Elle ne te serait d'aucune utilité si elle n'était plus de ce monde. Alors dis-moi qui s'attaque à elle. Il me sera alors plus simple de protéger Bella, de m'assurer qu'elle reste en vie.

Luther fut tenté de le lui dire. Tyce paraissait très en colère et il était clair qu'il réglerait le petit problème de Luther. Lui-même n'aurait alors plus à s'inquiéter de cette imbécile d'indic. La Payne Protection Agency avait causé du tort à tant de membres de sa bande. Soit ils étaient en prison, avec lui, en attendant leur procès… Soit ils étaient morts.

Luther voulait la mort de celle qui jouait les électrons libres. Mais il n'était pas sûr que Tyce exécuterait cet ordre pour lui. Contrairement à Luther, il n'avait pas grandi auprès de leur père. Il n'avait pas hérité de son côté impitoyable.

Mais Luther remarqua soudain quelque chose chez son demi-frère. Quelque chose qu'il n'avait jamais vu chez Tyce auparavant. Il comprit brutalement de quoi il s'agissait. Il l'avait vu également sur le visage de Rosie Mendez quand elle était venue lui rendre visite dans l'espoir de négocier la vie de son garde du corps.

L'amour.

Tyce Jackson était amoureux.

— Tu es tombé amoureux d'elle, dit Luther. Tu es tombé amoureux de la fille du juge.

Il se remit à rire. Quand il cessa enfin de ricaner, il s'aperçut que Tyce était parti avant qu'il puisse lui donner le nom de l'espion.

Il n'avait aucun doute maintenant que, bien qu'il ait été flic, Tyce se débarrasserait de la personne qui avait essayé de tuer la femme qu'il aimait. Et un petit frisson de peur lui parcourut l'échine. Il n'était pas impossible que Tyce s'attaque une nouvelle fois à lui.

Parce que si le juge ne le déclarait pas innocent comme il l'escomptait, Luther devrait tuer la femme que son frère aimait.

18

Une semaine s'était écoulée depuis l'incendie de son appartement. Ou l'explosion. Peut-être accidentelle.

Mais s'il s'agissait d'un accident, pourquoi Luther Mills avait-il téléphoné à Tyce pour l'avertir de la présence d'un engin explosif ?

Rien dans cette histoire n'avait de sens. Le fait que Tyce lui manque terriblement n'en avait pas davantage. Bien sûr, elle l'aimait. Mais il ne partageait pas ses sentiments. Il l'avait déposée devant chez son père et était parti sans un mot.

Visiblement, Tyce avait hâte de s'éloigner d'elle. Mais loin de lui, Bella se sentait vide et triste. Depuis qu'il l'y avait laissée, elle errait dans le manoir comme une âme en peine.

— Tout va bien ? demanda Camille.

Bella leva les yeux du dossier dans lequel elle était plongée pour regarder son amie. Ses grands yeux noirs étaient inquiets. Camille n'aurait jamais rien fait pour lui nuire, elle en était certaine.

Submergée par une brusque émotion, Bella sentit des larmes brûler ses paupières. Incapable de parler sans exploser en sanglots, elle se contenta de secouer la tête.

— Tu ne vas pas bien, répondit Camille à sa place en

se levant pour venir l'enlacer. Ton appartement est inhabitable, tes affaires ont été en grande partie détruites…

Un homme remonta le couloir et les observa du seuil de la pièce d'un air soucieux.

— C'est bon, lui dit Bella.

Camille n'était pas une menace.

— Qui est ce type ? demanda Camille à mi-voix.

Bella savait qu'elle n'était censée en parler à personne, mais elle n'avait pas de secrets pour son amie.

— Lars Ecklund, mon garde du corps.

— Ton garde du corps ? s'exclama Camille, surprise. Mais alors l'incendie de ton appartement, la fusillade étaient des attaques qui te… qui te ciblaient ?

— Je ne sais pas. Peut-être.

Qui était visé ? Elle ou Tyce ?

Bella avait peur pour lui. Pas pour elle…

— Quelqu'un menace mon père, dit-elle. Et cherche à m'utiliser pour faire pression sur lui.

Elle se remémora les photos. L'une d'elles représentait Tyce avec un trou sur le front. Peu de temps après, il s'était retrouvé avec un trou dans l'épaule – provoqué par une balle.

— Et qui était le grand brun ? reprit Camille.

— Il était lui aussi chargé de ma protection.

— Il représentait bien davantage pour toi, n'est-ce pas ? remarqua son amie qui était observatrice. Où est-il ?

— Je n'en ai aucune idée.

Camille jeta un coup d'œil vers l'autre garde du corps.

— Lui as-tu demandé à lui ? Il doit le savoir…

Bella secoua la tête. Elle s'était déjà ridiculisée en tombant amoureuse d'un homme qui n'éprouvait rien pour elle. Elle n'allait pas en rajouter en lui courant après.

Mais elle s'interrogeait…

Parker avait-il viré Tyce ? Et si oui, pour quelle raison ?

S'il avait vraiment été remercié, elle trouvait le procédé

très injuste. Tyce avait risqué sa vie pour sauver la sienne. Voilà d'ailleurs peut-être pourquoi elle était tombée amoureuse de lui. Il était son héros, son sauveur.

Et voilà pourquoi Parker ne l'avait sûrement pas congédié. Cela dit, Tyce avait peut-être démissionné. Il avait semblé furieux contre son patron. Était-il en colère contre elle aussi ? Comme les autres, elle avait laissé la révélation des liens de sang secrets entre Tyce et Luther Mills obscurcir son jugement. Elle avait douté, elle s'était méfiée de lui. Mais très vite, elle s'était souvenue de son héroïsme.

— Tu as l'air malheureuse, poursuivit Camille. Et si nous sortions ? Te changer les idées te ferait du bien.

Bella poussa un soupir mélancolique.

— J'aimerais beaucoup mais il faudrait que mon garde du corps vienne avec nous.

— Filons à l'anglaise alors, suggéra son amie. Allons boire quelques verres. Tu as besoin d'une pause.

Elle secoua la tête.

— Mon père serait malade d'angoisse si je disparaissais.

— Si nous faisons vite, il n'en saura rien, assura Camille.

Bella doutait que leur virée soit brève. Son amie adorait flirter dans les bars. Mais cette petite escapade la tentait…

— Comment faire ? demanda-t-elle.

— Facile. Tu sors par la fenêtre. Je fais semblant de te parler. Puis je m'en vais en disant que tu ne veux pas être dérangée.

Bella frissonna. Tout semblait simple, en effet. Mais le plan avait-il des chances de marcher ? Dans le cas contraire, son père lui reprocherait son comportement. Pourtant, elle avait vraiment envie de se détendre.

La frustration la gagnait. Elle en avait assez que les hommes qu'elle aimait prennent des décisions à sa place.

— Allons-y, dit-elle.

— Génial, dit Camille. Nous allons nous éclater.

Alors qu'elle enjambait la fenêtre, Bella eut l'impression d'être une adolescente rebelle filant en catimini pour se rendre à une fête. Ou pour retrouver son petit ami. Mais elle n'avait pas de petit ami. Tyce ne l'aimait pas.

Mais au moins, avait-elle une amie. Camille.

Tyce soupira. Bella lui manquait tellement qu'il en avait mal. Mais en se tenant éloigné d'elle, il la protégeait. Ou du moins, il essayait.

Il était déterminé à identifier l'espion de Luther, le poseur de bombe, celui qui avait piégé l'appartement. Et son principal suspect était son ancien client, Michael Leach. L'homme n'avait pas été facile à localiser. Et il était en voyage. Comme par hasard, il était parti le lendemain de l'explosion. Si Michael était bien le coupable, il aurait été intelligent de sa part de filer, une fois son forfait accompli.

Mais il était revenu, sans doute pour soutirer de l'argent à ses parents. Tyce l'attendait depuis une semaine lorsque la Maserati de Michael s'arrêta devant les grilles en fer forgé du domaine des Leach.

Tyce aurait aimé lui sauter tout de suite à la gorge mais, conscient qu'il valait mieux l'interroger sans témoins, il s'obligea à attendre.

Quelques heures plus tard, le blond quitta la propriété familiale. Tyce le suivit de près, sachant qu'il était trop stupide pour s'en rendre compte. Michael se gara sur un parking du centre-ville et se dirigea vers un immeuble de standing. Il était si focalisé sur son smartphone qu'il ne remarqua pas la présence de Tyce avant que les portes de l'ascenseur se referment, et qu'ils se retrouvent seuls.

Tyce le prit par le cou et serra.

Michael se débattit, donna des coups de pied, et Tyce finit par le laisser tomber durement sur le sol de la cabine.

Le visage de Michael était rouge, ses yeux écarquillés.

— Jax ? Que… Que…

Tyce se fichait de la façon dont il l'appelait tant qu'il lui disait la vérité. Quand ils arrivèrent à l'étage, Tyce le poussa sans ménagement dans le couloir.

— Où se trouve votre appartement ?

— Là… Le 1231, répondit Michael en tremblant.

— Les clés.

Michael était trop défoncé pour discuter. Ses pupilles étaient dilatées. Il sortit son trousseau de sa poche.

Tyce ouvrit la porte et le fit entrer. Il n'avait pas envie que les voisins appellent la police.

Le blond semblait perdu :

— Que voulez-vous, Jax ? Je ne vous dois rien.

— Je ne suis pas ici pour la came, dit Tyce. Mais pour Bella Holmes. Avez-vous tenté de la tuer ? Et pourquoi ? Par jalousie ?

— Quoi ? De quoi parlez-vous ? Bella va bien ?

En fait, il avait l'air inquiet.

— Non. Elle ne va pas bien, dit Tyce. Elle est bouleversée par le vol de ses bijoux.

Où Michael les aurait-il cachés ?

Le blond le dévisagea, visiblement de plus en plus confus.

— Je ne comprends pas. Quels bijoux ?

— Ceux de sa mère. Vous les avez sans doute dérobés pour les mettre en gage et pouvoir acheter du crack ou ce que vous consommez maintenant.

— Je ne prends que de la marijuana. Vous savez que je ne suis pas adepte des drogues dures. Je ne suis pas un junkie. Et je n'ai pas besoin de voler. J'ai de l'argent.

Tyce se tendit.

— Essayez-vous de me faire croire qu'elle aurait organisé un faux cambriolage pour toucher les indemnités d'assurance ?

— Non, certainement pas, répondit Michael. Je n'imagine pas Bella se comporter ainsi. Mais elle a dû vendre ces bijoux pour l'une de ses associations.

Non, songea Tyce. Elle avait été dévastée quand elle avait découvert leur disparition.

Bella n'était pas la fêtarde qu'il avait imaginée. Elle ne ressemblait en rien aux femmes qui l'avaient utilisé à une époque. Elle était tellement, tellement, plus.

— En tout cas, si quelqu'un a volé Bella, il s'agit de Camille, reprit Michael avec une grimace méprisante. Elle la déteste.

— Quoi ?

— Elle est jalouse d'elle. Ne l'avez-vous pas remarqué ? Ne vous a-t-elle pas dragué comme elle me draguait ? demanda Michael. Elle veut tout ce que Bella possède. Elle n'a qu'une ambition : avoir sa vie.

Tyce garda le silence. Ainsi, il venait de découvrir qui espionnait Bella pour le compte de Luther. Il espérait seulement qu'il n'était pas trop tard pour arracher Bella de ses griffes.

Parker n'osait prévenir le juge qu'il avait de nouveau perdu sa fille. Ou pour être exact que Lars Ecklund l'avait perdue. Dans tous les cas, Parker était responsable. Il avait été chargé de s'assurer qu'elle était bien protégée. Le chef de police avait confié cette mission à Parker. Mais il avait dû faire appel aux équipes de ses frères, leur demander des renforts, quand le juge avait préféré se passer des services de Tyce.

Lui retirer cette mission avait été une erreur. Parker se moquait qu'il ait des liens fraternels avec qui que ce soit. Tyce était un garde du corps exceptionnel et un sacré bonhomme.

Pourtant, lorsque son nom apparut sur son smartphone, il hésita à prendre l'appel. Il ne voulait pas lui avouer à lui non plus qu'il avait perdu Bella Holmes.

Parker inspira profondément et prit l'appel.

— Oui ?

— C'est Camille, dit Tyce.

— Quoi ?

— L'assistante de Bella. C'est elle l'espionne de Luther.

Un juron s'échappa des lèvres de Parker.

— Quoi ? demanda Tyce, soudain en alerte. Que se passe-t-il ?

— Lars Ecklund, l'actuel garde du corps de Bella… Il l'a perdue.

Mais ce n'était pas le pire, et Tyce l'avait évidemment compris.

— Et vous croyez qu'elle est avec Camille.

— Je le sais. C'est la dernière personne avec qui Lars Ecklund l'a vue avant qu'elle disparaisse. Cela dit, Camille ne la tuera pas, pas si elle travaille pour Luther. Il a besoin de Bella pour faire pression sur le juge.

— Camille est folle, répliqua Tyce. C'est une cinglée qui n'en fait qu'à sa tête et se moque des ordres de Luther. Voilà pourquoi il m'a prévenu du piège qu'elle nous avait tendu.

Parker avait pensé que cette mise en garde était liée à leurs liens de sang. Mais il aurait dû se douter que la famille ne comptait pas pour le narcotrafiquant. Tout ce qui comptait pour Luther Mills, c'était Luther Mills.

— Camille déteste Bella, dit Tyce. Jamais elle ne lui laissera la vie sauve.

— Même si la tuer la condamnerait elle-même à mort ? Ne pas respecter les ordres de Luther Mills équivaut à un suicide.

— Elle est cinglée, répéta Tyce.

Et sa folie la rendait imprévisible, ingérable.

Un silence angoissé tomba.

— Je vais la retrouver, déclara Tyce avant de raccrocher.

Parker savait que Tyce ferait le maximum. Mais il ne pouvait s'empêcher de penser qu'il serait trop tard.

Bella avait disparu depuis plusieurs heures…

19

Le cœur empli de gratitude pour son amie qui cherchait à lui remonter le moral, Bella s'était mise en quatre pour que Camille passe un agréable moment. Elle avait fait jouer ses relations pour leur trouver une table dans le meilleur restaurant de la ville. Après un excellent dîner, elle l'avait entraînée dans tous les night-clubs que Camille aimait.

Mais si Bella s'efforçait de donner du bon temps à son amie, elle-même se sentait terriblement triste et malheureuse. Elle craignait que son humeur n'accable Camille.

Observatrice et attentive comme toujours, cette dernière lui proposa de finir la soirée chez elle. Comme Camille la faisait entrer dans son studio, Bella se répandit en excuses.

— Je suis désolée de t'avoir un peu forcée à quitter cette boîte de nuit. Tu t'y amusais bien.

Camille secoua la tête.

— Non, non. Nous serons bien mieux ici.

Elle fit signe à Bella de s'asseoir sur son canapé. Il était recouvert de blanc, tout comme celui de Bella.

Ou plutôt comme l'avait été celui de Bella. L'incendie l'avait détruit. Mais elle s'en moquait. Seul Tyce lui manquait.

— Je vais rentrer, dit Bella. Je n'ai pas le moral. Je ne suis pas de bonne compagnie.

— Voilà pourquoi tu ne dois pas rester seule, dit Camille.

Elle sortit une bouteille de vin d'un placard de sa kitchenette.

L'endroit était petit, mais élégamment meublé dans un style très proche de l'appartement de Bella. Il y avait même une peinture sur le mur qui ressemblait beaucoup à la nature morte qui avait orné sa cheminée jusqu'à l'explosion.

Bella s'en approcha. La toile avait été signée par l'artiste, une amie de sa mère : *À Elizabeth...*

Un frisson glacé lui parcourut l'échine. Il ne s'agissait pas d'une copie mais de l'original de *son* tableau.

— Je pensais qu'il avait été détruit dans l'incendie...

— Il l'aurait été, si je ne l'avais pas pris avant que tout explose. Cela valait le coup de retourner le chercher même si j'ai failli me faire pincer par ton ancien garde du corps. Tu ne trouves pas qu'il est magnifiquement mis en valeur ici ?

Bella se retourna et découvrit celle qu'elle avait toujours considérée comme une amie pointant une arme sur elle.

— Pourquoi ? demanda-t-elle. Je ne comprends pas.

Tyce avait raison. Une proche renseignait Luther. Mais Bella n'aurait jamais soupçonné Camille.

— Nous sommes amies depuis si longtemps...

— Amies ? Tu parles ! Tu me prenais pour ta bonne, oui, j'étais corvéable à merci. Princesse, n'est-ce pas comme ça qu'il t'appelle ? Tu n'es qu'une enfant pourrie gâtée.

— Tyce te soupçonne, la prévint Bella.

Camille éclata d'un rire cruel.

— S'il me soupçonnait, il serait là, non ? Mais il est loin. Le scénario est toujours le même. Tu l'as séduit, comme tu les séduis tous. Puis tu t'es lassée de lui. Alors tu l'as largué...

Bella secoua la tête. Elle doutait que quiconque se lasse un jour de Tyce Jackson.

— Cela se passe toujours ainsi avec toi, dit Camille. Depuis le lycée, tous les hommes sont dingues de toi…

— Tu es en colère contre moi à cause de mon pouvoir de séduction ?

— En colère contre toi ? répliqua-t-elle en riant. Je te déteste.

— Mais pourquoi ? Que t'ai-je fait ?

— Tu es toi. Belle, riche, trop gâtée. J'exècre tout ce que tu es.

Les larmes brûlèrent les paupières de Bella.

— J'ignorais que tu ressentais tant de haine envers moi.

— Parce que tu ne t'intéresses qu'à toi. Je t'avais pourtant dit que je ne supportais pas nos camarades de classe, ces petites garces qui me méprisaient parce que je ne payais pas ma scolarité. Je n'avais pu m'inscrire dans cette école uniquement parce que ma mère y était enseignante.

— Et c'était un excellent professeur, dit Bella. Je l'ai toujours admirée.

Grâce à elle, la chimie lui avait paru une matière moins mystérieuse et surtout, moins rébarbative.

— Arrête ! cria Camille. Ton numéro est ridicule. Tu adores te faire passer pour une femme humaine, sensible… C'est du vent, du cinéma. Tu es encore pire que les autres, en réalité.

— Que veux-tu dire ? Je t'ai toujours traitée en amie.

— Nous ne sommes pas amies, nous ne l'avons jamais été. Ce n'était qu'une comédie. Tu le sais aussi bien que moi. Pourquoi prétendre le contraire ?

— Je ne faisais pas semblant.

Camille pointa le pistolet sur elle. Bella recula, mais le canon frappa sa joue.

Camille éclata de rire.

— Ce n'est que le début, salope.

Comme Bella s'apprêtait à hurler de peur, elle ajouta :

— Si tu fais le moindre bruit, je te fais sauter la cervelle.

Quelqu'un cogna soudain la porte avec force.

Camille se tendit.

— Tu as appelé quelqu'un ?

Bella secoua la tête.

— Comment l'aurais-je pu ?

— Je sais que vous êtes là ! Laissez-moi entrer !

Bella reconnut la voix grave de Tyce. Mais il avait l'air étrange, comme s'il avait du mal à articuler les mots.

— Tu l'as prévenu ? demanda Camille.

— Non, murmura-t-elle. J'ignore comment il m'a trouvée.

Elle le savait. Il était sacrément bon dans ce qu'il faisait.

Camille ne la croyait visiblement pas. Mais son sourire cruel s'élargit.

— C'est encore mieux, en fait. Au lieu de me contenter de te tuer, je vais le buter d'abord, devant toi. Tu me verras lui planter une balle dans le crâne... Cela te fera encore plus mal. Et cette fois, je ne le raterai pas, je ne le blesserai pas à l'épaule. Je vais tirer à bout portant, en pleine tête, comme sur la photo.

Tyce avait dû comprendre que Camille était la menace. Mais arrivait-il à temps pour empêcher Camille de la tuer ou mourir avec elle ?

Lorsqu'il avait entendu Bella crier à l'intérieur de l'appartement, Tyce avait senti son cœur se serrer. Il devait à tout prix entrer et empêcher Camille de lui faire davantage de mal. Pour y parvenir, il décida de se comporter comme s'il était ivre. Peut-être parviendrait-il à la tromper.

Il frappa de nouveau.

— Ouvrez-moi, Camille. Je veux vous parler.

— Non, n'entre surtout pas ! cria Bella.

Il recula, prêt à défoncer la porte. Mais elle s'ouvrit

avant qu'il ait à prendre son élan. Il entra, faisant mine de ne pas remarquer le pistolet que Camille tenait à la main. Elle le pointait sur Bella.

Elle claqua la porte derrière lui.

Bella se tenait dans un coin, les mains plaquées contre sa bouche, comme si elle tentait de retenir des hurlements de terreur. La peur brillait dans ses yeux.

La fureur saisit Tyce à la vue du sang sur sa joue. Cette folle l'avait-elle frappée ?

Il aurait voulu la prendre dans ses bras mais sa priorité était de désarmer Camille.

Celle-ci lui lança, d'un air de défi :

— Avez-vous vraiment envie de mourir pour Bella ?

— Je n'ai aucune envie de mourir pour elle, prétendit-il. Je ne suis venu que pour vous…

Tyce voulait envoyer à Bella un message silencieux pour qu'elle s'écarte, recule. Mais il n'osait pas la regarder de peur de ramener l'attention de la folle sur sa véritable cible.

— Vous n'êtes venu que pour moi ? Pourquoi moi ? demanda Camille en l'observant avec curiosité.

— J'ai parlé à Michael. De vous. Il m'a raconté que vous étiez tombée amoureuse de lui… Je ne l'ai évidemment pas cru, ajouta Tyce. Vous n'êtes pas du genre à perdre votre temps avec un camé.

Camille ne semblait pas convaincue. Sans doute devinait-elle qu'il mentait, mais elle n'arrivait pas à comprendre pourquoi ni comment.

Comme Bella la rendait folle de jalousie, Tyce tenta de lui prouver qu'elle n'avait rien à lui envier…

— Pas plus que je ne perdrais mon temps avec une enfant gâtée comme Bella, continua-t-il.

Visiblement pétrifiée de peur, Bella ne réagit pas.

Camille parut déconcertée.

— Bella m'a dit qu'elle était tombée amoureuse de

vous, répliqua-t-elle. Que vous étiez bien davantage qu'un garde du corps pour elle.

Tyce sentit son cœur s'affoler dans la poitrine. Était-ce vrai ? L'aimait-elle ?

Il l'avait laissée tomber. Et maintenant, elle risquait de se faire tuer par une folle qu'elle avait prise pour une amie.

Il était déterminé à tout faire pour éviter cette tragédie. Il avait glissé son arme à la ceinture, dans son dos. Mais il devait faire attention. Avant de brandir son calibre, il lui fallait s'assurer que Camille ne le verrait pas et n'aurait pas la possibilité de tirer la première.

Il s'efforça de l'embobiner avec de beaux mensonges.

— Elle est peut-être tombée amoureuse de moi, mais moi, je ne suis pas amoureux d'elle, dit-il. J'ai couché avec elle mais je n'ai aucun sentiment pour elle et elle le sait. Elle ne m'a jamais intéressé. Je me suis servi d'elle pour approcher la seule femme qui compte à mes yeux…

Lentement, il fit quelques pas vers elle. S'il arrivait à sa hauteur, peut-être parviendrait-il à la désarmer.

Camille le regardait fixement d'un air méfiant.

— J'ai pourtant vu comment vous la dévoriez des yeux… Comme les autres…

Comme Tyce s'avançait encore, elle pointa l'arme sur lui.

— Reculez ! Vous êtes trop près de moi !

— Pourquoi cette réaction ? Vous n'avez rien à craindre de moi. Et vous aviez bien laissé Michael vous tourner autour. Alors, pourquoi pas moi ?

— Je voulais lui voler Michael, dit-elle. Et Michael ne l'a jamais regardée comme vous le faites… Comme si elle était une déesse.

Tyce sourit en secouant la tête :

— Une déesse ? Elle ne vous arrive pas à la cheville.

Mais Camille ne fut pas dupe.

— Elle a tout pour elle. La beauté, l'élégance, la fortune, les bijoux…

Elle avait raison. Il ne servait à rien de le nier.

— Tout cela n'est qu'apparence, du vent. Et surtout, Bella n'a jamais eu à lever le petit doigt pour vivre dans ce luxe. Elle n'a aucun mérite. Contrairement à vous. Vous avez réussi en partant de rien, à la force des poignets. Je trouve votre parcours admirable.

Il avait remarqué le tableau accroché sur le mur. Il l'avait reconnu. Cette nature morte avait longtemps orné la cheminée de Bella. Camille avait dû voler la toile avant l'explosion. C'était elle qu'il avait aperçue dans l'appartement à travers les baies vitrées.

Les bijoux étaient sans doute cachés quelque part chez elle. Elle les avait évidemment dérobés.

Camille hocha la tête, les dents serrées de colère.

— Alors que moi, je travaille dur. Pour elle. Elle me prend pour sa domestique.

— Je pensais que tu aimais ce travail, intervint Bella.

Tyce lui lança un coup d'œil, l'exhortant par la pensée à rester silencieuse. Plus elle parlait, plus Camille s'énervait.

— Tu voulais m'humilier, l'accusa Camille. Me montrer que je n'étais qu'une employée, à ton service.

— Camille, intervint Tyce d'un ton apaisant. Oubliez-la. Ne perdons pas notre temps avec elle. Nous avons mieux à faire. Nous pourrions filer quelque part tous les deux… Ensemble…

Mais elle se tourna vers lui et secoua la tête d'un air las.

— Vous me prenez pour une idiote. Comme elle le fait en prétendant être mon amie.

— Non ! cria-t-il avant qu'elle puisse s'attaquer à Bella. J'ai envie de vous, d'être avec vous, Camille…

— Cessez de mentir ! hurla-t-elle.

Alors qu'elle pointait l'arme vers lui, Bella poussa un cri.

Camille la prit alors pour cible. Comprenant qu'elle allait faire feu, Tyce sortit le calibre de la ceinture de son jean. Il pressa la détente mais Camille avait tiré la première.

Les coups de feu résonnèrent contre les murs du petit appartement.

Le juge arpentait son manoir en long et en large depuis qu'il avait appris que Bella avait disparu. Il ne parvenait pas à se calmer, ni à penser à rien ni à personne d'autre qu'à sa précieuse fille.

Luther Mills l'avait-il fait enlever ? Ou tuer ?

Une telle éventualité paraissait absurde. Le procès devait bientôt commencer. Si Luther espérait le manipuler pour orienter les débats à son avantage, il avait besoin d'un moyen de pression. Il avait besoin de Bella.

Parker ne pensait pas non plus que la disparition de sa fille soit liée à Luther. Il soupçonnait Camille. Mais pourquoi celle-ci voudrait-elle faire du mal à Bella ?

Il n'imaginait personne vouloir nuire à sa fille, si douce, si généreuse, si aimante…

Quand son téléphone sonna, il s'en empara aussitôt, la gorge serrée.

— Oui ?

— Parker Payne, se présenta son correspondant.

— L'avez-vous retrouvée ? Savez-vous où elle est ?

— Elle est à l'hôpital.

Au bord du malaise, le juge se laissa tomber sur sa chaise. Ses jambes ne le portaient plus.

— Est-elle… Est-elle… ?

Il ne pouvait pas se résoudre à prononcer le mot.

Il se rappela soudain sa femme transportée d'urgence à l'hôpital. Personne n'aurait rien pu faire pour la sauver.

Était-il trop tard pour Bella aussi ?

20

Son père avait beaucoup vieilli, ces dernières semaines. Il semblait très fatigué. Bella lui prit la main.

— Tout va bien, papa, assura-t-elle. Je ne souffre que d'égratignures. Rien de grave.

Elle n'avait eu besoin que de quelques points de suture.

Il secoua la tête.

— Et dire que tu faisais confiance à cette fille… Et moi aussi.

Bella, elle aussi, était encore abasourdie. Comment avait-elle pu s'aveugler à ce point ? Ne pas voir la haine de Camille à son égard ?

Comme elle frissonnait, son père promena les yeux autour de lui.

— As-tu froid ? Veux-tu une autre couverture ?

— Non, merci, dit-elle. J'ai seulement envie de sortir de cet hôpital.

Et de s'assurer que Tyce allait bien, vraiment bien. Lorsque les coups de feu avaient retenti dans l'appartement de Camille, elle était tombée par terre – par instinct, par peur, ou peut-être simplement parce que ses jambes s'étaient dérobées sous elle. Sous l'impact d'un projectile, la fenêtre derrière elle avait volé en éclats.

Cette balle l'avait manquée de peu. Elle aurait pu l'atteindre, la tuer… Il s'en était fallu d'un cheveu.

Heureusement pour Bella, Camille ne savait pas se servir d'une arme à feu.

Malheureusement pour Camille, Tyce était, lui, tireur d'élite.

Un frisson glacé la parcourut en se remémorant Camille étendue dans une mare de sang. Touchée en plein cœur, celle qu'elle avait toujours considérée comme une amie – mais qui en réalité n'avait jamais cessé de la détester – était morte.

Tyce s'était alors précipité vers Bella. Il avait l'air si inquiet, si attentionné… Partageait-il donc ses sentiments ?

Il fallait qu'elle lui parle, qu'elle en ait le cœur net.

Comme au théâtre, Tyce apparut alors. L'épaule en écharpe, le visage pâle, il semblait fatigué mais il était vivant.

— Merci, Tyce, dit-elle avec gratitude. Tu m'as sauvé la vie.

Elle se mit à trembler, consciente d'avoir frôlé la mort.

— Voilà pourquoi tu ne dois surtout pas retourner chez toi, dit Tyce. Vous devez l'installer dans une maison sécurisée au moins jusqu'à la fin du procès, ajouta-t-il à l'intention du juge.

Au moins ?

Pensait-il qu'elle aurait peut-être besoin d'y rester plus longtemps ? Que Luther chercherait à se venger, une fois condamné ?

Son père la dévisagea d'un air coupable.

— Tyce a raison, chérie. Il faut te mettre à l'abri.

— C'est inutile, répondit-elle en secouant la tête. C'était Camille qui me menaçait et qui avait envoyé ces horribles photos. Elle ne peut plus me nuire, à présent.

Et Tyce ? La détestait-il aussi, maintenant ?

Il ne lui faisait plus l'aumône d'un regard. Il ne s'adressait qu'à son père.

Et ce dernier dit à Tyce :

— Je vous remercie du fond du cœur d'avoir sauvé ma fille, mais que vous soyez chargé de sa protection continue à me poser un problème. Vos liens avec Luther Mills m'ennuient. Je vous connais depuis longtemps et vous avez toujours fait du bon travail. Mais Luther a une taupe au sein de la police et au bureau du procureur. Il en a très probablement une autre au sein de la Payne Protection Agency aussi. Je ne veux prendre aucun risque avec la vie de mon enfant.

Tyce hocha la tête comme s'il était d'accord avec lui.

Mais Bella, elle, ne l'était pas.

— Papa ! s'exclama-t-elle. Tyce n'a rien à voir avec ce criminel. Il m'a sauvée plus d'une fois.

— Les autres gardes du corps de Parker sont bons, assura Tyce. Et Parker vous trouvera un endroit sûr pour votre fille.

De nouveau, il s'adressait à son père. Pas à elle.

« Pour votre fille. »

Pour Tyce, était-elle donc uniquement la « fille du juge », une cliente, une mission ?

Son père serra la main de Tyce.

— Merci, dit-il. D'avoir sauvé Bella, aujourd'hui. Et de comprendre que sa sécurité est ma priorité.

Et son cœur ? N'avait-il donc aucune importance ?

Elle le sentit se briser lorsque Tyce sortit de la chambre et s'éloigna sans un regard dans sa direction.

Les larmes jaillirent de ses yeux avant qu'elle puisse les retenir.

Son père lui tapota l'épaule.

— Tout ira bien, chérie, dit-il. C'est le contrecoup.

Mais elle ne pleurait pas à cause du contrecoup. Elle était ravagée. Sans Tyce, rien n'allait. Sans lui, rien n'irait jamais.

Tyce dut faire appel à toute sa volonté pour ne pas retourner au chevet de Bella, la prendre dans ses bras et la sortir de l'hôpital. Il aurait voulu continuer à la protéger, à veiller sur elle. Sa vie durant.

Malheureusement, il n'avait pas la possibilité de lui offrir une existence qui lui permettrait de vivre en toute sécurité. Au cours de sa carrière dans la police et surtout après avoir infiltré le milieu des narcotrafiquants, il s'était fait beaucoup d'ennemis. Son travail l'avait entraîné très loin. Il avait du sang sur les mains. D'ailleurs, il avait été obligé de tuer cette fille pour sauver Bella. Peut-être aurait-il dû faire autrement, trouver un moyen de laisser la vie sauve à Camille. Mais tout s'était passé si vite…

En tout cas, il n'était pas l'homme qu'il fallait à Bella. Elle était trop douce, trop innocente, pour comprendre son parcours, ses dérives, ses ombres, les obligations de son métier. Il valait mieux s'éloigner d'elle avant de l'exposer, avant que quelqu'un de son passé s'attaque à elle.

Et Luther ferait toujours partie de son passé, même après sa condamnation. D'après la légende – et en était-ce une ? – Luther Mills avait appuyé sur la gâchette pour mettre fin à la vie de leur père. Et il n'avait que huit ans, à l'époque…

Tyce n'était pas sûr que l'histoire soit vraie. Et il n'avait pas très envie de le savoir. Quels que soient les circonstances et l'âge où il avait commencé son parcours, Luther était un tueur.

Cela dit, il ne tuerait pas Bella. Elle ne lui serait alors plus d'aucune utilité. Il la menaçait dans l'espoir de faire pression sur le juge.

Le juge aimait sa fille et voulait garantir sa sécurité avant tout. Voilà pourquoi il refusait que Tyce continue à la protéger.

Et Tyce le comprenait parce qu'il aimait Bella, lui aussi.

Luther devait une fleur à son frère. Tyce avait empêché cette folle de Camille de tuer Bella Holmes. De plus, il l'avait neutralisée, et Luther n'avait donc plus à s'inquiéter à son sujet. Malgré tout, Luther ne pouvait se résoudre à laisser la fille du juge tranquille. Et tant pis, si son frère était tombé amoureux d'elle.

Et d'ailleurs, pourquoi Tyce s'intéressait-il à elle ? Bella Holmes n'était pas pour lui. Tôt ou tard, elle le quitterait pour un fils à papa. Tôt ou tard, elle lui briserait le cœur. En s'attaquant à elle, Luther rendait donc service à son frère.

Il reporta son attention sur son smartphone.

— Et que faisons-nous des gardes du corps ? s'enquit son correspondant.

Avant de répondre, Luther jeta un coup d'œil autour de lui, mais personne ne traînait près de sa cellule, personne ne l'écoutait.

— Tuez autant de gars de la Parker Payne Agency que possible.

— Y compris votre…

Beaucoup de gens étaient au courant des liens qui l'unissaient à Tyce. Mais un homme qui avait descendu son propre père se moquait bien de la vie de son frère.

— S'il vous gêne, butez-le aussi, ordonna Luther.

Pourtant, une partie de lui, une toute petite partie, espérait que Tyce serait épargné.

— L'essentiel est d'avoir la fille de Holmes.

Il avait impérativement besoin d'elle maintenant. Le procès était sur le point de commencer. Il devait être en mesure de la blesser, de la tuer. Le juge devait comprendre à présent que le sort de sa fille dépendait de lui, de son jugement.

D'après les rumeurs, le vieil homme ferait n'importe

quoi pour son enfant adorée. Bella était donc la garantie pour Luther d'obtenir le verdict qu'il escomptait.

Non coupable.

Si le juge refusait de coopérer, il finirait par présider les funérailles de sa fille au lieu du procès de Luther.

21

Aller se cacher quelque part était la sagesse, Bella le savait, mais se comporter en lâche lui était très pénible. À la mort de sa mère, elle avait déjà refusé de fuir une réalité désagréable. Elle aurait pu rester dans le déni, prétendre que rien n'était arrivé, que sa mère serait là quand elle rentrerait à la maison pour les vacances d'été. Mais elle n'avait pas voulu laisser son père traverser seul cette épreuve. Il souffrait tellement qu'elle avait tenu à l'entourer, à reprendre le flambeau, en remplaçant sa mère à la tête de ses associations caritatives. Et maintenant, elle comprenait qu'elle devait protéger son père. Il n'avait plus qu'elle. Voilà pourquoi elle avait cédé et accepté de vivre quelque temps dans une maison sécurisée. Elle ne savait même pas où elle allait.

Ses gardes du corps lui avaient promis de s'arrêter dans un centre commercial avant d'embarquer avec elle à bord d'un jet privé. Elle avait besoin d'acheter des vêtements, les siens ayant été endommagés par l'incendie de son appartement.

La dernière fois qu'elle avait couru les boutiques, elle avait en tête de relooker Tyce. Elle s'était amusée comme une folle. D'ailleurs, elle s'était toujours amusée avec lui. Elle n'avait jamais connu autant de joie et de complicité avec un autre.

— Le procès ne devrait pas durer trop longtemps, dit Nikki Payne-Ecklund, sa jeune garde du corps assise à côté d'elle à l'arrière de la voiture. Entre les déclarations du témoin et toutes les preuves réunies contre lui, Luther n'a plus rien pour se défendre. L'affaire va être vite réglée.

Bella l'espérait. Si le procès s'éternisait pendant des semaines ou des mois, elle risquait de mourir d'ennui.

— J'ai besoin de vêtements, mais j'aimerais également me procurer quelques livres, dit-elle. Pourrions-nous faire un saut dans une librairie ?

Nikki hocha la tête.

— Il le faudra bien. L'aéroport privé ne bénéficie d'aucun commerce.

Et la maison sécurisée se trouvait sans doute en rase campagne, loin de tout. Avoir du temps aiderait peut-être Bella à faire le point sur sa vie pour décider de la suite. Devait-elle continuer l'œuvre de sa mère ou tracer son propre chemin et trouver sa place dans le monde ?

Elle aurait aussi la possibilité de cicatriser de sa rupture avec Tyce…

En plus de Nikki, assise à côté d'elle, deux autres gardes du corps avaient pris place à l'avant du véhicule. Ils savaient tous où ils se rendaient, mais ne lui avaient pas donné l'information. Sans doute estimaient-ils qu'il valait mieux pour elle ignorer leur destination. Et d'ailleurs, ils n'avaient pas forcément tort. Ses erreurs de jugement la rendaient vulnérable. Elle avait fait confiance à Camille, qui avait voulu la tuer. Elle était sortie avec Michael sans se douter qu'il se droguait. Et elle était tombée amoureuse de Tyce, qui l'avait quittée sans un regard en arrière, comme s'il ne s'était rien passé entre eux, comme s'ils n'avaient jamais fait l'amour.

Nikki lui tapota la main.

— Je sais, murmura-t-elle.

— Vous savez ? demanda Bella. À propos de Tyce ?

Nikki hocha la tête.

— Votre chagrin se voit comme le nez au milieu du visage.

— Il ne veut pas de moi, grommela Bella.

— Les hommes sont des idiots, dit Nikki.

— Merci, chérie, déclara son mari, installé à l'avant.

Mais comme il se penchait en riant pour envoyer un clin d'œil à sa femme via le rétroviseur, il y vit autre chose parce qu'il cessa brusquement de rire. Il ouvrit la bouche mais ce qu'il s'apprêtait à dire fut interrompu par l'impact.

Dans un énorme bruit de tôle froissée, les airbags se déployèrent. Projetée contre la portière, Bella fut assommée par la violence du choc. Sa dernière pensée consciente fut pour Tyce.

Elle se félicita qu'il ne soit plus son garde du corps parce qu'elle doutait que l'un d'eux ne sorte vivant de l'accident.

Il aurait dû être avec elle.

Le cœur serré, Tyce regarda la carcasse écrabouillée du SUV. Avait-elle survécu ? Il y avait du sang sur l'airbag arrière, à l'endroit où elle avait été assise. Avait-elle été blessée ? Gravement ?

— Que s'est-il passé ? cria-t-il à Parker, qui considérait également l'épave d'un air accablé.

— Je ne sais pas, répondit son patron. Je ne sais pas.

— Trois camions blindés sont sortis de nulle part, expliqua Lars Ecklund. Ils nous ont heurtés avec force de tous les côtés.

Comment les sbires de Luther avaient-ils réussi à se procurer des camions blindés ? Bien sûr, Luther avait de l'argent. Et il ne manquait manifestement pas d'hommes non plus, même si la Payne Protection Agency avait éliminé plusieurs membres de sa bande.

Nikki et Lars avaient riposté. Ils avaient tiré sur leurs agresseurs et trois cadavres gisaient sur l'asphalte. Blessé, le troisième garde du corps, Cole Bentler, qui était assis côté passager comme Bella, était parti à bord d'une ambulance.

Et Bella, dans quel état était-elle ? Et où était-elle ?

— Aucun de nous ne les a vus venir, renchérit Nikki. Nous avions des renforts, pourtant. D'autres SUV nous escortaient.

— Comment l'ont-ils sortie de la voiture ?

— Tout s'est passé si vite, murmura Nikki. L'impact a été violent, nous avons tous été assommés. Quand nous avons repris connaissance, deux types la traînaient vers un autre véhicule. Nous avons essayé de les arrêter. En vain. Nous en avons éliminé trois mais…

Tyce se frotta le visage.

— Rien ne serait arrivé… si j'avais été là.

Pour lui prendre Bella, les agresseurs auraient dû lui passer sur le corps. Mais il était trop tard pour avoir des regrets. Elle avait été enlevée.

Alors qu'il arrivait à son tour sur les lieux du drame, Bradford entendit la réflexion de Tyce Jackson.

Il ne s'était pas trompé. Ce garçon aimait Bella, comprit-il.

Le garde du corps était tombé amoureux de sa fille. Et parce qu'il l'aimait, il aurait tout fait pour la protéger.

Le juge se reprocha sa bêtise.

Il avait cru devoir se méfier de Tyce Jackson à cause de ses liens de sang avec Luther Mills. Mais en réalité, sans doute avait-il été simplement jaloux. Depuis la mort de sa mère, Bella n'avait aimé que lui, son père. Et il n'avait pas voulu la partager avec un autre.

Et maintenant, à cause de son stupide égoïsme, il l'avait peut-être perdue pour de bon.

Bradford avait honte d'avoir mal jugé Tyce Jackson. Sa fille allait peut-être payer de sa vie cette erreur.

— Nous la retrouverons, promit Parker Payne.

— Avez-vous entendu parler de Luther Mills ? demanda Tyce. Il va vouloir vous le dire, il va triompher.

Bradford secouait la tête lorsque son téléphone se mit à vibrer. Il le sortit de sa poche.

— Il s'agit sans doute des ravisseurs.

— Prenez l'appel, dit Tyce. Demandez-leur ce qu'ils veulent.

— Vous le savez aussi bien que moi, répliqua Bradford.

Mais il répondit et activa la fonction haut-parleur.

— Allô ?

— Bonjour juge Holmes, salua une voix modifiée artificiellement pour ne pas être identifiée. Nous avons ce que vous cherchez…

Une main s'abattit sur l'appareil, et Tyce le lui arracha.

— Prouvez-le ! cria-t-il. Envoyez-nous une vidéo prouvant qu'elle est en vie.

— Je n'ai rien à prouver.

— Si vous espérez ma coopération, dit le juge, j'ai besoin de savoir que ma fille est en vie.

La communication fut coupée, et Bradford craignit d'avoir commis une horrible erreur.

Tyce le rassura aussitôt.

— Ils appellent Luther, dit-il. Pour lui demander quoi faire.

L'estomac noué, Bradford secoua la tête.

— J'ai eu tort. Nous n'aurions pas dû engager un bras de fer avec Luther Mills. Il est impitoyable.

— C'était au contraire la bonne chose à faire, assura

Parker d'un ton approbateur. Nous avons besoin d'une preuve de vie.

Comme Bradford reportait son attention sur l'épave du véhicule, il comprit pourquoi. Le SUV était en miettes. L'un des gardes du corps avait été conduit à l'hôpital. Bella n'avait peut-être pas survécu à l'accident.

— Une vidéo nous donnera quelque chose à analyser pour trouver des indices sur l'endroit où elle est détenue, dit Nikki.

Mais personne ne savait si Luther accepterait leur demande.

Il ne pourrait leur donner une preuve de vie s'il n'y en avait pas. Voilà sans doute pourquoi l'appel avait été coupé si brusquement.

Bella était peut-être déjà morte.

22

Une insupportable douleur irradiait son crâne, mais Bella s'efforça d'y faire abstraction pour revenir à la conscience. Elle tenait à tout prix à connaître le sort des autres occupants de la voiture. Avaient-ils survécu ?

L'inquiétude la tira de sa torpeur. Avec effort, elle parvint à ouvrir les yeux. Il faisait sombre. Elle ne voyait pas grand-chose, mais en tout cas, elle n'était plus dans le SUV, ni sur la route où avait eu lieu l'accident.

Elle était allongée sur une dalle de béton. Une odeur de moisi flottait dans l'air. Se trouvait-elle dans un sous-sol ?

Comme elle tentait de bouger, elle s'aperçut qu'elle avait les mains ligotées dans le dos et les chevilles liées entre elles.

Et soudain, une porte métallique s'ouvrit en grinçant. La lumière jaillit d'une ampoule nue suspendue au plafond.

— Elle est vivante, dit une voix.

Deux hommes d'une trentaine d'années et vêtus de jeans baggys usés s'approchèrent d'elle. Ils étaient armés.

Un troisième n'entra pas, préférant manifestement rester à l'extérieur. Il veillait à garder le visage dans l'ombre.

Quand il parla, le timbre de sa voix révéla quelqu'un de plus âgé.

— Son père veut une vidéo comme preuve de vie.

Son intonation lui parut vaguement familière, mais elle ne parvint pas à l'identifier.

Son père devait être terriblement inquiet pour elle. Combien de temps était-elle restée inconsciente ? S'il avait vu l'épave de la voiture après l'accident, il n'était pas étonnant qu'il ait demandé une preuve de vie. Il craignait sans doute qu'elle ait survécu.

Et les autres ? Dans quel état étaient ses gardes du corps ?

Elle essaya de parler mais sa gorge sèche compliquait son élocution. Non sans mal, elle parvint à croasser :

— Dites-moi…

— Quoi ? demanda l'homme du seuil de la pièce. Que voulez-vous savoir, mademoiselle Holmes ?

Comme Camille, il s'exprimait d'un ton haineux, il semblait la détester. Pourquoi ? Parce qu'elle avait de l'argent ? Peut-être…

— Les autres… ont-ils survécu ? dit-elle.

— Trois de nos copains sont morts, répondit-il. Vos gardes du corps les ont abattus.

— Il ne reste plus grand monde de la bande de départ, ajouta l'autre. Et les nouveaux n'auront pas fait long feu…

Mais qu'en était-il de ses gardes du corps ? Avaient-ils survécu à la fusillade ?

Avant qu'elle puisse poser la question, le troisième homme ordonna :

— Mettez-la debout et prenez cette vidéo. Utilisez l'un de vos smartphones pour la filmer.

Il s'arrangeait pour que les enquêteurs ne puissent remonter jusqu'à lui et lui attribuer la paternité de ces images, comprit-elle. Il veillait également à lui cacher son visage pour l'empêcher de l'identifier. Elle devait donc le connaître ou au moins l'avoir déjà vu. Où ? Chez son père ?

Elle voulut s'approcher de lui, avancer vers la porte, mais avec ses jambes liées, elle en fut incapable.

— Détachez-lui les chevilles, cria du seuil de la pièce celui qui était manifestement le chef.

L'un des deux autres lui coupa le plastique qui lui emprisonnait les jambes à l'aide de son cran d'arrêt. Mais dès qu'elle tenta de se mettre sur pied, des mouches noires dansèrent devant ses yeux. En proie à un profond malaise, elle s'écroula.

Le type à la porte cria :

— Debout ! Cessez votre comédie !

— Je ne simule pas, répliqua-t-elle. Je me sens mal. Et si je meurs je ne serai d'aucune utilité à Luther Mills.

S'il faisait venir un médecin, peut-être ce dernier pourrait-il l'aider. Elle l'espérait.

— Allons, n'exagérez pas ! Vous n'êtes pas aux portes de la mort. Pas encore.

Ils n'avaient donc pas l'intention de lui laisser la vie sauve. Une fois la vidéo tournée et envoyée à son père, sans doute la tueraient-ils.

— Filmez, les gars, poursuivit l'homme.

Elle devait profiter de cet enregistrement pour glisser un indice sur l'endroit où elle était détenue. Mais elle n'en avait aucune idée, en vérité. Et la présence de ses ravisseurs l'empêchait de réfléchir.

L'un d'eux leva son téléphone et le pointa sur elle.

— Que doit-elle dire ? demanda-t-il.

— Qu'elle va bien et que si son père veut qu'elle reste en vie, il sait ce qu'il doit faire.

— Et que doit-il faire ? s'enquit l'un des trentenaires avec curiosité.

— Déclarer Luther Mills non coupable, répondit-elle.

— Ne dites pas ça ! cria le plus âgé. Ne prononcez pas le nom de Luther Mills.

— Pourquoi ? demanda Bella. C'est lui qui vous a ordonné de m'enlever. C'est lui qui est derrière tout ça.

Elle n'en doutait plus. Maintenant que Camille était morte, il ne lui restait plus qu'un seul ennemi.

— Luther ne veut pas que son nom soit mêlé à ce rapt, répondit le troisième homme.

— Et quel est le vôtre ? riposta-t-elle. Qui êtes-vous ?

— N'essayez pas de le deviner, mademoiselle Holmes, ou vous signez votre arrêt de mort.

Elle se maudit en silence. Elle avait été trop loin.

— D'accord, d'accord, faisons la vidéo.

Elle est en vie.

Le poids sur la poitrine de Tyce s'allégea un peu en la voyant apparaître sur l'écran du smartphone du juge. Son visage était pâle et orné d'un hématome.

Tyce serra les poings. Il tuerait celui qui l'avait frappée.

— Papa, je vais bien…

Pourtant, elle n'en avait pas l'air et luttait visiblement contre les larmes. Elle voulait être courageuse, épargner son père. Elle se souciait plus de lui ou des associations de sa mère que d'elle-même. Comment Camille avait-elle pu la traiter d'enfant gâtée et d'égoïste ?

Et lui, comment avait-il osé la juger aussi mal ?

Il ne la méritait pas. Mais il devait la retrouver maintenant. Avant qu'elle se fasse tuer.

— Ils disent que tu sais quoi faire pour me garder en vie, poursuivit-elle. Fais au mieux, papa…

La vidéo s'éteignit, et la voix modifiée reprit la parole.

— Vous savez ce qu'il vous reste à faire pour la revoir.

— Si elle n'assiste pas au procès de Luther Mills, cria Tyce au type, il écopera d'une peine de prison de cent ans au moins, soyez-en certain.

Le juge mit son appareil sur silencieux.

— Je ne peux pas dire ça. Si je prononce le nom de Luther, je serai obligé de me récuser.

S'ils ne retrouvaient pas Bella avant le procès, il devrait de toute façon se récuser. Ils le savaient tous. Y compris le juge. Luther ordonnerait alors à ses hommes de tuer Bella. Il n'aurait alors plus aucune raison de la garder en vie.

Le juge réactiva la fonction haut-parleur.

— Jackson a raison. J'ai besoin de voir une vidéo de ma fille tous les jours, d'être certain que vous ne lui faites pas de mal.

Son correspondant ne lui promit rien et se contenta de raccrocher, craignant probablement que l'appel soit localisé. Il devait se douter que la Payne Protection Agency était impliquée. Et tous ceux qui connaissaient la Payne Protection Agency avaient entendu parler du talent de Nikki Payne-Ecklund pour pirater les ordinateurs ou les smartphones et en tirer des informations que personne d'autre n'était capable d'y trouver.

Bouleversé, terrifié, le juge explosa soudain en sanglots.

Tyce, qui se tenait derrière lui, posa une main réconfortante sur son épaule.

— Tenez bon. Luther ne veut pas sa mort. Pour espérer faire pression sur vous, il faut qu'elle soit vivante.

Mais après des années à la brigade des mœurs, Tyce savait que le pire qui puisse arriver à une femme n'était pas nécessairement la mort.

Bradford Holmes finit par se ressaisir. Il leva vers Tyce un visage aux yeux rougis et dit :

— Elle ne tiendra pas. Le procès va durer des jours, voire des semaines. Elle ne survivra pas tout ce temps là-bas.

— Elle est plus forte que vous ne le pensez, assura Tyce. Elle est forte et intelligente. C'est une battante. Elle va s'accrocher.

Le juge tapota la main de Tyce.

— Vous… Vous l'…

Sa voix se brisa d'émotion.

Tyce hocha la tête. Il l'aimait, oui.

— Je vais la retrouver, déclara-t-il.

Pendant des années, il avait vécu sous couverture dans les rues les plus mal famées de River City. Il avait travaillé pour Luther. Il le connaissait bien. Il devrait être capable de savoir où le trafiquant avait enfermé Bella. Elle devait être proche. Mais dans une zone où personne ne l'entendrait crier.

L'imaginer hurler le rendait malade, mais il ne devait pas y penser. Il lui fallait la retrouver.

Nikki avait chargé sur son ordinateur le contenu du smartphone du juge à l'aide d'un programme de sa conception. Désormais, tout ce qui arrivait sur le téléphone de Holmes apparaissait aussitôt sur son écran à elle. Elle étudiait ses données avec attention.

— Pourriez-vous le localiser ? lui demanda Parker.

Elle secoua la tête.

— Pas avec précision, non. Un signal retentit sur une tour à l'est de la ville. Mais je ne peux pas l'approcher davantage.

— Et la vidéo ? s'enquit Tyce.

— C'est le genre de vidéo qui est censée disparaître une fois visionnée, répondit Nikki.

— Vraiment ? s'exclama le juge en s'emparant de son appareil sur le bureau. En effet, elle a disparu !

— Elle est toujours sur mon ordinateur, lui assura Nikki. Je l'avais enregistrée.

Elle appuya sur une touche, et la voix tremblante de Bella déclara : « Papa, je vais bien… »

Le juge se mit à pleurer doucement.

Nikki ferma les yeux comme si elle-même luttait contre les larmes.

Tyce avait du mal à respirer. Bella allait à peu près bien sur ces images. Mais cela ne durerait pas. Il connaissait les animaux qui travaillaient pour Luther. Et Bella était si belle qu'elle provoquerait forcément les convoitises…

Il regarda la vidéo par-dessus l'épaule de Nikki. Pour mieux l'examiner, elle avait coupé le son et figé l'image. Bella se tenait sur un sol en béton devant une cloison métallique rouillée.

— Elle est dans un entrepôt, murmura-t-il.

Qui se trouvait à l'est de la ville…

Elle n'était pas seule dans la pièce. Dos à la caméra, un homme d'une trentaine d'années se tenait à côté d'elle. Peut-être pour l'empêcher de s'enfuir ou peut-être pour la soutenir, pour qu'elle ne tombe pas.

Il se força à détacher son regard d'elle et à se concentrer à nouveau sur le gars près d'elle. Il ne voyait pas son visage, mais il distinguait sa silhouette, ses vêtements, son jean baggy, son arme à la ceinture. Il semblait jeune. La bande de Luther avait été décimée par Parker et ses hommes. La plupart des malfrats acoquinés au narcotrafiquant étaient morts ou en prison. Luther avait donc dû enrôler des plus jeunes…

Il se résuma mentalement les faits :

Le téléphone des ravisseurs bornait à l'est de la ville.

Bella était emprisonnée dans un entrepôt.

Les truands avaient la trentaine…

Tyce avait gardé des contacts dans le quartier où il avait grandi. Il entretenait des liens avec certains des gamins qu'il avait côtoyés autrefois. Et s'il parvenait à les faire parler, à les mettre en confiance pour obtenir d'eux des renseignements…

Quelqu'un dans ces rues savait forcément où Bella était détenue. Et Tyce ferait tout pour leur tirer les vers du nez. Il ferait tout pour retrouver Bella.

Avant qu'il soit trop tard.

L'équipe de Parker était en sous-effectif.

Clint Quarters s'était enfermé avec Rosie Mendez dans une maison sécurisée. Seul le chef de police savait où elle se trouvait. Hart Fisher protégeait Wendy Thompson, ses parents et sa fille, dans un autre endroit tenu secret. Il ne restait donc que Parker, Keeli Abbott et Landon Myers. Mais Keeli s'était installée chez le juge pour protéger l'inspecteur Spencer Dubridge. Ce dernier n'était pas content d'avoir un garde du corps, surtout féminin.

Quant à Landon, il était chargé de protéger l'adjointe du procureur instruisant l'affaire. Cette dernière avait demandé à rencontrer Parker avant de se rendre avec lui chez le juge Holmes.

Mais ce dernier s'y opposa.

— Hors de question. Je ne veux pas voir Jocelyn Gerber, déclara-t-il.

— Vous ne lui faites pas confiance non plus, n'est-ce pas Votre Honneur ? demanda l'inspecteur Dubridge.

Dubridge avait travaillé à la brigade des mœurs avec Parker et les autres. Tous nourrissaient des doutes sur la loyauté de Jocelyn Gerber. Ils trouvaient bizarre – pour ne pas dire louche – qu'elle n'ait jamais jugé recevables les accusations contre Luther Mills. Malgré les nombreuses preuves qu'ils lui avaient apporté, elle les avait systématiquement rejetées. Son comportement leur semblait suspect. Ils craignaient tous qu'elle n'ait été achetée par Mills.

Le juge secoua la tête.

— Ce n'est pas la question. Mais je tiens à ce qu'il n'y ait aucune irrégularité dans ce procès. Ni même le moindre soupçon d'irrégularités. Sinon je devrais me récuser.

Et se récuser mettrait la vie de sa fille en danger. Luther n'aurait plus besoin de Bella si le juge ne présidait plus son procès.

— Nous tenons à ce que vous présidiez ce procès,

Votre Honneur, dit Dubridge. Vous êtes le seul juge en qui j'ai confiance.

Bradford Holmes blêmit en prenant conscience d'une éventualité qui ne lui avait pas effleuré l'esprit auparavant. Luther n'essayait peut-être pas de faire pression sur lui en se servant de sa fille. Il voulait peut-être le pousser à se récuser.

Et si le juge y était acculé…

Bella allait mourir.

— Nikki, as-tu autre chose ? demanda Parker à sa sœur.

L'accident avait laissé des traces. Il voyait la douleur crisper les traits de son joli visage. Mais peu de personnes étaient aussi fortes que Nikki. Voilà pourquoi, si les événements l'avaient ébranlée, elle continuait de travailler, les yeux rivés sur l'écran de son ordinateur.

Elle secoua la tête.

— Rien pour le moment. Je ne parviens toujours pas à localiser au-delà de l'est de River City.

— L'est de River City ? répéta Dubridge. C'était le terrain de jeux de Tyce autrefois, à l'époque où il travaillait à la brigade des mœurs. Où est-il passé, d'ailleurs ?

Le sang de Parker se glaça alors qu'il promenait les yeux autour de lui. Quand Tyce avait-il filé ? Et pourquoi son sixième sens ne l'avait-il pas prévenu du danger ? Il était pourtant évident que Tyce était en grave danger. Il s'apprêtait à se jeter dans la gueule du loup, Parker en était certain.

Le juge poussa un soupir de soulagement.

— Tyce va retrouver Bella.

Parker craignait qu'il se fasse tuer en essayant de la sauver. Il sortit son smartphone de la poche et appela Tyce.

— Où êtes-vous, bon sang ? demanda-t-il.

— En route pour l'endroit où Bella est retenue prisonnière, répondit le garde du corps.

Parker fut surpris de sa sincérité.

— Et vous y allez sans renfort, sans aide ? Vous êtes fou ou quoi ?

— J'aurai plus de chance de la récupérer si je suis seul, répliqua Tyce.

— Erreur, lui dit Parker. Vous aurez alors plus de chance de vous faire tuer.

— Si nous voulions entrer en masse, rétorqua Tyce, ils la tueraient à coup sûr.

— Je ne vous proposais pas de donner l'assaut, rétorqua Parker. Mais nous devons être là pour vous soutenir et assurer vos arrières.

Il agita le bras, faisant signe aux autres de le suivre jusqu'aux SUV de la Payne Protection Agency garés dans la cour du manoir.

— Où êtes-vous, bon sang ?

Tyce lui donna une adresse, que Parker transmit aux autres tout en bondissant dans son véhicule. Il savait où se trouvait cet entrepôt. Il savait surtout qu'il était trop loin pour arriver à temps et aider son ami, si Tyce décidait d'y aller seul.

Et il devinait que Tyce était tombé amoureux de Bella Holmes et n'allait pas attendre les renforts.

Il rentrerait seul.

Et il allait probablement le payer de sa vie…

23

Depuis que ses ravisseurs étaient partis, la laissant seule dans le noir, Bella s'efforçait de briser les bracelets en plastique qui emprisonnaient ses poignets. Plus elle tirait dessus, plus ils s'enfonçaient dans sa peau, provoquant une intense douleur qui se propageait jusqu'à ses épaules. Mais elle l'ignora comme elle tentait d'ignorer les haut-le-cœur qui lui soulevaient l'estomac. Les odeurs de moisi et de renfermé qui flottaient dans l'entrepôt lui donnaient la nausée. Pourtant, il n'était pas question de renoncer, de se résigner à son triste sort. Il lui fallait à tout prix s'enfuir. Si elle devait rester enfermée dans cet endroit sinistre jusqu'à la fin du procès de Luther Mills, ses chances de survie étaient minces, elle en était consciente.

Ils ne lui avaient pas rattaché les chevilles. Elle pouvait donc se tenir debout. Ses jambes étaient plus solides maintenant, elle récupérait de la vigueur.

Elle avait besoin d'être forte. De résister.

Si elle ne s'en sortait pas vivante, son père ne se le pardonnerait jamais. Que sa fille meure à cause de lui, à cause de son métier de juge, le tuerait. Déjà, à la mort de sa mère, il avait voulu se laisser mourir. Il réagirait plus mal encore si sa fille unique disparaissait par sa faute.

Mais c'était aussi pour elle qu'elle refusait d'abandonner la lutte. Elle avait envie de vivre, elle avait envie d'aimer…

Tyce.

Penser à lui lui donnait de la force. Elle était décidée à se battre pour lui, comme elle aurait dû le faire l'autre jour, à l'hôpital. Le cœur brisé, elle l'avait regardé partir sans protester. Elle aurait dû tout faire pour le retenir. Comme elle en était déterminée, à présent.

Elle tâtonna dans l'obscurité, à la recherche de quelque chose qui l'aiderait à couper ces menottes en plastique. Comme elle ne voyait rien, elle se heurta à la porte métallique. Tout à l'heure, quand les hommes avaient allumé, elle avait remarqué qu'elle était corrodée par la rouille.

Elle entreprit alors de frotter ses poignets contre cette surface déchiquetée. Le métal rugueux égratignait sa peau, la faisant saigner, mais consciente qu'il râpait aussi le plastique, elle s'obligea à continuer. Lorsque, enfin, les bracelets qui emprisonnaient ses poignets se brisèrent, elle laissa échapper un soupir de soulagement.

À présent, elle devait à tout prix trouver le moyen de sortir de cet entrepôt.

Mais soudain, la lumière jaillit. Ses ravisseurs revenaient.

La porte métallique s'ouvrit en grinçant.

Éblouie, elle plissa les paupières et s'efforça de se concentrer sur les deux hommes qui entraient dans la pièce. Comme ceux qui l'avaient filmée un peu plus tôt, ils avaient la trentaine. Mais elle n'était pas sûre qu'il s'agissait des mêmes. Ces deux-là semblaient un peu plus âgés.

En tout cas, elle n'aimait pas la façon dont ils la dévisageaient. Elle devinait des prédateurs. D'instinct, elle garda les bras derrière son dos, se comportant comme si ses poignets étaient toujours liés.

— Je t'avais dit qu'elle était jolie, dit l'un.

L'autre hocha la tête sans la quitter des yeux.

Elle était vêtue d'un jean et d'un pull, mais la façon dont ils la reluquaient la faisait se sentir nue.

La terreur la saisit et son cœur s'accéléra dans sa poitrine. Ils lui voulaient du mal. Il lui fallait fuir, leur échapper. Mais ils étaient deux. Et armés.

— Vous n'êtes pas… censés me toucher, dit-elle.

— Personne ne nous l'a interdit…

— Mon père…

— On s'en moque, de votre père !

— Mais l'homme qui était ici tout à l'heure a…

— Il est parti.

Lorsque le jeune voyou parlait de l'absent, son intonation était différente, et elle devina que, quel qu'il soit, leur chef ne faisait pas partie du commun des mortels. Sans doute était-il policier ou quelque chose du même genre. Cela dit, peut-être l'imaginait-elle parce que sa voix lui avait paru vaguement familière.

— Et il n'y a plus que nous maintenant, poursuivirent-ils en se rapprochant d'elle. Vous et nous deux.

Bella frissonna. Elle voyait briller dans leurs yeux une lueur malsaine, et le ton sur lequel ils s'adressaient à elle lui confirma qu'ils avaient de mauvaises idées derrière la tête. Il lui fallait fuir mais comment ?

Gardant les mains derrière le dos, elle commença à reculer.

Ils se mirent à rire comme si sa réaction les amusait. Ils avaient l'intention de jouer avec elle…

Un cri d'angoisse lui brûla la gorge mais elle le retint. Crier ne servirait à rien. Personne ne l'entendrait.

Pourquoi leur chef l'avait-il laissée seule avec eux ? Elle avait dû le croiser chez son père, un jour. S'il n'était pas un total inconnu, pourquoi l'avoir abandonnée aux mains de ces vauriens ?

À cause de Luther Mills…

Luther avait dû le payer ou le faisait chanter.

— Luther n'apprécierait pas non plus que vous me fassiez du mal, dit-elle.

— N'essayez pas de nous faire croire que Luther est un de vos amis…

— Je connais son frère, dit-elle.

— Luther a une flopée de frères, répliqua l'un. Et il en a tué beaucoup.

Avait-il déjà fait tuer Tyce ?

Elle ne l'avait pas revu depuis l'autre jour à l'hôpital. Mais si quelque chose lui était arrivé, elle l'aurait certainement appris. Nikki le lui aurait dit, d'autant qu'elles avaient parlé de lui peu avant l'accident.

Elle espérait que tous les gardes du corps allaient bien et surtout Tyce.

— Vous ne connaissez certainement pas Luther, renchérit l'autre. Vous êtes trop élégante pour lui. Il ne fréquente pas les femmes riches.

— J'ai de l'argent, oui, dit-elle. Je peux vous en donner – tout ce que vous voulez, si vous me laissez partir. Alors vous seriez riches, vous aussi.

— Riches et morts, dit le premier. Personne ne contrarie Luther sans se faire tuer.

— Luther sera très contrarié si vous me faites du mal.

— Luther n'a que faire de vous, rétorqua l'un des gars.

— Personne ne s'intéresse à vous, sauf votre père, renchérit l'autre.

Tyce aussi s'intéressait à elle, elle en était certaine. Quand il avait fait irruption dans l'appartement où Camille la menaçait d'une arme, il avait eu l'air très inquiet. Mais ensuite, il était parti…

Il avait cru la protéger en s'éloignant d'elle. Mais il s'était trompé. Lui seul aurait pu la défendre. Personne ne connaissait Luther mieux que lui.

Elle continuait de reculer, se rapprochant de la porte. Mais ils durent prendre conscience de son manège parce qu'ils se séparèrent, pour s'avancer vers elle, chacun d'un côté.

Parvenue sur le seuil de la pièce, elle tourna les talons et s'élança dans le couloir.

Les deux hommes se mirent à rire, comme si elle n'avait aucune chance de leur échapper. Mais quand le plus jeune la saisit par le bras, elle se retourna et lui envoya son poing en pleine figure.

De surprise, il recula.

Elle courut comme une dératée, mais très vite le second de ses poursuivants l'attrapa par les cheveux et les tira, la forçant à s'arrêter.

— Inutile de vous fatiguer. Vous ne partirez pas d'ici… Pas avant que nous nous soyons amusés avec vous.

Elle se débattit, lui donna des coups de pied. Et hurla de peur.

Lorsqu'il entendit le hurlement de Bella, un frisson glacé parcourut l'échine de Tyce. Elle criait de terreur et de douleur.

Au départ, il avait pensé attendre le reste de l'équipe, les renforts, pour intervenir comme Parker le lui avait conseillé. Mais maintenant, il comprenait qu'il y avait urgence et il préférait ne pas perdre un temps précieux.

Paniqué à l'idée d'arriver trop tard, il se précipita vers la porte qu'il avait trouvée ouverte à l'arrière de l'entrepôt abandonné. Peut-être s'agissait-il d'un piège. Il le craignait. Le gamin du quartier lui avait donné le tuyau un peu trop vite. Il lui avait livré un peu trop facilement l'endroit où ses grands frères retenaient une belle jeune femme prisonnière. Voilà pourquoi Tyce se méfiait.

Bien sûr, le gosse qui l'avait renseigné lui devait une faveur. Il y a quelques années, Tyce lui avait sauvé la vie.

Mais la loyauté, la parole donnée, l'honneur et les renvois d'ascenseur ne faisaient pas partie des codes en vigueur dans ces quartiers. Tous les gamins avaient été formés à l'école de Luther.

Il dévala l'escalier qui menait au sous-sol d'où provenaient les cris. Il découvrit Bella aux prises avec deux hommes.

— Écartez-vous d'elle ! hurla-t-il.

Surpris, les deux types réagirent vite. Lorsque l'un d'eux saisit son arme et tira, Tyce l'abattit d'une balle en plein cœur. L'autre homme plaqua Bella contre lui, se servant d'elle comme d'un bouclier.

De l'autre main, il pressait le canon de son pistolet contre sa tête.

Tyce n'osait pas faire feu. Il craignait d'atteindre Bella.

— Vous êtes flic ? lança le jeune malfrat. Parce que je vous préviens, je n'irai pas en taule.

— Je ne suis pas flic, répondit Tyce. Je n'ai pas la possibilité d'envoyer qui que ce soit en prison.

— En attendant, je tiens la fille. Si vous voulez qu'elle reste en vie, vous feriez mieux de vous écarter de mon chemin.

Tyce ne bougea pas. Il ne baissa pas son arme non plus.

— Tu ne vas nulle part. Et tu ne l'emmènes nulle part.

Le voyou pointa son arme vers Tyce et un coup de feu claqua.

Bella hurla.

Tyce recula, s'abritant derrière un poteau métallique. Mais il n'avait pas été assez rapide. Une brûlure sur le flanc lui apprit qu'il avait été touché.

— Laisse-la partir ! cria-t-il. Et je te laisserai filer.

— Luther me tuera, si je fais ça.

— Il ne te tuera pas, assura Tyce. Je lui demanderai de ne te faire aucun mal.

— Et pourquoi Luther vous écouterait-il ?

— Parce que je suis son frère.

— Vous connaissez vraiment le frère de Luther, dit le gars à Bella d'un ton surpris.

Mais il colla de nouveau le canon de son arme sur la tête de Bella, qui se débattait, tentant de se libérer de son emprise. Et Tyce avait de plus en plus peur que le coup ne parte tout seul.

Il devait faire quelque chose. Vite.

Pour la première fois depuis son incarcération, Luther avait dormi paisiblement. Il tenait la fille du juge. Il avait repris la main. Son plan était en bonne voie d'aboutir. Même le matelas lui avait paru plus épais, plus confortable. Voilà longtemps qu'il ne s'était pas senti aussi bien, aussi léger.

Le gardien ouvrit la porte de sa cellule pour l'emmener à l'étage des visites. Il ne le conduisit pas au parloir mais dans la petite salle où les détenus rencontraient les hommes et les femmes chargés de leur défense.

Comme à son habitude, son avocat était tiré à quatre épingles et avait les cheveux gominés. Il n'était pas venu seul. Une chance pour lui. Luther aurait mal pris qu'il en soit autrement.

Il avait souvent essayé d'acheter l'adjointe du procureur et de nombreuses personnes étaient d'ailleurs persuadées qu'elle travaillait pour lui. Mais il n'avait jamais réussi à la soudoyer.

Tout en s'asseyant en face d'elle, il lui décocha un sourire enjôleur.

— Vous, ici ? Quel bonheur ! J'ai l'impression que mon rêve devient réalité. Quand je pense à ce qui nous attend, à ce que nous allons faire ensemble, vous et moi, j'en frissonne, Jocelyn…

Ces mots auraient dû l'ébranler. Mais quand elle planta ses yeux bleus sur lui, ils étaient toujours aussi glacés.

— Je ne suis pas venue discuter de vos rêves, monsieur Mills, répliqua-t-elle avec hauteur.

— Quel dommage, répondit-il. Vous auriez aimé ce que je vous faisais, j'en suis sûr.

Mais son garde du corps – Landon Myers – la comblait peut-être, désormais. Apparemment, tous les gardes du corps de Parker Payne étaient tombés amoureux de ceux ou celles qu'ils protégeaient. Tyce ne faisait pas exception. Il était amoureux de la fille du juge.

L'avocat s'éclaircit la gorge :

— Mme Gerber a sollicité cette entrevue parce que certaines rumeurs, qui lui semblent fondées, prétendent que vous êtes derrière l'enlèvement de la fille du juge Holmes.

Et visiblement, cet imbécile partageait ses inquiétudes. Il craignait sans doute d'être éclaboussé par le sang versé. Pourquoi avait-il choisi d'exercer au pénal s'il ne voulait pas se salir les mains ?

— Le juge a une fille ? s'exclama Luther. Je l'ignorais…

Jocelyn le dévisagea avec froideur.

— Tout le monde sait à quel point Bella compte pour lui.

— Plus que la justice ? ricana Luther. Cela me paraît difficile à croire.

Rien ne lui assurait, en effet, que le juge ferait le bon choix.

— Vos machinations n'aboutiront pas, je vous préviens, lui asséna Mme Gerber.

— À votre avis, quelles sont-elles ? demanda-t-il. Qu'ai-je en tête ?

Ce qu'il voulait savoir, en réalité, était le nom de celui qui lui avait communiqué son plan. Il lui ferait payer très cher cette trahison. En effet, dès que le chef de la police avait eu vent de ce qu'il préparait, il avait engagé la Payne

Protection Agency. Et depuis lors, Parker Payne et ses gardes du corps mettaient tout en œuvre pour réduire à néant les manigances de Luther.

— Vous avez enlevé sa fille pour faire pression sur lui dans l'espoir qu'il tranche en votre faveur, répondit Jocelyn d'un ton accusateur.

— Vous croyez qu'il céderait au chantage ? Qu'il se laisserait corrompre ? Et compromettrait du même coup le système judiciaire ?

La réponse l'intéressait au plus haut point. Il voulait absolument savoir si son plan allait marcher.

Elle fronça les sourcils un instant avant de secouer la tête.

— Non, répondit-elle. Le juge Holmes se récuserait alors et un autre juge serait affecté à votre procès.

Peut-être parce qu'il était fatigué, Luther ne put retenir un sourire.

Elle le vit et blêmit.

— C'est ce que vous espérez, en réalité, dit-elle. S'il se récuse, un autre juge sera nommé… un juge que vous avez déjà corrompu. Un juge qui travaille pour vous.

— Vous savez, tout le monde pense que vous travaillez pour moi, Jocelyn, lui rappela Luther. Parce que, comme par hasard, vous avez perdu tous les procès contre moi.

— Il ne s'agissait ni de volonté de ma part, ni de hasard, répliqua-t-elle.

— Alors c'est encore pire, lança-t-il en riant. Et votre carrière en a souffert, à ce que j'ai entendu dire. Nous savons tous les deux que vous ne seriez pas responsable de ce dossier si votre supérieure n'était pas en congé maternité.

— Dans toutes les autres affaires, le juge Holmes ne présidait pas les procès.

— Bien sûr, et si j'ignore de quoi vous me parlez, je vous garantis qu'il ne présidera pas non plus celui-ci. S'il arrive quelque chose à sa fille…

— Il n'arrivera rien à sa fille, dit-elle. Tyce Jackson l'a retrouvée.

Le cœur de Luther cessa un instant de battre. Maudit soit son frère.

— Vraiment ? s'exclama Luther. Il l'a retrouvée ? Vivante ? demanda-t-il avec surprise, car il avait ordonné à ses gars de la tuer.

Il tenait à ce que son cadavre soit découvert. Mais qu'elle n'ait aucune chance de s'en tirer.

Il avait même envoyé des renforts pour s'en assurer. Mais étaient-ils arrivés à temps ?

Son informateur n'avait pas voulu que trop de gens le voient avec la fille du juge. Il avait donc limité le nombre de personnes impliquées. Pour que rien ne permette aux enquêteurs de remonter jusqu'à lui.

Tout comme rien ne remonterait jusqu'à Luther.

Jocelyn dut percevoir la surprise dans sa voix car elle blêmit. Maintenant, il avait la preuve qu'elle bluffait. Elle lui avait menti.

Il avait espéré garder la fille en vie pendant la durée de son procès mais il ignorait si le juge Holmes, connu pour sa loyauté et son intégrité, serait capable de trancher en sa faveur. Sans doute préférerait-il se récuser plutôt que de risquer de se montrer impartial.

Si le juge se récusait, Luther serait comblé. Et si Tyce avait été assez stupide pour essayer de sauver la fille, il avait du même coup signé l'arrêt de mort de Bella.

Dans les deux cas, Luther sortirait gagnant.

Si, à la mort de sa femme, le juge avait continué à travailler, cette fois, il serait trop désemparé pour y parvenir. Il se reprocherait la mort de sa fille.

Luther aurait dû la faire assassiner plus tôt. Mais il n'avait appris que dernièrement qui serait le nouveau juge affecté à son procès. Il faisait bien partie de ceux qui avaient rejeté les charges retenues contre lui dans le passé.

Il avait entendu dire que le chef de police et Jocelyn Gerber se démenaient pour essayer de trouver les taupes au sein de leurs services. S'ils identifiaient aussi les juges qui l'avaient aidé dans le passé…

Il regarda fixement l'adjointe du procureur.

— Vous mentiez, n'est-ce pas, madame Gerber ? lança-t-il. Tyce ne l'a pas retrouvée, n'est-ce pas ?

S'il l'avait retrouvée, Luther aurait perdu son frère en même temps que son moyen de pression sur le juge. Quand Tyce l'avait trahi dans le passé, quand il avait infiltré son organisation pour la démanteler et le faire tomber, Luther avait passé l'éponge. Mais il ne tolérerait pas une seconde trahison.

Voilà pourquoi il avait ordonné aux gars qui gardaient la fille de la tuer si quelqu'un essayait de la sortir de là et de descendre quiconque tentait de la sauver.

Lorsque le visage déjà pâle de l'adjointe du procureur perdit toute couleur, il sut qu'elle n'avait pas bluffé. Tyce avait découvert où Bella Holmes était détenue. Elle ne savait tout simplement pas qui en était sorti vivant.

Luther espérait que personne ne s'en était tiré.

24

Bella sentait le canon de l'arme contre sa tempe. Le coup pouvait partir à tout moment, elle le savait. Le jeune voyou tremblait si fort qu'il risquait d'appuyer sur la détente sans même le vouloir. Il était terrifié. Elle aussi.

Il s'approcha de son copain étendu sur le sol et lui donna des coups de pied, sans doute pour vérifier qu'il était encore vivant. Mais l'autre ne bougea pas. Tyce l'avait tué.

— Tu seras le prochain, je te préviens, cria Tyce.

Il était en partie dissimulé derrière un poteau métallique. Mais le vaurien avait toujours la possibilité de lui tirer dessus…

— Si vous faites feu, je la tue, menaça-t-il.

— Si tu touches à un seul de ses cheveux, tu es mort, répliqua Tyce.

Le bras de fer était loin d'être gagné. Le malfrat avait grandi dans la rue, fréquenté les dealers et d'autres criminels. La violence était son quotidien.

— Sans doute devrais-je vous buter en premier, dit-il en écartant le canon de la tête de Bella pour le pointer sur Tyce.

Peut-être était-elle dotée sans le savoir d'un instinct de survie ou peut-être Tyce lui avait-il envoyé un message télépathique. En tout cas, Bella comprit tout de suite ce qu'elle devait faire et n'hésita pas. Elle envoya un violent coup de coude dans le ventre de son agresseur avant de se laisser tomber sur la dalle de béton.

Aussitôt, les coups de feu se mirent à pleuvoir.

Mais très vite, elle se rendit compte que Tyce et le voyou n'étaient pas les seuls à tirer. Elle entendit des déflagrations à l'extérieur du bâtiment.

Et bientôt, des bruits de pas précipités lui confirmèrent que des gens entraient en force dans l'entrepôt. Le cœur serré, elle se demanda s'il s'agissait de tueurs de Luther Mills ou des gardes du corps de Parker Payne…

Tyce entendit, lui aussi, les coups de feu.

D'où sortaient les tireurs ? s'interrogea-t-il avec inquiétude.

Les balles fusaient autour de lui. Bella était allongée sur le sol et il se demandait avec une angoisse croissante si elle s'était laissée tomber pour lui permettre d'abattre le type qui avait voulu l'utiliser comme bouclier… ou si elle était blessée.

Si elle n'avait pas encore été touchée, elle risquait de l'être maintenant. Luther avait sans doute envoyé des sbires supplémentaires pour s'assurer que Bella ne sortirait pas vivante de ce sous-sol.

Mais peut-être s'agissait-il des renforts promis par Payne…

Il se précipita vers Bella.

— Tout va bien ? demanda-t-il.

Elle était étendue à terre. Du sang tachait son visage et ses vêtements. S'agissait-il du sien ou de celui de son agresseur ?

Comme il se tournait vers ce dernier, Tyce s'aperçut qu'il était mort. En songeant à la jeunesse des deux hommes, il ressentit un pincement au cœur. Il regrettait de les avoir tués mais il n'avait pas eu le choix. Les deux voyous étaient déterminés à assassiner Bella. Luther avait dû leur en donner l'ordre, un ordre auquel ils n'avaient pas osé désobéir.

Bella le regardait, les yeux écarquillés de peur.

— Rallonge-toi ! cria-t-elle soudain.

Plusieurs personnes surgirent et se déployèrent à l'intérieur de l'entrepôt. Tyce reconnut Spencer Dubridge, Keeli et Parker.

Mais ils n'étaient pas seuls. Visiblement, Luther avait réussi à constituer une autre bande de malfrats, à les armer et à les envoyer ici avec pour mission d'éliminer Bella.

Tyce la prit dans ses bras et la souleva. Il devait la sortir de là, la mettre en sécurité, loin du champ de bataille. Comme les renforts de Parker et les sbires de Luther entraient tous par l'avant de l'entrepôt, il se précipita vers l'arrière. Il courut sous une pluie de balles. Les projectiles ricochaient sur les parois métalliques au-dessus de sa tête.

Ignorant la douleur qui cisaillait son flanc, il gagna l'issue de secours. Il voulait s'assurer que Bella n'était pas gravement blessée, qu'elle survivrait. Mais elle était toute molle dans ses bras, et il craignait le pire.

Peut-être était-elle morte…

Tyce Jackson avait retrouvé sa fille. Mais était-il arrivé à temps ? Avait-il réussi à la sauver ?

Bradford regrettait de ne pas avoir insisté pour accompagner Parker et ses hommes lorsqu'ils s'étaient tous rués hors de son bureau pour prêter main-forte au jeune garde du corps de Bella. Mais, noué par la peur, il n'avait pas réagi assez vite.

Il n'avait pas eu peur pour lui.

Mais pour sa fille. Et pour celui qu'elle aimait.

S'il arrivait quoi que ce soit à Tyce alors qu'il tentait de la sauver, Bella ne se le pardonnerait jamais. Elle l'aimait. Et voilà pourquoi Bradford avait voulu les séparer. L'idée que sa fille tombe amoureuse d'un homme comme Tyce l'avait contrarié. Non pas, comme il l'avait prétendu, parce qu'il était lié par le sang à Luther Mills. Mais parce que son métier l'obligeait à risquer sans cesse sa vie pour les autres.

Comment a-t-il pu faire preuve d'un tel égoïsme ?

Depuis cette prise de conscience, Bradford ressentait le besoin impérieux de présenter ses plus plates excuses à sa fille. Il se promit de racheter ses erreurs passées. Mais en aurait-il la possibilité ?

Luther Mills le connaissait assez pour savoir qu'il se moquait de perdre la vie. En revanche, l'idée que quelqu'un s'en prenne à Bella, lui fasse du mal ou, pire, la tue, lui était insupportable.

Mais le juge savait Luther Mills impitoyable. Il avait sans doute tué son propre père. La vie n'avait aucune valeur à ses yeux. Et pour se venger d'avance d'une décision de justice qui l'enverrait en prison pour le reste de sa misérable existence, Luther avait sans doute ordonné la mort de Bella. En tout cas, il en était capable.

Tyce était peut-être arrivé trop tard.

Lorsque son smartphone vibra sur son bureau, le juge sursauta. Il avait les nerfs à vif. Sa main tremblait tellement qu'il eut du mal à saisir son téléphone et à presser le bouton pour prendre l'appel.

La gorge serrée, il balbutia :

— Oui ?

Il se tendit, se préparant à entendre la voix mécanique, une autre menace.

Mais il reconnut très vite son interlocuteur :

— Parker Payne, à l'appareil. Bella est blessée. Elle vient d'être admise aux urgences de l'hôpital.

— J'arrive.

Bradford raccrocha. Il devait la rejoindre au plus vite. Il avait besoin de la voir – de la serrer dans ses bras – même si elle était morte quand il parviendrait à son chevet.

Avec un petit pincement au cœur, il se reprocha de ne pas avoir interrogé Parker sur le sort de Tyce et des autres gardes du corps.

Il attrapa ses clés et se précipita hors de chez lui avant de se rendre compte qu'il ne savait même pas dans quel hôpital elle avait été transportée…

Alors qu'il prenait son smartphone pour rappeler Parker Payne, un texto s'afficha à l'écran. Parker lui envoyait par SMS le nom de l'hôpital et ses coordonnées. Mais il n'avait rien ajouté.

Il ne lui avait pas assuré que sa fille allait bien.

Bella devait donc être gravement blessée.

Ou pire…

Si Luther Mills avait fait du mal à sa fille, il le regretterait. Depuis des semaines, le juge s'efforçait de ne pas se faire d'opinion, de rester aussi neutre qu'un juge était censé l'être.

Mais si Luther avait fait du mal à Bella, il le payerait au prix fort.

Bradford ne serait pas seulement son juge.

Il s'attribuerait aussi les rôles de jury et de bourreau.

25

Bella avait l'impression que son crâne allait exploser. Les échanges de coups de feu résonnaient dans sa tête, lui donnant la nausée. Combien y avait-il de tireurs ?

Elle comprit soudain qu'elle n'entendait que l'écho des déflagrations qui retentissait dans les ténèbres…

Finalement, elle perdit connaissance en se demandant si Tyce avait survécu à cette fusillade.

Beaucoup plus tard, comme elle remontait lentement à la conscience, elle s'efforça d'ouvrir les yeux. Elle avait mal partout.

Le cœur serré, elle songea à Tyce. Elle promena le regard autour d'elle. Où était-elle ? Elle était allongée dans un lit. Quelque chose tirait sur son bras. Une perfusion. Elle était à l'hôpital.

Elle découvrit Tyce, affalé sur une chaise, à son chevet. Des cernes ornaient ses yeux topaze et une barbe de trois jours dévorait ses joues. Il la dévisageait avec attention, et un sourire apparut sur ses lèvres.

— Tu es réveillée, dit-il.

— Tu es vivant, murmura-t-elle.

— Toi aussi…

Sa voix était émue comme si lui aussi avait craint le pire.

Comme elle passait une main sur son front, elle remarqua les bandages à ses poignets.

— Je ne me souviens pas bien des événements. Je me suis fait tirer dessus, non ? ajouta-t-elle.

Il secoua la tête.

— Tu souffres d'une commotion cérébrale. Sans doute due à l'accident de voiture. Tes poignets et tes mains étaient couverts de coupures. T'es-tu blessée en tentant de te libérer ?

Elle hocha la tête, se remémorant sa peur et son désespoir. Les larmes aux yeux, elle songea à ce qui aurait pu lui arriver si Tyce n'avait pas surgi à temps, s'il n'était pas intervenu pour la secourir. Mais ce qui aurait pu lui arriver *à lui* la bouleversait bien davantage. Il avait été à deux doigts de se faire descendre, de mourir. Pour elle, pour la sauver.

Submergée d'amour, elle voulut lui dire ce qu'elle ressentait pour lui…

Mais avant qu'elle puisse prononcer un mot supplémentaire, une porte s'ouvrit.

— Bella ! s'exclama son père en se précipitant vers le lit. Dieu merci, tu es en vie ! ajouta-t-il.

Il l'embrassa avec chaleur puis se tourna vers Tyce, qui s'était levé.

— Non, dit-il. Merci, Tyce.

Tyce dut interpréter le commentaire de son père comme un rejet parce qu'il se dirigea vers la porte. Bella se redressa. Elle ne voulait pas qu'il parte.

Elle avait besoin de lui dire à quel point elle l'aimait.

— Tyce !

Il s'arrêta mais au lieu de se tourner vers elle il s'écroula. Son grand corps tomba durement sur le sol.

Son cri bouleversa Tyce comme il l'avait fait dans l'entrepôt. Il voulut se précipiter à ses côtés. Mais ce fut elle qui s'agenouilla près de lui.

— Au secours, à l'aide ! hurla-t-elle. Il est blessé ! Il a reçu une balle !

— Que… Que s'est-il passé ? balbutia son père.

— Appelle un médecin ! ordonna-t-elle.

Le juge sortit de la chambre en catastrophe.

Bella se pencha vers Tyce.

— Ne me quitte pas, implora-t-elle. Ne me quitte plus !

Il voulait lui jurer qu'il n'irait nulle part. Mais il se sentait étrange. Il avait l'impression de flotter. Il n'éprouvait plus aucune douleur.

Peut-être était-il déjà mort.

En proie à une profonde culpabilité, Parker arpentait la salle d'attente. Comment n'avait-il pas vu que Tyce avait été touché ? Comment n'avait-il pas remarqué tout le sang sur ses vêtements ?

Bien sûr, il faisait noir dans l'entrepôt et nuit à l'extérieur quand Tyce avait porté Bella au-dehors. Il avait sauté dans un des SUV et ordonné à Parker de les conduire en vitesse à l'hôpital. Mais Parker avait cru qu'elle seule avait été blessée.

Tyce était alors conscient. Il lui avait parlé.

Il n'avait pas eu l'air de souffrir. Toute son attention – toute son inquiétude – était focalisée sur la femme évanouie qu'il tenait dans ses bras.

Parker se maudissait.

Quel patron était-il pour n'avoir même pas vu qu'un membre de son équipe était blessé ? Peut-être en train de mourir ?

Une porte s'ouvrit, et il leva les yeux, espérant voir apparaître le chirurgien. Mais le nouveau venu portait un manteau sombre, un jean et son visage était la copie conforme de celui de Parker. Son frère jumeau.

Logan avait lancé la Payne Protection Agency et pendant des années, il en avait été le seul responsable. Ensuite, il avait offert à ses frères, Parker et Cooper, leurs franchises et l'autonomie nécessaire pour choisir leurs propres équipes.

Parker secoua la tête alors que son jumeau se laissait tomber sur une chaise à côté de lui.

— Je n'étais pas prêt, dit-il. Je n'étais pas prêt pour ça.

— Personne ne l'est jamais, répliqua Logan.

Parker comprit soudain que Logan croyait Tyce mort. Son frère avait perdu deux de ses gardes du corps, il n'y a pas si longtemps. Parker se reprochait cette terrible tragédie. La bombe qui avait tué ses anciens collègues lui était destinée.

Il se sentirait coupable jusqu'à son dernier souffle.

— Je voulais dire que je n'étais pas prêt à diriger des hommes, dit Parker.

De tous les Payne, il avait toujours été le play-boy, l'imbécile de service.

— J'ai ressenti la même chose quand j'ai perdu deux de mes hommes, dit Logan.

— Tais-toi ! dit Parker. Je n'ai pas perdu Tyce.

Mais ce dernier était au bloc depuis si longtemps qu'il craignait le pire.

La balle avait-elle fait beaucoup de dégâts ? Tyce s'était-il vidé de son sang parce que personne ne s'était rendu compte qu'il était blessé ?

Parker s'était plus soucié de Bella que de la santé d'un membre de son équipe.

Il était un chef au-dessous de tout.

Si Tyce ne survivait pas, il ne s'en remettrait jamais. Et Bella Holmes non plus. Elle avait déjà été dévastée lorsque Tyce n'était que blessé. S'il mourait, elle ne le supporterait pas.

26

Le soleil déclinait à l'horizon, embrasant le ciel. Le reflet de cette palette de peintre sur l'eau était magnifique, grandiose. Bella ne se lassait pas de contempler ce spectacle.

Comme un soupir mélancolique s'échappait de ses lèvres, deux bras puissants s'enroulèrent autour d'elle.

— Regrettes-tu de m'avoir accompagné ? demanda Tyce.

Elle se retourna et pressa sa joue sur son torse puissant. Son cœur battait fort contre son oreille. Pourtant, il était encore en convalescence. La balle avait touché sa rate et son foie.

— Mon seul regret est que nous ne soyons pas venus plus tôt, avant que tu aies été blessé.

— Et avant que tu aies été enlevée, ajouta-t-il. Je n'aurais jamais dû faire confiance à quelqu'un d'autre pour te protéger.

Voilà peut-être pourquoi il s'était si vite rétabli. Il voulait redevenir son garde du corps.

Dès que Tyce avait été autorisé à quitter l'hôpital, ils s'étaient installés dans une maison sécurisée. Ils seraient restés chez lui s'ils n'avaient pas craint que Luther n'envoie des tueurs à leur poursuite. Sur les conseils de Payne, ils s'étaient donc envolés vers une île lointaine où personne ne les trouverait.

— Nous sommes en sécurité maintenant, dit-elle. C'est tout ce qui compte.

Tyce secoua la tête.

— Ce n'est pas tout ce qui compte. Tu comptes aussi. Comme ce que tu fais…

— De quoi parles-tu ? De mes soirées ?

— De tes œuvres caritatives, dit-il.

— Des œuvres caritatives de ma mère, le corrigea-t-elle. Tu avais raison. En reprenant le flambeau, j'essayais de nier sa mort, de faire comme si elle était toujours là.

— Elle est toujours là, dit-il en posant la main sur sa poitrine. Dans ton cœur.

Ce simple contact suffit à l'affoler. Depuis qu'il avait été pris pour cible, elle avait veillé à rester à distance. Elle avait refoulé son désir pour lui. Elle l'aimait et ne voulait pas risquer de le blesser. Mais maintenant, sa faim de lui devenait si impérieuse qu'elle craignait d'exploser.

— Elle est là, oui, balbutia-t-elle.

— En poursuivant son travail, tu lui rends hommage, tu l'honores. J'ai entendu tes clients lors de ces événements. Ils disaient tous que tu étais meilleure pour collecter des fonds que ta mère ne l'avait été. Grâce à ta nature de…

— Fêtarde, l'interrompit-elle.

— De leader, la corrigea-t-il. Tu as la trempe d'un chef, Bella.

— Voilà sans doute pourquoi mon assistante a voulu me tuer, répondit-elle d'un ton ironique. Parce que je suis naturellement douée pour gérer les ressources humaines…

Il glissa son doigt sous son menton et inclina son visage vers le sien.

— Regarde-moi, Bella.

Comme si elle pouvait regarder ailleurs…

Chaque fois qu'il était près d'elle, elle ne pouvait pas détacher les yeux de lui. Elle l'aimait tellement.

— Je te regarde, assura-t-elle.

— Ne te reproche pas la haine de Camille à ton égard, dit-il. Elle avait des problèmes qu'elle avait cachés à tout le monde.

En effet, la mère de Camille avait assuré à Bella qu'elle n'avait rien fait pour mériter le ressentiment de Camille.

— Elle avait planqué tes bijoux chez elle, ajouta-t-il. Mais je les ai retrouvés.

Son cœur se remplit encore plus d'amour pour lui.

— C'est vrai ?

— Après t'avoir laissée ce jour-là à l'hôpital, j'ai fouillé son appartement. J'ai demandé à Parker de les remettre à ton père.

— Pourquoi pas à moi ? lança-t-elle. Pourquoi es-tu parti ce jour-là sans même me faire l'aumône d'un regard ?

— Parce que j'avais peur.

— Toi ? Tu n'as peur de rien.

— J'ai peur de toi, dit-il. Et de l'amour que j'éprouve pour toi.

Elle avait espéré qu'il partageait ses sentiments, mais là, elle était perdue…

— Mais pourquoi ? balbutia-t-elle. Je ne comprends pas.

— Parce que je ne pense pas être assez bien pour toi. Voilà pourquoi je tenais tant à te montrer d'où je venais…

— Tu as été élevé par des gens qui ont toujours travaillé dur et qui t'aiment, dit-elle. Tu as une chance incroyable.

— C'est vrai, reconnut-il.

Puis ses yeux topaze s'assombrirent un instant, et il murmura :

— Je suis aussi le fils d'un monstre. Et qui a engendré un autre monstre…

Elle noua les bras autour de lui et l'étreignit. Mais quand elle se souvint de sa blessure par balle, elle recula brusquement.

— Je suis désolée. Je ne voulais pas te faire mal.

— Rien de toi ne pourrait me faire du mal… Sauf si tu ne partageais pas mes sentiments…

Elle le regarda, stupéfaite. Comment pouvait-il ignorer ce qu'elle éprouvait pour lui ?

— Je comprendrais que tu ne puisses m'aimer, poursuivit-il. Luther Mills est…

Elle pressa ses doigts sur ses lèvres.

— Luther Mills est un criminel et un tueur qui sera bientôt traduit en justice. Il n'est rien pour toi. Vous n'avez pas été élevés ensemble. Il n'a pas connu tes incroyables grands-parents. Il n'a ni ton cœur, ni ton intégrité, ni le…

Il l'interrompit en pressant ses lèvres contre les siennes. Il l'embrassa profondément avant de la soulever de terre.

Ses yeux brillaient d'une intense émotion qu'elle reconnut parce qu'elle la ressentait aussi. L'amour. Il la porta à l'intérieur de la maisonnette.

Ils bénéficiaient de deux chambres et, depuis leur arrivée, ils occupaient chacun la leur pour mieux se reposer.

Il se rendit dans celle où il s'était installé. Il semblait aller mieux. En tout cas, il se déplaçait avec elle dans les bras comme si elle ne pesait rien.

Quand il l'allongea sur le lit, il retira sa chemise. Il était toujours aussi musclé, remarqua-t-elle en le voyant torse nu, et la blessure de son côté semblait en bonne voie de guérison.

— M'aimes-tu ? demanda-t-il, les yeux dans les siens.

Il la dévisageait comme si une telle hypothèse lui semblait impossible, comme s'il ne pouvait y croire.

— Ignores-tu donc quel homme incroyable tu es ? Tu es si fort, courageux, si protecteur, si charismatique. Tu es mon…

De nouveau, il l'interrompit d'un baiser. Tout en l'embrassant, il dénoua les bretelles qui retenaient sa robe d'été et laissa glisser celle-ci à terre.

Bella s'agrippa à ses épaules musclées, essayant de l'attirer sur le lit avec elle. Mais il recula et lorsqu'elle murmura une protestation, il sourit comme si son impatience l'amusait.

Il se déshabilla à son tour, retira son jean, son boxer et se tint enfin devant elle, nu et magnifique.

Le souffle court, elle le dévorait des yeux.

Il se pencha vers elle pour dégrafer son soutien-gorge, lui enlever sa culotte. Il s'allongea alors sur elle.

Puis il captura sa bouche, promena ses mains sur sa peau avec douceur, caressant ses seins, son ventre, sa taille et ses hanches…

Elle frissonna de plaisir.

Quand il plongea la tête entre ses cuisses, elle s'envola.

Mais ce n'était pas suffisant. Elle avait envie, besoin, qu'il vienne en elle. Pour combler le vide qu'elle avait ressenti lorsqu'il avait quitté l'hôpital ce jour-là, confiant à d'autres gardes du corps le soin de la protéger.

Elle enroula les bras autour de lui.

— Ne me quitte pas, murmura-t-elle.

— Jamais…

Il glissa en elle avant d'aller et venir entre ses reins pour l'entraîner vers le ciel.

Quand le plaisir la submergea, elle cria son nom.

Foudroyé à son tour, il s'écroula sur elle avec un cri rauque. Il se laissa rouler sur le dos et la serra contre lui avec force.

Pourtant, le cœur serré d'amour pour lui, elle répéta d'un ton implorant :

— Ne me quitte jamais, Tyce…

Tyce comprit soudain ce qu'elle lui demandait. Elle voulait qu'il lui promette de ne jamais mourir, de ne jamais l'abandonner comme sa mère les avait abandonnés, son père et elle.

Il prit une profonde inspiration. Il ne pouvait pas lui mentir. Il refusait de s'engager à quelque chose qu'il n'était pas certain de pouvoir tenir.

— Je ne te quitterai jamais volontairement, dit-il. Mais j'ignore ce que l'avenir nous réserve. Tu ne veux pas que je sois garde du corps, c'est ça ? Est-ce mon travail qui te fait peur ?

Elle secoua la tête et soupira.

— Je sais que tu es bon dans ton domaine. Et que tu es fort. Et je sais surtout que, quoi que nous fassions, nous ne sommes pas maîtres de notre destin…

— En revanche, nous avons la possibilité de vivre pleinement notre vie, dit-il. D'en chérir chaque instant et d'en tirer le meilleur parti.

Elle sourit d'un air mélancolique.

— Mon père me manque, mais que ce procès dure plusieurs mois ne me dérangerait pas. J'adore être avec toi.

— Nous continuerons à l'être quand nous rentrerons à River City, lui dit-il. Je parlais sérieusement en te disant que je ne te quitterai pas, pas de ma propre volonté.

Un grand sourire éclaira le visage de Bella.

Mais son sourire s'envola quand il sauta soudain du lit.

— Que fais-tu ? protesta-t-elle. Tu viens de me dire que tu ne me quitterais jamais. Et voilà !

— Je reviens tout de suite !

Il fouilla les poches de son jean. Quand il y trouva ce qu'il cherchait, il s'agenouilla près d'elle.

Elle le dévisagea, interloquée.

— Que fais-tu ? demanda-t-elle.

— J'aimerais que tu me fasses la même promesse, lui dit-il. Promets-moi que tu ne me quitteras jamais.

— Je te le jure, dit-elle. J'ai eu tellement peur quand j'ai cru que je t'avais perdu, que tu étais mort…

— Je sais. J'ai ressenti la même chose. Et voilà pourquoi j'aimerais que nous restions ensemble. Tout le temps.

— Tout le temps, approuva-t-elle avec chaleur.

— Et pour toujours.

Elle hocha la tête.

— Je te demande d'être ma femme, Bella, dit-il. Je sais que je ne suis pas un prince, mais j'aimerais que tu deviennes ma princesse.

— Tu es mon prince charmant, lui assura-t-elle. Et j'adorerais être ta princesse.

Il lui prit la main et glissa une bague à son annulaire.

En reconnaissant le bijou, elle ouvrit de grands yeux.

— Où l'as-tu trouvée… ? Comment as-tu… ? Cette bague appartenait à ma mère.

— Ton père me l'a donnée peu avant notre départ. Avec sa bénédiction et ses excuses.

Les larmes brûlaient les paupières de Tyce en se remémorant les paroles du juge. Il lui avait dit que Tyce rendrait sa fille heureuse, il en était certain, et qu'il serait fier de l'avoir pour gendre.

Il baissa les yeux sur le magnifique diamant.

— Il voulait que tu portes la bague de ta mère parce qu'il voyait entre nous l'amour qui l'avait uni à cette femme merveilleuse.

Bella explosa en sanglots et lui-même ne put réprimer son émotion. Il n'avait jamais été aussi heureux qu'à cet instant. Bella Holmes était son âme sœur et acceptait de l'épouser…

Où diable étaient-ils tous passés ?

Luther était assis seul dans la petite salle où il retrouvait son avocat, mais ce dernier semblait avoir disparu. Ou en tout cas, il était en retard. Cet idiot devenait de plus en plus nerveux à l'idée d'être impliqué d'une manière ou d'une autre dans les crimes que son client avait commis dans l'espoir d'empêcher ce procès.

Jusqu'ici, les manœuvres de Luther n'avaient abouti à rien.

La femme qui l'avait vu tirer avait quitté la ville et restait introuvable. L'expert scientifique aussi. Comble de malchance, la fille du juge avait également disparu, ainsi que Tyce.

Mais Luther n'avait pas dit son dernier mot. Il avait encore quelques cartes dans la manche.

La porte s'ouvrit, et son avocat entra en secouant la tête.

— L'adjointe du procureur me charge de vous prévenir qu'elle refuse de négocier une réduction de peine avec vous.

— Je ne vous avais pas demandé de la solliciter, déclara Luther avec colère. J'aurais refusé toute négociation si elle me l'avait proposée.

— Elle le propose à tout le monde, répliqua l'avocat. En tout cas, à tous ceux qui ont agi sur vos ordres ces dernières semaines.

Luther haussa les épaules.

— Et elle n'a essuyé que des refus, n'est-ce pas ?

Les gars de sa bande savaient qu'il ne fallait jamais le trahir. Et ceux qui avaient cru pouvoir passer outre l'avaient payé de leur vie.

Luther se garda d'en parler à l'avocat. Ce dernier aurait voulu que Luther plaide coupable. Il n'en était évidemment pas question.

— Je me concentre sur votre procès pour le moment, répondit l'avocat. Jocelyn Gerber semble confiante. Pour elle, elle ne peut pas perdre.

La beauté brune devient arrogante. Voilà qui promet d'être amusant...

— Elle ne peut pas perdre un combat qu'elle n'aura pas l'occasion de mener, dit Luther.

— Que voulez-vous dire ? Non, ne me dites rien. Je ne veux pas le savoir.

Tant mieux parce que Luther n'avait pas l'intention de lui confier quoi que ce soit. Il voulait s'assurer que Jocelyn Gerber et son fidèle garde du corps, Landon Myers, ne voient pas venir ce qu'il leur avait préparé.

Ils n'avaient pas la moindre idée de l'identité de la taupe qui le renseignait sur ce qui se passait au sein du bureau du procureur.

Et avec la petite Holmes cachée quelque part jusqu'à la fin du procès, personne ne reconnaîtrait la voix de l'espion. Il n'avait rien à craindre.

Luther n'avait pas besoin de négocier une remise de peine avec Jocelyn parce que l'adjointe du procureur allait bientôt mourir...

Retrouvez prochainement,
dans votre collection

BLACK ROSE

Troublante rencontre, de K.D. Richards - N°699

Tout ! Addy est prête à tout pour retrouver Cassie, sa sœur disparue. Aussi lorsque Shawn West, le séduisant détective avec qui elle a passé une nuit d'amour quelques mois auparavant, lui propose son aide, c'est avec soulagement qu'elle accepte... Avant de se demander si le soutien de Shawn est désintéressé ou si elle va juste servir de couverture dans l'enquête qu'il mène sur l'entreprise où Cassie travaillait...

Une fillette en héritage, de Jane Godman

Silencieux, Everett fixe le bébé qu'Alyssa tient dans ses bras et tente de faire le point sur les émotions qui le submergent. D'abord ces retrouvailles inattendues avec son ex. Puis l'annonce brutale du décès de Sean, son ami d'enfance devenu trafiquant de bétail. Et enfin la nouvelle que le notaire vient de lui asséner : Alyssa et lui sont les tuteurs de l'enfant de Sean, cette adorable fillette âgée de six mois...

Quand le risque nous rapproche, de Marie Ferrarella - N°700

Suite au décès inexpliqué de plusieurs personnes âgées dans des maisons de retraite d'Aurora, Noelle O'Banyon, une jeune inspectrice discrète et solitaire, décide de mener l'enquête. Mais pour cela elle va devoir faire équipe avec Duncan Cavanaugh, un homme aussi séduisant qu'exaspérant qui tantôt la traite avec la plus parfaite indifférence, tantôt cherche à la pousser à bout...

Secrète conspiration, de Cindi Myers

Victime ou mythomane ? Selon son entourage, Lauren Starling, journaliste vedette, a inventé une histoire incroyable : Richard Prentice, un magnat du pétrole, l'aurait enlevée et séquestrée durant plus d'un mois ! Accusée de mensonge, Lauren perd son emploi et se tourne vers l'unique personne en qui elle ait confiance : Marco Cruz, le policier qui l'a libérée quelques semaines plus tôt...

Retrouvez prochainement,
dans votre collection

BLACK ROSE

Collaboration forcée, de Julie Miller - N°701

Évidemment, comme tous les autres avant lui, Thomas Banning la prend pour une folle ! Kelsey est déçue car, en apprenant qu'elle allait collaborer avec cet inspecteur de la police de Kansas City, elle avait nourri l'espoir qu'il n'aurait pas d'a priori sur son don de double vue… Mais il se montre désagréable envers elle et sceptique quant aux visions qu'elle a d'un dangereux tueur en série…

Un bébé en danger, de Debra Webb

Olivia porte la vie dans son ventre. Le fruit de sa passion pour Pierce Maxwell, alors qu'ils étaient ensemble en quarantaine après avoir été exposés à un dangereux virus. Aujourd'hui, elle est en danger, et avec elle la petite vie qu'elle ne songe plus qu'à protéger de ceux qui la traquent. Pierce ignore tout de cette grossesse, mais, s'il ne leur ouvre pas les bras, à elle et son bébé, qui le fera ?